GW01451688

STEPHEN KING

KING

La torre oscura/2

La invocación

EDICIONES B

GRUPO ZETA

Título original:
The Dark Tower 2: The Drawing of the Three

Traducción:
Cecilia Absatz

1.ª edición: mayo 1992
1.ª reimpresión: abril 1993

La presente edición es propiedad de Ediciones B, S.A.
Calle Rocafort, 104 - 08015 Barcelona (España)

© 1987 by Stephen King
© Para la edición en castellano, Ediciones B, S.A., 1992

Printed in Spain
ISBN: 84-406-3014-X
Depósito legal: B. 12.668-1993

Impreso por LITOGRAFÍA ROSÉS

Cubierta:
IDEA BALMES. Jordi Vallhonesta

Foto cubierta:
INDEX

STEPHEN KING
KING
La torre oscura/2
La invocación

A Don Grant,
que se arriesgó con estos relatos,
uno por uno.

RESUMEN DEL VOLUMEN ANTERIOR

LA HIERBA DEL DIABLO

La invocación es el segundo volumen de un largo relato llamado *La torre oscura*, inspirado en un poema narrativo de Robert Browning (y en cierto modo dependiente de él), que a su vez debe su origen a *El rey Lear*.

El primer volumen, *La hierba del diablo*, narra cómo Rolando, el último pistolero de un mundo que «se ha movido», consigue dar alcance al hombre de negro, un hechicero al que ha perseguido durante largo tiempo, aunque todavía ignoramos cuánto exactamente. El hombre de negro resulta ser un colega llamado Walter, quien finge haber sido amigo del padre de Rolando en aquellos tiempos en que el mundo aún no se había movido.

El objetivo de Rolando no es esta criatura semi humana, sino la Torre Oscura: el hombre de negro —y más concretamente, lo que el hombre de negro sabe— es sólo el primer paso en el camino que lleva a ese lugar misterioso.

¿Quién es Rolando exactamente? ¿Cómo era su mundo antes de moverse? ¿Cómo es la Torre y por qué la persigue? Sólo tenemos respuestas fragmentarias. Rolando es un pistolero, una especie de caballero andante, uno de los encargados de conseguir que no cambie ese mundo que él mismo recuerda como «lleno de amor y de luz», que no siga moviéndose.

Sabemos que a Rolando se le impuso una temprana prueba de hombría cuando se descubrió que su madre se había convertido en amante de Marten, un hechicero más importante que Walter (con quien, sin saberlo el padre de Rolando, estaba aliado); sabemos que Marten ha propiciado que Rolando descubriera su relación con su madre, en espera de que falle en la prueba y sea enviado al Oeste; sabemos que Rolando supera la prueba.

¿Qué más sabemos? Que el mundo del pistolero no es del todo distinto al nuestro. Han sobrevivido artilugios como los surtidores de gasolina y algunas canciones (*Hey Jude*, por ejemplo, o esa tonadilla que reza: «Trigal, trigal, la fruta musical...»); también algunas costumbres y rituales extrañamente parecidos a aquellos que concebimos en nuestra romántica visión del Oeste americano.

Y hay un cordón umbilical que conecta de alguna manera nuestro mundo con el del pistolero. En una estación situada en un camino de diligencias abandonado desde hace tiempo en medio del enorme y estéril desierto, Rolando se encuentra con un chico llamado Jake, quien ha muerto en nuestro mundo. Un chico al que, de hecho, el ubicuo (e inicuo) hombre de negro ha empujado en una esquina. Lo último que Jake recuerda de su mundo (de nuestro mundo), cuando iba al colegio con una bolsa de libros en una mano y su desayuno en la otra, es el momento en que lo aplastaron las ruedas de un Cadillac, causándole la muerte.

Antes de que den alcance al hombre de negro, Jake vuelve a morir... esta vez porque el pistolero, enfrentado a la segunda elección más agónica de su vida, decide sacrificar a este hijo simbólico. Obligado a escoger entre la Torre y el chico, tal vez entre la salvación y la condena, Rolando escoge la Torre.

«Ve entonces —le dice Jake antes de despeñarse por el abismo—. Hay otros mundos aparte de éste.»

La confrontación final entre Rolando y Walter transcurre en un gólgota polvoriento de huesos putrefactos. El hombre de negro le cuenta a Rolando su futuro con una baraja de cartas de Tarot. La profecía de la cartas muestra a un hombre llamado el Prisionero, a la Dama de las Sombras y a una figura oscura que es simplemente la Muerte («Pero no para ti, pistolero», le dice el hombre de negro), que se convierten en tema de este segundo volumen, el segundo paso de Rolando en el largo y duro camino hacia la Torre Oscura.

La hierba del diablo termina con Rolando sentado en una playa del mar del Oeste, contemplando la puesta de sol. El hombre de negro está muerto y el futuro del propio pistolero no parece claro. *La invocación* empieza en esa misma playa, menos de siete horas después.

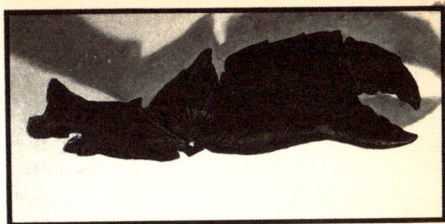

PRÓLOGO:
EL MARINERO

El pistolero se despertó de un sueño confuso que parecía consistir en una sola imagen: la del marinero de la baraja de Tarot con la que el hombre de negro había adivinado (o había fingido adivinar) su futuro.

«Se ahoga, pistolero —decía el hombre de negro—. Y nadie le echa un cabo. El niño. Jake.»

Pero no era una pesadilla. Era un buen sueño. Era bueno porque quien se ahogaba era él mismo, y por lo tanto no era Rolando sino Jake, lo cual representaba un alivio. Era mejor ahogarse como Jake que vivir como Rolando, un hombre que —por un frío sueño— había traicionado la confianza de un niño.

«Bien, de acuerdo, me ahogaré —pensó mientras oía el fragor del mar—. Me ahogaré.» Pero no sonaba a mar abierto, sino al crujir del agua entre guijarros. ¿Era él el marinero? Y si lo era, ¿por qué estaba tan cerca de la tierra?

Y, en realidad, ¿no estaba en la tierra misma?

El agua helada invadió las botas y le subió por las piernas hasta el vientre. En ese momento, abrió los ojos. Lo que le había sacado del sueño no era el frío en las pelotas, que ahora sentía como si se hubieran reducido al tamaño de dos nueces, ni siquiera la monstruosidad que había a su derecha, sino el pensar en los revólveres. Y, todavía más importante, en las balas. Era fácil desmontar, secar y engrasar un revólver mojado; en cuanto a las balas, como las cerillas, nadie sabía si una vez mojadas podían volver a utilizarse.

La monstruosidad que se arrastraba cerca de él debía de haber sido llevada hasta allí por alguna ola. Empujaba con dificultad su cuerpo empapado y brillante sobre la arena. Mediría cincuenta centímetros, y estaba a una decena de metros de distancia. Miró a Rolando con ojos gelatinosos de grandes órbitas. Su pico largo y cerrado se abrió y brotó de él un sonido que tenía un alucinante parecido con la voz humana: claras y casi desesperadas preguntas en una lengua extraña. «¿Pica chica? ¿Duma chuma? ¿Dada cham? ¿Deda chek?» El pistolero sabía cómo eran las langostas. Aquello no lo era, aunque la langosta fuera la única criatura que pudiera parecérsele vagamente. No parecía temerle. El pistolero no sabía si era peligrosa. No le preocupaba su propia confusión mental, su incapacidad para recordar dónde estaba y cómo había llegado hasta allí, si había atrapado de verdad al hombre de negro o si todo había sido un sueño. Sólo sabía que debía apartarse del agua antes de que se mojaran las balas.

Oyó el rechinar y el rugir del agua y desvió la mirada de la criatura (que ahora estaba parada y alzaba las pinzas que había usado para arrastrarse, con lo que adoptaba la absurda postura de un boxeador antes del combate, postura que, tal como le había explicado Cort, se llamaba del Honor) hacia la espuma que rompía junto a él.

«Ha oído la ola —pensó el pistolero—. Sea lo que sea, tiene oídos.» Intentó levantarse, pero las piernas, tan debilitadas que apenas las sentía, se doblaron bajo el peso de su cuerpo.

«Todavía estoy soñando», pensó. Pero incluso en su

estado de confusión era una posibilidad demasiado tentadora para resultar verosímil. Intentó levantarse de nuevo y estuvo a punto de conseguirlo, pero volvió a caer. Otra ola rompía. Ya no había tiempo. Tenía que arreglárselas para moverse del mismo modo que la criatura de su derecha. Clavó las manos en el suelo y empujó con los riñones hacia el montículo de guijarros que había más arriba, alejándose de la ola.

No avanzó lo suficiente para evitar el agua, pero sí lo necesario para conseguir su propósito. La ola no tocó más que sus botas. Le llegó casi hasta las rodillas antes de retirarse. «A lo mejor la anterior tampoco ha llegado tan lejos. A lo mejor.»

La media luna iluminaba el cielo. Aunque la tapaba una capa de niebla, emitía la suficiente luz para que él se diera cuenta de que las langostas eran demasiado oscuras. Los revólveres, cuando menos, se habían mojado. No podía saber si mucho o poco, ni si las balas que ocupaban los cilindros —así como las que quedaban en los cintos— se habían mojado también. Antes de comprobarlo, tenía que alejarse del agua. Tenía que...

«¿Deda chek?» Sonaba más cerca. Preocupado por el agua, se había olvidado de la criatura arrastrada por la ola. Miró a su alrededor y comprobó que ya estaba apenas a medio metro de distancia. Tenía las pinzas clavadas en la arena entremezclada de guijarros y conchas, siempre empujando el cuerpo. Se alzó sobre las patas, pareciendo por un momento como un escorpión, pero Rolando no vio aguijón alguno al final del cuerpo.

Otra ola, mucho más sonora esta vez. De inmediato, la criatura se paró y levantó las pinzas en aquella particular versión de la postura del Honor.

Esta ola era mayor. Rolando empezó a arrastrarse de nuevo y, cuando apoyó las manos, la criatura de las pinzas se lanzó con una velocidad que contradecía sus anteriores movimientos.

El pistolero sintió como una llama de dolor en la mano derecha, pero no tenía tiempo para pensar en ello. Tomó impulso con los tacones de las pesadas botas, tiró con las manos y consiguió alejarse de la ola.

«¿Dica chica?» Aquella monstruosidad preguntaba con su clara voz, como si dijera: «Ayúdame. ¿No ves que estoy desesperada?» Rolando vio que las falanges de sus dedos índice y corazón desaparecían en el pico abierto de la criatura. Volvió a lanzar las pinzas y Rolando levantó la mano dolorida justo a tiempo para salvar los dedos que le quedaban.

«¿Duma chuma? ¿Dada cham?»

El pistolero consiguió levantarse. La criatura le rasgó los tejanos empapados, siguió abriéndose paso a través de las botas —de piel suave, pero duras como el hierro— y desgarró un pedazo de carne de la pantorrilla.

Rolando bajó la mano derecha y, cuando se dio cuenta de que le faltaban dos de los dedos necesarios para lo que pretendía hacer, la pistola descansaba ya en el suelo.

La monstruosidad la picoteó con gula.

—¡No, hija de puta! —gritó Rolando. Y le dio una patada.

Era como darle patadas a una roca. A una roca que mordía. La bestia picó la puntera de la bota derecha de Rolando, se llevó casi todo el pulgar y le arrancó la bota entera.

El pistolero se agachó, recogió el revólver, se le volvió a caer, maldijo y por fin consiguió recuperarlo. Lo que antaño era tan fácil que ni siquiera requería el menor pensamiento, se había convertido ahora en una especie de juego malabar.

La criatura se cebaba en la bota del pistolero, desgarrándola sin cesar de plantear sus preguntas. Llegó una ola hasta la playa y la espuma cubrió su parte superior, haciendo que pareciera pálida y muerta en la brumosa luz de la media luna. La langostruosidad abandonó la bota y alzó las pinzas en su postura de boxeador.

Rolando desenfundó con la mano izquierda y apretó el gatillo tres veces. *Clic, clic, clic.*

Al menos, había averiguado ya lo que les había pasado a las balas de la recámara.

Desenfundó el revólver de la izquierda. Para devolver el otro a la funda tuvo que dirigir el cañón hacia abajo con la mano izquierda y luego soltarlo. La sangre cubría las empuñaduras de madera y hierro, igual que manchaba la funda y los viejos tejanos a los que ésta iba atada. Brotaba de los muñones que tenía ahora en lugar de dedos.

El tullido pie izquierdo estaba todavía tan insensible que no le dolía, pero la mano derecha era un fuego ardiente. Los fantasmas de sus dedos, llenos de talento y largamente entrenados, convertidos ahora en jugos digestivos en las entrañas del animal, gritaban que seguían allí, que ardían.

«Preveo graves problemas», pensó el pistolero.

La ola se retiró. El bicho bajó las pinzas, abrió un limpio agujero en la bota del pistolero y decidió que su portador era mucho más sabroso que aquella pieza de piel ya medio gastada.

«¿Duda chuma?», preguntó, y se lanzó hacia él con sorprendente velocidad. El pistolero se retiró, aunque apenas sentía las piernas, y se dio cuenta de que la criatura debía de tener cierta inteligencia: se había aproximado a él con cautela, acaso desde una larga distancia, al no saber qué era él y de qué era capaz. Si aquella ola fuerte no le hubiera despertado, la bestia le habría desgarrado la cara mientras él se hallaba en lo más profundo del sueño. Ahora, había decidido que no sólo era sabroso, sino también vulnerable; presa fácil.

Estaba ya casi encima de él, un ser de medio metro de largo y un palmo de altura, una criatura que podía pesar noventa kilos, dominada por la misma obsesión carnívora que David, el halcón que él había poseído en su infancia. Sólo que aquello no tenía nada de la lealtad de David.

El tacón de la bota del pistolero dio con una piedra que sobresalía entre la arena y tropezó, a punto de caer.

«¿Doda choc?», preguntó la bestia, casi solícita, y miró al pistolero con aquellos ojos prominentes y bailarines, al tiempo que las pinzas se acercaban... Entonces llegó otra ola y las pinzas se alzaron de nuevo para representar la postura del Honor. No se movían ni una pizca, y el pistolero se dio cuenta de que su quietud respondía al ruido de la ola, que ya empezaba a romper.

Dio un paso atrás y se inclinó justo cuando la ola rompía con un rugido entre los guijarros. Su rostro quedó a pocos centímetros de la cara de la criatura, parecida a la de un insecto. Fácilmente podía haberle arrancado los ojos, pero las temblorosas pinzas seguían alzadas como puños a ambos lados del cuerpo.

El pistolero alcanzó la piedra con la que había tropezado. Era larga y estaba medio enterrada, pero consiguió liberarla y levantarla rechinando los dientes, ignorando el dolor que sentía en la mano derecha al clavarse los bordes afilados en la carne abierta.

«¿Dada...?», empezó a preguntar la monstruosidad, y bajó las pinzas abiertas al romper la ola y disminuir su rugido, momento que aprovechó el pistolero para tirarle la piedra con toda su fuerza.

Sonó un crujido al partirse la espalda segmentada de la criatura. Se agitó salvajemente bajo la piedra; la mitad posterior subía y bajaba, subía y bajaba. Las preguntas se convirtieron en zumbidos de dolor. Las pinzas se abrían y cerraban en el vacío. El pico tragaba guijarros y montones de arena.

Aun así, al romper la siguiente ola, intentó alzar de nuevo las pinzas y en ese momento el pistolero la pisoteó con la bota que le quedaba. Sonó como si se quebrara un montón de ramitas. Un fluido espeso brotó desde debajo de la bota de Rolando salpicando en dos direcciones. La bestia se arqueó y fue sacudida por un temblor frenético. El pistolero aumentó la presión de la bota.

Llegó una ola.

Las pinzas del monstruo se alzaron diez centímetros, otros diez... Y tras un temblor cayeron, abriéndose y cerrándose por última vez.

El pistolero apartó la pierna. El pico dentado del animal, que le había arrancado dos dedos de la mano y uno del pie, se abrió despacio y volvió a cerrarse. En el suelo yacía una antena rota. La otra temblaba sin sentido.

El pistolero pisó otra vez. Y otra.

Apartó de una patada la piedra, con un gruñido provocado por el esfuerzo, y dio un rodeo hasta el otro lado del monstruo, donde empezó a pisotearlo metódicamente con la bota izquierda hasta que partió del todo el caparazón y mezcló las pálidas entrañas con la arena gris. Estaba muerta, pero él estaba dispuesto a seguir con su empeño: nunca en todo su largo y extraño tiempo había sido herido de tanta gravedad. Además, había sido todo tan inesperado...

Prosiguió hasta que vio la punta de uno de sus propios dedos entre las partes destrozadas del animal muerto y pudo apreciar el polvo del gólgota que se había acumulado bajo la uña durante su pelea con el hombre de negro. Entonces, desvió la mirada y vomitó.

Se acercó al agua como un borracho, con la mano herida pegada a la camisa, mirando de vez en cuando hacia atrás para cerciorarse de que la bestia no estuviera viva, con la tenacidad de una avispa a la que uno chafa y chafa pero sigue retorciéndose, aturdida, pero no muerta. Necesitaba estar seguro de que no le seguía con aquellas extrañas preguntas planteadas en una voz mortalmente desagradable.

A medio camino de la orilla se detuvo y se quedó mirando el lugar donde había estado, recordando. Al parecer, se había quedado dormido justo en la línea de la marea alta. Agarró su cartera y la bota desgarrada.

A la matizada luz de la luna, vio otras criaturas iguales y, en el lapso entre dos olas, oyó sus preguntas.

El pistolero retrocedió paso a paso hasta llegar al límite de las rocas, donde crecía algo de hierba. Allí se sentó e hizo lo único que podía hacer: cubrir los muñones con el tabaco que le quedaba para que dejaran de sangrar y aplastarlo bien a pesar del agudo dolor (al que se había sumado ya el muñón del pie). Se quedó allí sentado, simplemente, temblando de frío, preguntándose si tendría una infección, preguntándose cómo se las arreglaría en aquel mundo con dos dedos menos en la mano derecha (en cuestión de armas, las dos manos servían igual; pero en todo lo demás mandaba la derecha), preguntándose si la bestia le habría inoculado algún veneno al morderle y estaría ya moviéndose por dentro de él, preguntándose si llegaría la mañana.

EL PRISIO- NERO

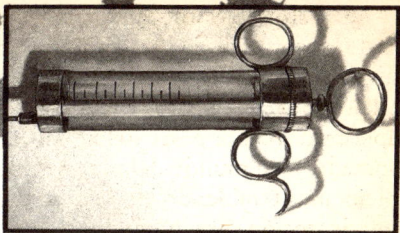

I

LA PUERTA

1

Tres. Ése es el número de tu destino.
¿Tres?
Sí, el tres es místico. Hay tres en el corazón del mantra.
¿Qué tres?
El primero es de pelo oscuro. Reside al límite del robo y del asesinato. Lo ha invadido un demonio. Ese demonio se llama HEROÍNA.

¿Qué demonio es ése? No lo conozco, ni siquiera de las historias de infancia.

Intentaba hablar, pero había perdido la voz, la voz del oráculo, Star-Slut, la Puta de los Vientos, ambas habían desaparecido. Vio una carta que descendía flotando de ninguna parte a ninguna parte. En la carta, un mandril sonreía desde la espalda de un hombre joven de pelo oscuro. Sus dedos, sorprendentemente humanos, estaban enterrados con tal fuerza en el cuello del hombre que las primeras falanges habían desaparecido entre la carne. Al mirar más de cerca, el pistolero vio que el mandril llevaba una fusta en una de aquellas manos predadoras que estrangulaban. El rostro del hombre parecía retorcerse en un horror silencioso.

El Prisionero. El hombre de negro (que antaño fuera un hombre de confianza para el pistolero, un hombre llamado Walter) suspiró burlón:

—*Un poco molesto, ¿eh? Un poco molesto... un poco molesto... un poco molesto... un poco...*

2

El pistolero se despertó de golpe gesticulando con la mano mutilada, convencido de que en cualquier momento alguna de aquellas monstruosidades con caparazón del mar del Oeste se le echaría encima, preguntando desesperadamente en su idioma extraño al tiempo que le desgajaba el rostro de la cabeza.

Pero fue una gaviota, atraída por el reflejo de la luz del alba en los botones de su camisa, lo que se alejó de él con un graznido asustado.

Rolando se incorporó.

La mano latía sin fin, destrozada. Otro tanto ocurría con el pie. Los dedos arrancados insistían en que seguían allí. Había perdido la mitad inferior de la camisa; el resto parecía una túnica desgarrada. Había utilizado un trozo para vendarse la mano y otro para envolver la bota.

«Largaos —dijo a las partes ausentes de su cuerpo—. Largaos. Ahora sois fantasmas. Largaos.»

Sirvió de algo. No mucho, pero algo sí. Eran fantasmas, sí, pero fantasmas vivos.

Se comió una rodaja de carne de caballo curada al sol. Su boca la despreciaba, al igual que el estómago, pero insistió. Una vez que la tuvo dentro, se sintió más fuerte. En cualquier caso, le quedaba poca. Y estaba casi sentado encima.

Había cosas que hacer.

Se levantó con escaso equilibrio y miró alrededor. Los pájaros volaban y se lanzaban al agua, como si el mundo les perteneciera. Los monstruos habían desaparecido. Tal vez fueran nocturnos, o acaso llegaran con la marea. En aquel momento, daba lo mismo.

El mar era enorme, se encontraba con el horizonte en un punto azul brumoso imposible de determinar. Durante un largo rato, el pistolero olvidó su agonía contemplándolo. Nunca había visto tanta cantidad de agua. Lo había oído en las historias infantiles, claro, y los profesores —al menos, algunos— le habían asegurado que existía, pero ver de verdad aquella inmensidad, aquella agua sorprendente después de años de árida tierra, era algo difícil de asumir. Difícil incluso de ver.

Lo miró durante mucho rato, hipnotizado, obligándose a verlo, olvidando por un momento su dolor y sus dudas.

Pero ya había amanecido y tenía cosas que hacer.

Buscó la quijada en el bolsillo trasero, poniendo atención en meter sólo la palma para evitar que fueran los muñones los que tuvieran que descubrir si todavía estaba allí. Los quejidos de la mano se convirtieron en gritos.

Allí estaba.

Bien.

Lo siguiente.

Se desató torpemente los cintos y los dejó sobre la roca. Quitó los revólveres, abrió las recámaras y sacó las balas que quedaban. Las tiró. Un pájaro que descansaba en la brillante orilla se acercó hasta una de ellas, la agarró con el pico, la soltó y se alejó volando.

Tenía que cuidarse también de los revólveres, incluso antes de comprobar las balas, pero como cualquier arma es inútil sin munición, apoyó los cintos en el regazo y pasó la mano con cuidado sobre la piel.

Sacó las balas de la zona seca. La mano derecha seguía intentándolo, insistía en olvidar su mutilación a pesar del dolor, y Rolando se encontró de nuevo de rodillas, como un perro demasiado estúpido o patoso para caminar. Distraído por el dolor, estuvo a punto de aplastarse la mano un par de veces.

«Preveo graves problemas», pensó de nuevo.

Reunió aquellas balas que aún podían ser útiles en un montón descorazonadoramente pequeño. Veinte, de las cuales algunas fallarían con seguridad. No podía fiarse. Sacó las demás y formó otro montón con ellas. Treinta y siete.

«Bueno, en cualquier caso, no ibas muy cargado», pensó. Pero calibró la diferencia entre cincuenta y siete balas seguras y las veinte que tal vez tuviera ahora. O diez. O cinco. O una. O ninguna.

Puso las dudosas en otro montón.

Aún le quedaba la cartera. Algo era. Se la puso en el regazo y luego desmontó lentamente los revólveres y cumplió con el ritual de limpiarlos. Cuando acabó, habían pasado dos horas y el dolor era tan intenso que la cabeza le daba vueltas: el mero hecho de pensar se le hacía difícil. Quería dormir. Nunca en su vida lo había deseado tanto. Pero ninguna razón era válida para negarse a cumplir con su misión.

—Cort —dijo con voz irreconocible. Se echó a reír.

Despacio, muy despacio, montó las armas y las cargó con las balas que podían estar secas. Al acabar, cogió la que estaba construida para su mano izquierda, la amartilló y soltó lentamente el martillo. Quería saber, sí. Quería saber si recibiría una agradable sorpresa cuando apretara el gatillo, o sólo uno de aquellos inútiles *clics*. Pero un *clic* no significaría nada, mientras que un disparo real no haría más que reducir la cantidad de balas a diecinueve. O a nueve, o a tres. O a ninguna.

Desgarró otro trozo de la camisa, posó en él las balas

mojadas y lo ató con la mano izquierda, ayudándose con los dientes. Las metió en la cartera.

«Duerme —le exigía el cuerpo—. Duerme. Ahora tienes que dormir, antes de que oscurezca. No hay nada más. Estás agotado.»

Consiguió levantarse y miró arriba y abajo por la playa desierta. Era del color de la ropa interior que no se ha lavado en mucho tiempo, llena de conchas incoloras. De vez en cuando asomaba alguna roca entre la gruesa arena, cubierta de guano, capas amarillas como los dientes viejos tapadas por otras nuevas de color blanco.

La línea de la marea alta estaba marcada por algas secas. Vio pedazos de su bota derecha y las cantimploras cerca de la línea. Le pareció un milagro que la resaca no se hubiera llevado las cantimploras. Con pasos lentos y renqueantes, se acercó hasta allí. Cogió una y la agitó cerca de una oreja. La otra estaba vacía. En aquélla quedaba algo de agua. Muchos no hubieran podido distinguir la diferencia, pero el pistolero lo sabía tan bien como una madre puede distinguir a sus dos hijos gemelos. Llevaba mucho, mucho tiempo viajando con aquellas cantimploras. Dentro sonaba el agua. Qué bien; un regalo. La criatura que le había atacado, o cualquier otra, podía haberlas abierto de un picotazo, o con las pinzas. Pero eso no había ocurrido, y la marea las había respetado. No quedaba ni rastro de la criatura, a pesar de que la pelea había terminado más allá de la línea de la marea. Tal vez se la habían llevado otros predadores; acaso sus compañeras le habían organizado un entierro ritual, como hacían los *elefaúntes*, según había oído contar en su infancia.

Levantó la cantimplora, tragó agua profundamente y sintió que recuperaba algo de fuerza. Por supuesto, la bota derecha estaba destrozada... Pero tuvo alguna esperanza. La parte del pie estaba entera —rasgada, pero entera— y tal vez podría cortar la otra y preparar algo que al menos durase un tiempo.

Le acosaba la debilidad. Luchó contra ella, pero se le plegaban las rodillas y tuvo que sentarse, mordiéndose la lengua.

«No puedes desmayarte —se dijo en un quejido—. No aquí, donde podría volver una bestia de ésas esta noche para rematar la faena.»

Así que se levantó y se ató la cantimplora vacía a la cintura, pero apenas había recorrido unos metros hacia el lugar donde había dejado la cartera y las armas cuando volvió a caer, casi desmayado. Allí se quedó un rato, con la mejilla contra la arena, donde el filo de una concha se le clavaba en el mentón, casi haciéndole sangrar. Consiguió beber de la cantimplora y se arrastró hasta el lugar donde se había despertado. Había un árbol a unos diez metros, en la ladera. Estaba quemado, pero algo de sombra podría ofrecerle.

Los diez metros le parecieron diez kilómetros.

Aun así, subió las pocas posesiones que le quedaban hasta la escasa sombra del árbol. Se tumbó con la cabeza apoyada en la hierba, deslizándose hacia lo que podía ser sueño, inconsciencia o muerte. Miró hacia el cielo y trató de averiguar la hora. No era el mediodía, pero casi debía de serlo, a juzgar por el tamaño de la sombra en que yacía. Aguantó un poco más, el tiempo necesario para girar el brazo derecho y llevarlo hasta los ojos en busca de marcas de infección, de algún veneno que pudiera estar abriéndose camino hacia sus entrañas.

Tenía la palma de la mano de un color rojo apagado. Mala señal.

«Me la casco con la mano izquierda —pensó—. Algo es algo.»

Entonces lo invadió la oscuridad y se pasó las siguientes dieciséis horas durmiendo, arrullado por el incesante sonido del mar del Oeste.

3

Cuando el pistolero volvió a despertarse, el mar estaba oscuro, pero había una leve luz en el cielo, hacia el este. Se acercaba la mañana. Se incorporó, y le sobrecogieron las nauseas.

Inclinó la cabeza y esperó.

Cuando pasó la debilidad, se miró la mano. Estaba infectada, sí: una línea roja lo delataba, retorciéndose desde la palma hacia la muñeca. Allí paraba, pero ya se podía apreciar el nacimiento de otras que al final llegarían hasta el corazón y lo matarían. Tenía calor, estaba febril.

«Necesito medicinas —pensó—. Pero aquí no hay ninguna.»

¿De manera que había llegado hasta allí sólo para morir? No moriría. Y si, a pesar de su determinación, no quedaba otro remedio, habría muerto camino de su Torre.

—*Qué cretino eres, pistolero* —sonó la voz del hombre de negro en su cabeza—. *¡Qué incorregible! ¡Qué romántico en tu estúpida obsesión!*

—Jódete —gritó, y bebió un trago. Tampoco le quedaba mucha agua. Tenía todo un mar por delante, y de qué le servía... Agua, agua por todas partes, y nada para beber. Tanto daba.

Cogió los cintos, se los ató (duró tanto el proceso que, cuando acabó, la luz del alba ya se había convertido en prólogo del día), y luego trató de levantarse. No estuvo convencido de poder hacerlo hasta que lo hubo conseguido.

Apoyándose en el árbol, cogió la cantimplora casi vacía con el brazo derecho y se la echó a la espalda. Luego, la cartera. Al enderezarse, le entró de nuevo la debilidad y otra vez bajó la cabeza esperando, deseando.

Pasó la debilidad.

Con los pasos temblorosos e inseguros de un hombre en el último estadio de la ebriedad absoluta, el pistolero recorrió el camino de vuelta hacia el pie de la ladera. Se quedó de pie, mirando el océano que parecía vino, y sacó de la cartera la poca carne que le quedaba. Se comió la mitad, y esta vez tanto la boca como el estómago la aceptaron con mejor reacción. Se dio la vuelta y se comió la otra mitad, mientras contemplaba el sol que se alzaba sobre las montañas donde había muerto Jake; primero, parecía que fuera a tropezar con los crueles picos dentados de los montes, pero luego pasó por encima.

Rolando mantuvo el rostro al sol, cerró los ojos y sonrió. Se acabó la carne.

Pensó: «Bueno, ahora no tengo comida. Y me faltan también dos dedos de una mano y otro de un pie; soy un pistolero cuyas balas no disparan; he sido envenenado por la mordedura de un animal, y no tengo antídotos; con suerte, me queda agua para un día; tal vez sea capaz de caminar unos diez kilómetros si gasto hasta el último esfuerzo. Soy, en resumen, un hombre que ha llegado al límite en todo.»

¿Qué dirección debía tomar? Había llegado desde el este; no podía caminar hacia el oeste, a menos que tuviera las propiedades de un santo. Le quedaba el norte o el sur.

Norte.

Ésa fue la respuesta de su corazón. No era una pregunta.

Norte.

El pistolero echó a andar.

4

Caminó durante tres horas. Dos veces cayó, y la segunda no creyó poder levantarse. Entonces llegó hacia él una ola, lo bastante cercana como para que se acordara de sus revólveres, y se levantó casi sin darse cuenta, de pie sobre unas piernas que temblaban como filamentos.

Calculó que habría recorrido unos tres kilómetros en aquellas tres horas. Ahora el sol calentaba, pero no tanto como para justificar los estallidos de su cabeza y el sudor que le cubría la frente. Tampoco la brisa marina era tan fuerte como para justificar los repentinos escalofríos que erizaban su piel y le hacían castañetear los dientes.

—*Fiebre, pistolero* —comentó la voz del hombre de negro—. *Lo que queda de ti está ardiendo.*

Las líneas rojas de la infección eran ya más pronunciadas. Habían recorrido la mitad del camino entre la muñeca y el codo.

Caminó casi otro kilómetro y agotó el agua de la cantimplora. La ató a la cintura junto a la otra. El paisaje era aburrido y desagradable. A la derecha, el mar; a la izquierda, las montañas. Y, bajo sus botas recortadas, la arena gris poblada de conchas. Las olas iban y venían. Buscó langostruosidades, pero no vio ninguna. Iba de ninguna parte a ninguna parte, un hombre de otro tiempo que, al parecer, había alcanzado el punto del final sin sentido.

Poco antes del mediodía volvió a caerse y supo que no podría levantarse. Así que ése era el lugar. Allí. Después de todo, ése era el final.

A cuatro patas, levantó la cabeza como un luchador atontado. A cierta distancia, tal vez un kilómetro, tal vez tres (se hacía difícil calcular las distancias en la playa monótona, con el latido de la fiebre sacándole los ojos de las órbitas), vio algo nuevo. Algo que se sostenía vertical en la playa.

¿Qué era?

(tres)

No importaba.

(el tres es el número de tu destino)

El pistolero consiguió levantarse de nuevo. Soltó un

gemido, alguna petición que sólo oyeron los pájaros que le rodeaban. «Cómo les gustaría arrancarme los ojos —pensó—. Cómo les apetece ese bocado.» Siguió caminando, dejando tras sus pasos huellas irregulares.

Mantuvo la mirada fija en aquello que se sostenía sobre la playa. Apartó el pelo que le caía sobre los ojos. El sol se encaramó al tejado del cielo, donde pareció quedarse demasiado tiempo. Rolando imaginó que estaba de nuevo en el desierto, en algún lugar entre la última cabaña

(trigal, trigal, la fruta musical)

y la estación donde el niño

(*tu Isaac*)

le había esperado.

Las rodillas flaqueaban, se tensaban, flaqueaban, se volvían a tensar. Cuando el pelo volvió a caerle sobre los ojos, no se molestó en apartarlo: no le quedaban fuerzas. Miró hacia el objeto, que ahora proyectaba una estrecha sombra hacia la ladera, y siguió caminando.

A pesar de la fiebre, ya podía distinguirlo.

Era una puerta.

A menos de trescientos metros. Las rodillas volvieron a flaquear, y esta vez no pudo tensarlas. Cayó al suelo, arrastrando la mano derecha por encima de la arena rasposa y de las conchas, entre los gritos de los muñones. Volvía a sangrar.

Se arrastró. Se arrastró con el ritmo constante de las olas del mar del Oeste al romper y retirarse. Se apoyaba en los codos y en las rodillas, con las que marcaba pequeños hoyos por encima de la línea de algas secas de la marea. Supuso que el viento soplaba todavía (tenía que ser así, porque aún le entraban escalofríos), pero el único aire que sonaba era el ronco respirar de sus pulmones.

La puerta estaba más cerca.

Más.

Al final, hacia las tres de aquel día largo y delirante,

cuando la sombra ya se extendía larga a la izquierda, la alcanzó. Se sentó y la contempló extrañado.

Mediría unos cinco metros de altura y parecía de sólido roble, aunque el roble más cercano debía de estar a unos cinco mil kilómetros de distancia o más. El pomo parecía de oro y estaba grabado con una filigrana que el pistolero tardó en reconocer: era la cara sonriente del mandril.

No había ninguna cerradura en el pomo, ni encima, ni debajo. La puerta tenía bisagras, pero no estaban ligadas a nada... «O eso parece —pensó el pistolero—. Es un misterio. Un maravilloso misterio. Pero ¿qué más te da? Te estás muriendo. Tu propio misterio, el único que en el fondo preocupa a todo ser, hombre o mujer, esta ya cerca.»

Aun así, daba lo mismo.

Aquella puerta. Aquella puerta allí, donde no debería haber ninguna puerta. Estaba simplemente allí, sobre la playa gris, unos diez metros por encima de la línea de la marea, tan eterna en apariencia como el mismo mar, ahora proyectando su escuálida sombra hacia el este a medida que el sol se retiraba.

Sobre ella, en letras negras, había dos palabras:

EL PRISIONERO

(Lo ha invadido un demonio. Ese demonio se llama HEROÍNA.)

El pistolero oyó un ligero zumbido. Al principio pensó que se trataba del viento, o que el ruido procedía de su mente febril, pero poco a poco se convenció de que era el sonido de un motor... Y procedía del otro lado de la puerta.

«Pues ábrela. No está cerrada. Sabes que no está cerrada.»

Sin embargo, se incorporó con torpeza y dio la vuelta hasta la parte trasera de la puerta.

No había parte trasera.

Sólo la playa gris que se estiraba. Sólo las olas, las conchas, la línea de la marea, las marcas de su propio camino —huellas de las botas y hoyos de los codos—. Volvió a mirar y puso los ojos en blanco. La puerta no estaba allí, pero su sombra sí.

Adelantó la mano derecha (tanto le costaba a la mano aprender su lugar en lo poco que le quedaba de vida). La bajó y levantó la izquierda. Golpeó, esperando encontrar sólida resistencia.

«Si la toco, será como golpear sobre la nada. Eso sería una buena experiencia antes de morir.»

La mano sólo encontró aire allí donde la puerta, por invisible que fuera, debía estar.

Nada palpable.

Y el ruido de los motores —si realmente había sido eso— ya no sonaba. Ahora sólo había viento, olas, y el zumbido enfermizo de su mente.

El pistolero volvió despacio al otro lado de aquella inexistencia, empezando a pensar que había sido una alucinación, un...

Se paró.

En un momento había estado mirando hacia el oeste, donde veía sólo una ininterrumpida extensión gris, y al momento siguiente la visión quedaba cortada por el canto de la puerta. Veía la cerradura, que también parecía de oro, el pistón que sobresalía como una lengua de metal. Rolando movió la cabeza unos centímetros hacia el norte y la puerta desapareció. Volvió a la posición inicial y allí estaba de nuevo. No aparecía: simplemente, allí estaba.

Acabó de dar la vuelta y se encaró a ella.

Podía rodearla por el otro lado, pero estaba convencido de que el resultado sería el mismo, sólo que esta vez se caería.

«Me pregunto si podría cruzarla desde el lado de la nada.»

Ah, había muchas cosas que preguntarse, pero la verdad era simple. Había una puerta en una playa infinita y sólo servía para dos cosas: para abrirla, o para dejarla cerrada.

Con una pizca de sentido del humor, el pistolero se dio cuenta de que a lo mejor no se estaba muriendo todavía. Si no, ¿por qué iba a estar tan asustado?

Alargó la mano izquierda y la posó en el pomo. Ni el frío mortal del metal ni el calor del grabado le sorprendieron.

Giró el pomo. Tiró, y la puerta se abrió hacia él.

Aquello nada tenía que ver con lo que hubiera podido esperar.

El pistolero miró aterrorizado, soltó el primer grito de horror de su vida adulta y cerró de un portazo. Aunque no había marco sobre el que dar un portazo, la puerta sonó al cerrarse, provocando la estampida de las aves que se habían quedado mirándole en las rocas.

5

Había visto la Tierra desde una altura imposible en el cielo. Desde kilómetros, según parecía. Había visto las sombras de las nubes que se cernían sobre la Tierra, flotando como en un sueño. Había visto lo que podría ver un águila capaz de volar al triple de la altura normal.

Cruzar aquella puerta implicaría caer gritando durante minutos, para acabar clavado en las profundidades de la tierra.

«No, has visto algo más.»

Lo pensó, sentado en la arena como un estúpido, delante de la puerta, con la mano herida en el regazo. Los primeros trazos rojos habían llegado ya por encima del codo. Sin duda, faltaba poco para que la infección afectara al corazón.

En su cabeza sonaba la voz de Cort.

—*Escuchad, mamones. Escuchad por vuestras vidas, si es que eso significa algo. Nunca se ve todo lo que se ve. Una de las razones por las que os han enviado a mí es para que aprendáis lo que no se ve con la mirada, lo que no se ve cuando uno está asustado, o peleando, corriendo, o jodiendo. Nadie ve todo lo que ve, pero antes de convertiros en pistoleros —los que no vayáis al Oeste, claro—, vosotros veréis más en una sola mirada de lo que algunos hombres ven en toda su vida. Y lo que no veáis en esa mirada lo veréis después, en el ojo de la memoria. Eso si vivís lo suficiente para recordar, claro. Porque la diferencia entre ver y no ver puede ser la misma que entre vivir y morir.*

Había visto la Tierra desde aquella enorme altura (y era incluso más sorprendente y chocante que la visión del paso del tiempo que había tenido poco antes de acabar con el hombre de negro, porque esta vez no se trataba de una visión) y la escasa atención que le quedaba había registrado el hecho de que no se trataba de mar ni desierto, sino de algún lugar verde de increíble lujuria y salpicado por agua, que parecía un arroyo, pero...

—*La escasa atención...* —se burló salvajemente la voz de Cort—. *Has visto algo más.*

Sí.

Había visto blanco.

Bordes blancos.

—*¡Bravo, Rolando!* —gritó Cort en su mente, y Rolando creyó sentir el tacto de aquella mano dura, callosa. Guiñó un ojo.

Había mirado a través de una ventana.

El pistolero se levantó con esfuerzo, alargó un brazo y notó en la palma de la mano las líneas ardientes sobre el frío metal. Volvió a abrir la puerta.

La vista que esperaba —la Tierra desde una altura horrorosa, inimaginable— había desaparecido. Ahora veía palabras ininteligibles. Casi las entendía. Eran como Grandes Letras retorcidas.

Sobre las palabras había un dibujo de un vehículo no impulsado por caballos, un carruaje de motor como aquellos que, supuestamente, habían invadido el mundo antes de que se moviera. De repente recordó lo que había dicho el chico, Jake, cuando lo hipnotizó en la estación.

Aquel carruaje sin caballos con una mujer que reía detrás, vestida con pieles, podía ser como el que había atropellado a Jake en su mundo extraño.

«Esto es su mundo», pensó el pistolero.

De pronto, la imagen...

No cambió; se movió. El pistolero reafirmó las piernas, sintiendo vértigo y un ataque de náuseas. Las palabras y la imagen descendieron y ahora veía un pasillo con una fila doble de asientos a cada lado. Había unos cuantos vacíos, pero la mayoría estaban ocupados por hombres con extraños vestidos. Supuso que serían trajes, pero nunca los había visto así. Y lo que llevaban alrededor del cuello podían ser lazos o corbatas, pero tampoco eran como los que él conocía. Y, hasta donde podía ver, no iban armados. Ningún puñal, ninguna espada... Y mucho menos una pistola. Qué panda de confiados. Algunos leían papeles llenos de palabras pequeñas —rotas de vez en cuando por imágenes—, mientras otros escribían sobre papel con un tipo de plumas que Rolando tampoco conocía. Pero las plumas no le preocupaban. El papel sí. En su mundo, el papel y el oro tenían un valor equivalente. En ese mismo momento, un hombre arrancaba una hoja de la libreta que llevaba en el regazo y la convertía en una bola, a pesar de que solo había escrito por una cara. La enfermedad del pistolero no era tan grave como para evitar que hiciera una mueca de horror y rabia ante un derroche tan insensato.

Detrás de aquel hombre había una pared blanca y una hilera de ventanas. Algunas estaban cubiertas por una especie de persianas, pero a través de las otras se veía el cielo.

Entonces una mujer se acercó a la puerta, vestida con algo que parecía un uniforme pero que también resultaba extraño para Rolando. Era de un rojo fuerte y llevaba pantalones. Podía ver la zona donde se juntaban las piernas. Nunca había visto eso en una mujer vestida. Se acercó tanto a la puerta que Rolando pensó que la cruzaría y retrocedió un paso, a punto de caer. Lo miró con la solicitud forzada de una mujer que, aun siendo sierva, no tiene más ama que ella misma. Eso al pistolero no le interesaba. Lo que le interesaba era que su expresión no había cambiado. No era lo que se esperaba de una mujer —de cualquiera, en realidad— que viera a un hombre sucio, destrozado y exhausto, con revólveres atados a la cintura, un trapo empapado de sangre alrededor de la mano y unos tejanos que podían haber sido tratados con una sierra.

—¿Le apetece...? —preguntó la mujer de rojo.

Había dicho algo más, pero el pistolero no entendió exactamente lo que significaba. «Comida o bebida», pensó. Aquella tela roja... No era algodón. ¿Seda? Se parecía un poco a la seda, pero...

—Ginebra —contestó una voz, y el pistolero lo entendió. De repente, entendió más cosas.

No era una puerta.

Eran ojos.

Por insensato que pudiera parecer, veía parte de un carruaje que volaba. Estaba mirando a través de los ojos de alguien.

¿De quién?

Pero ya lo sabía. Estaba mirando a través de los ojos del Prisionero.

II

EDDIE DEAN

1

Como para confirmar su idea, por loca que fuera, aquello a lo que el pistolero miraba a través de la puerta se alzó de pronto y se deslizó a un lado. Todo dio vueltas (sensación de vértigo otra vez, sensación de estar de pie sobre un platillo con ruedas debajo, movido hacia aquí y hacia allá por unas manos invisibles), y entonces el pasillo comenzó a deslizarse por los bordes de la puerta. Pasó por un lugar donde había algunas mujeres de pie, vestidas todas con el mismo uniforme rojo. Allí todo era de acero, y le hubiera gustado hacer que la visión en movimiento se detuviera, a pesar del agotamiento y el dolor, para poder ver qué eran... Eran máquinas de algún tipo. Una parecía un horno. La cantinera que había visto antes servía la ginebra que la voz le había pedido. La botella de la que vertía era muy pequeña. De vidrio. El vaso en el que la estaba sirviendo parecía de vidrio, pero el pistolero no creía que lo fuese en realidad.

Lo que había más allá de la puerta siguió moviéndose

antes de que él pudiera ver más. Hubo otro de esos giros vertiginosos y se encontró frente a una puerta de metal. Había una pequeña señal luminosa ovalada. Esta palabra sí pudo leerla el pistolero. Decía: «LIBRE».

La visión se deslizó un poco hacia abajo. Una mano apareció por la derecha de la puerta a través de la cual miraba el pistolero y tomó el picaporte de la puerta que el pistolero estaba mirando. Vio el puño de una camisa azul, ligeramente arremangada, que dejaba ver unos crespos pelos negros y rizados. Dedos largos. En uno de ellos, un anillo con una piedra engarzada que podía haber sido un rubí o una baratija sin valor. El pistolero se inclinaba por esto último: era demasiado grande y vulgar para ser verdadero.

Se abrió la puerta metálica y el pistolero se encontró frente al retrete más extraño que había visto en su vida. Era todo de metal.

Los bordes de la puerta metálica se deslizaron por los bordes de la otra puerta de la playa. El pistolero oyó que se cerraba la puerta y que el pestillo quedaba echado. No sintió ningún giro vertiginoso, y entonces supuso que el hombre a través de cuyos ojos miraba había conseguido encerrarse allí detrás.

Luego la imagen cambió —no una vuelta completa sino la mitad— y se encontró frente a un espejo y con un rostro que ya antes había visto una vez... en una carta de Tarot. Los mismos ojos oscuros y el mismo mechón de pelo negro. El rostro estaba tranquilo pero pálido y en los ojos —a través de los cuales él ahora veía reflejarse los suyos— Rolando vio parte del horror y el espanto de la criatura montada por un mandril en la carta de Tarot.

El hombre temblaba.

«También él está enfermo», pensó.

Entonces se acordó de Nort, el mascahierba de Tull.

Pensó en el Oráculo.

(*Lo ha invadido un demonio.*)

De pronto el pistolero pensó que sabía, después de todo, qué era la HEROÍNA: algo parecido a la hierba del diablo.

(Un poco molesto, ¿verdad?)

Sin pensarlo, con la resolución simple que lo había convertido en el último pistolero, el último que seguía avanzando mucho después de la muerte o abandono de Cuthbert y los otros, de su suicidio o traición, o de su mera renuncia a la idea de la Torre; con la resolución determinada y carente de curiosidad que lo había conducido a través del desierto, y durante todos los años anteriores al desierto, tras las huellas del hombre de negro, el pistolero cruzó el umbral de la puerta.

2

Eddie había pedido ginebra. Tal vez no fuera una gran idea pasar por la Aduana de Nueva York borracho —sabía que una vez que empezara, no iba a parar—, pero necesitaba algo.

«Cuando tienes que bajar y no puedes encontrar el ascensor —le había dicho Henry—, debes hacerlo como puedas, aunque sea de un martillazo.»

Después de haberla pedido, al marcharse la azafata, había empezado a sentir náuseas. No era seguro que fuera a vomitar, sólo se sentía como si tuviera ganas, pero era mejor no correr riesgos. Pasar la Aduana con medio kilo de cocaína pura debajo de cada axila y oliendo a ginebra ya no estaba del todo bien; pasar la Aduana de la misma forma, pero con un vómito seco en los pantalones sería un desastre.

Así que era mejor estar a salvo. La sensación probablemente se le pasaría, por lo general se le pasaba, pero mejor era estar a salvo.

El problema era que le estaba entrando el pavo. El pavo frío, y no el mono. Más palabras de sabiduría del gran sabio y eminente yonki, Henry Dean.

Estaban sentados en la terraza del ático del Regency Tower. Aún no habían sobrepasado el límite, pero estaban cerca; el sol tibio sobre sus rostros, colocados... En los buenos tiempos, cuando Eddie comenzaba apenas a esnifar caballo y el mismo Henry no había cogido todavía su primera aguja.

Todo el mundo habla del mono —había dicho Henry—, pero antes de llegar ahí tienes que pasar por el pavo frío.

Y Eddie, completamente ido, se había reído como un loco, porque sabía exactamente a qué se refería su hermano. Henry, sin embargo, apenas había mostrado una sonrisa.

—En cierto modo el pavo frío es peor que el mono. Cuando te da el mono, por lo menos sabes que vas a vomitar, sabes que vas a sacudirte, sabes que vas a transpirar hasta tener la impresión de ahogarte en el mismo sudor. El pavo frío es como la maldición de la expectativa.

Eddie recordó haberle preguntado a Henry qué se dice cuando uno que está muy enganchado (algo a lo que entonces, dieciséis meses antes, juraban solemnemente no llegar nunca) tiene un gran viaje.

—Se dice que es un pavo frito —había replicado Henry inmediatamente. Y pareció muy sorprendido, como cualquiera que, después de decir algo, se da cuenta de que es mucho más divertido de lo que había pensado.

Se habían desternillado de risa, golpeándose mutuamente.

Pavo frito, qué divertido; ahora ya no lo era tanto.

Eddie caminó por el pasillo, pasó por la cocina y siguió adelante. Miró la señal de «LIBRE» y abrió la puerta.

«Eh, Henry, gran sabio y eminente yonki, hermano mayor, ya que estamos en el tema, ¿quieres saber como defino yo la maldición de una expectativa? ¿O cómo verte en terribles dificultades? Es cuando el tipo de la Aduana decide que hay algo medio raro en tu aspecto, o cuando tienen esos perros con narices doctoradas y todos comienzan a ladrar y a mear por todo el suelo y es a ti a quien tratan de alcanzar casi estrangulándose con el collar de sus cadenas, y después de revolverte todo el equipaje, los tipos de la Aduana te llevan a una habitación pequeña y te preguntan si te importaría quitarte la camisa y tú dices: bien, sí, la verdad es que me recontraimportaría, pesqué un pequeño resfriado en las Bahamas, y aquí el aire acondicionado está realmente fuerte y tengo miedo de que se convierta en una neumonía y ellos te dicen: ah, no me diga, ¿siempre suda de esa manera cuando el aire acondicionado está realmente fuerte, señor Dean? Así que transpira, bueno, no le va a quedar otro remedio que disculparnos, ahora quítesela, y tú te la quitas, y ellos dicen tal vez sea mejor que se quite también la camiseta porque da la impresión de que tal vez tenga algún tipo de problema médico, compañero, esos bultos debajo de sus axilas podrían ser tal vez tumores linfáticos o algo, y tú ni siquiera te molestas en decir nada más, como un delantero centro que ni siquiera se molesta en atajar la pelota cuando va en cierta dirección y simplemente se vuelve y mira cómo se pierde detrás de la raya, porque ya no hay nada que hacer, así que te quitas la camiseta y, eh, mira lo que tenemos aquí, eres un chico con suerte, esto no son tumores, a menos que sean lo que se podrían llamar tumores en el *corpus* de la sociedad, bueno, bueno, bueno, esto parece más bien un par de bolsitas sostenidas ahí con cinta adhesiva y, ya que estamos, no te preocupes por ese olor, hijo, porque eres tú. Estás frito.»

Extendió el brazo detrás de sí y cerró la puerta con el pestillo. Las luces se hicieron más brillantes. El ruido de los motores era un suave zumbido. Se volvió hacia el espejo porque quería ver si tenía muy mal aspecto, y de pronto lo invadió una sensación penetrante y terrible: la sensación de que lo estaban observando.

«Eh, vamos, deja eso —pensó, incómodo—. Se supone que eres el tipo menos paranoico del mundo. Por eso te enviaron a ti. Por eso...»

Pero de pronto le pareció que lo que veía en el espejo no eran sus propios ojos, no eran los ojos color avellana, casi verdes, de Eddie Dean, esos ojos que habían derretido tantos corazones y que habían abierto tantos pares de lindas piernas durante el último tercio de sus veintiún años; no eran sus ojos, sino los de un extraño. No eran avellana sino azules, del color de unos Levis desteñidos. Ojos fríos, precisos, inesperadamente calculadores. Los ojos de un bombardero.

Reflejado en ellos vio una gaviota que se abalanzaba sobre una ola rompiente, y atrapaba algo de un picotazo.

Tuvo tiempo para pensar: «Por Dios, ¿qué es esta mierda?», y entonces supo que no se iba a desmayar; iba a vomitar, después de todo.

Medio segundo antes de hacerlo, vio que los ojos azules desaparecían, pero antes de que eso sucediera tuvo de pronto la sensación de ser dos personas... de estar poseído, como la niña de *El exorcista*.

Sintió con toda claridad otra mente dentro de la suya y oyó un pensamiento como si no fuera suyo, más bien como la voz de una radio: «He pasado. Estoy en el carruaje celeste.»

Hubo algo más, pero Eddie no lo oyó. Estaba demasiado ocupado vomitando en el lavabo lo más silenciosamente posible.

Al terminar, incluso antes de limpiarse la boca, le pasó algo que nunca antes le había pasado. Por un instante terrorífico no hubo nada: sólo un intervalo en blanco. Como si en una columna impresa en un diario, una sola línea hubiera sido limpia y netamente borrada.

«¿Qué es esto? —pensó Eddie desamparado—. ¿Qué mierda es esta porquería?»

Luego tuvo que vomitar otra vez, y tal vez era lo mejor que podía hacer; por mucho que pueda decirse en su contra, la regurgitación tiene al menos esto a su favor: mientras ocurre, uno no puede pensar en ninguna otra cosa.

3

«He pasado. Estoy en el carruaje celeste —pensó el pistolero. Y un segundo después—: ¡Me ve por el espejo!»

Rolando se echó hacia atrás, no se retiró pero se echó hacia atrás, como un chico que retrocede al rincón más lejano de una habitación muy larga. Estaba dentro del carruaje celeste; también estaba dentro de un hombre que no era él mismo. Dentro del Prisionero. En ese primer momento, cuando estuvo cerca del frente (era la única forma en que lo podía describir), estuvo más que dentro; casi podía decirse que fue el hombre. Sintió su enfermedad, cualquiera que fuese, supo que el hombre tenía náuseas y que estaba a punto de vomitar. Rolando comprendió que, de ser necesario, podría controlar el cuerpo de aquel hombre. Tendría que sufrir sus dolores y aguantar al mismo simio diabólico que él pero, si era necesario, podía hacerlo.

O podía quedarse detrás, inadvertido.

Cuando hubo pasado el acceso de vómito del Prisionero, el pistolero dio un salto adelante, esta vez bien hacia adelante, hasta el frente. Entendía muy poco aquella extraña situación, y actuar en una situación que uno no entiende invita a las más terribles consecuencias, pero necesitaba saber dos cosas, y necesitaba saberlas tan desesperadamente que la necesidad sobrepasaba cualquier consecuencia que pudiera provocar.

La puerta que había atravesado desde su propio mundo, ¿aún estaba ahí?

Y, si lo estaba, ¿seguiría ahí su cuerpo, derrumbado, desocupado, agonizando, o tal vez ya muerto, sin su propio yo para controlar los pulmones, el corazón y los nervios? Aun en el caso de que su cuerpo viviera todavía, quizá sólo continuara viviendo hasta que cayera la noche. Porque entonces las langostruosidades saldrían a formular preguntas y a procurarse la cena en la costa.

Giró rápidamente la cabeza que por un momento era suya y echó un vistazo hacia atrás.

La puerta seguía ahí, detrás de él. Estaba en su propio mundo, abierta, con las bisagras enterradas en el acero de aquel peculiar retrete. Y, sí, ahí yacía Rolando, el último pistolero, echado de costado, con la mano derecha vendada sobre el estómago.

«Estoy respirando —pensó Rolando—. Tendré que volver y cambiarme de lugar. Pero antes hay cosas que hacer. Cosas...»

Se desligó de la mente del Prisionero y retrocedió, vigilando, esperando: quería ver si el Prisionero sabía o no que él estaba ahí.

4

Cuando el vómito cesó, Eddie se quedó inclinado sobre el lavabo con los ojos fuertemente cerrados.

«En blanco durante un segundo. No sé qué ha pasado. ¿He mirado alrededor?»

Abrió el grifo y dejó correr el agua fría. Con los ojos todavía cerrados, se echó agua en las mejillas y la frente.

Cuando ya no lo pudo aguantar más, volvió a mirar al espejo.

Sus propios ojos le devolvieron la mirada.

No tenía voces extrañas en la cabeza.

No tenía la impresión de ser observado.

«Has tenido una fuga momentánea, Eddie —le informó el gran sabio y eminente yonki—. Un fenómeno no poco frecuente en alguien que está a punto de tener el pavo frío.»

Eddie miró el reloj. Una hora y media hasta Nueva York. El avión tenía la llegada prevista a las 4.05, hora del este. La hora señalada. La hora de la confrontación.

Volvió al asiento. Su bebida estaba sobre la bandeja. Tomó dos sorbos y la azafata volvió para preguntarle si deseaba algo más. Abrió la boca para decir que no... y entonces se produjo otro de esos curiosos momentos en blanco.

5

—Me gustaría comer algo, por favor —dijo el pistolero a través de la boca de Eddie Dean.

—Se servirá comida caliente dentro de...

—Realmente me estoy muriendo de hambre —aseguró el pistolero con perfecta veracidad—. Cualquier cosa, aunque sea un popkin...

—¿Un popkin? —La azafata lo miró con el ceño fruncido, y el pistolero buscó rápidamente dentro de la mente del Prisionero. Sandwich... la palabra era tan remota como el murmullo de una caracola de mar.

—O un sandwich —rectificó el pistolero.

La azafata lo miró dubitativa.

—Bueno... tengo un poco de atún...

—Eso estaría muy bien —concedió el pistolero, a pesar de que ignoraba por completo qué cosa podía ser el tul. A caballo regalado no mires el diente.

—Es cierto que está un poco pálido —observó la mujer uniformada—. Pensé que se mareaba por el vuelo.

—Es sólo hambre.

Ella le dedicó una sonrisa profesional.

—Veré qué puedo rescatar.

«¿Rejatar?», pensó el pistolero azorado. En su propio mundo, rejatar era un verbo del argot que significaba tomar a una mujer por la fuerza. No importa. Le traerían comida. No tenía idea de si se la podría llevar a través de la puerta al cuerpo que tanto la necesitaba, pero cada cosa a su tiempo.

«Rejatar», pensó y Eddie Dean sacudió la cabeza, como si no pudiera creerlo.

Y el pistolero se retiró de nuevo.

6

«Nervios —le aseguró el gran oráculo y eminente yonki—. Sólo nervios. Todo forma parte de la experiencia pavo frío, hermanito.»

Pero si se trataba de nervios, ¿cómo era posible que se sintiera asaltado por aquella extraña somnolencia? Extraña porque hubiera debido estar irritado, pasmado, y sentir los deseos urgentes de retorcerse y rascarse que venían justo antes de las verdaderas sacudidas. Y aunque no estuviera con el «pavo frío» de Henry, quedaba el hecho de que estaba a punto de intentar pasar un kilo de cocaína por la Aduana de Estados Unidos, felonía punible con no menos de diez años de prisión federal. Además, parecía tener repentinos desvanecimientos.

Y aun así, aquella sensación de somnolencia.

Tomó otro sorbo de la bebida, y dejó que se le cerraran los ojos.

«¿Por qué te desmayaste?»

«No me he desmayado, porque si no ella habría ido corriendo a buscar el equipo de emergencia que llevan a bordo.»

«Te has quedado en blanco, entonces. Está mal, de todas formas. Nunca te habías quedado en blanco, así, en la vida. Dormitar, sí, quedarte en blanco jamás.»

También sentía algo extraño en la mano derecha. Parecía punzarle vagamente, como si se la hubiese golpeado con un martillo.

La flexionó sin abrir los ojos. No hubo dolor. No hubo punzadas. No vio los ojos del bombardero. Con respecto a los desvanecimientos, no eran más que una combinación del pavo frío y de lo que el gran oráculo y eminente etcétera sin duda llamaría la pena del contrabandista.

«De todas maneras, me voy a dormir —pensó—. ¿Qué te parece eso?»

La cara de Henry se movió a la deriva a su alrededor como un globo sin sujetar.

«No te preocupes —decía Henry—. Todo va a salir bien, hermanito. Tomas el avión hasta Nassau y te registras en el Atuinas; ahí te irá a ver un hombre el viernes por la noche. Uno de los buenos. Te dará caballo, bastante, para todo el fin de semana. El domingo por la noche te trae la coca y tú le das la llave de la caja de seguridad. El lunes por la mañana, lo de siempre, tal como dijo Balazar. El tipo éste domina, sabe cómo va todo y qué hay que hacer. El lunes al mediodía coges otra vez el avión, y con una carita honesta como la tuya pasarás por la Aduana como la brisa y antes de que se ponga el sol, estaremos comiéndonos un bistec en Sparks. Va a ser como una brisa, hermanito, sólo una brisa fresca.»

Pero resultó ser una especie de brisa cálida después de todo.

Lo malo entre él y Henry era que parecían Charlie Brown y Lucy. La única diferencia era que de vez en cuando Henry sostenía la pelota para que Eddie pudiera darle, no muy a menudo, pero sí de vez en cuando. Eddie había llegado a pensar, en uno de sus viajes de heroína, que debía escribirle una carta a Charles Schultz.

Querido señor Schultz —le diría—. *Creo que sus historietas pierden al hacer que Lucy SIEMPRE saque la pelota en el último segundo. De vez en cuando ella debería dejarla ahí. Nada que Charlie Brown pudiera predecir, comprenda usted. A veces tal vez ella podría dejarla ahí para que él pudiera darle tres, tal vez cuatro veces, una tras otra; luego, no darle durante un mes, luego una vez, y luego nada durante tres o cuatro días, y luego, ya sabe, ya capta la idea. Eso sí que REALMENTE jodería al niño, ¿no cree?*

Eddie sabía que aquello le jodería de verdad.

Lo sabía por experiencia.

«Uno de los buenos», había dicho Henry, pero el tipo con acento británico que apareció era un sujeto de piel cetrina, con un bigote fino que parecía sacado de una película de cine negro de los años 40, y dientes amarillos inclinados todos hacia dentro, como los dientes de una trampa de animales muy antigua.

—¿Tiene la llave, señor? —preguntó. El acento de escuela pública inglesa hizo que sonara como si ya hubiera acabado la secundaria.

—La llave está a salvo —dijo Eddie—, si es a eso a lo que se refiere.

—Entonces, démela.

—No, ése no es el acuerdo. Se supone que usted tiene algo para que yo pase el fin de semana. El domingo por la noche usted me trae algo. Yo le doy la llave. El lunes usted va a la ciudad y la usa para conseguir otra cosa. No sé qué cosa porque no me concierne.

De pronto, en la mano del tipejo de piel cetrina apareció una automática azul pequeña y chata.

—¿Por qué no me da simplemente esa llave, señor? Me ahorraría tiempo y esfuerzo. Y usted conservaría la vida.

Eddie Dean, yonki o no, en el fondo era de acero puro. Henry lo sabía; más importante aún, Balazar lo sabía. Por ese motivo lo habían enviado. Casi todos ellos pensaban que había ido porque estaba enganchado hasta el pescuezo. Él lo sabía, Henry lo sabía

Balazar también. Pero sólo él y Henry sabían que habría ido aunque hubiera estado limpio como una estaca. Por Henry. Balazar no fue tan lejos en su especulación, pero Balazar podía irse a la mierda.

—Oiga, amigo, ¿por qué no quita esa cosa de en medio? —preguntó Eddie—. ¿O tal vez quiere que Balazar mande a alguien aquí para que le saque los ojos de la cara con un cuchillo oxidado?

El tipejo cetrino sonrió. La pistola desapareció como por arte de magia; en su lugar había un sobrecito pequeño. Se lo tendió a Eddie.

—Sólo era una broma.

—Si usted lo dice.

—Hasta el domingo por la noche.

Se volvió hacia la puerta.

—Vale más que espere.

Aquel ser amarillento se volvió otra vez hacia él con las cejas alzadas.

—¿Piensa que si quiero irme no me iré?

—Pienso que si se va y esto es mierda de mala calidad yo me voy mañana. Y si yo me voy mañana, usted va a tener la mierda hasta el cuello.

El amarillento regresó malhumoradamente. Se sentó

en el único sillón del cuarto mientras Eddie abría el sobre y derramaba una pequeña cantidad de polvo marrón. Tenía un aspecto pésimo. Miró al sujeto cetrino.

—Ya sé, parece mierda, pero es solamente el corte —dijo el—. Es buena.

Eddie arrancó una hoja de papel del bloc que había sobre el escritorio y separó una pequeña cantidad del montoncito de polvo marrón. La cogió con los dedos y se la frotó en el paladar. Un segundo más tarde escupía en el cesto de los papeles.

—¿Quiere morir? ¿Es eso? ¿Acaso siente deseos de morir?

—Es lo único que hay. —El cetrino estaba más malhumorado que nunca.

—Tengo un pasaje reservado para mañana —dijo Eddie. Era mentira, pero no pensó que aquel tipejo tuviera recursos para comprobarlo—. TWA. Lo hice por mi cuenta. Por si acaso el contacto resultaba ser un jodido cerdo como usted. No me importa. En realidad va a ser un alivio. No estoy hecho para esta clase de trabajo.

El tipejo cetrino se sentó y caviló. Eddie se sentó y se concentró en no moverse.

Tenía ganas de moverse; tenía ganas de deslizarse y escurrirse, resbalar y sacudirse, patinar y bailotear; rascarse, hacer crujir los nudillos, y poner manos a la obra. Sintió incluso que sus ojos tenían ganas de mirar otra vez la pila de polvo marrón, a pesar de saber que era veneno.

Se había dado un pico a las diez de la mañana; desde entonces había pasado el mismo número de horas.

Pero si hacía alguna de aquellas cosas, la situación cambiaría.

El individuo hacía algo más que cavilar: lo observaba, trataba de calcular si iba en serio.

—Es posible que pueda encontrar algo —dijo por fin.

—¿Por qué no lo intenta? —dijo Eddie—. Pero a las once yo apago la luz y pongo en la puerta el cartel de

«NO MOLESTAR» y, si alguien llama después, aviso a conserjería y digo: me están molestando, manden a un tipo de seguridad.

—Es un pardillo —afirmó el tipo cetrino con su impecable acento británico.

—No —rectificó Eddie—, un forro es lo que usted esperaba encontrar. Lo siento por usted. Más vale que venga antes de las once con algo aprovechable (no hace falta que sea extraordinario, sólo algo que se pueda usar), o será un pardillo muerto.

7

El sujeto cetrino volvió mucho antes de las once, volvió como a las nueve y media. Eddie supuso que simplemente había dejado el otro caballo en el coche, por si acaso.

Un poco más de polvo esta vez. No era blanco, pero al menos era de color marfil pálido, lo que daba alguna suave esperanza.

Eddie probó. Parecía estar bien. En realidad mejor que bien. Bastante buena. Enrolló un billete y aspiró.

—Bueno, entonces, hasta el domingo —dijo animadamente el tipejo cetrino, poniéndose en pie.

—Espere —dijo Eddie, como si él fuera el de la pistola. En cierto modo lo era. La pistola era Balazar. Emilio Balazar era un pez gordo, un personaje de altos vuelos en el maravilloso mundo de las drogas de Nueva York.

—¿Que espere? —El individuo cetrino se volvió y miró a Eddie como si creyera que estaba loco—. ¿Que espere qué?

—Bueno, en realidad estaba pensando en usted —explicó Eddie—. Si enfermo seriamente por lo que acabo de

— 55 —

meterme en el cuerpo, usted está acabado. Si muero, por supuesto que está terminado. Pero estaba pensando que si sólo me enfermo un *poco*, podría llegar a darle otra oportunidad. Ya sabe, como la historia ésa del niño que frota una lámpara y obtiene tres deseos.

—Eso no va a hacer que enferme. Es China White.

—Si esto es China White —comentó Eddie—, yo soy Dwight Gooden.

—¿Quién?

—No importa.

El amarillento se sentó. Eddie lo hizo, a su vez junto al escritorio de la habitación del hotel con el montoncito de polvo blanco cerca (el D-Con o lo que fuese se había ido por el inodoro hacía rato). En la televisión, los Mets les estaban dando una paliza a los Braves, cortesía de la WTBS y de la gran antena parabólica de la terraza del hotel Atuinas. Eddie sintió una leve sensación de calma que parecía venir desde el fondo de su mente... sólo que el lugar de donde realmente venía, tal como había leído en las revistas de medicina, era un manojo de cables vivientes ubicado en la base de la columna vertebral, donde se localiza la adicción a la heroína, que produce una dilatación anormal del tronco nervioso.

«¿Quieres una cura rápida? —le había preguntado una vez a Henry—. Rómpete la columna, Henry. Tus piernas dejarán de funcionar, lo mismo que la polla, pero en seguida dejas de necesitar la aguja.»

A Henry no le pareció nada gracioso.

La verdad es que a Eddie tampoco le pareció gracioso. Cuando la única forma rápida de librarse del mono que uno lleva aferrado a la espalda y que le pide droga es romperse la espina dorsal por encima de ese manojo de nervios, uno tiene que vérselas con un mono muy pesado. No con un capuchino o el monito mascota de un organillero ambulante, sino con un enorme mandril, viejo y ruin.

Eddie comenzó a sorberse los mocos.

—Muy bien —dijo por fin—. Servirá. Bueno, basura, puede ir desalojando el lugar.

El tipejo cetrino se puso en pie.

—Tengo amigos —dijo—. Podrían venir aquí y hacerle cosas. Va a suplicarme que vaya a por la llave.

—Yo no, tío —dijo Eddie—. Este chico no. —Sonrió. No supo cómo le había salido la sonrisa, pero no debió de ser jovial porque el amarillento abandonó el lugar; lo abandonó rápido y sin mirar hacia atrás.

Cuando Eddie Dean estuvo seguro de que se había ido, *cocinó*.

Se inyectó.

Durmió.

8

Cómo dormía ahora.

El pistolero estaba de algún modo dentro de la mente de aquel hombre. Aún ignoraba su nombre porque el sujeto en quien el Prisionero pensaba como «el tipo cetrino» tampoco lo sabía, así que nunca lo dijo. Ahora miró esto como en otra época había visto representar obras de teatro, cuando era niño, antes de que el mundo se moviera. O pensó que así lo miraba, porque lo único que había visto en su vida eran obras de teatro. Si alguna vez hubiera visto una película, habría pensado en éstas primero. Todo lo que no vio concretamente pudo arrancarlo de la mente del Prisionero porque las asociaciones eran muy directas. Era curioso lo del hombre, sin embargo. Sabía el nombre del hermano del Prisionero, pero no el suyo. Aunque, por supuesto, los nombres eran algo secreto, lleno de poder.

Y, de las cosas que importaban, ninguna era el nombre del Prisionero. Una era la debilidad de la adicción. Otra era el acero enterrado dentro de esa debilidad, como un arma de buena calidad que se hunde en arena movediza.

Al pistolero este hombre le recordaba dolorosamente a Cuthbert.

Llegaba alguien. El Prisionero, dormido, no lo oyó. El pistolero, en vela, sí que lo oyó y avanzó otra vez.

9

«Fantástico —pensó Jane—. Me dice que está muerto de hambre; yo le preparo algo porque la verdad es que no está nada mal, y se me queda dormido.»

Entonces el pasajero —un tipo alto, como de veinte años, vestido con unos tejanos limpios y ligeramente desteñidos y una camisa estampada— abrió un poco los ojos y le sonrió.

—Gratidas vos —dijo... o algo así. Sonó casi arcaico, o extranjero.

«Habla dormido, eso es todo», pensó Jane. A continuación dijo:

—De nada. —Le dedicó su mejor sonrisa de azafata, segura de que en seguida se dormiría otra vez y de que el sandwich se quedaría allí intacto hasta la hora del servicio de comida.

«Bueno, eso es lo que te enseñaron que pasaba, ¿no es cierto?»

Volvió a la cocina a fumarse un cigarrillo.

Encendió el fósforo, lo alzó a mitad de camino hacia el cigarrillo, y ahí se quedó, inadvertido, porque eso no fue lo único que le enseñaron que pasaba.

—Me pareció que no estaba nada mal. Especialmente por los ojos. Los ojos de color avellana.

Pero cuando el hombre del 3A había abierto los ojos

un momento antes, no eran de color avellana; eran azules. No de un azul dulce y sexy como el de los ojos de Paul Newman, sino del color de un iceberg. Eran...

—¡Ay!

La llama le había llegado a los dedos. Sacudió el fósforo y lo tiró.

—Jane —inquirió Paula—. ¿Estás bien?

—Bien. Estoy soñando despierta.

Encendió otro fósforo y esta vez hizo las cosas bien. Había dado una sola calada al pitillo cuando se le ocurrió una explicación perfectamente razonable. Llevaba lentes de contacto. Por supuesto. De esas que cambian el color de los ojos. Había ido al retrete. Había estado allí tanto rato como para que ella se preocupara por si se sentía indispuesto. Tenía la piel pálida y el aspecto de un hombre que no está del todo bien. Pero sólo había estado quitándose las lentillas para poder descansar más cómodamente. Perfectamente razonable.

«Puede que perciban algo —habló de pronto una voz de su no tan lejano pasado—. Un ligero cosquilleo. O quizá vean alguna cosa un poco fuera de lugar.»

Lentes de contacto de color.

Jane Dorning conocía personalmente a más de dos docenas de personas que llevaban lentes de contacto. La mayoría trabajaba para la compañía aérea. Nadie lo comentaba nunca y una razón podía ser que todos ellos sentían que a los pasajeros no les gustaría ver personal de vuelo con gafas. Les pondría nerviosos.

De entre todos los que Jane conocía, tal vez cuatro usaban lentes de contacto de color. Las lentillas comunes eran caras; las de color costaban una fortuna. Las personas dispuestas a desembolsar tanto dinero eran mujeres, y todas ellas extremadamente vanidosas.

«¿Y qué? Los tipos también pueden ser vanidosos. ¿Por qué no? Éste está muy bien.»

No. No tanto. Guapo, tal vez, y basta. Con esa piel

tan pálida apenas podría llegar a estar bien, por los pelos. Entonces, ¿por qué lentes de contacto de color?

Los pasajeros de avión suelen tener miedo de volar.

En un mundo donde el secuestro y el tráfico de drogas se han vuelto cotidianos y corrientes, el personal de vuelo suele tener miedo de los pasajeros.

La voz que había iniciado estos pensamientos era la de una instructora de la escuela de azafatas, una vieja arpía endurecida que por su aspecto pudo haber llevado el correo aéreo con Wiley Post.

«No ignoren sus sospechas —decía—. Si se olvidan de todo lo que han aprendido acerca de la posibilidad de vérselas con terroristas potenciales o reales, recuerden esto: no ignoren sus sospechas. Hay casos en que uno se encuentra con una tripulación que después declara que no tenía ni idea de nada hasta que el tipo sacó una granada y dijo que giraran a la izquierda, hacia Cuba, o que todo el mundo en el avión saldría por el chorro del reactor. Pero en la mayor parte de los casos hay dos o tres personas —generalmente auxiliares de vuelo, cosa que ustedes serán en menos de un mes— que dicen haber sentido algo. Un ligero cosquilleo. La sensación de que algo no andaba del todo bien con el hombre del 91C o con la joven del 5A. Sintieron algo pero no hicieron nada. ¿Se los despidió por eso? ¡Cristo, no! No se puede encerrar a un tipo porque a uno no le gusta como se rasca las verrugas. El verdadero problema es que sintieron algo... y lo olvidaron.»

La vieja arpía levantaba un dedo categóricamente. Jane Dorning, junto con sus compañeras de clase, la escuchaba arrobada.

«Si sienten ese ligero cosquilleo, no hagan nada... ni siquiera olvidar. Porque siempre existe una pequeña posibilidad de que puedan detener algo antes de que comience... algo como una escala no programada de doce horas en una pista de algún país árabe lleno de mierda.»

Sólo eran unas lentes de contacto de color, pero...
«Graditas vos.»

¿Hablaba dormido? ¿O un salto confuso a otro idioma?

Jane decidió estar atenta.

Y no olvidar.

10

«Ahora —pensó el pistolero—. Ahora veremos, ¿verdad?»

Había sido capaz de venir desde su mundo y de penetrar en aquel cuerpo a través de la puerta de la playa. Lo que necesitaba averiguar era si podía o no podía regresar con cosas. Oh, él mismo estaba convencido de que podía volver a través de la puerta y reentrar en su cuerpo enfermo y envenenado siempre que quisiera. ¿Pero otras cosas? ¿Objetos? Aquí, por ejemplo, frente a él, había comida: algo que la mujer uniformada había llamado un sandwich de tul. El pistolero no tenía idea de lo que podía ser el tul, pero podía reconocer un popkin en cuanto lo veía, a pesar de que éste, curiosamente, estuviera crudo.

Su cuerpo necesitaba comer y necesitaría beber, pero más que cualquiera de estas cosas, su cuerpo necesitaba algún tipo de medicina. Sin ella moriría por la mordedura de la langostruosidad. Era posible que tal medicina existiera en este mundo. En un mundo donde los carruajes recorrían el aire a una altura muy superior a la que el águila más fuerte pudiera volar, cualquier cosa parecía posible. Pero no importaba que pudiera haber medicinas poderosas si no podía llevarse nada a través de la puerta.

«Podrías vivir dentro de este cuerpo, pistolero —le susurró el hombre de negro muy dentro de la cabeza—.

Deja ese pedazo de carne que respira, déjalo ahí para las langostas. De todos modos no es más que una cáscara.»

No lo haría. Por un lado sería un robo sanguinario, porque no se conformaría mucho tiempo con ser apenas un pasajero, mirando a través de los ojos de aquel hombre como un viajero que mira el paisaje por la ventana de un tren.

Por otro lado, él era Rolando. Si era preciso morir, intentaría morir como Rolando. Y moriría arrastrándose hacia la Torre, si era necesario.

Entonces se afirmó en él aquel severo espíritu práctico que, curiosamente, convivía en su interior junto a lo romántico, como un tigre y una gacela. No era necesario pensar en morir antes de haber hecho el experimento.

Levantó el popkin. Lo habían cortado en dos mitades. Sostuvo una en cada mano. Abrió los ojos del Prisionero y miró a través de ellos. Nadie lo estaba mirando (aunque en la cocina Jane Dorning pensaba en él, y mucho).

Rolando volvió hacia la puerta y atravesó el umbral, con las mitades del popkin en las manos.

11

Primero oyó el rugido áspero de una ola que llegaba y luego escuchó la discusión de muchos pájaros marinos posados en las rocas más cercanas, cuando luchaba por quedarse sentado.

«Los cabrones se me están acercando cobarde y sigilosamente —pensó— y pronto me harán pedazos, respire o no. No son más que buitres con una capa de pintura.»

Entonces notó que una de las mitades del popkin —la de la mano derecha— se le había caído sobre la gruesa arena gris, porque al atravesar la puerta la sostenía con una mano entera y ahora de aquella mano sólo quedaba el cuarenta por ciento. Levantó la comida torpemente y la colocó entre los dedos pulgar y anular, le sacudió toda la arena que pudo y le dio un mordisco tentativo. Un momento más tarde lo estaba devorando, sin notar los pedacitos de arena que se le quedaban entre los dientes. Unos segundos después le prestó atención a la otra mitad. En tres mordiscos había desaparecido.

El pistolero no tenía idea de lo que era el tul, sólo sabía que era delicioso. Aquello bastaba.

12

En el avión nadie vio desaparecer el sandwich de atún. Nadie vio que las manos de Eddie agarraban las dos mitades con tanta fuerza que quedó la marca profunda de los pulgares en el pan blanco.

Nadie vio cómo el sandwich palidecía hasta la transparencia y luego desaparecía dejando sólo unas pocas migas de pan.

Unos veinte segundos después de que sucediera esto, Jane Dorning apagó el cigarrillo, cruzó hacia la parte delantera de la cabina y sacó un libro de su bolso de viaje, pero lo que realmente quería era echarle otro vistazo al 3A.

Parecía estar profundamente dormido... pero el sandwich había desaparecido.

«¡Dios! —pensó Jane—. No se lo ha comido; se lo ha tragado entero. Y ahora duerme otra vez. ¿Es una broma?»

El cosquilleo que sentía con respecto a 3A, el señor «Ahora avellana / Ahora azules», fuera lo que fuese, seguía acosándola. Había algo raro en él.

Algo.

III

CONTACTO Y ATERRIZAJE

1

Eddie se despertó por un aviso del copiloto; en unos cuarenta y cinco minutos, iban a aterrizar en el aeropuerto internacional Kennedy, donde la visibilidad era ilimitada, los vientos venían del oeste a dieciséis kilómetros por hora, y la temperatura era de unos agradables veinticinco grados. Les dijo, por si no se presentaba otra oportunidad, que quería agradecer a todos y a cada uno el haber elegido volar con la compañía Delta.

Miró a su alrededor y vio a la gente revisando las tarjetas de declaración de bienes no libres de impuestos y los pasaportes; al venir de Nassau supuestamente bastaba con el carné de identidad y una tarjeta de crédito de un banco del país, pero la mayoría llevaba el pasaporte. Eddie sintió que un alambre de acero se tensaba en su interior. Todavía no podía creer que se hubiera quedado dormido, y tan profundamente.

Se puso de pie y fue al retrete. Las bolsas de coca bajo los brazos parecían descansar firmemente; encajaban con los contornos de sus costados tan perfectamente como antes en la habitación del hotel, cuando un norteamericano de hablar tranquilo llamado William Wilson las había sujetado. Después de esta operación el hombre cuyo nombre hizo famoso Poe (cuando Eddie aludió a esto, Wilson le dirigió una mirada vacía) le alcanzó la camisa. Una típica camisa estampada, un poquito desteñida, del tipo que un estudiante cualquiera se pondría para viajar al volver de unas cortas vacaciones antes de los exámenes... sólo que ésta estaba confeccionada especialmente para disimular bultos en las axilas.

—Antes de bajar revísalo todo una vez más para estar seguro —dijo Wilson—, pero todo saldrá bien.

Eddie no sabía si todo iba a salir bien o no, pero tenía otra razón para querer ir al retrete antes de que se encendiera el cartel de «ABRÓCHENSE LOS CINTURONES». A pesar de toda tentación —y buena parte de la noche anterior no había sido tentación sino rabiosa necesidad— había logrado conservar el último poquito de lo que el tipejo cetrino había tenido el descaro de calificar como China White.

Pasar la Aduana desde Nassau no era lo mismo que pasarla desde Haití, o Quincon o Bogotá, pero había gente vigilando igual. Gente entrenada. Necesitaba todas y cada una de las ventajas que pudiera obtener. Si pudiera tranquilizarse aunque fuera un poco, sólo un poco, para pasar por ahí, ése podía ser el detalle que marcara la diferencia y le permitiera lograrlo.

Aspiró el polvo, echó por el inodoro la papelina y se lavo las manos.

«Por supuesto, si lo logras, nunca lo sabrás ¿verdad?», pensó. No. No lo sabría. Y tampoco le importaba.

Cuando regresaba a su asiento vio a la azafata que le había llevado la bebida, bebida que él no había terminado. Ella le sonrió. Él le devolvió la sonrisa, se sentó y se abrochó el cinturón; cogió la revista de la compañía, volvió las páginas y miró las fotos y las palabras. Ni unas ni otras le impresionaron en absoluto. Un alambre de acero seguía tensándose en torno a su vientre y cuando por fin se encendió el cartel de «ABRÓCHENSE LOS CINTURONES» dio un giro doble y lo constriñó.

La heroína le había hecho efecto —los mocos lo probaban— pero no la podía sentir.

Una cosa sí pudo sentir poco antes de aterrizar, otro de aquellos desconcertantes períodos en blanco... breve, pero definitivo.

El Boeing 727 pasó rasando el agua de Long Island Sound y comenzó a bajar.

2

Jane Dorning estaba en la zona de clase turista ayudando a Peter y a Anne a guardar los últimos vasos de las bebidas servidas después de la comida, en la cocina, cuando el tipo que parecía un estudiantillo pasó al lavabo de primera clase.

Cuando él volvía a su asiento ella corrió la cortina entre turista y primera, sin siquiera pensar en lo que hacía, lo atrapó con su sonrisa y lo obligó levantar la vista y a sonreírle también.

Sus ojos eran color avellana otra vez.

«Muy bien, muy bien. Fue al lavabo y se las sacó antes de la siesta; luego fue de nuevo al lavabo y se las volvió a poner. ¡Por el amor de Dios, Jane, eres tonta!»

Sin embargo no lo era. No podía definir concretamente qué era, pero no era tonta.

Está demasiado pálido.

«¿Y qué? Miles de personas están demasiado pálidas, incluso tu propia madre desde que la vesícula biliar se le fue a la mierda.»

«Tiene unos ojos azules de lo más atractivo —quizá no tan bonitos como las lentillas avellanas— pero ciertamente atractivos. ¿Por qué entonces la molestia y el gasto?»

«Porque le da la gana. ¿No es suficiente?»

No.

Poco antes del «ABRÓCHENSE LOS CINTURONES» y los últimos controles, hizo algo que nunca antes había hecho; lo hizo porque le angustiaba el recuerdo de aquella vieja arpía endurecida que fue su instructora. Llenó un termo con café caliente y le puso la tapa grande de plástico, sin tapar antes la botella. Atornilló la tapa pero le dio sólo una vuelta.

Susy Douglas daba los últimos avisos; les decía a los simples aquellos que apagaran los cigarrillos, les decía que debían guardar lo que habían sacado, les decía que un agente de Delta estaría esperando a la salida, les decía que revisaran y se aseguraran de tener en orden las tarjetas de declaración de bienes y los pasaportes, y les decía que ahora sería preciso recoger todos los vasos, las copas y los auriculares de los asientos.

«Me sorprende que no tengamos que comprobar si están secos», pensó Jane distraídamente.

—Ocúpate de mi lado —le pidió Jane a Susy cuando colgó el micrófono.

Susy echó una mirada al termo, y luego a la cara de Jane.

—¿Jane? ¿Estás enferma? Estás blanca como...

—No estoy enferma. Ocúpate de mi lado. Te lo explicaré cuando vuelva. —Jane echó una mirada rápida a los asientos abatibles, al lado de la puerta de salida de la izquierda.

—Jane...

—¡Ocúpate de mi lado!

—Muy bien —asintió Susy—. Muy bien, Jane. De acuerdo.

Jane Dorning se sentó en el asiento abatible del lado

del pasillo. Sostenía el termo en la mano y no hacía ningún movimiento para ajustar la tapa. Quería mantener el termo bajo completo control y eso implicaba ambas manos.

«Susy cree que me he vuelto loca.»

Esperaba que así fuera.

«Si el capitán McDonald aterriza con brusquedad me voy a quemar las manos.»

Se arriesgaría.

El avión bajaba. El hombre del 3A, el hombre de los ojos de dos colores y el rostro pálido se inclinó de pronto y sacó el bolso de viaje de debajo del asiento.

«Ya está —pensó Jane—. Ahora es cuando saca la granada o el arma automática o la mierda que sea.»

Y en el momento en que lo vio, en el mismísimo momento, estuvo a punto de hacer volar de un manotazo la tapa del termo que sostenía en las manos ligeramente temblorosas. Iba a ser un Amigo de Alá muy pero muy sorprendido el que rodara por el pasillo del Vuelo Delta 901 con la cara llena de café hirviendo.

3A abrió el cierre del bolso.

Jane se preparó.

3

El pistolero pensó que aquel hombre, prisionero o no, era probablemente mejor en el arte de sobrevivir que cualquiera de los otros hombres que había visto en el carruaje aéreo. Los otros, en su mayor parte, estaban gordos y aun los que tenían más o menos buen aspecto parecían obtusos e indefensos, con caras de niños malcriados y melindrosos, caras de hombres que pelearían al final pero que antes de hacerlo gimotearían interminablemente; uno podría sacarles las tripas y dejárselas en los zapatos, y su expresión última no sería rabia o agonía sino estúpida sorpresa.

El prisionero era mejor... pero no lo bastante bueno. En absoluto.

«La azafata. Ha notado algo. No sé qué, pero ha visto que algo no está bien. Está atenta a él de una manera diferente, le presta más atención que a los otros.»

El Prisionero se sentó. Miraba un libro de tapas blandas en el que pensaba como «Rey-vista», a pesar de que a Rolando no le importaba ni pizca quién podía ser el Rey y qué era lo que había visto. El pistolero no quería mirar un libro, por asombroso que aquello pudiera ser; quería ver a la mujer del uniforme. La urgencia de dar el paso y tomar el control era grande. Pero lo controló... al menos por el momento.

El Prisionero había ido a alguna parte y había obtenido una droga. No era la droga que él mismo tomaba, tampoco una que ayudara a curar el cuerpo enfermo del pistolero, sino una por la cual la gente pagaba un montón de dinero porque era ilegal. Le iba a dar aquella droga a su hermano, quien, a su vez, se la daría a un hombre llamado Balazar. El trato quedaría completo cuando Balazar les diera a cambio de ésta la droga que ellos tomaban... sí, claro está, el Prisionero era capaz de ejecutar un ritual desconocido para el pistolero (y un mundo extraño como éste tenía necesariamente muchos rituales extraños). El ritual se llamaba Pasar la Aduana.

«Pero la mujer lo ve.»

¿Podría ella evitar que pasara la Aduana? Rolando pensó que la respuesta probablemente era que sí. ¿Y entonces? Cárcel. Y si encarcelaban al Prisionero no habría lugar donde conseguir la clase de medicina que necesitaba su cuerpo infectado y agonizante.

«Debe pasar la Aduana —pensó Rolando—. Y debe ir con su hermano a reunirse con Balazar. No está en el plan, al hermano no va a gustarle, pero debe hacerlo.»

Porque un hombre que negociaba con drogas conocería a la persona o incluso sería la persona adecuada para curar su enfermedad. Una persona que escucharía cuál era el problema y luego... quizá...

«Debe pasar la Aduana», pensó el pistolero.

La respuesta era tan obvia y tan simple, tan próxima a él, que estuvo muy a punto de no hallarla en absoluto. Era la droga que el Prisionero intentaba colar de contrabando lo que hacía tan difícil pasar la Aduana, por supuesto; habría algún tipo de Oráculo que se consultaba cuando aparecían personas sospechosas. De otro modo, conjeturó Rolando, la ceremonia del paso sería la simplicidad personificada, como había sido en su propio mundo cruzar una frontera amistosa. Uno hacía el signo de lealtad al monarca de ese reino —un simple gesto simbólico— y se le permitía pasar.

Podía llevarse cosas del mundo del Prisionero al suyo propio. Lo había demostrado con un popkin de tul. Se llevaría las bollas de droga como se había llevado el popkin. El Prisionero pasaría la Aduana. Y luego Rolando regresaría con las bolsas.

«¿Puedes?»

¡Ah! Aquélla era una pregunta lo bastante perturbadora como para distraer su atención del agua, abajo... Habían sobrevolado lo que parecía ser un océano inmenso y ahora volvían en dirección a la costa. A medida que se acercaban, el agua se acercaba cada vez más. El carruaje aéreo estaba bajando (la mirada de Eddie era rápida y superficial; la del pistolero, arrobada como la de un niño la primera vez que ve nevar). Podía llevarse cosas de aquel mundo, eso lo sabía. Pero ¿podía traerlas de vuelta? Esto era algo de lo cual hasta ahora no tenía conocimiento.

Tendría que averiguarlo.

El pistolero alcanzó el bolsillo del Prisionero y cerró la mano de éste en torno a una moneda.

Rolando regresó a través de la puerta.

Cuando se sentó, los pájaros levantaron el vuelo. Esta vez no se atrevieron a acercarse tanto. Se sentía mareado, febril, dolorido... Sin embargo, era notable cómo lo había revivido una pequeñísima cantidad de alimento. Miró la moneda que esta vez había traído consigo. Parecía plata, pero el tinte rojizo de los bordes sugería que en realidad estaba hecha de un metal más primario. En uno de los lados figuraba el perfil de un hombre cuyo rostro sugería nobleza, coraje, determinación.

El pelo, rizado en la base del cráneo y atado con una coleta en la nuca, sugería también una pizca de vanidad. Volvió la moneda del otro lado y vio algo que le sobresaltó, hasta el punto de hacerle lanzar un grito con voz áspera y quebrada.

En el dorso había un águila, el emblema que había decorado su propia bandera, aquellos días lejanos en que aún había reinos y banderas que los simbolizaban.

«Hay poco tiempo. Vuelve. Apresúrate.»

Pero se rezagó un momento más, pensando. Ahora era más difícil pensar, la cabeza del Prisionero estaba lejos de estar despejada, pero era un recipiente, al menos temporalmente, más limpio que el suyo.

Tratar de hacer el viaje con la moneda en las dos direcciones era sólo la mitad del experimento, ¿verdad?

Tomó uno de los cartuchos del cinto de las municiones y se lo puso en la mano, sobre la moneda.

Rolando volvió a través de la puerta.

5

La moneda del Prisionero aún estaba ahí, apretada con fuerza dentro de la mano metida en el bolsillo. No le hizo falta dar el paso para constatar lo del cartucho: supo que no lo había conseguido.

De todas maneras, dio el paso, un momento, porque había algo que debía saber. Que debía *ver*.

Así que se volvió, como para arreglar aquella cosa de papel en el respaldo del asiento (por todos los dioses que alguna vez han sido, ¡en aquel mundo había papel en todas partes!), y miró a través de la puerta. Vio su propio cuerpo, derrumbado como antes, con un nuevo hilo de sangre brotando de un corte en su mejilla.

Debió de haber sido una piedra cuando se dejó a sí mismo y cruzó hacia el otro lado.

El cartucho que había sostenido junto con la moneda estaba junto a la base de la puerta, sobre la arena.

Sin embargo, todo había salido bastante bien. El Prisionero pasaría la Aduana.

Los guardias de seguridad podían registrarlo de cabeza a los pies, desde el ano hasta el paladar, una otra vez.

No encontrarían nada. El pistolero se reclinó en su asiento, satisfecho, sin tener ni idea, al menos por el momento, de la verdadera magnitud de su problema.

El Boeing 727 pasó suavemente sobre las salinas de Long Island dejando tras de sí un reguero negro de combustible. Al salir, el tren de aterrizaje produjo un estruendo y un topetazo.

3A, el hombre con los ojos de dos colores, se enderezó y Jane vio por un momento una Uzi chata en sus manos, justo antes de darse cuenta de que aquello no era sino una tarjeta de declaración de bienes y una bolsita de cremallera como las que los hombres usan a veces para guardar el pasaporte.

El avión aterrizó como la seda.

Sacudida por un temblor profundo, Jane ajustó la tapa roja del termo.

—Dirás que soy ridícula —le comentó a Susy en voz baja. Aunque ya era tarde, se abrochó el cinturón. En el último tramo le contaría a Susy lo que había sospechado para que estuviera lista, y añadió—: Y tendrás toda la razón.

—No —respondió Susy—. Hiciste lo correcto.

—Exageré la reacción. Yo pago la cena.

—De ninguna manera. Y no lo mires. Mírame a mí. Sonríe, Jane.

Jane sonrió. Asintió. Se preguntó en el nombre de Dios qué pasaba ahora.

—Tú le vigilabas las manos —manifestó Susy, y se echó a reír. Jane la imitó—. Yo vigilaba qué sucedía con la camisa cuando se agachó para buscar la bolsa. Ahí dentro tiene mercancía suficiente como para abastecer un piso entero de Woolworth's. Sólo que no creo que sea el tipo de mercadería que uno pueda comprar en Woolworth's.

Jane echó la cabeza para atrás, riendo otra vez. Se sentía como una marioneta.

—¿Qué hacemos? —preguntó. Susy tenía cinco años de antigüedad más que ella y Jane, que sólo un minuto antes creía tener la situación bajo cierto desesperado control, ahora agradecía al cielo tener a Susy a su lado.

—Nosotras, nada. Díselo al capitán al entrar en la pista. Él hablará con la Aduana. Tu amigo se pondrá en la cola como cualquier otro, pero unos hombres lo sacarán de ahí y se lo llevarán a un cuartito, que va a ser el primero de una muy larga serie de cuartitos para él, según creo.

—¡Dios! —Jane sonreía, pero sentía escalofríos en todo el cuerpo.

Cuando el avión comenzaba a detenerse se desabrochó el cinturón y le alcanzó el termo a Susy, luego se puso de pie y golpeó suavemente la puerta de la cabina.

No era un terrorista sino un narcotraficante Gracias a Dios por los favores pequeños. Pero, de alguna manera, le sabía mal. Era guapo.

No mucho, pero algo.

8

«Todavía no se da cuenta —pensó el pistolero con ira y agónica desesperación—. ¡Por Dios!»

Eddie se había agachado a buscar los papeles que necesitaba para el ritual y, al incorporarse, la azafata lo estaba mirando con los ojos desorbitados y las mejillas blancas como el papel del respaldo de los asientos. El tubo plateado de tapa roja, que al principio él tomó por una especie de cantimplora, aparentemente era un arma. Ahora la sostenía entre sus pechos. Rolando pensó que en un abrir y cerrar de ojos iba a arrojársela o a destornillar la tapa roja y dispararle.

Luego se calmó y se abrochó el cinturón, a pesar de que el topetazo les hizo saber tanto a él como al Prisionero que el avión ya había aterrizado. La mujer se volvió hacia la azafata sentada a su lado y le dijo algo. La otra se echó a reír y asintió con la cabeza. Pero si ésa era una risa verdadera, pensó el pistolero, él era un sapo de río.

El pistolero se preguntó cómo podía ser tan estúpido el hombre cuya mente se había convertido temporalmente en hogar de su propio *ka*. En parte debía su estupidez a lo que tomaba, por supuesto... una de las versiones de la hierba del diablo en aquel mundo. Pero sólo en parte. Él no era blando ni poco observador como los otros, pero con el tiempo podía llegar a serlo.

«Son como son porque viven en la luz —pensó de pronto el pistolero—. Esa luz de la civilización que te enseñaron a adorar por encima de todo lo demás. Viven en un mundo que no se ha movido.»

Si así acababa la gente en un mundo tal, Rolando estaba seguro de no preferir la oscuridad. «Eso era antes de que el mundo se moviera», decía la gente en su propio mundo, y siempre en un tono despojado de tristeza... pero tal vez fuera una tristeza que se sentía sin pensar, una tristeza sin reflexión.

«Ella pensó que yo/él intentaba coger un arma cuando yo/él nos agachábamos a buscar los papeles. Cuando vio los papeles se tranquilizó e hizo lo mismo que todos los demás antes de que el carruaje descendiera. Ahora habla y se ríe con su amiga pero hay algo raro en sus rostros, en el de ella especialmente, en el rostro de la mujer con el tubo de metal. Están hablando, claro está, pero simulan reír... es porque hablan sobre mí/él.»

El carruaje aéreo se movía ahora a lo largo de lo que parecía ser una larga carretera de hormigón, una de tantas. El pistolero observaba a las dos mujeres, pero por el rabillo del ojo veía otros carruajes aéreos que iban de un lado a otro por otras carreteras. Algunos se movían pesadamente; otros avanzaban a increíble velocidad, no como carruajes sino como proyectiles de pistolas o cañones, preparándose para saltar al aire. Desesperada como era su propia situación, parte de él tenía muchas ganas de dar el paso y volver la cabeza para ver cómo aquellos vehículos saltaban al cielo. Eran objetos hechos por el hombre, pero tan fabulosos como los de los relatos del Gran Plumón que, supuestamente, había vivido en el remoto (y probablemente mítico) reino de Garlan. Más fabulosos, tal vez, simplemente porque éstos eran obra del hombre.

La mujer que le había llevado el popkin se desabrochó el arnés (menos de un minuto después de habérselo abrochado) y avanzó hacia una puerta pequeña. Ahí es donde se sienta el conductor, pensó el pistolero, pero cuando se abrió la puerta y ella entró en la cabina, vio que de hecho se necesitaban tres hombres para conducir el carruaje aéreo, y en el brevísimo vistazo que tuvo oportunidad de echar, lo que parecía un millón de relojes, luces y palancas le hizo comprender por que.

El Prisionero lo miraba todo pero no comprendía nada, Cort primero hubiera resoplado y luego lo habría llevado al paredón más cercano. Lo que ocupaba por completo la mente del Prisionero era aferrarse a la bolsa de debajo del asiento y a la chaqueta de color claro del arcón colocado por encima... y enfrentar la dura prueba del ritual.

El Prisionero nada veía; el pistolero lo veía todo.

«La mujer ha creído que era un loco o un ladrón. Él, o tal vez fui yo, sí, es bastante probable que haya sido yo, hizo o hice algo que le ha llevado a creerlo. Cambió de idea y luego la otra mujer le hizo ver que no estaba equivocada... Pero creo que saben qué anda mal realmente. Saben que él va a tratar de profanar el ritual.»

Entonces, como en un trueno, vio en qué consistía el problema. Para empezar, no era simplemente cuestión de llevarse las bolsas a su mundo como había hecho con la moneda. Ésta no había estado sujeta al cuerpo del Prisionero con la cinta adhesiva que el Prisionero había usado para adherir las bolsas a su cuerpo. Pero la cinta adhesiva era sólo un aspecto del problema. El Prisionero no había reparado en la desaparición temporal de una moneda entre muchas pero cuando se diera cuenta de que aquello que llevaba, por lo cual había arriesgado la vida, había desaparecido súbitamente, iba a armar un escándalo, con seguridad... Y entonces, ¿qué?

Era más que posible que el Prisionero se comportara de manera irracional y que consiguiera que lo encarcelaran de un modo tan inmediato como si lo hubieran pescado en el acto mismo de la profanación. La pérdida sería de por sí algo bastante malo, pero, si las bolsas que llevaba bajo los brazos se derretían en la nada, él probablemente creería que de veras se había vuelto loco.

El carruaje aéreo, parecido a un buey ahora que estaba sobre el suelo, giró laboriosamente a la izquierda. El pistolero se dio cuenta de que ya no le quedaba tiempo para concederse el lujo de seguir pensando. Tenía que hacer algo más que dar el paso: debía contactar con Eddie Dean.

En aquel mismo momento.

9

Eddie se metió el pasaporte y la tarjeta de declaración en el bolsillo del pecho. El cable de acero apretaba sus tripas de una manera constante hundiéndose cada vez más profundamente: sus nervios chisporroteaban. Y de pronto una voz habló dentro de su cabeza.

No un pensamiento; una voz.

—*Escúchame, amigo. Escúchame con mucha atención. Y si quieres permanecer a salvo, no dejes que la expresión de tu cara despierte las sospechas de las azafatas. Dios sabe que ya sospechan bastante.*

Primero, Eddie pensó que aún llevaba puestos los auriculares del avión, y que recibía alguna extraña transmisión desde la cabina. Pero los auriculares del avión se los habían llevado hacía cinco minutos.

Su segundo pensamiento fue que había alguien de pie a su lado y le hablaba. Estuvo a punto de volver la cabeza violentamente hacia la izquierda, pero hubiera sido absurdo.

Le gustara o no, la cruda verdad era que la voz procedía del interior de su cabeza.

Tal vez estaba recibiendo algún tipo de transmisión —OM, FM o VHF— a través de las muelas empastadas. Había oído alg...

—*¡Enderézate, larva! ¡Ya sospechan bastante sin que tengas aspecto de haber enloquecido!*

Eddie se incorporó rápidamente, como si lo hubieran sacudido. No era la voz de Henry, pero se parecía a la de Henry cuando no eran más que un par de niños que crecían en los Proyectos. Henry era ocho años mayor, y de la hermana que había estado con ellos sólo quedaba ahora un mero fantasma en la memoria. Un coche atropelló y mató a Selina cuando Eddie tenía dos años y Henry diez. Aquel áspero tono de mando aparecía siempre que Henry lo veía hacer algo que pudiera terminar con Eddie metido antes de tiempo en un ataúd de pino como había sucedido con Selina.

«¿Qué coño está pasando aquí?»

—*No estás oyendo voces que no están aquí* —retornó la voz desde dentro de su cabeza.

No, no era la voz infantil de Henry. Era de adulto más seca... más fuerte. Pero parecida a la voz de Henry... era imposible no creerlo.

—*Primero, no estás volviéndote loco. SOY otra persona.*

«¿Será telepatía?»

Eddie se daba cuenta vagamente de que su cara carecía por completo de expresión. Pensó que, en tales circunstancias, aquello le hubiera bastado para ganar el Oscar al mejor actor del año. Miró por la ventanilla y vio que el avión se acercaba a la sección Delta de la terminal de llegadas del aeropuerto internacional Kennedy.

—No conozco esa palabra; pero sé que esas azafatas del ejército saben que llevas...

Se produjo una pausa. Una sensación —extraña hasta lo indecible— de dedos fantasmas revolviendo dentro de su propio cerebro como si éste fuera un fichero viviente.

—... heroína o cocaína. No sé cuál de las dos; pero debe de ser cocaína, porque llevas la que no tomas para comprar la que tomas.

—¿Qué azafatas del ejército? —murmuró Eddie. No se daba cuenta en absoluto de que hablaba en voz alta—. ¿De qué mierda me está habl...?

Otra vez aquella sensación de ser abofeteado... tan real que sintió cómo le zumbaba la cabeza.

—¡Cierra el pico, pedazo de imbécil!

—Vale, vale. ¡Joder!

Otra vez la sensación de dedos hurgando.

—Azafatas del ejército —replicó la voz extraña—. ¿Me comprendes? ¡No tengo tiempo de detenerme en cada uno de tus pensamientos, Prisionero!

—¿Cómo me...? —comenzó Eddie, y luego cerró la boca—. ¿Cómo me has llamado?

—No importa. Ahora escucha. Tenemos poco, muy poco tiempo. Lo saben. Las azafatas saben que llevas cocaína.

—¿Cómo pueden saberlo? ¡Esto es ridículo!

—No sé cómo llegaron a saberlo, y tampoco importa. Una de ellas se lo dijo a los conductores. Los conductores se lo dirán a los sacerdotes que llevan a cabo la ceremonia del paso de la Aduana...

La voz de su cabeza usaba un lenguaje arcano, con términos tan pasados de moda que resultaban casi divertidos... pero el mensaje llegaba claro y fuerte. A pesar de que su cara permanecía inexpresiva, Eddie juntó los dientes en un doloroso *clic* y silbó rítmicamente entre ellos.

La voz decía que el juego había terminado. Todavía no había bajado del avión y el juego ya había terminado.

Pero aquello no era real. No podía serlo de ninguna manera. Era su mente, nada más, que en el último minuto le jugaba una pequeña jugarreta paranoica. Eso era todo.

La ignoraría. Ignórala y desaparec...

—*¡NO vas a ignorarla, porque si no irás a la cárcel y yo moriré!* —bramó la voz.

—*En el nombre de Dios, ¿quién eres?* —preguntó temerosamente Eddie, casi sin ganas.

Y dentro de su cabeza oyó que algo o alguien lanzaba un suspiro de alivio, profundo y visceral.

10

«¡Cree! —pensó el pistolero—. Gracias a todos los dioses habidos y por haber. ¡Cree!»

11

El avión se detuvo. Se apagó la luz de ABRÓCHENSE LOS CINTURONES. La manga del jet avanzó rodando y dio contra la puerta delantera con un golpecito suave. Habían llegado.

12

—*Hay un lugar donde puedes dejarla mientras realizas el paso de la Aduana* —dijo la voz—. *Un lugar seguro.*

Luego, cuando hayas pasado, puedes recuperarla y llevár-sela a Balazar.

Ahora la gente se ponía de pie, recogía sus cosas de los estantes superiores y trataba de arreglárselas con los abrigos, que, según el anuncio de la cabina, no iban a necesitar, pues hacía calor.

—Coge la bolsa. Y la chaqueta. Luego vuelve al excusado.

—Exc...

—Oh. Lavabo.

«Si creen que tengo droga, pensarán que voy a tirarla por el inodoro.»

Pero Eddie comprendió que no importaba. No iban a tirar la puerta abajo, claro, porque aquello asustaría a los pasajeros. Y sabrían que no se puede tirar un kilo de coca por el inodoro de un avión sin dejar rastro. No, a menos que la voz realmente estuviera diciendo la verdad... que existía un lugar seguro. Pero ¿cómo podía ser?

—*¡No importa, joder! ¡MUÉVETE!*

Y Eddie se movió. Porque finalmente había comprendido la situación. No podía ver todo lo que veía Rolando, con todos sus años y su entrenamiento de tortura y precisión, pero ahora veía los rostros de las azafatas, los rostros verdaderos, por debajo de las sonrisas y los amables gestos para ayudar a alcanzar las bolsas y cajas del armario delantero. Podía ver cómo sus miradas se desviaban hacia él en rápidos latigazos, una y otra vez.

Cogió la bolsa. Y la chaqueta. Habían abierto la puerta que daba a la manga y la gente ya avanzaba por el pasillo. La puerta de la cabina permanecía abierta, y ahí estaba el capitán, sonriendo también... pero también miraba a los pasajeros de primera ocupados aún en reunir sus cosas, y lo detectó a él —no, mejor dicho, le apuntó con la mirada—. Luego miró de nuevo para otro lado, asintió a lo que alguien le decía y revolvió el pelo de un jovencito.

Ahora tenía frío. No un frío como el del pavo, sólo

frío. No necesitaba la voz dentro de su cabeza para quedarse frío. Frío... en algunos ocasiones venía bien. Sólo había que tener cuidado de no enfriarse tanto como para quedar congelado.

Eddie comenzó a avanzar, llegó al lugar desde donde un giro a la izquierda lo llevaría a la manga... y de pronto se llevó la mano a la boca.

—No me siento bien —murmuró—. Discúlpenme. —Movió la puerta de la cabina, que bloqueaba ligeramente la puerta del lavabo de primera clase, y abrió la puerta del lavabo de la derecha.

—Me temo que tendrá que abandonar el avión —advirtió ásperamente el piloto cuando Eddie abrió la puerta del lavabo—. Es...

—Creo que voy a vomitar, y no quiero hacerlo sobre sus zapatos —dijo Eddie—, ni tampoco sobre los míos.

Un segundo más tarde estaba dentro con la puerta trabada. El capitán le decía algo. Eddie no lo pudo entender, no lo quiso entender. Lo importante era que sólo hablaba, no gritaba; tenía razón, nadie comenzaría a gritar con tal vez doscientos cincuenta pasajeros esperando todavía para bajar del avión por la única puerta delantera. Estaba dentro, por el momento a salvo... pero ¿le serviría de algo?

—*Si estás ahí* —pensó—, *quienquiera que seas, más vale que hagas algo rápidamente.*

Por un instante terrible no pasó nada en absoluto. Fue un instante breve, pero en la cabeza de Eddie Dean pareció prolongarse casi para siempre, como los caramelos Turkish Taffy de Bonomo que Henry le compraba a veces en verano cuando eran pequeños. Si se portaba mal, Henry lo zurraba; si se portaba bien, Henry le compraba Turkish Taffy. Así manejaba Henry sus altas responsabilidades durante las vacaciones de verano.

«Joder, es mi imaginación. Coño, me he vuelto loc...»

—*Prepárate* —anunció una voz severa—. *No puedo*

hacerlo yo solo. Yo puedo dar el PASO, pero no puedo hacerlo de lado. Tienes que ayudarme. Vuélvete.

Eddie se dio cuenta, de pronto, de que veía a través de dos pares de ojos y de que sentía con dos sistemas nerviosos (pero los nervios de la otra persona no estaban todos ahí; parte había desaparecido, recientemente, y gritaba de dolor). Percibía con diez sentidos, pensaba con dos cerebros, y su sangre latía con dos corazones.

Se volvió. Junto al lavabo había un agujero, un agujero que parecía una puerta. A través de aquella puerta se veía una playa gris y arenosa, con olas rompientes del color de unos calcetines de tenis viejos.

Oía las olas.

Olía la sal, amarga como las lágrimas en su nariz.

—*Atraviésala.*

Alguien estaba golpeando la puerta del lavabo, le decía que saliera, que debía abandonar el avión de inmediato.

—*¡Atraviésala, joder!*

Eddie lanzó un gemido y dio un paso hacia la puerta... tropezó... y cayó en otro mundo.

13

Se puso de pie lentamente. Sabía que se había cortado la palma de la mano derecha con el borde de una concha. Se quedó mirando estúpidamente cómo manaba la sangre a través de su línea de la vida y entonces vio a otro hombre que se incorporaba con lentitud a su derecha.

Eddie retrocedió espantado. De pronto, el más agudo terror suplantó a la desorientación y a la soñadora dislocación; aquel hombre estaba muerto y no lo sabía. Tenía el rostro lúgubre y la piel estirada sobre los huesos de la cara, como si consistiera en retazos de tela sobre agudos ángulos de metal casi hasta el punto de rasgarse. La piel del hombre era lívida, salvo por unas tísicas manchas rojas en los pómulos y a ambos lados del cuello, bajo el ángulo de la mandíbula, y por una única marca circular entre los ojos, como un intento infantil de reproducir un símbolo de casta hindú.

Sin embargo los ojos —azules, serenos, sanos— estaban vivos y llenos de una vitalidad terrible y tenaz. Vestía ropas oscuras hechas de algún género casero; la camisa, con las mangas arremangadas, era de un negro muy desteñido, casi gris, y los pantalones, algo parecido a unos tejanos. Llevaba un par de cintos con armas cruzadas sobre la cadera, con las fundas para balas casi vacías. Los estuches sostenían revólveres que podían ser del 45... pero de un modelo increíblemente antiguo. La suave madera de los mangos parecía resplandecer con su propia luz interna.

Eddie, que ignoraba haber tenido intención alguna de hablar —o algo que decir—, se oyó a sí mismo preguntar:

—¿Eres un fantasma?

—Todavía no —graznó el hombre de los revólveres—. La hierba del diablo. Cocaína. Como sea que lo llames. Quítate la camisa.

—Tus brazos...

Eddie los había visto. Los brazos del hombre, que parecía la clase de pistolero extravagante que sólo se encuentra en un western de los malos, resplandecían con líneas de un rojo brillante y siniestro. Eddie sabía perfectamente bien qué significaban aquellas líneas. Significaban sangre envenenada. Significaban que el diablo hacía algo más que soplarte en el culo: trepaba ya por las cloacas que conducen al corazón.

—¡Mis brazos importan un bledo! —exclamó la pálida aparición—. ¡Quítate la camisa y líbrate de eso!

Oyó las olas, oyó el aullido solitario de un viento que no conocía obstrucción; vio sólo a aquel loco agonizante y aquella desolación. Y sin embargo oía también, detrás de sí, las voces murmurantes de los pasajeros que dejaban el avión y el constante golpeteo amortiguado en la puerta.

—¡Señor Dean!

«Esa voz —pensó— está en otro mundo.»

No lo dudaba; simplemente trataba de metérselo en la cabeza, de la manera en que uno encaja una uña en una grieta de caoba.

—Realmente tendrás que...

—Puedes dejarlo aquí, luego lo recoges —graznó el pistolero—. Joder, ¿no comprendes que aquí tengo que hablar? ¡Me duele! Y no hay tiempo, ¡pedazo de idiota!

Eddie hubiera matado a más de uno por usar esa palabra... pero le parecía que matar a aquel hombre sería toda una tarea, a pesar de que casi parecía necesitarlo.

Aun así sentía la verdad de aquellos ojos azules; su loca mirada anulaba todas las preguntas.

Eddie comenzó a desabotonarse la camisa Su primer impulso fue el de sacársela de un tirón, como Clark Kent cuando Lois Lane estaba atada a la vía de un tren, pero en la vida real aquello no funcionaba; tarde o temprano habría que explicar la ausencia de los botones arrancados. Así que los deslizó a través de los ojales mientras detrás de él, seguían golpeando a la puerta.

Dio un tirón para sacar la camisa de los tejanos, se la quitó y la dejó caer, revelando la cinta adhesiva que le cruzaba el pecho. Parecía un hombre en el último estadio de la recuperación después de haberse fracturado varias costillas.

Echó una rápida mirada tras de sí y vio una puerta abierta... la parte inferior había dibujado la forma de un ventilador sobre la arenisca gris de la playa cuando alguien —presumiblemente el hombre agonizante— la abrió. A través de la puerta vio el retrete de primera clase: el lavabo, el espejo... y en él su propia cara desesperada, con el mechón negro que le cruzaba la frente sobre los ojos color avellana. Al fondo vio al pistolero, la playa, los pájaros que levantaban el vuelo chillando y riñendo por Dios sabe qué.

Manoseó la cinta mientras se preguntaba cómo empezar, cómo encontrar alguna punta y, de repente, lo sobrecogió una atolondrada desazón. Así debían de sentirse el ciervo o el conejo cuando habían cruzado hasta la mitad una carretera en medio del campo, y volvían la cabeza sólo para quedarse clavados ante la luz deslumbrante de un coche que venía.

William Wilson, el hombre cuyo nombre Poe hizo famoso, había tardado veinte minutos en ajustarlo todo. En cinco minutos, siete a más tardar, abrirían la puerta del lavabo.

—No puedo quitarme esta mierda —le advirtió al hombre tambaleante que tenía delante—. No sé quién eres, ni dónde estoy, pero, de verdad, hay demasiada cinta y muy poco tiempo.

14

El capitán McDonald frustrado por la falta de respuesta de 3A, comenzó a golpear la puerta. Deere, el copiloto, le aconsejó inmediatamente que no continuara.

—¿Adónde podría ir? —preguntó Deere—. ¿Qué puede hacer? ¿Meterse en el inodoro y tirar de la cadena? Es demasiado corpulento.

—Pero es que lleva... —comenzó McDonald.

Deere, que había consumido cocaína en más de una ocasión, dijo:

—Si lleva, lleva mucho. No puede deshacerse de todo.

—Cierren el agua —dijo McDonald de pronto.

—Ya esta cerrada —confirmó el navegante (que también había aspirado en ocasiones)—. Pero no creo que eso importe. Se puede disolver lo que hay en el tanque, pero de ahí no sale.

Estaban apiñados frente a la puerta del retrete, bajo el brillo burlón de la señal de OCUPADO, y hablando todos en voz baja.

—Vienen los muchachos de la DEA, vacían el tanque, sacan una muestra y el tipo está frito.

—Siempre puede decir que entró alguien antes que el y la metió —replicó McDonald.

Su voz comenzaba a adquirir un tono duro. No quería hablar sobre aquello, quería hacer algo al respecto, a pesar de tener aguda conciencia de los imbéciles que no acababan de salir. Algunos de ellos miraban con algo más que natural curiosidad a la tripulación de vuelo y a las azafatas, reunidos todos en torno a la puerta del retrete. La tripulación, por su parte, era muy consciente de que un acto tan abierto y evidente, podría hacer que se manifestara el pánico a los terroristas presente en la mente de todo pasajero de avión. McDonald sabía que el copiloto y el ingeniero de vuelo tenían razón; sabía que lo más probable era que la mercancía estuviera metida en bolsas de plástico, y aun así oía sonar una alarma en su cabeza. Algo no andaba bien. En su interior, algo le gritaba una y otra vez: «¡Rápido!, ¡rápido!», como si el tipo de 3A fuera un jugador experto con unos cuantos ases en la manga, a punto de jugarlos.

—No está tratando de tirar la cadena —dijo Susy Douglas—. Ni siquiera intenta abrir el grifo del lavabo. Oiríamos succionar el aire. Oigo algo, pero...

—Váyase —ordenó McDonald en forma cortante Miró a Jane Dorning—. Usted también. Nosotros nos ocuparemos de esto.

Jane se volvió para irse, con las mejillas ardiendo.

Susy dijo con calma:

—Jane lo detectó y yo descubrí los bultos debajo de la camisa. Creo que vamos a quedarnos, capitán McDonald.

Si quiere denunciarnos por insubordinación, hágalo. Pero quiero que se acuerde de que puede estar enviando al infierno algo que podría ser importante para la oficina del fiscal.

Se miraron fijamente hasta hacer saltar chispas de acero.

—He volado con usted setenta, ochenta veces, Mac —indicó Susy—. Sólo trato de ser su amiga.

McDonald la observó un momento más, y asintió con la cabeza.

—Quédense, entonces. Pero retrocedan las dos un paso hacia la cabina.

Se puso de puntillas, miró hacia atrás y vio el final de la cola de gente pasando de clase turista a primera. Dos minutos, tal vez tres.

Se volvió hacia el agente que estaba junto a la escotilla y los vigilaba de cerca.

Debió de haber percibido algún tipo de problema porque había sacado de su estuche el walkie-talkie y ahora lo sostenía en la mano.

—Dile que quiero agentes de Aduana —se dirigió McDonald en voz baja al navegante—. Tres o cuatro. Armados. Ahora.

El copiloto avanzó a través de la cola de pasajeros, disculpándose con una amable sonrisa, y habló en voz baja con el agente de la puerta. Éste se llevó el walkie-talkie a la boca y habló en voz baja.

McDonald, que en toda su vida no se había metido en el cuerpo nada más fuerte que una aspirina, y muy de vez en cuando, se volvió hacia Deere. Tenía los labios apretados, formando una línea fina y blanca como una cicatriz.

—En cuanto salga el último de los pasajeros, vamos a tirar esta puta puerta abajo —anunció—. No importa si la gente de la Aduana está aquí o no. ¿Me entiendes?

—Roger —contestó Deere, y miró cómo los del final de la cola entraban en primera clase.

15

—Tráeme la navaja —ordenó el pistolero—. Está en mi cartera.

Gesticuló hacia un bolso de cuero muy gastado que estaba sobre la arena. Más que un bolso parecía una especie de morral, del tipo que suelen usar los hippies cuando recorren la vía de los Apalaches, alucinando con la naturaleza (y quizá con un porro, de vez en cuando). Pero aquel tenía aspecto de ser auténtico y no un sostén para reforzar algún tipo de imagen; era un testigo de años y años de viajes difíciles, tal vez desesperados.

Hizo un gesto, pero no señaló. No podía señalar. Eddie vio por qué el hombre tenía un retal de camisa sucia alrededor de la mano derecha: algunos dedos habían desaparecido.

—Tráelo —dijo—. Corta la cinta. Procura no cortarte tú. Es fácil. Tendrás que tener cuidado pero al mismo tiempo deberás moverte con rapidez. No tenemos mucho tiempo.

—Ya lo sé —asintió Eddie, y se arrodilló en la arena.

Nada de aquello era real.

Exacto, ésa era la respuesta. Como diría el gran sabio y eminente yonki Henry Dean: «A que sí, a que no, el mundo es mentira, la vida es ficción; oh qué bien, oh qué mal, escuchemos a Creedence y pongámonos guai.»

Nada de aquello era real, no era nada más que un viaje extraordinariamente vívido, así que lo mejor sería andar despacio silbando bajito y seguir la corriente.

Seguro, era un viaje vívido. Estaba a punto de alcanzar el cierre —que tal vez fuera una cinta velcro— de la «cartera» del hombre, cuando vio que estaba sostenida por una trama entrecruzada de tiras de cuero sin curtir, algunas de las cuales se habían roto y habían sido atadas cuidadosamente, con nudos pequeños, que pudieran, sin embargo, deslizarse a través de los ojales.

Eddie deslizó hacia arriba el nudo superior y abrió el bolso; encontró el cuchillo debajo de un envoltorio algo húmedo, el pedazo de camisa con que había envuelto las balas. Solamente el mango ya bastaba para quitarle el aliento... era el verdadero blanco grisáceo de la plata pura, labrado con una serie de dibujos que atrapaban la vista. Llevaban...

El dolor le explotó en el oído, rugió a través de su cabeza y por un momento cubrió su visión con una nube roja. Cayó torpemente sobre la cartera abierta, pegó en la arena y levantó la mirada hacia el hombre pálido de las botas recortadas. Aquello no era un viaje. Los ojos azules que relampagueaban desde aquel rostro moribundo eran los ojos de la verdad.

—Admíralo luego, Prisionero —repuso el pistolero—. Por ahora sólo úsalo.

Podía sentir cómo el oído le latía y la oreja se le hinchaba.

—¿Por qué sigues llamándome así?

—Corta la cinta —ordenó el pistolero con severidad—. Si irrumpen en tu excusado mientras estás aquí, tengo la impresión de que tendrás que quedarte durante mucho, pero mucho tiempo. Y muy pronto con un cadáver como compañía.

Eddie sacó el cuchillo fuera de la vaina. No era viejo, era más que viejo, más que antiguo. La hoja, afilada casi al punto de la invisibilidad, parecía ser edad pura atrapada en el metal.

—Sí, parece afilado —afirmó. Y su voz no era muy firme.

Los últimos pasajeros salían a la manga. Uno de ellos, una dama de unas setenta primaveras, con la exquisita confusión que sólo parecen capaces de mostrar los que vuelan por primera vez con demasiados años o muy poco inglés, se detuvo para enseñarle los billetes a Jane Dorning.

—¿Cómo encontraré mi avión a Montreal? —preguntó—. ¿Y qué hago con las maletas? ¿Tengo que pasar la Aduana aquí o allá?

—A la salida de la manga encontrará un agente que le dará toda la información que necesite, señora —indicó Jane.

—Bueno, no veo por qué no puede darme usted toda la información que necesito —repuso la anciana—. El túnel todavía está lleno de gente.

—Circule, señora, por favor —pidió el capitán McDonald—. Tenemos un problema.

—Bueno, perdóneme por respirar —contestó la anciana, de mal talante—. Creo que simplemente me caí del coche fúnebre.

Y la dama avanzó a paso vivo, con la nariz inclinada como la de un perro que huele fuego un poco más allá, con el bolso de viaje apretado en una mano y el sobre con los billetes en la otra. De él sobresalían tantas tarjetas de embarque que a uno le tentaba creer que la dama había dado casi la vuelta al mundo cambiando de avión en cada parada del camino.

—He aquí una señora que tal vez no vuelva a volar en los grandes jets de Delta —murmuró Susy.

—Me importa un huevo. Como si vuela empaquetada de relleno en los calzoncillos de Superman —dijo McDonald—. ¿Es la última?

Jane echó una ojeada por detrás de ellos, miró hacia

los primeros asientos de la clase turista, y luego asomó la cabeza al sector central. Estaba desierto.

Volvió y les comunicó que el avión estaba vacío.

McDonald miró hacia el lado de la manga y vio a dos agentes de Aduana uniformados que luchaban por abrirse paso a través de la multitud, disculpándose pero sin molestarse en volver la mirada a la gente que habían empujado a un lado. La última era la anciana, que dejó caer el sobre con los billetes y toda la documentación. Volaron los papeles, se desparramaron por todas partes y ella revoloteó detrás como un cuervo enojado.

—Muy bien —dijo McDonald—. Aquí están los muchachos.

—Señor, somos oficiales federales de la Aduana...

—Cierto, yo los llamé, y me alegro de que hayan venido tan rápido. Ahora bien, ustedes quédense aquí. Éste es mi avión, y el pasajero que está ahí dentro me pertenece. Una vez que esté fuera del avión y dentro de la manga, les cedo al pichón y se lo pueden cocinar en la forma que quieran. —Le hizo una señal a Deere—. Le voy a dar una última oportunidad a este hijo de puta, y luego echamos la puerta abajo.

—Bien —asintió Deere.

McDonald golpeó la puerta con la palma de la mano y gritó:

—¡Vamos, amigo, salga! ¡Estoy harto de pedírselo!

No hubo respuesta.

—Muy bien —masculló McDonald—. Vamos.

17

Eddie oyó remotamente que una anciana decía: «Bueno, perdóname por respirar. Creo que simplemente me caí del coche fúnebre.»

Había separado la mitad de la cinta adhesiva. Cuando la anciana habló, a él le tembló la mano y vio que un hilo de sangre rodaba por su vientre.

—Mierda —dijo Eddie.

—Ahora no podemos hacer nada —repuso el pistolero con su áspera voz—. Termina el trabajo. ¿O la visión de la sangre te enferma?

—Sólo cuando es la mía —respondió Eddie. La cinta comenzaba justo por encima de su vientre. Cuanto más alto cortaba, más difícil le resultaba ver. Pudo abrir una brecha de siete u ocho centímetros más, y casi volvió a cortarse al oír que el capitán McDonald hablaba con los agentes de Aduana: «Muy bien. Aquí están los muchachos.»

—Puedo terminar y tal vez abrirme en pedazos, o puedes intentarlo tú —señaló Eddie—. No veo lo que estoy haciendo. Me tapa el puto mentón.

El pistolero cogió el cuchillo con la mano izquierda. Le temblaba. Ver la hoja, afilada al punto suicida, y aquel tembleque pusieron a Eddie extremadamente nervioso.

—Creo que mejor voy a intentarlo yo mismo...

—Espera.

El pistolero se quedó mirando fijamente su mano izquierda. No es que Eddie no creyera en la telepatía; pero tampoco creía en ella ciegamente. Sin embargo ahora sentía algo, algo tan palpable y real como si fuera el calor que sale de un horno. Después de unos segundos se dio cuenta de qué se trataba: aquel hombre extraño juntaba toda su fuerza de voluntad.

«¿Cómo mierda puede estar agonizando si siento su fuerza de una manera tan rotunda?», pensó.

La mano empezó a relajarse. Pronto fue apenas un temblor. Pasados apenas diez segundos, se veía tan sólida y firme como una roca.

—Ahora —dijo el pistolero. Dio un paso adelante y alzó el cuchillo. Eddie sintió que exudaba algo más: fiebre rancia.

—¿Eres zurdo? —preguntó Eddie.

—No —contestó el pistolero.

—Oh, Dios —exclamó Eddie, y decidió que podría sentirse mejor si cerraba los ojos por un momento. Oyó el ronco susurro de la cinta adhesiva que se abría.

—Ya está —dijo el pistolero, y dio un paso atrás—. Ahora arrójalo tan lejos como puedas. Yo me ocupo de la espalda.

Ya no eran amables golpecitos en la puerta del retrete; era un puño que golpeaba como un martillo.

«Ya han bajado todos los pasajeros —pensó Eddie—. Se le terminó la paciencia. Mierda.»

—¡Vamos, amigo, salga! ¡Estoy harto de pedírselo!

—¡Dale un tirón! —gruñó el pistolero.

Eddie tomó un grueso extremo de cinta adhesiva en cada mano y tiró con toda la fuerza que pudo. Le dolió, le dolió como la gran puta.

«Deja de quejarte como un maricón —pensó—. Podría ser peor. Podrías tener pelos en el pecho, como Henry.»

Miró hacia abajo y vio una banda roja de piel irritada como de veinte centímetros de ancho a la altura del esternón. El lugar donde se había lastimado era justo encima del plexo solar. La sangre manaba de un hoyuelo y le corría hasta el ombligo en un reguero escarlata. Las bolsas de droga colgaban ahora de sus axilas como alforjas mal atadas.

—Muy bien —dijo la voz amortiguada detrás de la puerta del retrete—. Vamos...

Eddie se perdió el resto en la inesperada ola de dolor que le cruzó la espalda cuando sin ceremonias el pistolero le arrancó el resto de la cinta.

Se mordió para no gritar.

—Ponte la camisa —indicó el pistolero. Su rostro, que para Eddie era el rostro más pálido que un hombre vivo podía llegar a tener, había adquirido el color de la ceniza vieja. Sostuvo la cinta (que ahora se pegaba a sí misma en estúpido vaivén, mientras las grandes bolsas de polvo blanco parecían raros capullos) con la mano izquierda, y luego la puso a un costado. Eddie vio que brotaba sangre fresca a través de la venda improvisada en la mano derecha del pistolero—. Date prisa —añadió.

Se oyó el sonido de un golpe sordo. No era alguien que golpeaba para que le abriera. Eddie levantó la vista a tiempo para ver temblar la puerta del retrete, para ver parpadear las luces. Trataban de entrar por la fuerza.

Levantó la camisa con dedos que de pronto parecían demasiado grandes, demasiado torpes. La manga izquierda estaba vuelta del revés. Trató de ponerla del derecho a través del agujero, se le trabó la mano por un momento, y luego la arrancó con tanta fuerza que la manga volvió a salir junto con ella.

Topetazo, y la puerta del retrete volvió a temblar.

—Por Dios, ¿cómo es posible que seas tan torpe? —gimió el pistolero, y metió su propio puño por la manga izquierda de la camisa de Eddie.

Cuando el pistolero la echó hacia atrás, Eddie agarró el puño. Ahora el pistolero le sostenía la camisa como un mayordomo sostendría un abrigo ante su amo. Eddie se la puso y buscó con los dedos el botón inferior.

—¡Todavía no! —ladró el pistolero, y rasgó un nuevo trozo de su ajada camisa—. ¡Límpiate el vientre!

Eddie lo hizo lo mejor que pudo. Del hoyuelo donde efectivamente el cuchillo le había lastimado la piel seguía manando sangre. La hoja estaba afilada, cómo no. Bastante afilada.

Dejó caer sobre la arena el pedazo de camisa ensangrentado y se abotonó la suya.

Topetazo. Esta vez la puerta hizo más que temblar; se arqueó dentro del propio marco. A través de la puerta de la playa, Eddie vio que el frasco de jabón líquido se caía de su sitio, al lado del lavabo. Cayó encima de su bolsa de viaje.

Había pensado meterse la camisa, que ahora estaba abotonada (y abotonada correctamente, por milagro), dentro de los pantalones. De pronto se le ocurrió una idea mejor. Se desabrochó el cinturón.

—¡No hay tiempo para eso! —El pistolero trataba de gritar y no podía—. ¡A esa puerta sólo le queda un golpe!

—Sé lo que hago —manifestó Eddie, rogando tener razón, y dio un paso hacia atrás a través de la puerta entre los mundos, al tiempo que se desabrochaba los tejanos y se bajaba el cierre.

Después de un momento desesperado y desesperante, el pistolero lo siguió, lleno de ardiente dolor físico por un momento. En el siguiente sólo hubo frío *ka* en la cabeza de Eddie.

18

—Uno más —dijo roncamente McDonald y Deere asintió. Ahora que todos los pasajeros habían salido de la manga, tanto como del mismo avión; los agentes de Aduana sacaron las armas.

—¡Ahora!

Los dos hombres se lanzaron adelante y juntos pegaron contra la puerta. Se abrió de par en par; un trozo de metal quedó colgando por un momento de la cerradura y luego cayó al suelo.

Y ahí estaba sentado el señor 3A, con los pantalones a la altura de las rodillas y los faldones de su desteñida camisa estampada ocultándole —apenas— el pirulín.

«Bueno, me da toda la impresión de haberlo pescado en el acto mismo —pensó cansadamente McDonald—. El único problema es que este acto que yo sepa no es ilegal.» De pronto sintió cómo se le hinchaba el hombro en el lugar donde había golpeado la puerta, ¿cuántas veces?, ¿tres, cuatro?

—¿Se puede saber qué porras está haciendo aquí? —ladró en voz alta.

—Bueno, estaba cagando —dijo 3A—, pero si todos ustedes tienen un problema grave, muchachos, supongo que podré limpiarme en la terminal...

—Y se supone que no nos oía, ¿verdad, chico listo?

—No llegaba a la puerta. —3A extendió la mano para hacer una demostración y, a pesar de que la puerta ahora colgaba desmantelada a la izquierda, McDonald vio lo que trataba de decir—. Me imagino que pude haberme levantado pero, digamos, tenía una situación desesperada entre las manos. Sólo que no era exactamente entre las manos, si me entiende lo que le quiero decir. No es que tampoco quisiera tenerlo entre las manos, si sigue entendiendo lo que quiero decir.

3A exhibió una sonrisita ganadora, ligeramente chiflada, que al capitán McDonald le pareció casi tan legítima como un billete de nueve dólares. Cualquiera que lo escuchara podría creer que nadie le había enseñado el viejo y simple truco de inclinarse hacia adelante.

—Levántese —ordenó McDonald.

—Con mucho gusto. ¿Tal vez las damas puedan ir un poquito hacia atrás? —3A sonrió con todo su encanto—. Sé que en los tiempos que corren está pasado de moda, pero no puedo evitarlo. Soy pudoroso. De hecho, tengo un gran motivo para ser pudoroso.

Alzó la mano izquierda con el pulgar y el índice separados menos de dos centímetros, y le guiñó un ojo a Jane Dorning. Ella se ruborizó al rojo vivo y de inmediato desapareció por el pasillo, seguida de cerca por Susy.

«No pareces modesto —pensó el capitán McDonald—. Pareces un gato que acaba de tomar su leche, eso es lo que pareces.»

Cuando las azafatas estuvieron fuera de la vista, 3A se

puso en pie y se subió los calzoncillos y los tejanos. Extendió la mano para apretar el botón del agua y rápidamente el capitán McDonald le apartó la mano bruscamente, lo agarró por los hombros y le hizo girar en dirección al pasillo. Deere lo sujetó con mano firme por la parte trasera del pantalón.

—Tómeselo con calma —dijo Eddie.

Su voz era clara y sonaba bien —al menos eso pensaba él— pero por dentro todo era caída libre. Podía sentir al otro, lo sentía con toda claridad. Estaba dentro de su mente, lo vigilaba de cerca, estaba ahí quieto y tenía la intención de actuar si Eddie la cagaba. Dios, todo aquello tenía que ser un sueño, ¿no? ¿No?

—Quédese quieto —ordenó Deere.

El capitán McDonald echó una mirada dentro del inodoro.

—No hay mierda —confirmó, y cuando el navegante soltó un conato de risa involuntaria, McDonald se lo quedó mirando fijamente.

—Bueno, ya sabe cómo son las cosas —comentó Eddie—. A veces uno tiene suerte y no es más que una falsa alarma. Sin embargo lancé un par de verdaderos torpedos. Pedos, quiero decir, gases de pantano. Si hubiera encendido una cerilla aquí hace tres minutos habría podido asar un pavo para el día de Acción de Gracias, ¿sabe? Debe haber sido algo que comí antes de subir al avión, me imag...

—Deshágense de él —dijo McDonald, y Deere, que aún lo tenía sujeto por la parte trasera del pantalón, le pegó un empujón que lo lanzó fuera del avión y dentro del túnel, donde cada uno de los oficiales de la Aduana lo tomó de un brazo.

—¡Eh! —gritó Eddie—. ¡Quiero mi bolsa! ¡Y mi chaqueta!

—Oh, tendrá todas sus cosas —aseveró uno de los oficiales. Su pesado aliento, que olía a Maalox y a acidez de estómago, chocó contra la cara de Eddie—. Estamos muy interesados en sus cosas. Ahora, vámonos, amiguito.

Eddie les decía que se lo tomaran con calma, que aflojaran, que podía caminar de lo más bien, pero luego recordó que las puntas de sus zapatos pisaron el suelo de la manga sólo tres o cuatro veces entre la puerta del Boeing 727 y la salida a la terminal, donde esperaban otros tres oficiales de la Aduana y media docena de policías de seguridad del aeropuerto; los tipos de la Aduana esperaban a Eddie y los policías mantenían apartada a una pequeña multitud que le observaba con un interés ávido y malsano mientras se lo llevaban.

IV

LA TORRE

1

Eddie Dean estaba sentado en una silla. La silla se encontraba en una pequeña habitación blanca. Una pequeña habitación blanca llena de gente. Una pequeña habitación blanca llena de humo. Eddie iba en calzoncillos. Eddie quería un cigarrillo. Los otros seis —no, siete— hombres de la pequeña habitación blanca iban vestidos. Los otros hombres, de pie a su alrededor, lo rodeaban. Tres —no, cuatro— de ellos estaban fumando.

Eddie quería rascarse y bailotear. Eddie quería moverse y retorcerse.

Eddie estaba sentado, quieto, relajado; miraba a los hombres que estaban de pie a su alrededor con cierto divertido interés, como si no estuviera volviéndose loco por una dosis, como si no estuviera volviéndose loco de pura claustrofobia.

La razón era el otro en su mente. Al principio, el otro le había aterrorizado. Ahora agradecía que el otro estuviera ahí.

El otro podía estar enfermo, agonizando incluso, pero aún así poseía suficiente acero como para prestarle un poco a este aterrorizado yonki de veintiún años.

—Es muy interesante la marca roja que tienes en el pecho —indicó uno de los hombres de la Aduana.

Un cigarrillo le colgaba del costado de la boca. Tenía un paquete en el bolsillo de la camisa. Eddie sintió que podía fumarse, digamos, cinco cigarrillos de ese paquete, alineárselos en la boca de comisura a comisura, encenderlos todos, aspirar profundamente, y sentirse mentalmente mucho mejor.

—Parece una cinta. Parece como si hubieras tenido algo ahí, Eddie, sujeto con una cinta y de pronto hubieras decidido que era una buena idea arrancártelo y tirarlo a la basura.

—Pillé una alergia en las Bahamas —explicó Eddie—. Se lo dije. Quiero decir: ya hemos pasado por esto varias veces. Trato de conservar mi sentido del humor, pero cada vez me resulta más difícil.

—Me cago en tu sentido del humor —intervino otro salvajemente, y Eddie reconoció aquel tono. Era la forma en que sonó su propia voz cuando se había pasado la mitad de la noche esperando al hombre en el frío, y el hombre no venía. Porque aquellos tipos también eran yonkis. La única diferencia era que para ellos la droga eran tipos como Henry y como él.

—¿Qué me dices de ese agujero que tienes en la barriga? ¿De dónde salió eso, Eddie? ¿De una agencia distribuidora de noticias?

Un tercer agente señalaba el punto donde Eddie se había herido. Finalmente había dejado de sangrar, pero todavía había una oscura burbuja púrpura que parecía más que dispuesta a abrirse ante la más ligera presión.

Eddie señaló la banda roja donde había estado la cinta.

—Pica —dijo. Y no era mentira—. Me quedé dormido en el avión. Si no me cree, pregúntele a la azafata...

—¿Por qué no íbamos a creerte, Eddie?

—No lo sé —respondió Eddie—. ¿Tienen con frecuencia traficantes de droga que se quedan dormidos durante el viaje? —Hizo una pausa, les dio unos segundos para que pensaran en eso, y luego alargó las manos. Tenía algunas uñas melladas. Otras serradas. Descubrió que cuando uno tenía el mono, las uñas se convertían de pronto en el bocado favorito—. Tuve bastante cuidado de no rascarme, pero debo haberme dado una buena rascada mientras dormía.

—O cuando estabas flipado. Podría ser la marca de una aguja. —Eddie se dio cuenta de que los dos estaban al tanto de todo. Uno se pincha ahí, tan cerca del plexo solar, que viene a ser el conmutador del sistema nervioso, y nunca más puede volver a pincharse en su vida.

—Denme un respiro —pidió Eddie—. Se me han acercado tanto a la cara para mirarme las pupilas que pensé que iban a darme un morreo. Saben que no estaba flipado.

El tercer agente de Aduana se mostraba disgustado.

—Para ser un inocente corderito, sabes una barbaridad acerca de drogas, Eddie.

—Lo que no aprendí en *Corrupción en Miami* lo saqué del *Reader's Digest*. Ahora díganme la verdad: ¿cuántas veces vamos a pasar por esto?

Un cuarto agente levantó una bolsita de plástico. Dentro de la bolsita había algunas fibras.

—Éstos son filamentos. Vamos a recibir la confirmación del laboratorio, pero sabemos de qué clase son. Son filamentos de cinta adhesiva.

—No me duché antes de salir del hotel —repitió Eddie por cuarta vez—. Estaba afuera, junto a la piscina, tomando un poco de sol. Trataba de librarme del sarpullido. El sarpullido de la alergia. Me quedé dormido. Tuve suerte de coger el avión. Tuve que correr a lo loco. Hacía mucho viento. No sé qué cosas se me pudieron pegar a la piel y cuáles no.

Otro extendió una mano y pasó un dedo por los ocho centímetros de carne del doblez interior del codo izquierdo de Eddie.

—Y esto no son rastros de una aguja.

Eddie empujó la mano a un costado.

—Picaduras de mosquitos. Se lo dije. Casi curados. ¡Dios mío, eso lo pueden ver por sí mismos!

Podían. Aquello no se había arreglado de la noche a la mañana. Eddie había dejado de picarse en el brazo un mes antes. Henry no hubiera podido hacerlo y ése fue uno de los motivos por los que fue Eddie; tuvo que ser Eddie. Cuando necesitaba sin falta una dosis, se picaba muy arriba, en la parte superior del muslo izquierdo, en el lugar donde su testículo izquierdo se apoyaba contra la piel de su pierna... como había hecho la otra noche, cuando el sujeto cetrino por fin le trajo algo que servía. La mayor parte la había aspirado, simplemente, algo que a Henry ya no le alcanzaba. Todo aquello le provocaba sentimientos que no podían definir con exactitud... una mezcla de orgullo y vergüenza. Si los tipos miraban ahí, si corrían los testículos a un costado, podía verse en serios problemas. Un análisis de sangre podría causarle problemas aún más serios, pero ése era un paso que no podían dar sin algún tipo de prueba... y pruebas eran precisamente lo que no tenían. Sabían todo pero no podían probar nada. Que era toda la diferencia entre querer y el mundo, como hubiera dicho su querida y anciana madre.

—Picaduras de mosquitos.

—Sí.

—Y la marca roja es una reacción alérgica.

—Sí. La pillé cuando fui a las Bahamas, pero no fue demasiado grave.

—La pilló cuando bajó aquí —le dijo uno de los hombres a otro.

—Ajá —asintió el segundo—. ¿Tú le crees?

—Claro.

—¿Crees en Papá Noel?

—Claro. Cuando era pequeño una vez me saqué una foto con él y todo. —Miró a Eddie y añadió—: ¿Tienes una foto de esta famosa marca roja de antes que hicieras este viajecito, Eddie?

Eddie no contestó.

—Si estás limpio ¿por qué no quieres hacerte un análisis de sangre? —Éste era otra vez el primer tipo, el del cigarrillo en el costado de la boca. Se le había consumido casi hasta el filtro.

De pronto Eddie se enojó, se puso blanco de ira. Escuchó dentro de sí.

—*Muy bien* —respondió de inmediato la voz, y Eddie sintió más que un acuerdo, sintió una especie de aprobación del tipo de «lánzate». Lo hacía sentir como cuando Henry lo abrazaba, le revolvía el pelo, le daba palmaditas en el hombro y le decía: «Bien hecho, chaval... no dejes que se te suba a la cabeza, pero has estado muy bien.»

—Ustedes saben que estoy limpio. —Se puso en pie súbitamente de modo que los otros se echaron hacia atrás. Miró al fumador, que era quien estaba más cerca, y le espetó—: Y te diré algo, niño, si no me sacas de la cara ese clavo de cajón, te lo saco yo de un golpe.

El tipo retrocedió.

—Ya han vaciado un tanque lleno de mierda del avión, muchachos. Por Dios, han tenido tiempo para pasar por esto tres veces. Han revisado mis cosas. Me he inclinado y he dejado que uno de ustedes me metiera en el culo el dedo más largo del mundo. Si eso es chequeo de próstata, esto es un safari de puta madre. Tenía miedo de mirar hacia abajo. Pensé que podía ver el dedo de ese tipo saliéndome por la polla.

Los miró a todos.

—Se me han metido por el culo, me han revisado las cosas, y aquí estoy, sentado en calzoncillos mientras ustedes, muchachos, me tiran humo a la cara. ¿Quieren un análisis de sangre? Está bien. Traigan a alguien para que lo haga.

Murmuraron, se miraron los unos a los otros. Sorprendidos. Incómodos.

—Pero si quieren hacerlo sin una orden judicial —dijo Eddie—, el que lo haga más vale que traiga agujas y frascos de más, porque, mierda, no pienso mear solo. Quiero que venga un oficial de la policía federal, y que cada uno de ustedes se haga el mismo análisis de mierda, con sus nombres y números de identificación en cada frasco, todo bajo la custodia de ese oficial de la policía federal. Y sea cual sea el análisis que me hagan a mí —cocaína, heroína, anfetas, hierba, lo que sea— quiero que hagan esos mismos análisis a las muestras de ustedes, chicos. Y luego quiero que se envíen los resultados a mi abogado.

—Lo que hay que escuchar, su ABOGADO —gritó uno de ellos—. A esto es a lo que siempre se llega con mierdas como tú, ¿verdad, Eddie? Ya tendrá noticias de MI ABOGADO, te voy a echar a MI ABOGADO encima. ¡Esta basura me da ganas de vomitar!

—Para ser franco en este momento no tengo abogado —repuso Eddie, y era verdad—. No pensé que lo fuera a necesitar. Ustedes me han hecho cambiar de idea. No encontraron nada porque no tengo nada, pero no significa que el rock and roll se detenga ahí, ¿verdad? Así que quieren que baile. Fantástico. Voy a bailar. Pero no voy a bailar solo. Ustedes también van a tener que bailar, muchachos.

Se produjo un silencio espeso y difícil.

—Me gustaría que se bajara los calzoncillos otra vez, por favor, señor Dean —solicitó uno de ellos. Era el mayor. Tenía aspecto de encargarse de las cosas. Eddie pensó que tal vez (sólo tal vez) se había dado cuenta por fin de dónde podían estar las marcas frescas. Hasta el momento no habían revisado ahí. Los brazos, los hombros, las piernas... pero ahí no. Estaban demasiado seguros de haber encontrado algo.

—Estoy harto de sacarme cosas, de bajarme cosas, y de tragarme esta mierda —señaló Eddie—. O traen a alguien aquí para hacer un montón de análisis de sangre, o me voy. ¿Que prefieren?

Otra vez un pesado silencio. Y, cuando comenzaron a mirarse entre sí, Eddie supo que había ganado.

—*Los DOS hemos ganado* —corrigió—. *¿Cómo te llamas, tío?*

—*Rolando. Y tú te llamas Eddie. Eddie Dean.*

—*Oyes bien.*

—*Escucho y observo.*

—Denle su ropa —dijo, disgustado, el hombre mayor. Miró a Eddie—. No sé qué traías, que tenías ni cómo lo has hecho para que desaparezca, pero quiero que sepas que lo vamos a averiguar. —El viejo se quedó observándolo y añadió, casi sonriendo—: Vaya, vaya. No me da ganas de vomitar lo que dices. Lo que me da ganas de vomitar es lo que eres.

—¡Yo le doy ganas de vomitar a usted!

—Afirmativo.

—Vaya por dónde —exclamó Eddie—. Me encanta. Aquí estoy sentado en un cuartito; sólo llevo los calzoncillos y tengo siete tipos a mi alrededor con pistolas en la cadera ¿y yo le doy ganas de vomitar a usted? Tío, tiene usted un problema.

Eddie avanzó hacia él. El tipo de la Aduana se mantuvo en su sitio por un momento pero luego algo en los ojos de Eddie —un loco color que parecía mitad avellana y mitad azul— le hizo dar un paso atrás en contra de su voluntad.

—¡NO LLEVO NADA! —rugió Eddie— ¡AHORA, APÁRTENSE! ¡APÁRTENSE! ¡DÉJENME EN PAZ!

Silencio otra vez. El hombre mayor miró a su alrededor y le gritó a alguien:

—¿No me has oído? ¡Dale la ropa!

Y eso fue todo.

—¿Le parece que nos siguen? —le preguntó el taxista. Parecía divertido.

Eddie se inclinó hacia delante.

—¿Por qué dice eso?

—Porque mira todo el rato por la ventanilla de atrás.

—Nunca se me ocurrió que me estuvieran siguiendo —dijo Eddie. Era la pura verdad. Había visto a los que le seguían la primera vez que miró a su alrededor. Los que le seguían, más de uno. No tenía que mirar en torno para confirmar su presencia. Hasta a los pacientes externos de un hospital para retrasados mentales les costaría perder de vista el taxi de Eddie aquella tarde de mayo; el tráfico en la L.I.E. era escaso—. Soy un estudioso de los sistemas de tráfico, eso es todo.

—Oh —profirió el taxista.

Una declaración tan curiosa como aquélla hubiera provocado preguntas en algunos círculos, pero los taxistas de Nueva York rara vez formulan preguntas; en cambio, afirman, generalmente a lo grande. La mayor parte de las afirmaciones comienzan con la frase «¡Esta ciudad!», como si tales palabras fueran la invocación religiosa que precede al sermón... que es lo que generalmente son. Este taxista, en cambio, dijo:

—Porque si en serio creía que nos estaban siguiendo, le digo que no. Yo me habría dado cuenta. ¡Esta ciudad! ¡Dios! En mis tiempos yo he seguido a muchísima gente. Le sorprendería saber cuánta gente entra en el taxi de un salto y dice: «Siga a ese coche.» Ya sé, parece que sólo se ve en las películas, ¿verdad? Correcto. Pero, como se dice, el arte imita a la vida y la vida imita al arte. ¡Sucede de verdad! Y sacarse de encima a alguien que te sigue es fácil si uno sabe tenderle una trampa al tipo. Uno...

Eddie le bajó el volumen al taxista hasta un murmullo

de fondo, y sólo escuchaba lo suficiente como para asentir en las pausas adecuadas. Si uno se detenía a pensarlo, la perorata del taxista no dejaba de ser bastante divertida. Uno de los perseguidores era un sedán azul oscuro. Eddie supuso que pertenecía a la Aduana. El otro era una camioneta cerrada con carteles a los costados que decían GINELLI'S PIZZA. También tenía el dibujo de una pizza, sólo que la pizza era la cara sonriente de un muchacho, y el muchacho sonriente se chupaba los dedos, y debajo del dibujo aparecía el eslogan «¡Ummmmmm! ¡Es una Pizza RIIIIIICA!» Sólo que un joven artista urbano, de rudimentario sentido del humor, armado con un aerosol de pintura había tachado la palabra PIZZA y escrito encima POLLA.

Ginelli. Eddie conocía sólo a un Ginelli; tenía un restaurante llamado Four Fathers. El negocio de la pizza era una pantalla, un armazón garantizado, la delicia de un inspector. Ginelli y Balazar. Iban juntos como el frankfurt y la mostaza.

Según el plan original, fuera de la terminal tenía que haber una limusina con un chófer listo para llevarlo en un santiamén al lugar donde Balazar hacía negocios, un salón cerca del centro. Pero por supuesto el plan original no incluía dos horas en un cuartito blanco, dos horas de interrogatorio constante por parte de un grupo de agentes de Aduana, mientras otro grupo se dedicaba primero a vaciar y luego a rastrear el contenido de los tanques de desechos del vuelo 901, en busca de la sospechada gran carga, la carga indisoluble, que era imposible echar al inodoro.

Cuando salió, la limusina no estaba, claro. El chófer debía de tener sus instrucciones: si el pez no ha salido de la terminal unos quince minutos después de que el resto esté fuera, aléjate rápido. El chófer de la limusina no sería tan tonto de usar el teléfono del coche, que en realidad era una radio cuyas señales podían ser captadas con toda facilidad.

Balazar podría hacer algunas llamadas, enterarse de que Eddie había tenido problemas, y prepararse para los problemas que tendría él. Balazar pudo haber detectado el acero de que Eddie estaba hecho, pero eso no impedía que Eddie fuera un yonki. No se podía confiar en que un yonki fuera un tipo duro.

Esto significaba que existía la posibilidad de que el camión de pizza fuera a adelantar al taxi, que alguien sacara un arma automática por la ventana de la camioneta de pizza, y luego, simplemente, la parte posterior del taxi quedaría convertida en algo así como un sangriento rallador de queso. A Eddie algo así le preocuparía más de haber sido retenido durante cuatro horas en lugar de dos, y mucho más si hubieran sido seis. Pero sólo dos... Pensó que Balazar confiaría en que, al menos aquel tiempo, pudiera mantener la boca cerrada. Querría saber qué había pasado con la mercancía.

La verdadera razón por la que Eddie miraba todo el tiempo hacia atrás era la puerta.

Le fascinaba.

Cuando los agentes de la Aduana le llevaban medio a rastras por las escaleras hasta la sección administrativa del Kennedy, había mirado por encima del hombro hacia atrás y ahí estaba, improbable pero indudablemente, indiscutiblemente real, flotando a su lado como a un metro de distancia. Se veía el movimiento constante de las olas que rompían en la arena; vio que allí comenzaba a oscurecer.

La puerta era como una de esas figuras con trampa que al parecer llevan dentro otra figura escondida; al principio uno no ve la figura escondida aunque lo maten, pero cuando uno la ve ya no puede dejar de verla por mucho que lo intente.

Sólo había desaparecido las dos veces en que el pistolero se había ido sin él, y aquello lo había asustado: Eddie se había sentido como un niño a quien se le apaga la luz que le dejan encendida por la noche. La primera vez había sido durante el interrogatorio en la Aduana.

—*Debo irme*—. La voz de Rolando había atravesado limpiamente la pregunta que en ese momento le arrojaban—. *Sólo me quedaré unos instantes. No tengas miedo.*

—*¿Por qué?* —preguntó Eddie—. *¿Por qué debes irte?*

—¿Qué le pasa? —le había preguntado uno de los tipos de la Aduana—. De pronto parece asustado.

De pronto se había sentido asustado, pero por nada que aquel yo-yo pudiera comprender.

Al mirar él por encima del hombro, los hombres de la Aduana también se habían vuelto. No veían más que una pared blanca y lisa cubierta de paneles blancos llenos de agujeros para amortiguar los ruidos; Eddie había visto la puerta, a su distancia normal de un metro (ahora estaba encajada en la pared de la habitación, como una salida de emergencia que ninguno de sus interrogadores podía ver). Vio más. Vio cosas que salían de las olas, cosas que parecían refugiados de una película de horror, donde los efectos son un poquitín más especiales de lo que uno querría, suficientemente especiales como para que todo parezca real. Tenían el aspecto de un cruce espantoso entre gamba, langosta y araña. Producían un sonido misterioso.

—¿Te está dando el *delirium tremens*? —le había preguntado uno de los tipos de la Aduana—. ¿Ves unos bichitos trepando por las paredes, Eddie?

Aquello estaba tan cerca de la verdad que Eddie estuvo a punto de echarse a reír. Comprendió sin embargo por qué el hombre llamado Rolando debía volver; la mente de Rolando estaba bastante segura —al menos por el momento— pero las criaturas se movían en dirección a su cuerpo y Eddie sospechó que, si Rolando no lo retiraba del lugar que actualmente ocupaba, podía no quedarle cuerpo alguno para volver.

De pronto oyó mentalmente a David Lee Roth que

balaba: *Oh Iyyyy... ain't got no body**... y esta vez sí se echó a reír. No pudo evitarlo.

—¿Qué es lo que te resulta tan divertido? —le preguntó el agente de la Aduana que había querido saber si estaba viendo bichitos.

—Toda la situación —le respondió Eddie—. Pero sólo en el sentido de lo peculiar, no de lo hilarante. Quiero decir: si esto fuera una película, sería más del estilo de Fellini que del de Woody Allen, si me entiende lo que le quiero decir.

—*¿Podrás arreglártelas?* —preguntó Rolando.

—*Sí, todo bien. V y O.*

—*No comprendo.*

—*Ve y Ocúpate.*

—*Ah, muy bien. No tardaré.*

Y de pronto ese otro se había ido. Simplemente se había ido. Como una fina voluta de humo que el capricho más ligero del viento pudiera deshacer de un soplo. Eddie había vuelto a mirar hacia atrás y no había visto más que agujereados paneles blancos; no había puerta, ni océano, ni siniestras monstruosidades, y sintió que algo le comprimía el vientre. No se trataba de creer que todo había sido una alucinación. La droga había desaparecido, y ésa era toda la prueba que Eddie necesitaba. Pero Rolando, de alguna manera había... ayudado. Había facilitado las cosas.

—¿Quieres que cuelgue un cuadro en ese lugar? —había preguntado uno de los tipos de la Aduana.

—No —había contestado Eddie, y con un suspiro—. Quiero que me dejen salir de aquí.

—En cuanto nos digas qué hiciste con la heroína. ¿O era coca? —Y así comenzaba otra vez. Y seguía la ronda, una y otra vez, y nadie sabía cuándo se iba a detener.

* La letra de la canción dice *Ain't got nobody*, es decir, «no tengo a nadie». Del modo en que figura en el texto significa «no tengo cuerpo». (*N. de la T.*)

Diez minutos más tarde —diez minutos muy largos— Rolando había vuelto a su mente. Un segundo no estaba, al segundo siguiente sí. Eddie percibió que estaba profundamente exhausto.

—¿Esta arreglado? —le había preguntado Eddie.

—Sí. Lamento haberme demorado. —Pausa—. Tuve que arrastrarme.

Eddie había vuelto a mirar hacia atrás. Ahí estaba la puerta, pero ahora mostraba una vista algo diferente y se dio cuenta de que al moverse Rolando al otro lado se había modificado también su visión. El pensamiento le había producido un ligero escalofrío. Era como si estuviera atado al otro por un misterioso cordón umbilical. El cuerpo del pistolero yacía, como antes, derrumbado frente a la puerta, pero ahora podía ver un largo trecho de playa hasta la festoneada línea de la marea alta, por donde vagaban los monstruos, zumbando y gruñendo. Cada vez que rompía una ola todos ellos alzaban las pinzas. Se parecían al público de los viejos documentales donde aparece Hitler hablando y todo el mundo lanza aquel saludo, ¡Heil!, como si su vida dependiera de ello... lo cual, si uno se detiene a pensarlo, probablemente era cierto. Eddie podía ver en la arena las marcas torturadas del avance del pistolero.

Ante la mirada de Eddie, uno de los horrores se había incorporado con la velocidad del rayo y había atrapado una gaviota que volaba demasiado cerca de la playa. El pájaro había caído sobre la arena en dos sangrantes trozos desparramados. Antes incluso de que dejaran de retorcerse los horrores con caparazón ya los habían cubierto. Una única pluma blanca salió volando. Una pinza la agarró velozmente.

«¡Dios Santo! —pensó Eddie azorado—. Mira esa rapiña.»

—¿Por qué sigues mirando hacia atrás? —le había preguntado el que parecía mandar.

—De vez en cuando necesito un antídoto.

—¿Contra qué?

—Su cara.

3

El taxista dejó a Eddie frente al edificio de Co-Op City, le agradeció la propina de un dólar y se fue. Eddie se quedó de pie un momento, con el bolso de viaje en una mano y en un dedo de la otra la chaqueta enganchada y echada hacia atrás por encima del hombro. Aquí estaba el piso de dos habitaciones que compartía con su hermano. Se quedó un momento mirando el edificio, un monolito con todo el estilo y gusto de una caja de ladrillos. Las numerosas ventanas lo hacían parecer una cárcel, y la visión era tan deprimente para Eddie como asombrosa para Rolando.

—*Nunca, ni siquiera cuando era un niño, vi un edificio tan alto* —dijo Rolando—. *¡Y son tantos!*

—*Sí*—accedió Eddie—. *Vivimos como una banda de hormigas en una colina. A ti puede parecerte bien pero te lo digo, Rolando, esto se hace viejo. Envejece muy rápidamente.*

El coche azul pasó despacio; la camioneta de la pizza dobló la esquina y se aproximó. Eddie se tensó y sintió cómo Rolando se tensaba dentro de él. Tal vez pensara cargárselo, después de todo.

—*¿La puerta?* —preguntó Rolando—. *¿La atravesamos? ¿Es lo que deseas?*

Eddie sintió que Rolando estaba preparado para cualquier cosa pero habló con voz tranquila:

—*Todavía no* —dijo Eddie—. *Es posible que sólo quieran hablar. Pero estáte listo.*

Se dio cuenta de que había dicho algo innecesario,

sintió que, en su sueño más profundo, Rolando estaba más preparado para moverse y actuar de lo que nunca lo estaría él, ni completamente despierto.

La camioneta de la pizza con el chico sonriente en el panel lateral se acercó. La ventanilla comenzó a bajar y Eddie esperó en la puerta de entrada del edificio, proyectando una sombra alargada a partir de las puntas de sus bambas. Esperaba para ver qué sería: una cara o un revólver.

4

El segundo abandono de Rolando había tenido lugar menos de cinco minutos después de que la gente de la Aduana por fin se diera por vencida y soltara a Eddie.

El pistolero había comido, pero no lo suficiente. Necesitaba beber y, sobre todo, necesitaba medicina Sin embargo, Eddie no podía proporcionarle la medicina que verdaderamente necesitaba (aunque sospechaba que Rolando tenía razón y que Balazar podría si quería...), pero un poco de simple aspirina podría al menos bajar la fiebre que Eddie había notado al acercársele el pistolero para cortar la parte superior del vendaje de cinta adhesiva. Se detuvo frente al quiosco de la estación central.

—*¿Existe la aspirina en tu mundo?*

—*Nunca la oí nombrar. ¿Es magia o medicina?*

—*Ambas cosas, creo.*

Eddie se acercó al quiosco y compró un paquete de Anacin Extra Fuerte. Cruzó hasta el bar y pidió un par de frankfurts de treinta centímetros de largo y una Pepsi extragrande. Estaba poniéndoles mostaza y ketchup a las salchichas (Henry las llamaba Godzillas de treinta centímetros) cuando de pronto recordó que aquello no era para él. Por lo que él sabía, a Rolando podía no gustarle ni la mostaza y ni el ketchup. Por lo que él sabía, Rolando podía ser vegetariano. Por lo que él sabía, aquella mierda podía matar a Rolando.

«Bueno, ya es demasiado tarde», pensó Eddie.

Cuando Rolando hablaba y cuando Rolando actuaba Eddie sabía que todo sucedía de verdad Cuando se quedaba quieto, le hormigueaba la sensación vertiginosa de que tenía que ser un sueño, un sueño extraordinariamente vívido que había invadido su mente al quedarse dormido en el vuelo Delta 901 a Nueva York.

Rolando le había dicho que podía llevarse la comida a su propio mundo. Ya una vez había hecho algo similar, mientras Eddie dormía. A Eddie le parecía prácticamente increíble, pero Rolando le había asegurado que era verdad.

—*Bueno, todavía hemos de tener mucho cuidado* —dijo Eddie—. *Tienen a dos tipos de la Aduana vigilándome. Vigilándonos. Sea lo que sea yo ahora.*

—*Sé que debemos tener cuidado* —respondió Rolando—. *No son dos, son cinco.*

De pronto, Eddie sintió una de las sensaciones más extrañas de su vida. Él no movía sus ojos, pero sentía que se movían. Los movía Rolando.

Un tipo con camiseta de tirantes hablando por teléfono.

Una mujer sentada en un banco, revolviendo en el interior de su cartera.

Un joven negro que pudo haber sido espectacularmente bello salvo por el labio leporino que la cirugía había reparado sólo en parte, y que miraba las camisetas del quiosco por el que Eddie había pasado un rato antes.

Ninguno de ellos tenía aparentemente nada de malo pero a pesar de todo Eddie los reconoció por lo que eran, y era como ver esas imágenes escondidas en los acertijos infantiles, que una vez vistas no pueden dejar de verse jamás. Sintió un ligero rubor en las mejillas, porque el otro había tenido que advertirle lo que él no había sabido ver. Él sólo había detectado a dos. Los otros tres eran un poco mejores, pero no tanto; los ojos del tipo que hablaba por teléfono no estaban en blanco, como debían estar si pensaba en la persona con la que supuestamente hablaba, sino atentos, mirando en realidad hacia el lugar donde estaba Eddie... Ahí iban a parar los ojos del tipo del teléfono, una y otra vez. La mujer de la cartera no encontraba lo que quería, ni tampoco abandonaba: seguía revolviendo sin parar dentro de su cartera. Y el que parecía ir de compras había tenido tiempo para mirar cada una de las camisetas de la hilera por lo menos una docena de veces.

Súbitamente, Eddie se sintió como si tuviera cinco años, y tuvo miedo de cruzar la calle si Henry no lo llevaba de la mano.

—*No importa* —dijo Rolando—. *Y tampoco te preocupes por la comida. He comido bichos mientras aún estaban lo suficientemente vivos como para que algunos bajaran corriendo por mi garganta.*

—*Sí* —contestó Eddie—, *pero esto es Nueva York.*

Llevó los frankfurts y el refresco al rincón más lejano de la barra y se puso de espaldas a la zona más concurrida del aeropuerto. Luego levantó la mirada al rincón izquierdo. Un espejo convexo se destacaba allí como un ojo hipertenso. Desde ahí podía ver a todos sus seguidores, pero ninguno de ellos estaba lo bastante cerca como para ver la comida y el vaso con el refresco, y eso estaba bien, porque Eddie no tenía ni la más remota idea de lo que les iba a suceder.

—*Pon la astina sobre las cosas de comer. Luego sosténlo todo con las manos.*

—Aspirina.

—*Bien. Si quieres llámalo flautagorquio, pr... Eddie. Pero hazlo.*

Sacó el Anacin del estuche que se había metido en el bolsillo, y fue a ponerlo sobre uno de los frankfurts cuando repentinamente se dio cuenta de que Rolando iba a tener problemas para lo que él en privado llamaba la prueba de veneno: volver a poner la tapa al refresco y luego, poder abrirlo.

Lo tapó, colocó tres píldoras sobre una de las servilletas, lo consideró, y luego agregó tres más.

—*Tres ahora, tres más tarde* —dijo—. *Si hay un más tarde.*

—*Muy bien. Gracias.*

—*¿Y ahora qué?*

—*Tenlo todo en las manos.*

Eddie volvió a mirar por el espejo convexo. Dos de los agentes paseaban como quien no quiere la cosa en dirección al bar, tal vez porque no les gustaba la forma en que Eddie estaba vuelto de espaldas, tal vez porque se olían la llegada de un pequeño acto de prestidigitación y querían echar un vistazo más de cerca. Si iba a suceder algo, más valía que sucediera rápido.

Puso la mano en torno a todas las cosas; sentía el calor de las salchichas dentro del suave pan blanco, la frescura de la Pepsi. En ese momento parecía un tipo preparándose para llevarles un bocado a sus hijos... y entonces las cosas se empezaron a derretir.

Miró hacia abajo, con los ojos cada vez más y más abiertos, hasta que de pronto sintió que se le iban a caer hasta quedarle colgando.

Vio las salchichas a través de los panes. Vio la Pepsi a través del vaso y el líquido atascado de hielo que se curvaba para definir una forma ya invisible.

Luego vio la fórmica roja a través de las largas salchichas y la pared blanca a través de la Pepsi. Sus manos se deslizaron la una hacia la otra a medida que la resistencia entre ellas se volvía menor y menor... y luego se cerraron una contra la otra, palma con palma. La comida... las servilletas... la Pepsi Cola... las seis aspirinas... Todo lo que tuvo entre las manos había desaparecido.

«Abracadabra», pensó Eddie, aturdido. Echó una mirada hacia arriba, al espejo convexo.

La puerta había desaparecido del espejo al mismo tiempo que Rolando de su mente.

«Que aproveche, amigo», pensó Eddie.

Pero aquella misteriosa presencia foránea que se llamaba a sí misma Rolando, ¿era su amigo? Estaba lejos de ser un hecho comprobado, ¿no? Le había salvado el pellejo, cierto, pero eso no lo convertía en un *boy scout*.

Pero, al mismo tiempo, Rolando le gustaba. Lo temía... pero también le gustaba.

Sospechaba que con el tiempo podría amarlo, como amaba a Henry.

«Come bien, extranjero —pensó—. Come bien, consérvate con vida... y vuelve.»

Cerca de él quedaban unas servilletas manchadas de mostaza y abandonadas por un cliente anterior. Eddie hizo una bola con ellas y al salir la arrojó al cubo de basura que estaba junto a la puerta, mientras masticaba aire como si fuera el último bocado de alguna cosa.

Fue incluso capaz de soltar un eructo cuando se aproximaba al tipo negro, de paso hacia los carteles que indicaban el camino a EQUIPAJES y TRANSPORTE TERRESTRE.

—¿No pudiste encontrar ninguna camiseta que te gustara? —le preguntó Eddie.

—¿Perdón? —El negro apartó la vista del monitor de salidas de American Airlines que simulaba estudiar.

—Pensé que tal vez estabas buscando una que dijera POR FAVOR, QUIERO COMER, TRABAJO PARA EL GOBIERNO DE ESTADOS UNIDOS —dijo Eddie, y siguió caminando.

Cuando comenzó a bajar las escaleras vio a la hurgacarteras cerrar su cartera a toda prisa y ponerse de pie.

«Oh, vamos, esto va a parecerse al desfile de Macy's el día de Acción de Gracias.»

Había sido un día cantidad de interesante, y Eddie no creía que hubiera terminado todavía.

5

Cuando Rolando vio que las langostruosidades volvían a salir de las olas (su salida no tenía que ver con la marea, entonces; lo que las atraía era la oscuridad), dejó que Eddie Dean se moviera por sí mismo antes de que las criaturas pudieran encontrarlo y comérselo.

Esperaba el dolor y estaba preparado. Había vivido tanto tiempo con el dolor que ya era casi como un viejo amigo. Estaba bastante azorado, sin embargo, por la rapidez con que le había aumentado la fiebre y disminuido la fuerza. Si antes no había estado agónico, lo más probable era que lo estuviese ahora. ¿Habría algo en el mundo del Prisionero lo bastante poderoso como para impedir que aquello sucediera? Quizá. Pero si no podía contar con eso en las próximas seis u ocho horas, pensó que ya no importaría. Si las cosas seguían así por mucho más tiempo, no había ni magia ni medicina, en este mundo ni en cualquier otro, que pudiera curarlo.

Le resultaba imposible caminar. Iba a tener que arrastrarse.

Se preparaba para comenzar cuando su ojos se fijaron en la retorcida banda de cinta adhesiva y las bolsas con el polvo del diablo. Si las dejaba ahí era casi seguro que las langostruosidades las romperían. La brisa del mar iba a desparramar el polvo a los cuatro vientos. «Que es adonde debería ir a parar», pensó el pistolero con severidad. Pero no podía permitirlo. Cuando llegara el momento, Eddie Dean se encontraría metido en un gran lío si no podía hacer aparecer aquel polvo. Muy pocas veces era posible engañar a tipos como el que se imaginaba que sería Balazar. Querría ver la mercancía por la que había pagado, y hasta que no la viera, haría apuntar a Eddie con armas suficientes como para equipar un pequeño ejército.

El pistolero tomó la tira retorcida de cinta adhesiva y se la pasó por detrás del cuello. Luego comenzó a avanzar laboriosamente por la playa.

Se había arrastrado unos veinte metros —una distancia gracias a la que juzgó podía considerarse a salvo— cuando tuvo la horrible (aunque cósmicamente graciosa) impresión de que estaba dejando la puerta atrás. ¿Por qué tenía que pasar por todo esto, en el nombre de Dios?

Miró hacia atrás y vio la puerta, pero no abajo, en la playa, sino a un metro por detrás de él. Por un momento Rolando sólo pudo mirar y darse cuenta de lo que ya debió haber sabido, de no ser por la fiebre y por el sonido de los Inquisidores que martilleaban a Eddie con incesantes preguntas: «Dónde tal cosa, cómo tal otra, por qué tal cosa, cuándo tal otra.» Eran preguntas que se mezclaban misteriosamente con las preguntas de los horrores rastreros que se agitaban y meneaban desde las olas: «¿Papa choca?, ¿papa daca?, ¿pica chica?», como en un delirio.

«Ahora la llevo conmigo adondequiera que voy —pensó— igual que a él. Ahora viene con nosotros a todas partes. Nos sigue como una maldición de la que no te libras jamás.»

Todo aquello parecía tan cierto que resultaba incuestionable... lo mismo que otra cosa: si la puerta entre ellos llegara a cerrarse, quedaría cerrada para siempre.

«Cuando eso suceda —pensó torvamente Rolando— él debe estar a este lado. Conmigo.»

—¡Eres un modelo de virtud, pistolero! —se burló de él el hombre de negro. Parecía haber establecido su residencia permanente dentro de la cabeza de Rolando—. Has matado al muchacho. Ése fue el sacrificio que te permitió atraparme, y también te permitió, supongo, crear la *puerta entre los dos mundos. Ahora intentas invocar a tus tres, uno por uno, y a todos ellos condenarlos a algo que tú mismo procurarías evitar: una vida entera en un mundo ajeno, donde morirías con la misma facilidad con que mueren los animales de un zoológico cuando se los deja libres en un lugar salvaje.*

«La Torre —pensó salvajemente Rolando—. Cuando haya llegado a la Torre, cuando haya hecho lo que se supone que debo hacer allí, cuando haya realizado el acto fundamental de restitución o redención para el que se me ha destinado entonces quizás ellos...»

Pero la carcajada ensordecedora del hombre de negro, el hombre que había muerto pero seguía viviendo como la conciencia manchada del pistolero, no le dejó seguir adelante con el pensamiento.

Sin embargo, la idea de traición que estaba contemplando tampoco podría apartarlo de su camino.

Se las arregló para avanzar otros diez metros, miró hacia atrás y vio que ni el más grande de los monstruos rastreros se atrevería a superar la línea de la marea alta más de cinco o seis metros. Y él había logrado recorrer tres veces dicha distancia.

«Está bien, entonces.»

—*Nada está bien* —replicó con gran regocijo el hombre de negro—, *y tú lo sabes.*

—*Cállate* —pensó el pistolero y, por un milagro, la voz se calló.

Rolando metió las bolsas de hierba del diablo en el intersticio de dos rocas y las cubrió con varios puñados de musgos y algas. Una vez hecho esto, descansó brevemente; la cabeza le latía con fuerza, la sentía como una bolsa de agua caliente, y tenía la piel por momentos fría y por momentos caliente. Luego giró sobre sí mismo a través de la puerta y entró en aquel otro mundo, en aquel otro cuerpo, y dejó atrás por un rato la creciente infección mortal.

La segunda vez que volvió a sí mismo entró en un cuerpo tan profundamente dormido que por un momento pensó que había entrado en estado de coma... un estado en el que las funciones vitales habían bajado a tal punto que en unos instantes sentiría que su propia conciencia iba a comenzar un largo deslizamiento hacia la oscuridad.

En cambio forzó su cuerpo a despertarse, lo zarandeó y aporreó para sacarlo de la cueva oscura a la que se había arrastrado. Apresuró a su corazón, obligó a sus nervios a aceptar el dolor que le quemaba la piel y despertó a su carne a la gimiente realidad.

Ahora era de noche. Habían salido las estrellas. Los popkins que Eddie le había comprado eran pedacitos de calor en medio del frío.

No tenía ganas de comérselos, pero se los iba a comer. Antes, sin embargo...

Miró las píldoras blancas que tenía en la mano. *Astina*, las llamaba Eddie. No, no era exactamente así, pero Rolando no podía pronunciar la palabra como la había dicho el Prisionero. En realidad no era más que medicina. Medicina del otro mundo.

«Si algo de tu mundo pudiera ayudarme, Prisionero —pensó Rolando sombríamente—, serán tus pociones más que tus popkins.»

Aun así, iba a tener que probarlo. No algo que realmente necesitaba —según creía Eddie— sino algo que le bajara la fiebre.

«Tres ahora, tres más tarde. Si acaso hay un más tarde.»

Se puso en la boca tres de las píldoras, luego retiró la tapa —de un extraño material blanco que no era papel ni vidrio, pero parecía un poco de ambos— que cubría el vaso de papel de la bebida, y tomó un sorbo para tragarlas.

El primer trago lo asombró de una manera tan absoluta que por un momento no hizo sino quedarse allí, apoyado contra una roca, con los ojos tan abiertos, quietos y llenos de la luz reflejada por las estrellas, que si alguien hubiera atinado pasar por ahí seguramente ya lo habría considerado muerto. Luego bebió ávidamente, sosteniendo el vaso con ambas manos; sin notar apenas el dolor punzante de los muñones de los dedos, tal era su arrebato con la bebida.

—¡Dulce! ¡Dioses, cuánta dulzura! ¡Cuánta dulzura! ¡Cuánta...!

Uno de los chatos cubitos de hielo de la bebida quedó atrapado en su garganta. Rolando tosió, se palmeó en el pecho, y lo arrojó fuera. Ahora sentía un nuevo dolor en la cabeza: el dolor metálico que sobreviene al beber rápido algo demasiado frío.

Se quedó quieto; sentía que el corazón le bombeaba como un motor a toda marcha, sentía que una energía nueva le brotaba en el cuerpo a tanta velocidad que temió que pudiera llegar literalmente a explotar. Sin pensar en lo que hacía, rasgó otro pedazo de la camisa —pronto no sería más que un trapo colgándole del cuello— y se lo cruzó sobre una pierna. Cuando terminara la bebida volcaría el hielo dentro del trapo y haría un paquete para su mano herida. Pero tenía la mente en otro lugar.

«¡Dulce!», le brotaba el grito una y otra vez; trataba de encontrarle sentido, o de convencerse a sí mismo de que tenía sentido, tanto como Eddie había tratado de convencerse a sí mismo de que el otro era un ser real y no alguna convulsión mental que no fuera más que otra parte de él mismo tratando de tenderle una trampa. «¡Dulce! ¡Dulce! ¡Dulce!»

La oscura bebida estaba rociada de azúcar, del que Marten —que era un gran glotón pese a su grave ascetismo aparente— le ponía por las mañanas en el café, en el 'Downers.

«Azúcar... polvo... blanco...»

Los ojos del pistolero vagaron hasta las bolsas, apenas visibles bajo el musgo que les había echado encima, y se preguntó brevemente si lo que había en su bebida y lo que había en las bolsas no sería lo mismo. Sabía que Eddie lo había entendido al pasar a su mundo, donde eran dos entes distintos. Asumió que para Eddie sería tan factible entender su lenguaje como lo había sido para él entrar orgánicamente en su cuerpo. Y sabía que podía hacerse, aunque si la puerta se cerraba cuando estaban separados nunca podrían reunirse de nuevo.

En primer lugar sabía, por haber estado en la mente de Eddie, que los lenguajes de los dos mundos eran similares. Similares, pero no iguales. Aquí un sandwich era un *popkin*. Allí *rescatar* era encontrar algo de comer. Entonces... ¿no sería posible que la droga que Eddie llamaba cocaína en el mundo del pistolero se llamara azúcar?

Lo pensó y decidió que era poco probable. Eddie había comprado la bebida abiertamente, sabiendo que lo vigilaba gente que servía a los sacerdotes de la Aduana. Además, Rolando sentía que había pagado por ella un precio relativamente pequeño. Incluso menos que por los *popkins* de carne. No, el azúcar no era cocaína, pero Rolando no podía comprender por qué alguien querría cocaína o cualquier otra droga ilegal en un mundo donde una droga tan poderosa como el azúcar era tan abundante y barata.

Volvió a mirar los *popkins* de carne, sintió el primer arañazo de hambre... y con asombro y confusa gratitud se dio cuenta de que se sentía mejor.

¿La bebida? ¿Sería eso? ¿El azúcar de la bebida?

Podía ser eso en parte... pero en una pequeña parte. El azúcar podía reanimar a uno por un rato mientras estaba en movimiento; lo sabía desde que era un niño. Pero el azúcar no podía amortiguar el dolor o calmar el fuego de la fiebre en el cuerpo cuando una infección se había convertido en una llamarada. Y eso era exactamente lo que le había sucedido... lo que aún le sucedía.

Los temblores convulsivos habían cesado. El sudor se le secaba en la frente. Los anzuelos alineados en su garganta parecían desaparecer. Por increíble que pudiera parecer, era también un hecho indiscutible y no mera imaginación o una ilusión (para decir la verdad, el pistolero no habría sido capaz de una frivolidad así durante décadas desconocidas e incognoscibles). Los dedos que le faltaba aún palpitaban y rugían, pero creía que incluso semejante dolor se podía calmar.

Rolando echó la cabeza hacia atrás, cerró los ojos y dio gracias a Dios.

A Dios y a Eddie Dean.

—*No cometas el error de poner tu corazón al alcance de su mano, Rolando* —dijo una voz que venía de los estratos más profundos de su mente; no era la voz nerviosa y jodida del hombre de negro ni la voz áspera de Cort; al pistolero le pareció que era la de su padre.

—*Sabes que lo que hizo por ti lo hizo por su propia necesidad personal, así como sabes que esos hombres —por inquisidores que puedan ser— tienen parte o toda la razón acerca de él. Es un tipo débil, y no era falso ni infame el motivo para prenderlo. Sus entrañas son de acero, no lo discutiré. Pero también tiene debilidad. Es como Hax, el cocinero. Hax se resistía a envenenar... pero su reticencia jamás acalló los gritos de los que morían al rasgarse sus intestinos. Y existe aún otra razón a tener en cuenta...*

Pero Rolando no necesitaba que la voz le dijera cuál era la otra razón. La había visto en los ojos de Jake cuando el chico comenzó por fin a comprender sus propósitos.

«No cometas el error de poner tu corazón al alcance de su mano.»

Buen consejo. Te has hecho daño a ti mismo por tener buenos sentimientos hacia aquellos a quienes eventualmente es preciso hacer daño.

—*Recuerda cuál es tu deber, Rolando.*

—Nunca lo he olvidado —susurró mientras las estrellas brillaban despiadadamente, las olas chirriaban sobre la costa y las langostruosidades gritaban estúpidas preguntas—. Estoy condenado por mi deber. ¿Acaso los condenados cambian de rumbo?

Comenzó a comer los *popkins* de carne que Eddie llamaba frankfurts.

A Rolando no le importaba demasiado cómo se llamaba lo que estaba comiendo, aunque fuera una porquería comparado con el sandwich de tul pero, después de aquella maravillosa bebida, ¿tenía acaso algún derecho de quejarse? Creía que no. Además, el juego estaba muy avanzado como para preocuparse demasiado por tales nimiedades.

Acabó de comer y regresó al lugar donde ahora estaba Eddie, una suerte de mágico vehículo que corría por una ruta de metal, llena de otros vehículos parecidos... docenas, cientos tal vez, y ni uno solo de ellos arrastrado por caballos.

7

Cuando la camioneta de las pizzas se detuvo Eddie estaba preparado y Rolando dentro de él lo estaba aún más.

—*Es otra versión del sueño de Diana* —pensó Rolando—. *«¿Qué habrá en la caja? ¿La vasija de oro o la serpiente cazadora? Y justo cuando hace girar la llave y pone las manos sobre la tapa, oye a la madre que le dice: ¡Despierta, Diana! Es la hora de ordeñar.*

—*Muy bien* —pensó Eddie—. *¿Qué viene ahora? ¿La dama o el tigre?*

Un hombre de rostro pálido, lleno de granos y con grandes dientes de conejo miró a través de la ventanilla lateral de la camioneta hacia afuera. Era un rostro que Eddie conocía.

—Hola, Col —dijo Eddie sin mayor entusiasmo. Más allá de Col Vincent, sentado al volante, estaba Jack Andolini, a quien Henry había puesto por mote «Feo con ganas».

«Pero Henry nunca lo llamó así a la cara», pensó Eddie. No, desde luego que no. Decirle algo así a la cara a Jack era una maravillosa manera de que a uno lo mataran. Era un tío enorme con una frente protuberante de hombre de las cavernas y una mandíbula imponente para hacer juego. Estaba vinculado a Enrico Balazar por un matrimonio... de una sobrina, una prima, o una mierda de ésas. Sus manos gigantescas se aferraban al volante de la camioneta como se agarran a una rama las de un mono. Unos mechones enmarañados de pelo le salían de las orejas, de las cuales Eddie sólo veía una, porque Jack Andolini permanecía de perfil, sin mirar a su alrededor.

El feo con ganas. Ni siquiera Henry (quien, Eddie debía admitirlo, no siempre era el tipo más perceptivo del mundo) había cometido nunca el error de considerarlo estúpido con ganas. Colin Vincent no era más que un mandado glorificado. Jack, sin embargo, tenía suficientes luces detrás de la frente de Neanderthal como para ser el lugarteniente número uno de Balazar. A Eddie no le hizo gracia que Balazar hubiera enviado a un hombre de tal importancia. No le hizo ninguna gracia.

—Hola, Eddie —saludó Col—. Parece que has tenido problemas.

—Nada que no pudiera controlar —dijo Eddie. Se dio cuenta de que se estaba rascando primero un brazo y después el otro, en uno de los típicos gestos de yonki que con tanto esmero había procurado evitar cuando lo tenían bajo custodia. Se obligó a detenerse. Pero Col sonreía y

Eddie sintió una necesidad urgente de pegarle un trompazo que le atravesara la sonrisa y llegara al otro lado. Pudo haberlo hecho, en realidad... salvo por Jack. Jack seguía mirando al frente. Parecía estar metido en sus propios pensamientos rudimentarios mientras observaba el mundo en sus simples colores primarios y sus movimientos elementales, lo único que un hombre de semejante intelecto (es lo que uno pensaría, al mirarlo) podía percibir.

Eddie creía, sin embargo, que Jack podía ver más en un sólo día que Col Vincent en toda su vida.

—Bueno, muy bien —dijo Col—. Está muy bien.

Silencio. Col miraba a Eddie, sonriendo, esperando que Eddie comenzara otra vez el bailoteo yonki, rascándose y cambiando de un pie al otro como un niño que necesita ir al baño; más que nada, esperaba que Eddie preguntara qué pasaba y a propósito, por casualidad, ¿no tendrían un poco de caballo encima?

Eddie lo miraba a su vez, ahora sin rascarse, sin moverse en absoluto.

Una brisa ligera arrastró un envoltorio a través del aparcamiento. Su roce chirriante y el golpeteo jadeante de las válvulas sueltas de la camioneta de pizza era lo único que se oía.

La sonrisa conocedora de Col comenzó a esfumarse.

—Sube, Eddie —dijo Jack sin mirar alrededor—. Vamos a dar un paseo.

—¿Adónde? —preguntó Eddie, aunque lo sabía.

—A casa de Balazar. —Jack no miró alrededor. Flexionó una vez las manos sobre el volante. Al hacerlo, un enorme anillo de oro macizo con un ónice, que sobresalía como el ojo de un insecto gigante, brilló en el tercer dedo de su mano derecha. Añadió—: Quiere saber qué ha pasado con su mercancía.

—La tengo. Está a salvo.

—Bien. Entonces nadie tiene de qué preocuparse —dijo Jack sin mirar a ninguna parte.

—Creo que antes me gustaría subir —dijo Eddie—. Quiero cambiarme de ropa, hablar con Henry...

—Y también darte un pico, no te olvides de eso —dijo Col, y exhibió su sonrisa de grandes dientes amarillos—. Sólo que no tienes nada con qué dártelo, colega.

—¿*Colega*? —pensó el pistolero en la mente de Eddie, y a ambos les recorrió un leve temblor.

Col observó el temblor y su sonrisa se iluminó.

«Oh, ahora llega, después de todo —decía la sonrisa—. Aquí viene el viejo bailoteo yonki. Por un minuto me tuviste preocupado, Eddie.»

Los dientes que reveló la sonrisa no eran más amistosos que antes.

—¿Y eso por qué? —preguntó Eddie.

—El señor Balazar pensó que era mejor limpiar la casa, muchacho —dijo Jack sin mirar alrededor. Continuó observando aquel mundo que un observador habría creído ajeno a él, y añadió—: Por si acaso se presentaba alguien.

—Gente con una orden federal de registro, por ejemplo —señaló Col. Le dirigió una mirada torcida y maliciosa. Eddie podía sentir ahora que Rolando también habría partido con el puño aquellos dientes podridos que hacían que su sonrisa fuera repugnante de manera tan irremediable. La unanimidad de sentimientos le levantó un poco el ánimo—. Fíjate que mandó un servicio de limpieza para limpiar las paredes y barrer el suelo y no te va a cobrar por eso ni un centavo, Eddie.

«Ahora me preguntarás si tengo algo —decía la sonrisa de Col—. Oh sí, ahora me lo preguntarás, muchachito. Porque tal vez no te guste el caramelero, pero el caramelo sí te gusta, ¿verdad? Y ahora que sabes que Balazar se aseguró de que ya no tuvieras nieve en casa.»

Una súbita idea, fea y alarmante al mismo tiempo, le cruzó por la cabeza como un rayo. Si la reserva había desaparecido...

—¿Dónde está Henry? —preguntó de pronto, con una voz tan ronca que Col, sorprendido, se echó un poco hacía atrás.

Jack Andolini giró por fin la cabeza. Lo hizo lentamente, como si fuera un acto que realizara sólo rara vez y a costa de un gran esfuerzo. Uno casi esperaba oír el crujido de viejas bisagras oxidadas dentro del solido cuello.

—A salvo —contestó, y luego devolvió la cabeza a su posición original, con idéntica lentitud.

Eddie se quedó de pie junto a la camioneta de pizza; luchaba contra el pánico que trataba de invadir su mente y ahogar todo pensamiento coherente. La necesidad de darse un pico, que hasta el momento había logrado mantener bajo control, súbitamente era ingobernable. *Tenía* que dárselo. Con un *chute* podría pensar, podría recuperar el control...

—¡Para ya! —rugió Rolando dentro de su cabeza, tan fuerte que Eddie hizo una mueca (y Col, que confundió este gesto de sorpresa y dolor de Eddie por un nuevo pasito del bailoteo yonki, comenzó a sonreír otra vez)—. *¡Para! ¡Yo seré el jodido control que necesitas!*

—*¡Pero no lo comprendes! ¡Es mi hermano! ¡Mierda, es mi hermano! ¡Balazar tiene a mi hermano!*

—*Hablas como si fuera una palabra que jamás hubiera oído. ¿Temes por el?*

—*¡Sí! ¡Santo Cielo, sí!*

—*Entonces haz lo que ellos esperan que hagas. Llora Gime y suplica. Pídeles esa dosis tuya. Estoy seguro de que ellos esperan que lo hagas, y estoy seguro de que la tienen. Haz todo eso, que se sientan seguros de ti, y tú podrás estar seguro de que todos tus miedos serán justificados.*

—*No entiendo qué quieres de...*

—*Quiero decir que si demuestras ser un cagado llegarás lejos y conseguirás que maten a tu precioso hermano. ¿Es eso lo que quieres?*

—Muy bien. Seré frío. Tal vez lo parezca, pero voy a mantenerme frío.

—¿Es así cómo lo llamas? Está bien. Sí, mantente frío.

—No habíamos quedado así —exclamó Eddie directamente en la hirsuta oreja de Jack Andolini, por encima de Col—. Si no, no me hubiera preocupado del paquete de Balazar, ni hubiera mantenido la boca cerrada en un momento en que cualquier otro habría vomitado cinco nombres por cada año menos en la negociación de la clemencia.

—Balazar pensó que tu hermano estaría más seguro con él —explicó Jack, sin mirar alrededor—. Lo tomó bajo su custodia para protegerlo.

—Bueno, muy bien —concedió Eddie—. Agradécelo de mi parte y dile que estoy de vuelta, que su mercancía está a salvo, y que yo puedo ocuparme de cuidar a Henry tal como Henry siempre se ocupó de mí. Dile que yo quiero un paquete de seis en frío, que cuando Henry vuelva a casa nos lo vamos a repartir, y que entonces nos metemos en nuestro coche, nos vamos a la ciudad y hacemos el negocio como tiene que ser. Como habíamos quedado.

—Balazar quiere verte, Eddie —señaló Jack. Su voz era implacable, inamovible. No giró la cabeza—. Sube a la camioneta.

—Vete a cagar donde no brilla el sol, hijo de puta —repuso Eddie. Y se encaminó a la entrada de su edificio.

8

Era una distancia corta, pero no había alcanzado a recorrer ni la mitad cuando la mano de Andolini le aferró la parte superior del brazo con la fuerza paralizante de una tenaza; Eddie sintió un aliento caliente como el de un toro en la nuca. Por el aspecto de Jack, cualquiera hubiera pensado que, en tan poco tiempo, su cerebro apenas podría convencer a la mano para que abriera la puerta de la furgoneta.

Eddie se volvió.

—*Manténte frío, Eddie* —le susurró Rolando.

—*Frío* —respondió Eddie.

—Podría matarte por eso —advirtió Andolini—. A mí nadie me envía a cagar, y mucho menos un yonki asqueroso como tú.

—¡Y una mierda! —le gritó Eddie. Pero fue un grito calculado. Un grito frío en la medida en que eso es posible. Se quedaron ahí de pie, figuras oscuras contra la dorada luz horizontal del crepúsculo en el final de la primavera, en el páramo de los terrenos por construir que es la Co-Op City del Bronx. Y la gente oyó el grito, y la gente oyó la palabra *matar*, y si tenían la radio encendida la pusieron más fuerte, y si tenían la radio apagada la encendieron y entonces la pusieron más fuerte porque así era mejor, más seguro.

—¡Rico Balazar ha faltado a su palabra! ¡Yo di la cara por él y él no dio la cara por mí! Así que te digo a ti que te vayas a cagar, le digo a él que se vaya a cagar, le digo a cualquiera que se me ocurra que se vaya a cagar la puta que lo parió.

Andolini lo miró. Sus ojos se veían tan marrones que el color parecía haberse derramado por las córneas dejándolas amarillas como el pergamino viejo.

—¡Le digo al presidente Reagan que se vaya a cagar si falta a la palabra que me dio! ¡Le digo que le arreglen por el culo el pólipo rectal, o lo que coño sea!

Las palabras murieron en los ecos de cemento y ladrillo. Sólo un niño de piel muy negra, comparada con los pantaloncitos blancos de baloncesto y las zapatillas altas hasta el tobillo, se quedó de pie en el campo de juego del otro lado de la calle, mirándolos, con la pelota sostenida flojamente a un costado bajo el brazo doblado.

—¿Has acabado? —preguntó Andolini cuando se perdió el último eco.

—Sí —respondió Eddie con un tono de voz perfectamente normal.

—Muy bien —dijo Andolini. Extendió sus dedos de antropoide, sonrió... y sucedieron dos cosas al mismo tiempo: la primera fue que uno percibía un encanto tan sorprendente que solía quedarse indefenso, la segunda, que uno veía lo brillante que era en realidad. Peligrosamente brillante. Añadió—: ¿Podemos empezar de nuevo?

Eddie se pasó la mano por el pelo, cruzó brevemente los brazos como para poder rascarse los dos al mismo tiempo, y dijo:

—Creo que va a ser lo mejor, porque así no vamos a ninguna parte.

—Muy bien —asintió Andolini—. Nadie habló, nadie insultó. —Sin girar la cabeza ni quebrar el ritmo de su discurso, agregó—: Vuelve a la camioneta sabihondo.

Col Vincent, que cautelosamente había salido de la camioneta por la puerta que Andolini había dejado abierta, retrocedió con tanta rapidez que se golpeó la cabeza. Se deslizó por el asiento hasta llegar a su antiguo lugar, donde quedó repantigado y de mal humor.

—Debes comprender que el arreglo cambió cuando la gente de la Aduana te puso las manos encima —explicó razonablemente Andolini—. Balazar es un hombre importante. Tiene intereses que proteger. Gente que proteger. Una de estas personas resulta que es tu hermano Henry. ¿Crees que todo es mentira? Si crees eso, más vale que pienses cómo está ahora.

—Henry está bien —contestó Eddie. Pero sabía que no era así y no pudo evitar que se le notara en la voz. Él lo oyó, y supo que Andolini también lo había oído. Ahora Henry parecía estar siempre drogado. En las camisas tenía agujeros por las quemaduras de los cigarrillos. Se había cortado la mano como un cerdo al usar un abrelatas eléctrico para abrir una lata de Calo para Potzie, su gato. Eddie ignoraba cómo podía uno cortarse con un abrelatas eléctrico, pero Henry lo había logrado. A veces había polvo en la mesa de la cocina por las sobras de Henry. A veces Eddie encontraba restos de color de té en la bañera.

—Henry —le decía él—, Henry has de tener más cuidado, esto se te está yendo de las manos. Esto va a reventar en cualquier momento; parece que te lo estés buscando.

—Sí, hermanito, está bien —le respondía Henry—. Ni siquiera sudo, lo tengo todo bajo control.

Pero a veces, al ver el rostro ceniciento de Henry, con la mirada ardiente, Eddie sabía que Henry nunca más iba a volver a tener nada bajo control.

Lo que él quería decirle a Henry y no podía no tenía nada que ver con que lo atraparan o los atraparan a los dos. Lo que él quería decirle era: «Henry, es como si estuvieras buscando un lugar para morir. Ésa es la impresión que me da, y me gustaría que dejaras de hacer eso, joder. Porque si tú te mueres ¿para qué mierda voy a vivir yo?

—Henry no está bien —aseguró Jack Andolini—. Necesita que alguien lo vigile. Necesita... ¿cómo dice la canción? Un puente sobre aguas turbulentas. Ese puente es *Il Roche,* por ahora.

«*Il Roche* es un puente al infierno», pensó Eddie. Y en voz alta, añadió:

—¿Ahí es donde está Henry? ¿En casa de Balazar?

—Sí.

—¿Yo le doy su mercancía y él me devuelve a Henry?

—Y también tu mercancía —recalcó Andolini—, no lo olvides.

—En otras palabras, el trato vuelve a la normalidad.

—Correcto.

—Ahora dime qué crees que realmente va a pasar. Vamos, Jack, dímelo. Quiero ver si puedes decírmelo a la cara. Y si eres capaz de decírmelo a la cara, quiero ver como te crece la nariz.

—No te comprendo, Eddie.

—Claro que me comprendes. ¿Balazar cree que yo tengo la mercancía? Si cree eso debe ser estúpido, y yo sé que no lo es.

—Yo no sé lo que él cree —dijo Andolini serenamente—. Mi trabajo no es saber lo que él cree. Él sabe que tenías la mercancía cuando saliste de las islas, sabe que la Aduana te cogió y luego te soltó, sabe que estás aquí y no camino de Riker's, y sabe que la mercancía tiene que estar en alguna parte.

—Y sabe que la Aduana todavía está pegada a mí como un traje de buzo a un buceador, porque tú lo sabes y le has enviado algún tipo de mensaje en clave por la radio de la camioneta. Algo como: «Doble mozzarela, guarden las anchoas.» ¿Cierto, Jack?

Jack Andolini no dijo nada y permaneció sereno.

—Sólo que le has dicho algo que él sabía ya. Como conectar los puntos en un dibujo que desde antes se sabe qué es.

Andolini se quedó de pie en la dorada luz del atardecer que lentamente se volvía de color naranja ardiente, y siguió mostrándose sereno, y sin decir nada en absoluto.

—Él cree que ahora estoy con ellos. Cree que me están utilizando. Cree que puedo ser lo bastante estúpido como para escapar. No puedo decir exactamente que lo culpe. O sea, ¿por qué no? Uno que está reventado es capaz de hacer cualquier cosa. ¿Quieres registrarme para ver si llevo conectada una grabadora?

—Sé que no la llevas —comentó Andolini—. Tengo algo en el furgón. Es una especie de detector que pesca transmisiones de radio de onda corta. Y, ya que estamos, no creo que los federales te estén manipulando.

—¿Ah, no?

—No. Así que ¿nos subimos al furgón y nos vamos a la ciudad o qué?

—¿Tengo alguna alternativa?

—*No* —contestó Rolando dentro de su cabeza.

—No —confirmó Andolini.

Eddie volvió al furgón. El chico de la pelota de baloncesto seguía de pie al otro lado de la calle; su sombra era ahora tan larga que parecía un caballete.

—Largo, niño —dijo Eddie—. Nunca has estado aquí. No has visto nada ni a nadie. Lárgate.

El chico salió corriendo.

Col le sonreía.

—Muévete, campeón —indicó Eddie.

—Creo que deberías sentarte en el medio, Eddie.

—Muévete —repitió Eddie. Col lo miró, luego lo miró a Andolini, quien no le devolvió la mirada. Sólo cerró la puerta del lado del conductor y miró serenamente hacia el frente, como Buda en su día libre, dejando que se las arreglaran solitos con los asientos. Col volvió a mirar a Eddie a la cara y decidió moverse.

Se dirigían hacia Nueva York. El pistolero (quien sólo podía mirar maravillado las puntas cada vez más altas y graciosas de los edificios, los puentes que cruzaban un ancho río como telarañas de acero y los carruajes aéreos motorizados que sobrevolaban la zona como extraños insectos artificiales) no lo sabía, pero el lugar al que se dirigían era la Torre.

9

Al igual que Andolini, Enrico Balazar no creía que Eddie Dean se hubiera pasado al bando de los federales. Al igual que Andolini, Balazar lo daba por hecho.

El bar estaba vacío. El cartel en la puerta decía «CERRADO SÓLO ESTA NOCHE». Balazar estaba sentado en su oficina, esperando que llegaran Andolini y Col Vincent con Eddie. Con él estaban sus dos guardaespaldas personales, Claudio Andolini, el hermano de Jack, y Cimi Dretto. Sentados en un sofá a la izquierda del gran escritorio de Balazar, miraban, fascinados, cómo crecía el edificio construido por éste. La puerta estaba abierta. Más allá, había un pequeño vestíbulo: a la derecha, la parte trasera del bar; y más allá la cocinita, donde se preparaban unos pocos platos simples de pasta; a la izquierda, la oficina del contable y el almacén. En la oficina del contable se encontraban otros tres «caballeros de Balazar» —así se los llamaba—, jugando al Trivial con Henry Dean.

—Muy bien —decía George Biondi—. Aquí hay una fácil, Henry. ¿Henry? Henry, ¿estás ahí? Tierra a Henry, la gente de la Tierra te necesita. Vuelve, Henry. Lo digo otra vez: vuelve, H...

—Estoy aquí, estoy aquí —dijo Henry. Su voz era el fangoso y apelotonado mugido del tipo que duerme y le dice a su mujer que está despierto para que ella lo deje en paz otros cinco minutos.

—Muy bien. La categoría es Arte y Entretenimientos. La pregunta es... ¿Henry? ¡No te me duermas, estúpido!

—No, no me duermo —gritó quejumbrosamente Henry.

—Muy bien. La pregunta es: «¿Qué novela enormemente popular de William Peter Blatty, que transcurre en Georgetown, el distinguido suburbio de Washington D.C., relata la posesión demoníaca de una muchacha joven?»

—Johnny Cash —respondió Henry.

—¡Dios mío! —gritó Tricks Postino—. ¡Eso es lo que contestas a todo! Johnny Cash. ¡Es lo que contestas a todas las putas preguntas!

—Johnny Cash es todas las cosas —respondió gravemente Henry. Se produjo un momento de silencio palpable por la considerable sorpresa... hasta que estalló una violenta carcajada, no sólo de los hombres que estaban con Henry en la habitación, sino de los otros dos «caballeros» desde el almacén.

—¿Quiere que cierre la puerta, señor Balazar? —preguntó Cimi en voz baja.

—No, ya está bien —respondió Balazar. Era siciliano de segunda generación, pero no había rastros de acento en su modo de hablar, que tampoco era el de un hombre cuya única educación procedía de la calle. A diferencia de muchos de sus contemporáneos en el negocio, había terminado la escuela secundaria. En realidad, había hecho más que eso: durante dos años había asistido a la facultad de Ciencias Económicas en la Universidad de Nueva York. Su voz, lo mismo que su estilo para los negocios, era tranquila, culta y estadounidense, y eso hacía que su aspecto físico fuera tan engañoso como el de Jack Andolini. La gente que oía por primera vez su clara voz estadounidense sin acento alguno, casi siempre se quedaba perpleja, como si presenciara un número particularmente bueno de ventriloquismo. Tenía el aspecto de un granjero, o de un posadero, o de un mafioso de poca monta, que parecía haber tenido éxito más por haber estado en el lugar correcto en el momento oportuno que por poseer algún talento. Tenía el aspecto de lo que en generaciones anteriores los tipos listos llamaban «Pepe Mostacho». Era gordo y vestía como un campesino. Esta tarde llevaba puesta una camisa blanca de algodón abierta en el cuello (con manchas de transpiración que se expandían debajo de los brazos) y pantalones lisos de franela gris. En los gordos pies sin calcetines llevaba mocasines marrones, tan viejos que más parecían chancletas que zapatos. Tenía los tobillos cubiertos de venas varicosas de color púrpura y azul.

Cimi y Claudio lo observaban fascinados.

En los viejos tiempos lo habían llamado *Il Roche*, la Roca. Algunos de la guardia vieja aún lo llamaban así. En el cajón superior del lado derecho de su escritorio, donde otros empresarios debían de guardar hojas, lápices, clips para papeles y cosas por el estilo, Enrico Balazar guardaba tres mazos de cartas. Sin embargo no las usaba para jugar a ningún juego.

Las usaba para construir.

Tomaba dos cartas y las inclinaba hasta que se apoyaran una contra la otra, como en una A sin el trazo horizontal. Al lado de ésta armaba otra A. Sobre las puntas de las dos colocaba una sola carta que formaba un techo. Formaba una A tras otra, superponiendo cada una a la otra, hasta que el escritorio sostenía una casa entera de cartas. Si uno se inclinaba y miraba hacia dentro, veía algo parecido a una colmena de triángulos. Cimi había visto derrumbarse aquellas casas cientos de veces. Claudio también lo había visto alguna vez, pero no con tanta frecuencia, porque era treinta años menor que Cimi. Éste esperaba jubilarse pronto e irse a vivir con la hija de puta de su mujer a una granja que poseían al norte de Nueva Jersey, donde él dedicaría todo su tiempo al jardín... y a sobrevivir a la hija de puta con la que se había casado; no a su suegra, hacía mucho tiempo que había renunciado a los sueños que alguna vez pudo haber tenido de comer *fettucini* en el velatorio de *La Monstra*, porque *La Monstra* era eterna, pero todavía quedaba alguna esperanza de sobrevivir a la hija de puta; su padre tenía un dicho que traducido significaba algo así como: «Dios te mea en la nuca todos los días, pero sólo te ahoga una vez», y, aunque no estaba completamente seguro, Cimi creía que significaba que Dios era bastante buen tipo después de todo, así que podía tener alguna esperanza de sobrevivir a una si no a la otra. Sólo en una ocasión había visto a Balazar salirse de sus casillas por una de aquellas caídas. Casi siempre esto se producía por una eventualidad: alguien que cerraba con fuerza la puerta en otra habitación, o un borracho que chocaba contra una pared. Hubo veces en que Cimi vio caer un edificio, que el señor Balazar (a quien él seguía llamando Jefe, como un personaje de las historietas de Chester Gould) había tardado horas en levantar, sólo porque el contrabajo de la máquina de discos había tocado muy fuerte. Otras veces estas construcciones aéreas se caían sin que se pudiera percibir razón alguna. Una vez —ésta era una historia que había contado no menos de cinco mil veces a todos sus conocidos y a todos les había aburrido— mirándole por encima de las ruinas, el Jefe le había dicho: «¿Has visto esto, Cimi? Por cada madre que alguna vez maldijo a Dios por su hijo muerto en la ruta, por cada padre que alguna vez maldijo al hombre que lo echó de la fábrica y lo dejó sin trabajo, por cada niño que alguna vez nació sólo para el dolor y se preguntó por qué, ésta es la respuesta. Nuestras vidas son como esto que yo levanto. A veces se vienen abajo por alguna razón, otras veces se vienen abajo absolutamente sin razón alguna.»

Para Carlocimi Dretto, ésta era la declaración sobre la condición humana más profunda que había escuchado en su vida.

La vez que Balazar se salió de sus casillas por el derrumbe de una de sus estructuras, había sido doce, tal vez catorce años antes. Un tipo había ido a verlo por un asunto de alcohol. Era un tipo sin clase, sin modales. Olía como si se bañara una vez al año, lo necesitara o no. En otras palabras, un irlandés de mierda. Y, por supuesto, se trataba de alcohol. Con los irlandeses siempre era alcohol, nunca droga. Y este irlandés pensó que lo que había en el escritorio del Jefe era un chiste. «¡Pida un deseo!», gritó después que el Jefe le explicara del modo en que un caballero se lo explica a otro, por qué les iba a resultar imposible hacer negocios. Y entonces el irlandés de mierda, uno de esos tipos de pelo rojo y rizado y la piel tan blanca que parecía tener tuberculosis o algo por el estilo, uno de ésos cuyo nombre comienza con una O y luego tienen una marquita curva entre la O y el nombre verdadero, había soplado en el escritorio del Jefe como un niño que sopla las velitas en el pastel de cumpleaños, y las cartas habían volado por todas partes en torno a la cabeza de Balazar. Entonces, Balazar había abierto el cajón superior del lado izquierdo de su escritorio, el cajón donde otros empresarios debían guardar su papelería personal o sus dosieres privados o cosas por el estilo, había sacado una 45 y le había disparado al irlandés en la cabeza, sin cambiar de expresión. Después de que Cimi y un tipo llamado Truman Alexander, que había muerto de un ataque al corazón ahora hacía cuatro años, enterraron al irlandés bajo un gallinero de las afueras de Sedonville, Connecticut, Balazar le había dicho a Cimi:

—Construir es asunto de los hombres, paisano. Echarlas abajo de un soplo es asunto de Dios. ¿Estás de acuerdo?

—Sí, señor Balazar —había contestado Cimi. Estaba de acuerdo.

Balazar había asentido, complacido.

—¿Hiciste lo que te dije? ¿Lo pusiste en alguna parte donde las gallinas o los patos se le pudieran cagar encima?

—Sí.

—Muy bien —había dicho tranquilamente Balazar, al tiempo que tomaba un nuevo mazo de cartas del cajón superior del lado derecho del escritorio.

Un solo piso no era suficiente para Balazar, *Il Roche*. Sobre el techo del primer piso construía el segundo, sólo que no tan ancho, encima del segundo un tercero; encima del tercero un cuarto. Y seguía. Pero a partir del cuarto piso tenía que ponerse de pie para seguir. Ya no había que inclinarse demasiado para mirar dentro. Y al hacerlo lo que se veía ya no eran hileras de formas triangulares sino un recinto frágil y desconcertante de formas diamantinas absolutamente encantadoras. Si uno miraba demasiado tiempo, se mareaba. Una vez Cimi había ido al laberinto de espejos de Coney y se había sentido igual. Nunca más volvió a entrar.

Cimi dijo (pensó que nadie le había creído, pero la verdad es que a nadie le importaba en absoluto) que una vez había visto a Balazar construir algo que ya no era una casa de cartas sino una torre de cartas, una torre que llegó a tener nueve pisos antes de derrumbarse. Ignoraba que esto no le importaba un pimiento a nadie, porque siempre que lo contaba la gente simulaba asombrarse, pues él estaba cerca del Jefe. Pero se habrían asombrado de haber tenido él las palabras para describirlo: qué delicada había sido, cómo había alcanzad casi tres cuartos de la distancia desde el escritorio hasta el techo, una construcción de encaje, con sotas y doses, reyes, dieces y comodines, una configuración roja y negra de diamantes de papel que se elevaba a despecho de un mundo que giraba a través de un universo de fuerzas y movimientos incoherentes; una torre que a los ojos asombrados de Cimi parecía la clamorosa negación de todas las injustas paradojas de la vida.

Si hubiera sabido cómo, habría dicho:

—Miré lo que él había construido, y para mí tuvieron sentido las estrellas.

10

Balazar sabía cómo tendrían que ser las cosas.

Los federales habían olido a Eddie. Quizás el estúpido había sido él por mandar a Eddie, tal vez sus instintos le estaban fallando, pero de alguna manera Eddie había parecido tan apropiado, tan perfecto. Su tío, la primera persona para la que él había trabajado en aquel negocio, decía que todas las reglas tenían excepciones salvo una: jamás confíes en un yonki. Balazar no había dicho nada —no era el lugar para que un chico de quince años hablara, ni siquiera si estaba de acuerdo—, pero privadamente había pensado que la única regla que no tenía excepciones era que había algunas reglas en la que esto no era verdad.

«Pero si el Tío Verone aún viviera —pensó Balazar— se reiría de ti y te diría: Mira, Rico, tú siempre has sido demasiado listo por tu propio bien; conocías las reglas y mantenías la boca cerrada cuando era respetuoso mantener la boca cerrada, pero siempre has tenido esa expresión presumida en la mirada. Siempre supiste lo listo que eras, así que finalmente caíste en la trampa de tu propio orgullo. Siempre supe que pasaría.»

Armó una A y la cubrió.

Habían detenido a Eddie, lo habían retenido durante un rato y luego lo habían soltado.

Balazar se había apoderado del hermano de Eddie y de la reserva que compartían. Quería a Eddie, y aquello bastaría para atraerlo.

Quería a Eddie porque sólo habían sido dos horas, y eso era extraño.

Lo habían interrogado en Kennedy y no en la calle 43, y eso era extraño. Significaba que Eddie había logrado deshacerse de buena parte o de toda la coca.

¿O no?

Pensaba. Dudaba.

Eddie se había marchado del aeropuerto dos horas después de que lo sacaron del avión. Era poco tiempo para hacerlo cantar, y demasiado para decidir que estaba limpio, que alguna azafata había cometido un gran error.

Pensaba. Dudaba.

El hermano de Eddie era un zombi, pero Eddie todavía era un tipo listo, un tipo duro. Un tipo así no cambiaba de bando en dos horas... a menos que fuera por su hermano. Por algo referido a su hermano.

Pero, aun así, ¿cómo podía ser que no hubieran ido a la calle 43? ¿Cómo podía ser que no usaran las furgonetas de la Aduana, esas que se parecen a las de correos salvo por el enrejado de las ventanillas traseras? ¿Porque Eddie realmente habría hecho algo con la mercancía? ¿Se habría librado de ella? ¿La habría escondido?

Era imposible ocultar mercancía en un avión.

Imposible librarse de ella.

Por supuesto, también era imposible escapar de ciertas cárceles, robar ciertos bancos, evitar ciertas sentencias. Pero había gente que lo hacía. Harry Houdini se había escapado de camisas de fuerza, baúles cerrados con candados, jodidas bóvedas de banco. Pero Eddie Dean no era Houdini. ¿O sí?

Podía haber hecho que mataran a Henry en su propio piso, podía haber ordenado que Eddie quedara destrozado en el aeropuerto... o mejor aún, también en el piso, donde los policías creerían que se trataba de un par de yonkis que, al borde de la desesperación, habrían olvidado que eran hermanos y se habían matado el uno al otro. Pero aquello dejaría muchas preguntas sin respuesta.

Conseguiría las respuestas, se prepararía para el futuro o simplemente satisfaría su curiosidad, según las respuestas que obtuviera, y luego los mataría a los dos.

Algunas respuestas más, dos yonkis menos. Alguna ganancia y ninguna pérdida importante.

En la otra habitación el juego ya había dado toda la vuelta y llegaba a Henry otra vez.

—Muy bien, Henry —repuso George Biondi—. Cuidado con ésta, que tiene trampa. La materia es Geografía. La pregunta es: «¿De qué continente proceden los canguros?»

Una pausa de silencio.

—Johnny Cash —contestó Henry, seguido por el rugido de una carcajada portentosa.

Las paredes vibraron.

Cimi se puso tenso y esperó a que la casa de Balazar (que se convertiría en una torre sólo si Dios o las fuerzas ciegas que regían el universo en su nombre así lo querían) se viniera abajo.

Las cartas temblaron un poco. Si caía una, caerían todas. Ninguna cayó.

Balazar alzó la mirada y sonrió a Cimi.

—*Piasan* —le dijo—, *il Dio est bono; il Dio est malo; temps est poco-poco; tu est une grande peeparollo.*

Cimi sonrió.

—*Si, senor* —afirmó—. *Io grande peeparollo; io van fanculo por tu.*

—*None va fanculo, catzarro* —inquirió Balazar—. *Eddie Dean va fanculo.* —Sonrió amablemente, y comenzó el segundo nivel de su torre de naipes.

11

Cuando la camioneta tomó una curva cerca de la casa de Balazar, Col Vincent por casualidad miraba a Eddie. Vio algo imposible.

Trató de hablar y se dio cuenta de que no podía. Tenía la lengua pegada al paladar y lo único que pudo emitir fue un sordo gruñido.

Vio que los ojos de Eddie cambiaban del color marrón al azul.

12

Esta vez Rolando no tomó la decisión consciente de dar el paso. Saltó sin pensar, con un movimiento tan involuntario como levantarse de la silla y buscar su arma cuando alguien irrumpía violentamente en una habitación.

«¡La Torre! —pensó fieramente—. ¡Es la Torre, Dios mío, la Torre está en el cielo, la Torre! ¡Veo la Torre en el cielo, trazada en rojas líneas de fuego! ¡Cuthbert! ¡Alan! ¡Desmond! ¡La Torre! ¡La T...»

Pero esta vez sintió a Eddie luchar, aunque no contra él.

Sólo trataba de hablarle; trataba desesperadamente de decirle algo.

El pistolero retrocedió, escuchando. Escuchaba lleno de desesperación, mientras en una playa a cierta distancia, desconocida en tiempo y espacio, su cuerpo sin mente se retorcía y temblaba como el cuerpo de un hombre que sueña con el éxtasis más alto o con el más profundo horror.

13

—*¡Cartel!* —gritaba Eddie dentro de su cabeza... y de la cabeza del otro—. *¡Es un cartel, sólo un cartel de neón; no sé en qué torre estarás pensando pero esto no es más que un bar, el negocio de Balazar, La Torre Inclinada, lo llamó así por la torre de Pisa! ¡Es sólo un cartel, una señal, algo que debería parecerse a la Torre de Pisa, joder! ¡Cálmate! ¡Cálmate! ¿Quieres que nos maten antes de que podamos siquiera llegar hasta ellos?*

—¿*Pitsa?*—replicó pensativo el pistolero. Volvió a mirar.

Un cartel. Una señal. Sí, muy bien, ahora podía verlo: no era la Torre sino un cartel. Estaba inclinada hacia un lado, festoneada con muchas curvas, y era una maravilla, pero eso era todo. Ahora veía que el cartel era una cosa hecha con tubos, tubos rellenados de alguna manera con un resplandeciente fuego rojo de los pantanos. En algunos lugares parecía haber menos que en otros; allí las líneas de fuego palpitaban y zumbaban.

Debajo de la torre ahora veía letras formadas con tubos doblados; la mayoría eran letras grandes. Pudo leer TORRE y, sí, INCLINADA, TORRE INCLINADA. La primera palabra era de dos letras, la primera una L, la última una A.

—¿*La Torre Inclinada?* —le preguntó a Eddie.

—*Sí. No importa. ¿Ves que sólo es un cartel? ¡Eso es lo que importa!*

—*Entiendo* —contestó el pistolero.

Se preguntaba si el Prisionero creía realmente lo que decía o sólo lo decía para evitar que la situación se desbordara, como pareció que iba a suceder con la torre dibujada en líneas de fuego; se preguntaba si Eddie creería que los signos o carteles eran algo trivial.

—*¡Entonces cálmate! ¿Me oyes? ¡Cálmate!*

—*¿Me quieres calmado? ¿Me quieres imperturbable?* —preguntó Rolando, y ambos sintieron un poco la sonrisa de éste en la mente de Eddie.

—*Imperturbable, correcto. Deja que yo me encargue.*

—*Sí. Muy bien.* —Dejaría que Eddie se encargara de todo.

Un rato.

14

Col Vincent logró por fin despegar la lengua del paladar.

—Jack. —Su voz era espesa como una alfombra peluda.

Andolini apagó el motor y lo miró, irritado.

—Sus ojos.

—¿Qué pasa con sus ojos?

—Sí, ¿qué pasa con mis ojos? —preguntó Eddie.

Col lo miró.

Se había puesto el sol y en el aire no quedaban más que las cenizas del día, pero quedaba luz suficiente como para que Col viera que los ojos de Eddie eran marrones otra vez.

Si es que alguna vez fueron otra cosa.

«Lo has visto», insistía parte de su mente. Pero ¿lo había visto? Col tenía veinticuatro años y durante los últimos veintiuno nadie lo había considerado nunca digno de confianza. Útil, a veces. Obediente casi siempre... si se lo mantenía a raya. Pero ¿digno de confianza? No. Al final hasta el mismo Col había llegado a creerlo.

—Nada —murmuró.

—Entonces, vamos —dijo Andolini.

Salieron de la furgoneta de la pizza. Con Andolini a la izquierda y Vincent a la derecha, Eddie y el pistolero entraron en La Torre Inclinada.

V

CONFRONTACIÓN Y TIROTEO

1

Con la melodía de un blues de los años veinte, Billie Holiday, que un día descubriría la verdad por sí misma, cantaba: *«El doctor me dijo nena, esto lo tienes que dejar/ porque si te das un nuevo cohete será el final.»* El último cohete de Henry Dean despegó cinco minutos antes de que la camioneta se detuviera ante la puerta de La Torre Inclinada y de que a su hermano se lo llevasen en manada hacia adentro.

Como estaba a su derecha, George Biondi —«George el narigudo» para los amigos; «George el narigudo» para los enemigos— le formulaba las preguntas a Henry. Ahora que Henry asentía y hacía guiños con toda serie-dad sobre el tablero, Tricks Postino puso el dado en una mano que ya había adquirido el color polvoriento que la larga adicción a la heroína produce en las extremidades, el color polvoriento que precede a la gangrena.

—Te toca, Henry —advirtió Tricks, y Henry dejó caer el dado.

Como siguió mirando al espacio sin mostrar intención alguna de mover su ficha, Jimmy Haspio la movió por él.

—Mira esto, Henry —indicó—. Tienes la oportunidad de ganar un trozo del queso.

—Un trozo del queso —dijo Henry en tono soñador. Miró a su alrededor como si se hubiera despertado, y añadió—: ¿Dónde está Eddie?

—Va a llegar muy pronto —lo calmó Tricks—. Te toca jugar.

—Quiero darme un pico.

—Juega, Henry.

—Está bien, está bien, deja de empujarme.

—No le empujes —le advirtió Kevin Blake a Jimmy.

—Está bien, no le empujaré —repuso Jimmy.

—¿Estás listo? —preguntó George Biondi. Dirigió a los otros un enorme guiño cuando el mentón de Henry bajó flotando hasta apoyarse en su esternón, y luego volvió a subir lentamente una vez más; era como ver un tronco empapado que no terminaba de darse por vencido y hundirse para siempre.

—Sí —contestó Henry—. Venga.

—¡Venga! —gritó Jimmy Haspio regocijadamente.

—¡Venga, joder! —añadió Tricks, y todos rugieron de risa (en la otra habitación, el edificio de Balazar, que ahora tenía ya tres pisos, tembló otra vez pero no se cayó).

—Muy bien, escucha con cuidado —comenzó George, y volvió a guiñar el ojo. A pesar de que Henry estaba en la categoría de Deportes, George anunció que la categoría era Arte y Entretenimientos—. ¿Qué popular cantante folk produjo éxitos como *Un muchacho llamado Sue*, *Blues de la Prisión Folsom* y otras muchas canciones de puta madre?

Kevin Blake, que en realidad sabía sumar siete más nueve (si le daban fichas de póquer para hacerlo), se dobló de risa, abrazándose las rodillas, y por poco no desbarató el tablero.

Siempre simulando leer la tarjeta que tenía en su mano, George continuó:

—A este popular cantante se lo conoce también como el hombre de negro. Su primer nombre significa lo mismo que el lugar donde uno va a hacer pis, y el apellido significa lo que uno tiene en la billetera a menos que sea un jodido drogata.

Se produjo un largo silencio expectante.

—Walter Brennan —contestó Henry por fin.

Bramaron las carcajadas. Jimmy Haspio abrazó a Kevin Blake. Kevin le pegaba a Jimmy en el hombro. En la oficina de Balazar, la casa de naipes que se convertía en una torre de naipes volvió a temblar.

—¡Callaos! —gritó Cimi—. El Jefe está construyendo.

Se callaron de inmediato.

—Correcto —asintió George—. Ésta la has contestado bien, Henry. Era difícil, pero lo lograste.

—Siempre lo hago —ratificó Henry—. Siempre lo logro cuando me concentro. Quiero darme un pico.

—¡Buena idea! —dijo George, y cogió una caja de puros Roi-Tan que estaba detrás de él. Sacó de la caja una jeringa. Se la clavó a Henry en la vena llena de cicatrices, un poco más arriba del codo, y el último cohete de Henry levantó el vuelo.

2

El exterior de la furgoneta de pizza era destartalado pero por debajo de la mugre del camino y de la pintura de aerosol había una maravilla de alta tecnología que los tipos de la Drug Enforcement Administration habrían envidiado. Tal como Balazar había dicho más de una vez, «no puedes vencer a esos cabrones a menos que seas capaz de competir con ellos... a menos que puedas tener equipos del mismo nivel». Era un material muy caro, pero el bando de Balazar tenía una ventaja: robaban lo que en la DEA tenían que comprar a precios exagerados. A lo largo de toda la costa este había empleados de compañías electrónicas perfectamente dispuestos a vender material secreto de alta seguridad a precios de liquidación. Aquellos *catzzaroni* (Jack Andolini los llamaba cocainocabezudos de Silicon Valley) prácticamente se lo tiraban a uno encima.

Debajo del tablero había un detector de policías, un aparato para interferir los radares policiales de UFH, un detector de transmisiones de radio de alta frecuencia y onda larga, un aparato para interferirlas; un transmisor/amplificador que a cualquiera que tratara de localizar la furgoneta mediante el método corriente de triangulación, le indicaría que el vehículo estaba al mismo tiempo en Connecticut, Harlem y Montauk Sound, un radio teléfono... y un botoncito rojo que Andolini apretó en cuanto Eddie Dean salió de la camioneta.

En la oficina de Balazar, el intercomunicador emitió un único zumbido corto.

—Son ellos —dijo él—. Claudio, déjalos entrar. Cimi, di a todos que se esfumen. Para Eddie Dean, conmigo no hay nadie más que tú y Claudio. Cimi, vete al almacén con los otros caballeros.

Ambos salieron, Cimi dobló a la izquierda, Claudio Andolini a la derecha.

Con toda calma, Balazar inició un nuevo nivel en su edificio.

—*Déjame encargarme de todo* —indicó nuevamente Eddie cuando Claudio abrió la puerta.

—*Sí* —contestó el pistolero. Pero permaneció alerta, listo para dar el paso en el instante en que pareciera necesario.

Sonaron las llaves. El pistolero estaba muy atento a los olores: el viejo sudor de Col Vincent a su derecha; el olor agudo, casi ácido, del *aftershave* de Jack Andolini, a su izquierda y, en cuanto pisaron la penumbra, el olor agrio de la cerveza.

El olor a cerveza fue el único que reconoció. Éste no era un salón cochambroso con serrín en el suelo y una barra formada con tablones colocados sobre caballetes; el pistolero calculó que era completamente diferente de un lugar como el Sheb's de Tull. Por todas partes se veía el suave resplandor del cristal. En aquel salón había más cristal del que había visto en todos los años pasados desde la infancia, cuando las líneas de abastecimiento comenzaron a quebrarse, en parte por culpa de los ataques que realizaban las fuerzas rebeldes de Farson, el Hombre Bueno, pero principalmente, creía él, porque el mundo se movía y por nada más. Farson había sido un síntoma de ese gran movimiento, no la causa.

Veía sus reflejos por todas partes: en las paredes, en el bar recubierto de vidrio y en el largo espejo que tenía detrás; incluso veía sus reflejos como miniaturas curvas en las graciosas copas de vino en forma de campana que colgaban vueltas hacia abajo por encima de la barra... copas tan frágiles y bellas como las orlas de un festival.

En una esquina había una creación esculpida de luces que subía y cambiaba, subía y cambiaba, subía y cambiaba. Del oro al verde, del verde al amarillo, del amarillo al rojo, del rojo al oro otra vez. La cruzaba una palabra escrita con letras grandes, que podía leer pero que para él no significaba nada: ROCKOLA.

Daba igual. Había negocios que realizar. Él no era un turista; no podía permitirse el lujo de actuar como si lo fuera, a pesar de lo extraño y maravilloso que todo pudiera ser.

El hombre que los había dejado entrar era claramente el hermano del hombre que conducía lo que Eddie llamaba la camioneta, aunque era mucho más alto y tenía tal vez cinco años menos. Llevaba un revólver en una funda sujeta al hombro.

—¿Dónde está Henry? —preguntó Eddie—. Quiero ver a Henry. —Levantó la voz—. ¡Henry! ¡Eh, Henry!

No hubo respuesta; sólo un silencio en que las copas colgadas sobre el bar parecieron temblar con una delicadeza que sobrepasaba ligeramente el alcance del oído humano.

—Al señor Balazar le gustaría hablar contigo primero.

—Lo tienen atado y amordazado en alguna parte ¿verdad? —preguntó Eddie, y antes de que Claudio pudiera hacer algo más que abrir la boca para contestar, Eddie se echó a reír—. No, lo que pienso es que debe de estar chutado, eso es todo. ¿Para qué ibais a molestaros con sogas y mordazas, si para mantener a Henry quieto todo lo que tenéis que hacer es darle un pico? Muy bien. Llévame ante Balazar. Vamos a terminar con esto.

4

El pistolero miró la torre de naipes sobre el escritorio de Balazar y pensó: «Otra señal.»

Balazar no miró hacia arriba —la torre de cartas ya era demasiado alta para eso— sino más bien por encima. Su expresión era cálida y placentera.

—Eddie —dijo—, me alegro de verte, hijo. Oí que tuviste algún problema en Kennedy.

—Yo no soy su hijo —repuso Eddie llanamente.

Balazar hizo un gesto que al mismo tiempo era cómico, triste y poco digno de confianza.

«Me lastimas, Eddie —indicaba aquel gesto—. Cuando dices algo así me lastimas.»

—Vamos al grano —cortó Eddie—. Usted sabe que sólo puede ser una de dos: o los federales me están utilizando, o tuvieron que soltarme. Sabe que no pudieron hacerme cantar en dos horas solamente. Y sabe que si lo hubieran hecho, yo estaría ahora en la calle 43 contestando preguntas, con alguna que otra interrupción para ir a vomitar al baño.

—¿Te están utilizando, Eddie? —preguntó suavemente Balazar.

—No. Tuvieron que soltarme. Me están siguiendo, pero eso no significa que yo los esté guiando.

—Así que te deshiciste de la coca —inquirió Balazar—. Es fascinante. Tienes que contarme cómo se hace para deshacerse de un kilo de coca cuando uno está subido a un avión. Sería una información muy útil. Es como un cuento de misterio con habitaciones cerradas con llave.

—No me deshice de la coca —dijo Eddie—, pero tampoco la tengo ya.

—¿Entonces quién la tiene? —preguntó Claudio, y en seguida se ruborizó cuando su hermano lo miró con ferocidad contenida.

—La tiene él —contestó Eddie sonriendo y señaló a Enrico Balazar por encima de la torre de cartas—. Ya ha sido entregada.

Por primera vez desde que escoltaron a Eddie dentro de la habitación, una expresión genuina iluminó el rostro de Balazar: sorpresa. Luego desapareció. Sonrió amablemente.

—Sí —concedió—. En un lugar que más tarde se revelará, después de que tú, tu hermano y todo lo vuestro os hayáis ido. A Islandia, tal vez. ¿Supones que funciona así?

—No —negó Eddie—. Usted no entiende. Está aquí. Entrega directa en la puerta de su casa. Tal como acordamos. Porque aun en los tiempos que corren, hay personas que todavía creen en concluir un trato tal como se hizo de entrada. Sorprendente, lo sé, pero cierto.

Todos lo estaban mirando.

—*¿Qué tal voy, Rolando?* —preguntó Eddie.

—*Creo que lo estás haciendo muy bien. Pero no dejes que este hombre recupere el equilibrio, Eddie. Creo que es peligroso.*

—*Eso crees ¿eh? Muy bien, ahí te llevo ventaja, amigo mío. Yo sé que es peligroso. Más peligroso que la madre que lo parió.*

Volvió a mirar a Balazar y le dirigió un ligero guiño.

—Por eso, el que ahora tiene que preocuparse por los federales es usted, y no yo. Si llegaran a presentarse con una orden de registro, de pronto podría descubrir que lo están jodiendo sin siquiera haber tenido tiempo de abrirse de piernas, señor Balazar.

Balazar había cogido dos cartas. Súbitamente sacudió las manos y dejó las cartas a un costado. Fue un instante, pero Rolando lo vio, y Eddie también lo vio. Una expresión de incertidumbre —incluso un miedo momentáneo, quizás— apareció y luego desapareció en su rostro.

—Cuida tu lenguaje conmigo, Eddie. Cuida tu manera de expresarte y, por favor, recuerda que tengo poco tiempo y poca tolerancia para las tonterías.

Jack Andolini parecía alarmado.

—¡Hizo un arreglo con ellos, señor Balazar! Esta mierdita les entregó la coca y nos han tendido una trampa mientras simulaban interrogarlo.

—Aquí no ha venido nadie —aseveró Balazar—. Nadie pudo acercarse, Jack, y tú lo sabes. Los detectores funcionan hasta cuando una paloma se tira un pedo en el techo.

—Pero...

—Aunque se las hubieran arreglado para entramparnos de alguna manera, tenemos tanta gente en su organización que en tres días podríamos abrir quince agujeros en su acusación. Sabemos quién, cuándo y cómo.

Balazar miró a Eddie otra vez.

—Eddie —le advirtió—, tienes quince segundos para dejar de chulearte. Después haré que venga Cimi Dretto y te hará daño. Luego, pasado un rato, se irá, y desde un cuarto cercano podrás oír cómo le hace daño a tu hermano.

Eddie se puso rígido.

—*Calma* —murmuró el pistolero y pensó: «Lo único que hay que hacer para lastimarlo es pronunciar el nombre de su hermano. Es como hurgar en una herida abierta.»

—Voy a entrar en el lavabo —comenzó Eddie. Señaló una puerta en el rincón izquierdo más lejano de la habitación, una puerta tan discreta que pudo haber pasado por uno de los paneles de la pared, y añadió—: Voy a entrar solo. Saldré con medio kilo de su cocaína. La mitad del embarque. Usted la prueba. Luego trae aquí a Henry para que yo pueda verlo. Cuando yo lo vea, cuando vea que está bien, le dará a él lo nuestro y uno de sus caballeros lo llevará a casa. Mientras él va a casa, yo y... —«Rolando», estuvo a punto de decir— yo y el resto de los tipos que ambos sabemos que están por aquí miraremos como usted construye sus casitas. Cuando Henry esté en casa y a salvo (es decir que no haya nadie ahí apuntándole con un revólver en la oreja) me llamará y me dirá cierta palabra. Es algo que elaboramos antes de que yo me fuera. Por si acaso.

El pistolero revisó la mente de Eddie para ver si esto era cierto o si era un bluff. Era cierto, o al menos es lo que pensaba Eddie. Rolando vio que Eddie estaba realmente convencido de que su hermano moriría antes de decir esa palabra en falso. El pistolero no estaba tan seguro.

—Debes de creer que yo aún creo en los Reyes Magos —manifestó Balazar.

—Ya sé que no cree en ellos.

—Claudio, regístralo. Jack, tú entra en el lavabo y revísalo todo.

—¿Hay algún lugar del lavabo que yo no conozca? —preguntó Andolini.

Balazar se quedó callado por un rato, mientras estudiaba cuidadosamente a Andolini con sus ojos marrones oscuros.

—En la pared trasera del botiquín hay un pequeño panel —explicó—. Ahí guardo algunos efectos personales. No alcanza para esconder medio kilo de droga pero, por si las moscas, regístralo.

Jack salió, y cuando entraba al pequeño lavabo el pistolero vio una ráfaga de la misma gélida luz blanca que había iluminado el retrete del carruaje aéreo. Luego, la puerta se cerró.

Los ojos de Balazar saltaron a Eddie.

—¿Por qué insistes en decir unas mentiras tan estúpidas? —preguntó, casi con pesar—. Pensé que eras inteligente.

—Míreme a la cara —le pidió Eddie con calma—, y dígame que le estoy mintiendo.

Balazar hizo lo que Eddie le pedía. Lo miró durante unos minutos. Luego se volvió hacia otro lado, con las manos metidas en los bolsillos tan profundamente que se vio un poquito el nacimiento de su culo campesino. Su postura era de pesar —pesar por un hijo descarriado—, pero, antes de que Balazar se volviera, Rolando había visto en su cara una expresión que no era de pesar. Lo que Balazar había visto en la cara de Eddie no lo había dejado afligido sino profundamente perturbado.

—Desvístete —le ordenó Claudio a Eddie. Y ahora le apuntaba con un arma.

Eddie comenzó a sacarse la ropa.

5

«Esto no me gusta», pensó Balazar, mientras esperaba que Jack Andolini saliera del baño. Estaba asustado. Repentinamente sudaba pero no sólo debajo de los brazos o en la entrepierna, que le sudaban aun en lo peor del invierno, cuando el tiempo estaba más frío que la hebilla del cinturón de un minero, sino en todo el cuerpo. Al marcharse, Eddie tenía aspecto de yonki —de yonki inteligente, pero de yonki al fin, de alguien a quien uno podía llevarse a cualquier parte cogiéndolo por las pelotas con el anzuelo del caballo— y ahora que había vuelto parecía... ¿qué parecía? Parecía haber crecido, de alguna manera había cambiado.

«Es como si alguien le hubiera metido por la garganta dos litros de agallas frescas.»

Sí. Era eso. Y la droga. La droga de mierda... Jack iba a dejar el lavabo patas arriba y Claudio revisaba a Eddie con la minuciosa ferocidad de un carcelero sádico.

Eddie estaba de pie con una estolidez que Balazar previamente no hubiera creído posible ni en él ni en ningún otro drogata, mientras Claudio se escupía cuatro veces en la palma izquierda, desparramaba la saliva moteada de mocos por toda la mano derecha y se la metía luego a Eddie por el culo hasta la muñeca e incluso cuatro o cinco centímetros más allá.

No había droga en el lavabo, y Eddie no llevaba droga encima ni dentro. No había droga ni en la ropa de Eddie ni en la chaqueta ni en la bolsa de viaje. Así que todo era un engaño.

«Míreme a la cara y dígame que estoy mintiendo.»

Así lo hizo. Lo que vio era inquietante. Vio a un Eddie Dean perfectamente confiado; con la intención de entrar al lavabo y salir luego con la mitad de la mercancía de Balazar.

El mismo Balazar estuvo a punto de creerlo

Claudio Andolini retiró el brazo. Sacó los dedos del culo de Eddie con un plop. La boca de Claudio se torció como un sedal lleno de nudos.

—De prisa, Jack, tengo la mano llena de mierda de este yonki —gritó Claudio, enojado.

—Si hubiera sabido que ibas a hacer una exploración por ahí, Claudio, me habría limpiado el culo con la pata de una silla —dijo Eddie suavemente—. Tu mano habría salido más limpia, y yo no estaría aquí sintiéndome como si me hubiera violado el toro Ferdinando.

—¡Jack!

—Ve a limpiarte a la cocina —dijo tranquilamente Balazar—. Eddie y yo no tenemos motivo para lastimarnos mutuamente, ¿verdad, Eddie?

—No —contestó Eddie.

—De todas maneras, está limpio —insistió Claudio—. Bueno, limpio no es la palabra. Lo que quiero decir es que no lleva droga. De eso puede estar más que seguro. —Salió de la habitación con la mano sucia por delante, como si fuera un pescado muerto.

Eddie miró con calma a Balazar, que otra vez pensaba en Harry Houdini y Blackstone, y Doug Henning, y David Copperfield. Se repetía una y otra vez que los actos de magia estaban tan muertos como el vodevil, pero Henning era una superestrella, y el crío Copperfiel tuvo un gran éxito ante una multitud el día en que Balazar dio con su espectáculo en Atlantic City. Balazar amaba a los magos desde la primera vez que vio a uno en una esquina que hacía trucos de naipes por calderilla. ¿Y qué era lo que siempre hacían antes de hacer aparecer algo... algo que dejaría al público boquiabierto para luego aplaudir a rabiar? Invitaban a alguien del público para que subiera a asegurarse de que el lugar del que tenía que salir el conejo, la paloma, o la belleza con los pechos al aire, o lo que fuera a aparecer, estaba perfectamente vacío. Más que eso, para asegurarse de que dentro no había forma de meter nada.

«Se me ocurre que tal vez lo haya hecho. No sé cómo, ni me importa. Lo único que sé con seguridad es que esto no me gusta nada, no me gusta una mierda.»

6

A George Biondi también había algo que no le gustaba. Se preguntaba si Eddie Dean se pondría furioso al respecto.

George estaba bastante seguro de que Henry había muerto en algún momento, después de que Cimi entrara para apagar la luz de la oficina del contable. Había muerto calladamente, sin alborotos ni aspavientos. Simplemente había salido flotando como un diente de león que vuela con la más leve brisa. George pensaba que tal vez hubiera sucedido en el momento en que Claudio salió para lavarse la mano llena de mierda en la cocina.

—¿Henry? —le murmuró George al oído. Acercó tanto la boca que era casi como besar la oreja de una chica en el cine, y era bastante jodido, especialmente si se consideraba que el tipo tal vez ya estaba muerto. Tenía narcofobia, o como carajo lo llamaran, pero debía saberlo. El muro entre aquella habitación y la de Balazar era muy delgado.

—¿Qué pasa, George? —preguntó Tricks Postino.

—Cállate —espetó Cimi. Su voz sonaba como el ronquido sordo de un camión detenido.

Se callaron.

George deslizó una mano por debajo de la camisa de Henry. Oh, aquello se ponía cada vez peor. La imagen de estar en el cine con una chica no lo abandonaba Allí estaba él, metiéndole mano, sólo que no era una mujer sino un hombre. Ya no era simplemente narcofobia, era narcofobia marica, mierda, y el pecho esmirriado de Henry, como el de todos los yonkis, ni subía ni bajaba, y allí dentro no había nada que hiciera pum pum, pum pum. Para Henry Dean todo había terminado; para Henry Dean se había suspendido el partido por lluvia en el segundo tiempo. Lo único suyo que latía era el reloj.

Entró en la pesada atmósfera de ajo y aceite de oliva de la madre patria que rodeaba a Cimi Dretto.

—Es posible que tengamos un problema —susurró George.

7

Jack salió del baño.

—Ahí dentro no hay droga —confirmó, y estudió a Eddie con sus ojos mates—. Y si pensabas en la ventana, olvídate. Es de craven.

—No estaba pensando en la ventana, y está ahí —dijo tranquilamente Eddie—. Pero no sabes dónde buscar.

—Disculpe, señor Balazar —profirió Andolini—, pero este cántaro está empezando a llenarse demasiado para mi gusto.

Balazar estudió a Eddie como si ni siquiera hubiera escuchado a Andolini. Pensaba a gran profundidad.

Pensaba en magos que sacan conejos de una chistera.

Uno llama a un tipo de la platea para certificar que la chistera está vacía. ¿Qué otra cosa nunca cambia? Que nadie ve dentro del sombrero más que el mago, por supuesto. ¿Y qué había dicho el chico?

«Voy a entrar en el cuarto de baño. Voy a entrar solo.»

Por norma general, no le interesaba conocer el funcionamiento de los trucos de magia: se perdía toda la gracia.

Por norma general. Sin embargo, aquel truco tenía de por sí muy poca gracia.

—Bien —propuso—. Si está ahí, ve a buscarla. Tal como estás. Con el culo al aire.

—Está bien —asintió Eddie, y se dirigió hacia la puerta del baño.

—Pero no irás solo —dijo Balazar. Eddie se detuvo al instante y su cuerpo se puso rígido como si Balazar le hubiera disparado un arpón invisible, lo cual a Balazar le fue muy bien. Por primera vez, algo no iba según los planes del chico. Y añadió—: Jack va contigo.

—No —contestó Eddie de inmediato—. No es lo que yo...

—Eddie —dijo gentilmente Balazar—, no me digas que no. Nunca lo has hecho.

8

—*Está bien* —asintió el pistolero—. *Déjalo que venga.*

—Pero... pero...

Eddie comenzaba a farfullar y apenas podía mantenerse bajo control. No era simplemente el repentino pelotazo con efecto que Balazar acababa de lanzarle; la preocupación por Henry le carcomía y también, cada vez mas fuerte, la necesidad de una dosis crecía por encima de todo lo demás.

—*Déjalo venir. Todo irá bien. Escucha.*

Eddie escuchó.

9

Balazar lo observaba, un delgado hombre desnudo, con el primer atisbo del pecho hundido típico del yonki y la cabeza inclinada a un costado. Al observarlo, Balazar sintió que se evaporaba algo de su confianza. Era como si el chico escuchara una voz que sólo él pudiera oír.

El mismo pensamiento pasó por la mente de Andolini, pero de un modo diferente: «¿Qué es esto? ¡Si parece el perro de los discos de *La voz de su amo*!»

Col había tratado de decirle algo acerca de los ojos de Eddie. De pronto Jack Andolini deseó haberlo escuchado.

«En una mano deseo, mierda en la otra», pensó.

Si Eddie escuchaba voces dentro de su cabeza, o bien las voces dejaron de hablar, o bien él dejó de prestarles atención.

—Muy bien —dijo—. Ven conmigo, Jack. Te mostraré la octava maravilla del mundo. Lanzó una rápida sonrisa que ni a Jack Andolini ni a Enrico Balazar les importó lo mas mínimo.

—No me digas. —Andolini sacó un revólver de la funda que llevaba sujeta al cinturón en la espalda—. ¿Voy a quedarme sorprendido?

La sonrisa de Eddie se hizo más amplia.

—Oh, sí. Creo que vas a quedarte mudo.

10

Andolini entró en el retrete detrás de Eddie. Llevaba el revólver levantado porque sus ánimos estaba también levantados.

—Cierra la puerta —inquirió Eddie.

—Vete a la mierda —contestó Jack.

—Cierra la puerta o no hay droga —advirtió Eddie.

—Vete a la mierda —volvió a decir. Ahora a Andolini, ligeramente asustado y con la sensación de que estaba sucediendo algo que él no comprendía, se le veía más despierto que en la camioneta.

—No quiere cerrar la puerta —le gritó Eddie a Balazar—. Me parece que voy a darme por vencido, señor Balazar. Usted tiene probablemente seis tipejos en este lugar, cada uno de ellos con no menos de cuatro revólveres, y los dos se cagan de miedo por un tío en un retrete. Un yonki, además.

—¡Joder, Jack, cierra esa puerta! —gritó Balazar.

—Eso es —dijo Eddie cuando Jack Andolini cerró la puerta de una patada detrás de sí—. Eres un hombre o no eres un h...

—Oh, Dios —dijo Andolini a nadie en particular. Levantó el revólver, con la culata hacia adelante, con intención de cruzarle la cara a Eddie de un culatazo.

En ese momento se quedó congelado con el arma en la mano, y la mueca que desnudaba sus dientes se aflojó en una expresión de sorpresa que le soltó la mandíbula porque vio lo que Col Vincent había visto en la camioneta.

Los ojos de Eddie cambiaron del marrón al azul.

—¡Ahora agárralo! —ordenó una voz baja y autoritaria. Y aunque la voz venía de la boca de Eddie, no era la suya.

«Esquizo —pensó Jack Andolini—. Se ha vuelto esquizo la puta madre, se ha vuelto esqui...»

Pero el pensamiento se le quebró cuando las manos de Eddie lo aferraron por los hombros, porque cuando sucedió eso, Andolini vio aparecer repentinamente un agujero en la realidad como a un metro de distancia detrás de Eddie.

No, no era un agujero. Sus dimensiones eran demasiado perfectas para ser un agujero.

Era una puerta.

—Santa María, llena eres de gracia —rezó Jack en un gemido velado. A través de la puerta que colgaba en el espacio, a unos treinta centímetros del suelo frente a la ducha privada de Balazar, vio una playa oscura que descendía hacia las olas rompientes. En esa playa había cosas que se movían. Cosas.

Bajó el revólver, pero el golpe con el que pensaba romperle a Eddie todos los dientes delanteros no hizo más que aplastarle los labios y hacerlo sangrar un poquito. Se le escurría toda la fuerza. Jack sentía que pasaba eso.

—Te he dicho que te quedarías mudo, Jack —advirtió Eddie y luego le dio un tirón. En el último momento, Jack se dio cuenta de lo que Eddie se proponía hacer, y luchó como un gato salvaje, pero era demasiado tarde: estaban lanzándole hacia atrás por la puerta, y el murmullo que ronroneaba por la noche en la ciudad de Nueva York, tan constante y familiar que uno nunca lo oye a menos que de pronto desaparezca, fue reemplazado por el sonido chirriante de las olas y las voces ásperas e inquisitivas de unos horrores que se veían borrosamente y que se arrastraban por la playa en todas direcciones.

11

—*Vamos a tener que actuar muy rápidamente o nos vamos a encontrar apaleados en un potrero* —dijo Rolando. Y Eddie estaba bastante seguro de que lo que el tipo quería decir era que si no movían el culo prácticamente a la velocidad de la luz se iban a ver en serios problemas. Él también lo creía.

Cuando se trataba de tipos pesados, Jack Andolini era como Dwight Gooden: uno podía zarandearlo, sí, uno podía lastimarlo, tal vez, pero si uno lo dejaba escapar al principio, después no había quien pudiera con él.

—¡Mano izquierda! —se gritó Rolando a sí mismo cuando cruzaron y él se separó de Eddie—. ¡Recuerda! ¡Mano izquierda! ¡Mano izquierda!

Vio que Eddie y Jack tropezaban hacia atrás, caían y luego rodaban por el terreno rocoso que bordeaba la playa luchando por el revólver que Andolini tenía en la mano.

Rolando apenas tuvo tiempo para pensar en el chiste cósmico que hubiera sido volver a su propio mundo sólo para descubrir que su cuerpo físico había muerto en su ausencia... y entonces ya era tarde. Demasiado tarde para cuestionarse, demasiado tarde para volver.

12

Jack Andolini no sabía qué había sucedido. Una parte de él estaba segura de que se había vuelto loco, otra parte estaba segura de que Eddie lo había drogado con un gas o algo por el estilo, y otra parte creía que el Dios vengativo de su infancia, finalmente cansado de sus maldades, lo había sacado del mundo que él conocía y se lo había llevado a aquel extraño y tétrico purgatorio.

Luego vio la puerta, que permanecía abierta, y derramaba un chorro de luz blanca —la luz del retrete de Balazar— sobre el terreno lleno de rocas, y comprendió que era posible volver. Andolini era un hombre práctico por encima de todo lo demás. Más tarde se preocuparía por el significado de todo aquello. En ese momento se proponía matar a aquel cerdo y volver a través de la puerta.

La fuerza que se le había escurrido en su violenta sorpresa comenzaba a fluir de nuevo. Se dio cuenta de que

Eddie trataba de arrancarle de la mano la pequeña pero muy eficiente Colt Cobra y de que casi lo había logrado.

Jack se la arrancó de un tirón con una maldición, trató de apuntar, pero rápidamente Eddie volvió a aferrarle el brazo.

Andolini le clavó la rodilla a Eddie en el músculo del muslo derecho (la costosa gabardina de los pantalones de Andolini ahora llevaba incrustada la sucia arena gris de la playa) y, cuando comenzó a tener calambres, Eddie aulló.

—¡Rolando! —gritó— ¡Ayúdame! ¡Por el amor de Dios, ayúdame!

Andolini giró rápidamente la cabeza y lo que vio le hizo perder el equilibrio otra vez.

Había un tipo ahí de pie... pero más parecía un fantasma que una persona. Y no era exactamente Casper, el fantasma amistoso.

La cara blanca y ojerosa de la tambaleante figura estaba áspera y tenía una sombra de barba.

La camisa era un harapo que volaba al viento en tiras enroscadas mostrando un conjunto de costillas famélicas.

Un trapo mugriento le envolvía la mano derecha Parecía enfermo, enfermo y agonizante, pero aun así parecía tan duro que Andolini se sintió como un huevo pasado por agua.

Y el sujeto llevaba un par de revólveres.

Parecían más viejos que las colinas, viejos como para provenir de un museo del salvaje oeste... pero de todas maneras eran revólveres, e incluso era posible que funcionaran.

Y Andolini de pronto se dio cuenta de que iba a tener que ocuparse inmediatamente del tipo de la cara blanca... a menos que realmente fuera un espectro y, si ése era el caso, nada importaría tres cominos, así que no tenía sentido preocuparse por el asunto.

Andolini soltó a Eddie y giró rápidamente hacia la derecha. Casi no sintió el borde de la roca que le rasgó la chaqueta deportiva de quinientos dólares. En el mismo instante Rolando desenfundó con la mano izquierda, y este gesto fue igual que siempre, estuviera sano o enfermo, completamente despierto o aún medio dormido: más rápido que el rayo de un verano azul.

—Estoy perdido —pensó Andolini, enfermo y lleno de asombro—. ¡Dios, nunca vi a nadie tan rápido! Estoy perdido, santa María Madre de Dios, me va a reventar, me va...

El hombre de la camisa harapienta apretó el gatillo del revólver que tenía en la mano izquierda y Jack Andolini se dio por muerto, antes de darse cuenta que en lugar de un disparo sólo había sido un sordo *clic*.

No disparó.

Sonriendo, Andolini se incorporó hasta quedar de rodillas y alzó su propio revólver.

—No sé quién eres, pero puedes despedirte de tu propio culo, fantasma de mierda —le amenazó.

13

Eddie se sentó, tembloroso. La piel de gallina le cubría todo el cuerpo desnudo. Vio que Rolando sacaba el arma, oyó el chasquido seco que debió de haber sido un disparo, vio a Andolini ponerse de rodillas, oyó que decía algo y, antes de que realmente supiera lo que estaba haciendo su mano había encontrado un trozo de roca mellada.

La arrancó de la tierra pedregosa y la arrojó con toda la fuerza que pudo.

Le pegó a Andolini en la parte posterior de la cabeza, arriba, y luego rebotó hacia otro lado. Un trozo del cuero cabelludo de Jack Andolini quedó colgando, y la sangre le manaba a borbotones. Andolini disparó, pero la bala que seguramente hubiera matado al pistolero se perdió.

14

—No se perdió realmente —pudo haberle dicho a Eddie el pistolero—. Cuando uno siente en la mejilla el viento de la bala, no puede decir realmente que se pierda.

Cuando se recuperó del disparo de Andolini, movió con el pulgar el martillo de su revólver y volvió a tirar del gatillo. Esta vez la bala de la cámara se disparó; el sonido seco y autoritario hizo eco por toda la playa. Las gaviotas que dormían sobre las rocas muy por encima de las langostruosidades se despertaron y salieron volando en grupos perplejos y aullantes.

La bala del pistolero habría detenido para siempre a Andolini a pesar de su propio retroceso involuntario, pero para entonces Andolini ya estaba en movimiento otra vez y se caía hacia un lado, atontado por el golpe en la cabeza. El disparo del revólver del pistolero pareció distante, pero el punzón ardiente que se le hundió en el brazo y le destrozó el codo era perfectamente real. Aquello le sacó de su mareo, y se incorporó hasta ponerse de pie; un brazo le colgaba roto e inútil, y en la otra mano oscilaba salvajemente el revólver en busca de un blanco.

Fue a Eddie a quien vio primero, a Eddie el yonki al Eddie que de alguna manera lo había llevado a aquel sitio demencial. Eddie estaba ahí de pie, desnudo como el día en que nació, temblando por el viento helado y abrazado a sí mismo con los dos brazos. Muy bien, tal vez él moriría, pero al menos tendría el placer de llevarse consigo al cabrón de Eddie Dean.

Andolini levantó el revólver. Ahora la pequeña Cobra parecía pesar diez kilos, pero se las arregló.

15

«Más vale que ésta bala se dispare», pensó Rolando ferozmente, y acomodó otra vez el martillo. Por debajo del canto de las gaviotas oyó el suave y aceitoso *clic* de la cámara que se revolvía.

16

La bala se disparó.

17

El pistolero no había apuntado a la cabeza de Andolini sino al revólver en su mano. Ignoraba si aún necesitaban a aquel hombre, pero era posible que así fuera; era importante para Balazar, y como Balazar había demostrado ser tan peligroso como parecía, el mejor camino era el más seguro.

Dio en el blanco, pero eso no era ninguna sorpresa. Lo que le sucedió al revólver de Andolini y, en consecuencia, al propio gángster, sí lo fue. Rolando había visto antes algo así, pero sólo dos veces en los muchos años que llevaba entre hombres aficionados a las armas de fuego.

«Mala suerte para ti», compañero, pensó el pistolero cuando Andolini salió vagando hacia la playa entre aullidos. La sangre le bañaba la camisa y los pantalones. La mano que había sostenido el Colt Cobra estaba cortada por debajo de la mitad de la palma. El revólver era un insensato pedazo de metal retorcido sobre la arena.

Eddie lo miró, azorado. Nadie volvería a subestimar la cara de Jack Andolini y a confundirla con la de un hombre de las cavernas, porque ahora ya no tenía cara; donde había estado su cara ahora no había nada más que una porquería revuelta de carne cruda con el agujero negro y ululante de su boca.

—Dios mío, ¿qué ha pasado?

—Mi tiro debe de haber dado en el cilindro de su revólver en el instante en el que él apretaba el gatillo —explicó el pistolero. Hablaba secamente, como un profesor que da una conferencia sobre balística en la academia de policía—. El resultado ha sido una explosión que ha arrancado la parte posterior del revólver. Creo que también deben de haber explotado uno o dos cartuchos mas.

—Dispárale —dijo Eddie. Temblaba más que nunca, y ahora no solamente a causa de la combinación del aire nocturno, la brisa del mar y el cuerpo desnudo—. Mátalo. Sácalo de esa miseria, por el amor de D...

—Demasiado tarde —dijo el pistolero con una fría indiferencia que a Eddie le heló la carne hasta los mismos huesos.

Eddie se volvió hacia otro lado, pero era demasiado tarde para evitar la visión de las langostruosidades lanzándose sobre los pies de Andolini, arrancándole los mocasines Gucci... con los pies dentro todavía, por supuesto. Andolini aullaba, sacudía los brazos espasmódicamente frente a él y, por fin, cayó hacia delante. Las langostruosidades le cubrieron ávidamente y le interrogaron con ansiedad mientras se lo comían vivo: «¿Papa daca? ¿Pica chica? ¿Toma choma? ¿Deca checa?»

—Dios —gimió Eddie—. ¿Y ahora qué hacemos?

—Ahora buscas la cantidad exacta de («hierba del diablo» dijo el pistolero, «cocaína» oyó Eddie) que le prometiste a Balazar —contestó Rolando—. Ni más ni

Estuvo ausente menos de dos minutos. Luego se las arregló para volver a enfocar la mirada y logró ponerse en pie. Eddie ya no estaba en el vestíbulo. El revólver de Rolando yacía sobre el pecho del muerto de pelo rojo. El pistolero se inclinó, luchó contra la ola de un vahído, cogió el revólver y lo dejó caer dentro de su funda con un difícil movimiento a través del cadáver.

«Quiero volver a tener esos dedos, mierda», pensó cansadamente. Y suspiró.

Trató de entrar otra vez en las ruinas de la oficina, pero lo mejor que pudo lograr fue un suave tambaleo. Se detuvo, se agachó, y levantó toda la ropa de Eddie que pudo sostener en el pliegue del codo. Los de las sirenas casi habían llegado. Rolando creía que probablemente fueran de la milicia, un jefe de policía con un pelotón, algo por el estilo... pero siempre existía la posibilidad de que fueran más hombres de Balazar.

—Eddie —graznó. Le dolía la garganta y se le hinchaba otra vez, de una manera peor todavía que la inflamación en el costado de su cabeza, donde Eddie le había pegado con el revólver.

Eddie no se daba cuenta de nada. Estaba sentado en el suelo, acunando la cabeza de su hermano. Temblaba de arriba abajo y lloraba. El pistolero buscó la puerta, no la vio, y sintió un desagradable sobresalto próximo al terror. Entonces recordó. Si los dos estaban de este lado, la única forma que tenía de crear la puerta era contactar físicamente con Eddie.

Se acercó a él pero Eddie se encogió alejándose de él. Aún lloraba.

—No me toques —murmuró.

—Eddie, ya se ha acabado. Están todos muertos, y tu hermano también está muerto.

menos. Y volvemos. —Miró llanamente a Eddie—. Sólo que esta vez tengo que volver contigo. Como yo mismo.

—Dios del Cielo —exclamó Eddie—. ¿Puedes hacerlo? —Y de inmediato contestó su propia pregunta—: Claro que puedes. Pero ¿por qué?

—Porque solo no puedes encargarte de todo —repuso Rolando—. Ven aquí.

Eddie miró otra vez el retorcido montón de criaturas con zarpas allá en la playa. Jack Andolini nunca le había gustado, pero de todas maneras tenía el estómago revuelto.

—Ven aquí —ordenó Rolando con impaciencia—. Tenemos poco tiempo, y no puedo decir que me guste mucho lo que debo hacer ahora. Es algo que nunca antes había hecho. Y nunca pensé que lo haría. —Retorció los labios con amargura—. Comienzo a acostumbrarme hacer cosas así.

Eddie se aproximó lentamente a la tétrica figura, y cada vez más sentía las piernas como si fueran de goma. Su piel desnuda se veía blanca y resplandeciente en la ajena oscuridad.

«¿Quién eres, Rolando? —pensó—. ¿Qué eres? Y ese calor que te siento exhalar... ¿es sólo fiebre? ¿O algún tipo de locura? Creo que podrían ser ambas cosas.»

Dios, necesitaba darse un pico. Es más: se lo merecía.

—¿Qué es lo que nunca has hecho antes? —preguntó—. ¿De qué hablas?

—Toma esto —dijo Rolando. E hizo un gesto hacia el antiguo revólver que le colgaba bajo la cadera derecha. No señaló. No tenía dedo con qué señalar, sólo un montoncito que sobresalía envuelto en un trapo—. A mí ya no me sirve. Ahora no, tal vez nunca más.

—Yo... —Eddie tragó saliva—. No quiero tocarlo.

—Yo tampoco quiero que lo toques —dijo el pistolero con curiosa gentileza—, pero me temo que ninguno de los dos tiene otra alternativa. Va a haber un tiroteo.

—¿Sí?

—Sí. —El pistolero miró a Eddie serenamente—. Un tiroteo bastante fuerte, diría yo.

18

Balazar se sentía cada vez más inquieto. Demasiado tiempo. Llevaban ahí dentro demasiado tiempo y todo estaba demasiado tranquilo. A cierta distancia, tal vez en la manzana de al lado, oía a gente que se gritaban los unos a los otros y luego un par de detonaciones que retumbaron con fuerza. Probablemente eran petardos... pero cuando se está en el tipo de negocio en el que estaba Balazar, lo primero en lo que uno pensaba no era en petardos.

Un grito. ¿Había sido un grito?

«No importa. Lo que pase en la otra manzana, sea lo que sea, no tiene nada que ver contigo. Te estás convirtiendo en una vieja.»

Con todo, las señales eran malas. Muy malas.

—¿Jack? —gritó hacia la puerta cerrada del baño.

No hubo respuesta.

Balazar abrió el cajón izquierdo de su escritorio y sacó un revólver.

Éste no era un Colt Cobra, lo bastante cómodo y pequeñín como para caber en una pistolera; era un Magnum 357.

—¡Cimi! —gritó—. ¡Ven!

Cerró el cajón de golpe. La torre de cartas cayó con un suave suspiro.

Balazar ni siquiera se dio cuenta.

Cimi Dretto cubrió la puerta con sus ciento veinticinco kilos.

Vio que el Jefe había sacado su revólver del cajón y de inmediato sacó el suyo de debajo de una chaqueta de cuadros tan llamativa que provocaba quemaduras instantáneas a cualquiera que cometiera el error de mirarla durante demasiado tiempo.

—Quiero a Claudio y a Tricks —ordenó—. Que vengan rápido. El tipo está tramando algo.

—Tenemos un problema —dijo Cimi.

Los ojos de Balazar saltaron de la puerta del lavabo a Cimi.

—Oh, yo tengo cantidad —aclaró—. ¿Cuál es el nuevo, Cimi?

Cimi se humedeció los labios. No le gustaba darle malas noticias al Jefe ni siquiera en las mejores circunstancias; cuando tenía ese aspecto...

—Bueno —musitó, y se humedeció los labios otra vez—. Resulta que...

—¿Quieres darte prisa, carajo?

19

La madera de sándalo de la empuñadura del revólver era tan suave que en el momento de recibirlo la primera reacción de Eddie fue dejarlo caer casi sobre los dedos de sus pies. Era tan grande que parecía prehistórico, tan pesado que supo que tendría que usar las dos manos para levantarlo.

«El retroceso —pensó— es capaz de hacerme atravesar la pared más cercana. Eso si de verdad dispara.» Sin embargo, una parte de él quería sostener aquel revólver, percibía su historia remota y sangrienta y quería formar parte de ella. «Sólo el mejor ha tenido este bebé en sus manos —pensó Eddie—. Por lo menos hasta ahora.»

—¿Estás listo? —preguntó Rolando.

—No, pero hagámoslo.

Agarró la muñeca izquierda de Rolando con su mano izquierda. Rolando pasó su caliente brazo derecho en torno de los hombros desnudos de Eddie.

Juntos regresaron a través de la puerta, desde la oscuridad expuesta al viento de la playa en el mundo agonizante de Rolando, al frío resplandor fluorescente del lavabo privado de Balazar en La Torre Inclinada.

Eddie parpadeó para adaptar sus ojos a la luz y oyó a Cimi Dretto en la otra habitación.

—Tenemos un problema —decía Cimi.

«¿Acaso no los tenemos todos?», pensó Eddie. Entonces su mirada topó con el botiquín donde Balazar guardaba las medicinas. Estaba abierto. Oyó en su mente a Balazar cuando le decía a Jack que registrara el lavabo, y oyó que Andolini preguntaba si había algún lugar que él no conociera. Antes de responder, Balazar había hecho una pausa.

—En la pared trasera del botiquín hay un pequeño panel —había dicho—. Ahí guardo algunos efectos personales.

Andolini había abierto el panel de metal, pero se había olvidado de cerrarlo.

—¡Rolando! —susurró.

Rolando alzó su revólver y se apretó el cañón contra los labios en un gesto de silencio.

Sin hacer ruido, Eddie cruzó hacia el botiquín de las medicinas.

Algunos efectos personales: había un frasco de supositorios, un ejemplar de una revista borrosamente impresa llamada *Juegos de Niños* (en la tapa había dos niñas desnudas de unos ocho años dándose un morreo)... y ocho o diez paquetes de muestra de Keflex.

Eddie sabía lo que era Keflex.

Los yonkis, como son proclives a las infecciones, tanto locales como generales, por lo general lo saben.

Keflex era un antibiótico.

—Oh, yo tengo cantidad —decía Balazar. Sonaba hostil—. ¿Cuál es el nuevo, Cimi?

«Si esto no le cura lo que tiene, no lo cura nada», pensó Eddie. Empezó a coger los paquetes y fue a metérselos en los bolsillos. Se dio cuenta de que no tenía bolsillos, y emitió un ronco ladrido que ni siquiera se parecía a la risa.

Empezó a ponerlos en el lavabo. Ya se los llevaría más tarde... si es que había un más tarde.

—Bueno —decía Cimi—. Resulta que...

—¿Quieres darte prisa, joder? —gritó Balazar.

—Es el hermano del chico —refirió Cimi, y Eddie se quedó helado, con los dos últimos paquetes de Keflex todavía en la mano y la cabeza inclinada. En ese momento se parecía más que nunca al perro de los discos de La voz de su amo.

—¿Qué pasa con él? —preguntó Balazar con impaciencia.

—Está muerto —respondió Cimi.

Eddie dejó caer el Keflex en el lavabo y se volvió hacia Rolando.

—Han matado a mi hermano —dijo.

20

Balazar abrió la boca para decirle a Cimi que no lo molestara con aquella mierda cuando tenía cosas importantes en que pensar, como la sensación, que no podía sacarse de encima, de que el chico iba a joderlo, con o sin Andolini, cuando le oyó tan claramente como sin duda el chico lo había escuchado a él y a Cimi. «Han matado a mi hermano», había dicho.

Súbitamente, Balazar se desinteresó por su mercancía,

por las preguntas sin respuesta y por cualquier otra cosa que no fuera poner un freno chirriante a aquella situación antes de que se volviera aún más extraña.

—¡Mátalo, Jack! —gritó.

No hubo respuesta. Entonces oyó que el chico lo decía otra vez:

—Han matado a mi hermano. Han matado a Henry.

De pronto Balazar supo que el chico no hablaba con Andolini.

—Trae a todos los caballeros —le ordenó a Cimi—. A todos. Vamos a quemarle el culo y cuando esté muerto lo llevaremos a la cocina y yo, personalmente, le cortaré la cabeza.

21

—Han matado a mi hermano —dijo el Prisionero.

El pistolero no respondió. Sólo observó y pensó: «Los frascos. En el lavabo. Es lo que me hace falta o lo que él cree que me hace falta. Los paquetes. No te olvides. No te olvides.»

—¡Mátalo, Jack! —se oyó desde la otra habitación.

Ni Eddie ni el pistolero le prestaron ninguna atención.

—Han matado a mi hermano. Han matado a Henry.

En la otra habitación Balazar hablaba ahora de llevarse la cabeza de Eddie como trofeo. El pistolero encontró en esto un raro alivio. Al parecer, no todas las cosas de aquel mundo eran tan diferentes de las del suyo propio.

El que se llamaba Cimi comenzó a llamar a los otros con voz ronca. Se produjo un tronar muy poco caballeresco de pies que corrían.

—¿Quieres hacer algo, o prefieres quedarte aquí parado? —preguntó Rolando.

—Oh, quiero hacer algo —asintió Eddie. Levantó el revólver del pistolero y a pesar de que apenas un momento antes había creído que necesitaría ambas manos para levantarlo, vio que podía hacerlo con facilidad.

—¿Y qué quieres hacer? —preguntó Rolando, y a él mismo su voz le sonó distante. Estaba enfermo, lleno de fiebre, pero ahora aparecía una fiebre diferente, una que le resultaba perfectamente familiar. Era la fiebre que le había dado en Tull. Era una batalla de fuego, que confundía todo pensamiento, sólo restaba la necesidad de dejar de pensar y comenzar a disparar.

—Quiero ir a la guerra —contestó Eddie Dean con calma.

—No sabes de qué estás hablando, pero ya lo vas a descubrir. Cuando atravesemos la puerta, tú ve hacia la derecha. Yo debo ir hacia la izquierda. Mi mano.

Eddie asintió. Se fueron a su guerra.

22

Balazar esperaba a Eddie, o a Andolini, o a ambos. No esperaba a Eddie y a un perfecto extraño, un hombre alto con el pelo sucio de color gris negro y un rostro que parecía haber sido cincelado en piedra inexorable por algún dios salvaje. Por un momento, no supo hacia dónde debía disparar.

Cimi, sin embargo, no tenía ese problema. El Jefe estaba furioso con Eddie. En consecuencia, se cargaría primero a Eddie y luego se preocuparía por el otro *catzarro*. Cimi se volvió pesadamente hacia Eddie y apretó tres veces el gatillo de su automática. Las cápsulas saltaron y centellearon en el aire. Eddie vio que el tipo enorme se volvía hacia él y empezó a arrastrarse como un loco por el suelo, zumbando al pasar como un muchacho en una discoteca, un muchacho tan absorto en el baile que no se daba cuenta de que había perdido entero el traje de John Travolta, ropa interior incluida; y de que iba con la cosa colgando y las rodillas, desnudas, primero irritadas y luego rascadas, a medida que aumentaba la fricción. Se hicieron agujeros en los paneles de plástico imitación de pino que estaban por encima de él, y las astillas le llovían en el pelo y sobre los hombros.

«Dios, no me dejes morir desnudo y necesitando un pico —rezó. Aunque sabía que una plegaria como ésa era más que blasfema: era un absurdo. Sin embargo no pudo detenerse—. Voy a morir, pero, por favor, sólo una vez más quisiera...»

El revólver que el pistolero tenía en la mano izquierda detonó. En la playa abierta había sonado fuerte. Aquí fue ensordecedor.

—¡Mierda! —gritó Cimi Dretto con una voz jadeante y estrangulada. De hecho, era un milagro que pudiera gritar. De pronto su pecho se hundió, como si alguien hubiera asestado un mazazo a un barril. Su camisa blanca comenzó a volverse roja en algunas partes, como si le florecieran amapolas—. ¡Oh, mierda! ¡Oh, mierda! ¡Oh, m...!

Claudio Andolini lo empujó a un costado. Cimi cayó haciendo un ruido sordo. Dos de los cuadros enmarcados que colgaban de la pared de Balazar se desplomaron. El que mostraba al Jefe presentando el trofeo de Deportista del Año a un muchacho sonriente en el banquete de la Liga Atlética de la Policía fue a aterrizar sobre la cabeza de Cimi. El vidrio destrozado le cayó sobre los hombros.

—Mierda —susurró con una vocecita desmayada, y la sangre comenzó a salirle a borbotones por los labios.

Detrás de Claudio llegaban Tricks y uno de los hombres que habían esperado en el almacén. Claudio tenía una automática en cada mano; el tipo del almacén llevaba una escopeta Remington, con el cañón tan recortado que parecía una Derringer con paperas; Tricks Postino llevaba lo que daban en llamar «la maravillosa Máquina Rambo», un arma de asalto M- 16 de tiro rápido.

—¿Dónde está mi hermano, drogata de mierda? ¡Hijoputa! —aulló Claudio—. ¿Qué le has hecho a Jack?

No debía de estar terriblemente interesado en la respuesta, ya que comenzó a disparar mientras aún gritaba.

«Estoy muerto», pensó Eddie. Y entonces Rolando volvió a disparar. Claudio Andolini saltó hacia atrás, empujado por una nube de su propia sangre. Las automáticas le volaron de la mano y patinaron a través del escritorio de Balazar. Cayeron a la alfombra en medio de un revoltijo de naipes. Buena parte de las entrañas de Claudio pegó contra la pared un segundo antes de que Claudio pudiera alcanzarlas.

—¡A él! —gritaba Balazar—. ¡Tirad al aparecido! ¡El chico no es peligroso! ¡No es más que un yonki en pelotas! ¡Tirad al aparecido! ¡Cargáoslo!

Apretó dos veces del gatillo de la 357. La Magnum era casi tan sonora como el revólver de Rolando. No hizo agujeros netos en la pared ante la que Rolando se había acuclillado. Las balas abrieron grietas en la madera falsa a ambos lados de su cabeza. A través de los agujeros pasaba la luz blanca del baño en rayos deshilachados.

Rolando apretó el gatillo de nuevo.

Chasquido seco.

Disparo fallido.

—¡Eddie! —vociferó el pistolero. Y Eddie alzó su propio revólver y apretó el gatillo.

La detonación fue tan fuerte que por un momento creyó que el revólver se le había reventado en la mano, como le había pasado a Jack. El culatazo no le hizo atravesar la pared, pero en cambio le mandó el brazo hacia arriba en un arco tan salvaje que se le tensaron todos los músculos de la axila.

Vio que parte del hombro de Balazar se desintegraba en un derrame rojo, oyó que Balazar chillaba como un gato herido, y gritó:

—El yonki no es peligroso, ¿verdad? ¿No decías eso, pedazo de mierda? ¿Quieres jodernos a mí y a mi hermano? ¡Yo te demostraré quién es peligroso! ¡Yo te...!

Cuando el tipo del almacén disparó la escopeta recortada se produjo una explosión como la de una granada. Eddie rodó mientras el tiro desgarraba en cien agujeritos las paredes y la puerta del baño. Eddie se había quemado la piel desnuda en varios lugares, y comprendió que de haber estado más cerca, lo hubiera vaporizado.

«Mierda, igual estoy muerto», pensó mientras miraba al tipo del depósito maniobrar con el cargador de la Remington. Le metió cartuchos nuevos y luego la apoyó sobre su antebrazo. Sonreía. Tenía los dientes muy amarillos; Eddie no creía que hubiera tenido relación con un cepillo de dientes durante bastante tiempo.

«Mierda, me va a matar un jodido cabrón de dientes amarillos y ni siquiera sé cómo se llama —pensó Eddie tristemente—. Por lo menos le he metido una a Balazar. Por lo menos algo he hecho.» Se preguntaba si Rolando tendría otro disparo. No lo recordaba.

—¡Lo tengo! —gritó animosamente Tricks Postino—. ¡Dame campo libre, Duro! —Y antes de que el hombre llamado Duro pudiera darle campo libre o cualquier otra cosa, Tricks la emprendió con la maravillosa Máquina Rambo. La pesada estampida del fuego de la ametralladora invadió la oficina de Balazar. El primer resultado del bombardeo fue salvar la vida de Eddie. Duro le había apuntado con la escopeta de cañón recortado, pero antes de que pudiera apretar el doble gatillo, Tricks lo interrumpió.

—¡Para, idiota! —gritó Balazar.

Pero Tricks no lo oyó, o no pudo detenerse, o simplemente no quiso. Con los labios echados hacia atrás, de manera que los dientes brillantes de saliva desnudaban una enorme sonrisa de tiburón, arrasó la habitación de punta a punta; hizo polvo dos de los paneles de la pared, las fotografías enmarcadas volaron en nubes de vidrio fragmentado y la puerta del baño saltó de sus bisagras. Explotó la mampara de vidrio esmerilado de la ducha de Balazar. El trofeo de la Marcha de las Monedas que Balazar había ganado el año anterior sonó como una campana cuando lo atravesó un trozo de metal.

En las películas la gente mata de verdad a otra gente con armas manuales de tiro rápido. En la vida real esto rara vez ocurre. Si ocurre, es con las primeras cuatro o cinco balas disparadas (como hubiera podido atestiguar el infortunado Duro, de haber sido capaz de atestiguar algo). Después de las primeras cuatro o cinco, al hombre que trata de controlar un arma como ésa, aunque sea un hombre fuerte, le suceden dos cosas. El cañón comienza a elevarse y el tirador comienza a girar hacia la derecha o a la izquierda, según el hombro que haya soportado el retroceso del arma. En resumen: sólo un débil mental o una estrella de cine intentaría usar un arma así: es como tratar de disparar a alguien con un taladro neumático.

Por un momento, Eddie fue incapaz de hacer nada más útil que contemplar aquel perfecto milagro de idiotez. A través de la puerta de detrás de Tricks vio que se le unían otros hombres y alzó el revólver de Rolando.

—¡Lo tengo! —gritaba Tricks con la histeria jubilosa de un hombre que ha visto demasiadas películas como para poder distinguir entre lo que el guión de su cabeza dice que debería estar pasando y lo que realmente pasa—. ¡Lo tengo! ¡Lo tengo! ¡Lo t...!

Eddie apretó el gatillo y vaporizó a Tricks de cejas para arriba. A juzgar por la conducta del hombre, no se perdía gran cosa.

«Joder, cuando estos chismes disparan, lo agujerean todo», pensó.

Se oyó un fuerte ¡boom! a la izquierda de Eddie. Algo abrió un desgarrón ardiente en su poco desarrollado bícep izquierdo. Vio que Balazar apuntaba la Magnum hacia él por detrás de la esquina del escritorio, lleno de cartas desparramadas. Vio que su hombro era un chorreante revoltijo rojo. Eddie se encogió al oír que la Magnum disparaba otra vez.

23

Rolando se las arregló para quedarse en cuclillas, apuntó al primero de los hombres nuevos que atravesaban la puerta, y apretó el gatillo. Había hecho rodar el cilindro. Amontonó sobre la alfombra las cargas usadas y los proyectiles inútiles, y cargó un nuevo cartucho con los dientes. Balazar tenía a Eddie inmovilizado. «Si éste falla, hemos perdido.»

No falló. El revólver rugió y le dio un culatazo en la mano; Jimmy Haspio giró hacia un lado y la 45 que tenía en la mano se le cayó de los dedos agonizantes.

Rolando vio que el otro hombre retrocedía encogido y se arrastró a través de los trozos de madera y vidrio que cubrían el suelo. Dejó caer de nuevo el revólver dentro de la funda. La idea de volver a recargarlo faltándole dos dedos de la mano derecha era un chiste.

Eddie estaba haciendo las cosas bien. El pistolero calculó lo bien que lo estaba haciendo por el hecho de que peleaba desnudo. Era algo difícil para un hombre. A veces imposible.

El pistolero agarró una de las pistolas automáticas que Claudio Andolini había dejado caer.

—¿Y vosotros a qué coño estáis esperando? —gritó Balazar—. ¡Joder! ¡Cargáoslos!

El gran George Biondi y el otro hombre del almacén entraron a la carga a través de la puerta. El del almacén balbuceaba algo en italiano.

Rolando se arrastró hasta la esquina del escritorio. Eddie se levantó y apuntó hacia la puerta y a los hombres que entraban.

«Sabe que Balazar está ahí, esperando, pero cree que ahora él es el único de los dos que tiene un arma —pensó Rolando—. Aquí hay otro dispuesto a morir por ti, Rolando. ¿Qué grave incorrección habrás cometido alguna vez para inspirar en tantos tan terrible lealtad?»

Balazar se levantó, sin ver que al lado tenía al pistolero. Balazar sólo pensaba en una cosa: terminar por fin con el maldito yonki que había provocado aquel desastre.

—No —dijo el pistolero. Y Balazar volvió la cabeza para mirarlo con la sorpresa estampada en la cara.

—Vete a la... —comenzó Balazar haciendo girar la Magnum. El pistolero le disparó cuatro veces con la automática de Claudio. Era una cosita barata, no mucho mejor que un juguete, y tocarla le hacía sentir la mano sucia, pero tal vez era apropiado matar a un hombre despreciable con un arma despreciable.

Enrico Balazar murió con una última expresión de sorpresa en lo que le quedaba de cara.

—¡Hola, George! —saludó Eddie, y apretó el gatillo del revólver del pistolero. Otra vez el estruendo satisfactorio.

«No hay balas malas en este bebé —pensó Eddie locamente—. Supongo que me debe haber tocado el bueno.» George lanzó un disparo antes de que la bala de Eddie se lo llevara hacia atrás, contra el hombre que gritaba, derribándolo como en el juego de bolos, pero se perdió en el aire. Lo había asaltado una sensación irracional pero extraordinariamente persuasiva: la sensación de que el revólver de Rolando contenía algún poder mágico y talismánico de protección. En tanto lo tuviera en la mano, no lo podrían herir.

Entonces cayó el silencio, un silencio en el que Eddie sólo oía al hombre que gemía debajo de Big George (al aterrizar George encima de Rudy Vecchio, que así se llamaba el desdichado sujeto, le había fracturado tres costillas) y el fuerte zumbido de sus propios oídos. Se preguntó si alguna vez volvería a oír bien. El estruendo del tiroteo que ahora, al parecer, había terminado hacía que el concierto de rock más estrepitoso al que Eddie hubiera asistido alguna vez pareciera por comparación una radio encendida a dos manzanas de distancia.

La oficina de Balazar ya no era reconocible como habitación. Su función previa había dejado de importar.

Eddie echó un vistazo a su alrededor con la mirada abierta y curiosa de un hombre muy joven que por primera vez ve algo así. Sin embargo, Rolando conocía la visión, y era siempre la misma. Ya se tratara de un campo de batalla abierto donde hubieran muerto miles de personas por cañones, rifles, espadas y alabardas, o de un cuartito donde cinco o seis tipos se mataran a tiros entre sí, era el mismo lugar, finalmente era siempre el mismo lugar: otra casa de la muerte, apestando a pólvora y carne cruda.

La pared entre el baño y la oficina había desaparecido, salvo por unos pocos escombros. Había vidrios rotos desparramados por todas partes. La demostración de fuegos artificiales de la llamativa pero inútil M-16 de Tricks Postino había arrancado paneles del techo que colgaban como pedazos de piel desprendida.

Eddie tosió secamente. Ahora podía oír otros sonidos: el murmullo de una conversación excitada, voces que gritaban fuera del bar y, a lo lejos, aullar de sirenas.

—¿Cuántos son? —le preguntó el pistolero a Eddie—. ¿Les habremos dado a todos?

—Sí, creo...

—Tengo algo para ti, Eddie —dijo desde el vestíbulo Kevin Blake—. Pensé que quizá lo querrías como recuerdo, ¿sabes?

Lo que Balazar no había podido hacer al menor de los hermanos Dean, Kevin se lo había hecho al mayor. Hizo rodar a través de la puerta la cabeza degollada de Henry Dean.

Eddie vio lo que era y lanzó un grito. Corrió hacia la puerta, sin fijarse en las astillas de vidrio y madera que se le clavaban en los pies descalzos; gritaba y disparaba, usando el último cartucho útil que quedaba en el revólver.

—¡No, Eddie! —gritó Rolando. Pero Eddie no le oyó. Estaba más allá del acto de oír.

La bala de la sexta cámara no sirvió de nada pero para entonces lo único que Eddie sabía era que Henry estaba muerto. A Henry le habían cortado la cabeza; algún miserable hijo de puta le había cortado a Henry la cabeza, y ese hijo de puta lo iba a pagar, oh sí, podían contar con eso.

Así que corrió hacia la puerta apretando el gatillo una y otra vez, sin darse cuenta de que no sucedía nada, sin darse cuenta de que tenía los pies bañados en sangre. Kevin Blake entró en la habitación en su busca, agachado, con una Llama 38 automática en la mano. El pelo rojo de Kevin le rodeaba la cabeza en rulos y bucles, y Kevin sonreía.

24

«Va a ser bajo», pensó el pistolero. Sabía que le iba a hacer falta mucha suerte para dar en el blanco con aquel juguetito tan poco de confianza, aun cuando calculara bien.

Cuando se dio cuenta del ardid que pensaba usar el soldado de Balazar para disparar a Eddie, Rolando se incorporó hasta quedar de rodillas, afirmó la mano izquierda sobre el puño derecho, y austeramente ignoró el aullido de dolor que ese puño le causaba. Tendría una sola oportunidad. El dolor no importaba.

Entonces el hombre de pelo rojo entró por la puerta sonriendo y, como siempre, el cerebro de Rolando desapareció; el ojo vio, la mano disparó y, de pronto, el pelirrojo yacía contra la pared del pasillo con los o]os abiertos y un pequeño agujero azul en medio de la frente. Eddie estaba de pie junto a él, gritando y sollozando, mientras disparaba en seco una y otra vez el gran revólver con empuñadura de madera de sándalo, como si el hombre de pelo rojo no pudiera estar suficientemente muerto.

El pistolero esperó el mortal cruce de fuegos que iba a partir a Eddie por la mitad, y, como no llegó, supo que realmente todo había terminado. Si quedaban más soldados habían salido por pies.

Se puso en pie trabajosamente, se tambaleó un poco, y luego caminó lentamente hasta donde estaba Eddie.

—Basta —le dijo.

Eddie lo ignoró y siguió disparando en seco al hombre muerto con el gran revólver de Rolando.

—Basta, Eddie, está muerto... Todos están muertos. Te sangran los pies.

Eddie lo ignoró y siguió apretando el gatillo del revólver. El murmullo exterior de voces excitadas se oía más cercano. Al igual que las sirenas.

El pistolero extendió una mano hacia el revólver y trató de sacárselo. Eddie se volvió hacia él y, antes de que Rolando estuviera completamente seguro de lo que pasaba, Eddie le pegó con el revólver en el costado de la cabeza. Rolando sintió un tibio chorro de sangre y se derrumbó contra la pared. Luchó por mantenerse en pie... Tenían que salir de ahí rápidamente. Pero, a pesar de todos sus esfuerzos, sintió que se deslizaba por la pared hasta caer y entonces el mundo desapareció en una ráfaga gris.

—¡No metas a mi hermano en esto! —gritó Eddie como un niño. Y otra ola de temblor lo atravesó. Acunó contra su pecho la cabeza cortada y la meció. Alzó los ojos bañados en lágrimas a la cara del pistolero.

—Siempre me cuidaba, tío —balbuceó. Sollozaba tan fuerte que el pistolero apenas podía entenderlo—. Siempre. ¿Por qué no pude cuidarlo yo a él, esta única vez, después de todas las veces que él me cuidó a mí?

«Él te cuidaba, por supuesto —pensó Rolando severamente—. Mírate, ahí sentado y sacudiéndote como un hombre que se comió una manzana del árbol de la fiebre. Te cuidaba perfectamente bien.» En voz alta, dijo:

—Debemos irnos.

—¿Irnos? —Por primera vez la cara de Eddie mostró un vago entendimiento, seguido de inmediato por la alarma—. Yo no voy a ninguna parte. Y menos a tu mundo, donde esos grandes cangrejos, o lo que sea, se comieron a Jack.

Alguien golpeaba la puerta y pedía a gritos que abrieran.

—¿Quieres quedarte aquí y explicar de dónde salen todos estos cadáveres? —preguntó el pistolero.

—No me importa —dijo Eddie—. Sin Henry no me importa. Nada me importa.

—Tal vez no te importe a ti —dijo Rolando—, pero hay otros involucrados, Prisionero.

—¡No me llames así! —gritó Eddie.

—¡Te llamaré así hasta que me demuestres que puedes salir de la celda en la que estás! —le gritó Rolando a su vez. La garganta le dolía al gritar, pero de todas maneras gritó—. ¡Tira ese podrido pedazo de carne, y deja de lloriquear!

Eddie lo miró, con las mejillas mojadas y los ojos muy abiertos y asustados.

—¡ÉSTA ES SU ÚLTIMA OPORTUNIDAD! —dijo desde el exterior un megáfono. A Eddie la voz le sonó misteriosamente como la del locutor de un espectáculo deportivo—. HA LLEGADO EL ESCUADRÓN S.W.A.T. REPITO: ¡HA LLEGADO EL ESCUADRÓN S.W.A.T.!

—¿Qué hay para mí al otro lado de la puerta? —Eddie le preguntó con calma al pistolero—. Vamos, dímelo. Si puedes decírmelo, tal vez vaya. Pero si me mientes me daré cuenta.

—Probablemente la muerte —dijo el pistolero—. Pero antes de que eso ocurra, no creo que llegues a aburrirte. Quiero que te unas a mí en una búsqueda. Por supuesto, es probable que al final todo termine en la muerte... muerte para nosotros cuatro en un lugar extraño. Pero si llegáramos a triunfar... —Los ojos le resplandecieron y añadió—: Si logramos triunfar, Eddie, verás algo que está más allá de todas las creencias, de todos los sueños.

—¿Qué?

—La Torre Oscura.

—¿Dónde está esa torre?

—Lejos de la playa donde me encontraste. No sé a qué distancia.

—¿Qué es?

—Eso tampoco lo sé; sólo sé que puede ser una especie de... cerrojo. Un eje central que contiene en sí mismo todo el conjunto de la existencia. Toda la existencia, todos los tiempos y todas las dimensiones.

—Has dicho cuatro. ¿Quiénes son los otros dos?

—No los conozco; aún los he de invocar.

—Como me invocaste a mí. O como te gustaría invocarme.

—Sí.

Fuera del lugar se produjo una explosión destartalante como el disparo de un mortero... El cristal de la vidriera frontal de La Torre Inclinada estalló en mil pedazos. El salón del bar comenzó a llenarse de nubes sofocantes de gases lacrimógenos.

—¿Y bien? —preguntó Rolando. Podía aferrarse a

Eddie, forzar la existencia de la puerta por su contacto y pegarle un empellón que los llevara a ambos del otro lado. Pero había visto a Eddie arriesgar su vida por él; había visto a aquel hombre acosado por una bruja comportarse con toda la dignidad de un pistolero nato a pesar de su adicción, a pesar del hecho de haber sido forzado a pelear desnudo como el día en que nació, y quería que Eddie decidiera por sí mismo.

—Buscas aventuras, torres, mundos que ganar —enumeró Eddie, y sonrió débilmente. Ninguno de ellos se volvió cuando nuevas cargas de gases lacrimógenos entraron volando por la ventana, para explotar en el suelo con un silbido. Los primeros regueros acres de gas se esparcían ahora por la oficina de Balazar—. Suena mejor que cualquier libro de Edgar Rice Burroughs sobre Marte que Henry me leía a veces cuando éramos pequeños. Sólo faltaría una cosa.

—¿Qué cosa?

—Las muchachas hermosas desnudas.

El pistolero sonrió.

—En el camino a la Torre Oscura —aseguró—, todo es posible.

Otro temblor sacudió el cuerpo de Eddie. Levantó la cabeza de Henry, besó una de sus frías y cenicientas mejillas y, con delicadeza, apartó a un lado el resto mortal cortado a cuchillo. Se puso en pie.

—Muy bien —dijo—. De todas maneras, esta noche no tenía nada que hacer.

—Toma esto —le indicó Rolando, y le acercó la ropa—. Ponte por lo menos los zapatos. Te has cortado los pies.

Fuera, en la acera de enfrente, dos policías con máscaras de plexiglas, chaquetas incombustibles y chalecos Kelvar tiraron abajo la puerta delantera de La Torre Inclinada. En el baño, Eddie (que se había puesto los calzoncillos, las zapatillas Adidas y nada más) le alcanzaba uno a uno los paquetes de muestra de Keflex a Rolando, y éste los metía en los bolsillos de los tejanos de Eddie. Cuando estuvieron guardados y a salvo, Rolando deslizó otra vez su brazo derecho alrededor del cuello de Eddie y Eddie otra vez aferró la mano izquierda de Rolando. La puerta apareció súbitamente, un rectángulo de oscuridad. Eddie sintió que el viento de aquel otro mundo le agitaba el pelo sudado de la frente y se lo echaba hacia atrás. Oyó rodar las olas sobre la playa pedregosa. Olió el perfume amargo de la sal marina. Y a despecho de todo, del dolor y de la congoja, de pronto quiso ver la torre de la que hablaba Rolando. Quería verla. Y con Henry muerto, ¿qué había para él en este mundo? Sus padres estaban muertos, y no había salido en serio con ninguna chica desde que lo metieran en chirona tres años atrás. Sólo un continuo desfile de putas, pinchetas y nariguetas. Ninguna de ellas se salvaba. A la mierda con todo.

Pasaron a través de la puerta y, en realidad, era Eddie quien en cierto modo guiaba.

Del otro lado le atacaron súbitamente nuevos temblores y agónicos calambres musculares, los primeros síntomas de una seria abstinencia de heroína. Y con ellos pensó las cosas dos veces por primera vez y se alarmó.

—¡Espera! —gritó—. ¡Quiero volver un minuto! ¡El escritorio! ¡El escritorio, o la otra oficina! ¡El caballo! ¡Si a Henry lo tenían drogado tiene que haber caballo! ¡Heroína! ¡La necesito! ¡La necesito!

Miró a Rolando de manera suplicante, pero la cara del pistolero era de piedra.

—Esa parte de tu vida ha terminado, Eddie —dijo. Extendió la mano izquierda.

—¡No! —grito Eddie, dándole un zarpazo—. No, no lo entiendes, tío, la necesito. ¡LA NECESITO!

Lo mismo pudo haber dado zarpazos a una roca.

El pistolero cerró la puerta.

Produjo un sonido sordo como el de una palmada que

indica el final definitivo y cayó hacia atrás sobre la arena. Los bordes levantaron algo de polvo. Detrás de la puerta no había nada, ni había ahora palabra alguna escrita encima. Aquel particular portón entre los dos mundos se había cerrado para siempre.

—¡NO! —gritó Eddie y las gaviotas le gritaron a él en despectiva burla. Las langostruosidades le hacían preguntas, tal vez le sugerían que podría oírlas mejor si se acercaba más, y Eddie cayó sobre un costado, llorando, temblando y sacudiéndose por los calambres.

—Tu necesidad pasará —aseguró el pistolero, y se las arregló para sacar uno de los paquetes de muestra del bolsillo de los tejanos de Eddie, tan parecidos a los suyos. Otra vez podía leer algunas de las letras, pero no todas. *Chiflet*, parecía la palabra.

Chiflet.

Medicina de aquel otro mundo.

—Mata o cura —murmuró Rolando y se tragó en seco dos cápsulas. Luego tomó otras tres *astinas*, se recostó cerca de Eddie, lo tomó en sus brazos lo mejor que pudo y, después de un rato difícil, ambos se durmieron.

BARAJA

El tiempo que siguió a esa noche fue para Rolando un tiempo quebrado, un tiempo que realmente no existió como tal en absoluto.

Lo único que recordaba era una serie de imágenes, momentos, conversaciones sin contexto; las imágenes pasaban a ráfagas como sotas de un solo ojo, y treses y nueves y la Sangrienta Perra Negra, la Reina de las Arañas, en una rápida baraja.

Más tarde le preguntó a Eddie cuánto tiempo había durado, pero Eddie tampoco lo sabía. El tiempo había quedado destruido para los dos. No hay tiempo en el infierno, y cada uno de ellos estaba en su propio infierno privado: Rolando en el infierno de la fiebre y la infección; Eddie, en el de la abstinencia.

—Fue menos de una semana —dijo Eddie—. Es lo único que sé con seguridad.

—¿Cómo lo sabes?

—Sólo había píldoras para una semana. Después de eso, tendrías que hacer una cosa o la otra por ti mismo.

—Curarme o morir.

—Correcto.

se barajan

Cuando el crepúsculo se deslizaba hacia la oscuridad se oyó un disparo, un ruido seco que se recortó contra el inevitable, ineluctable sonido de las rompientes que iban a morir a la playa desolada: *¡CA-BLAM!* Huele una bocanada de pólvora.

«Problemas», piensa débilmente el pistolero, y manotea por los revólveres que no están ahí. «Oh, no, es el fin, es...»

Pero se acaba, algo comienza a oler

se barajan

bien en la oscuridad. Algo, después de todo este largo tiempo seco y oscuro, algo se está cociendo. No es sólo el olor.

Oye el chasquido y el crepitar de las ramas, ve el suave resplandor anaranjado de una fogata. Por momentos, según las ráfagas de la brisa del mar, le llega un humo fragante junto con ese otro olor que le hace la boca agua. Comida, piensa. Dios mío, ¿tengo hambre? Si tengo hambre es posible que me esté curando.

«Eddie», intenta decir, pero se le ha ido la voz por completo. Le duele la garganta, le duele muchísimo.

«Debíamos haber traído también un poco de astinas», piensa, y entonces intenta reír: todas las drogas para él, ninguna para Eddie.

Eddie aparece. Tiene un plato de metal, que el pistolero reconocería en cualquier parte: al fin y al cabo, provino de su propia cartera.

Sobre el plato había unos trozos humeantes de carne de un color rosado blancuzco.

«¿Qué?», trata de preguntar, pero sólo suena un ruidito flatulento y chillón.

Eddie le lee la pregunta en los labios.

—No sé —le dice molesto—. Lo único que sé es que no me ha matado. Cómelo, maldita sea.

Ve que Eddie está muy pálido, que tiembla, y huele algo proveniente de Eddie que puede ser mierda o muerte, y sabe que Eddie está en muy mal estado. Estira una mano para darle un poco de calor. Eddie se la rechaza.

—Voy a darte de comer —le dice molesto—. Y no sé por qué coño. Debería matarte. Y te mataría, si no fuera porque creo que si pudiste entrar en mi mundo una vez, tal vez puedas hacerlo de nuevo.

Eddie mira a su alrededor.

—Y si no fuera porque me quedaría solo. Salvo por ellas.

Vuelve a mirar a Rolando y un temblor le recorre por entero. Es tan feroz que está a punto de volcar los trozos de carne del plato de lata.

Por fin pasa.

—Come, maldita sea.

El pistolero come. La carne es más que regular; la carne es deliciosa. Come tres trozos y luego todo se confunde en un nuevo

se barajan

esfuerzo por hablar, pero lo único que puede hacer es susurrar. La oreja de Eddie está apretada contra sus labios, salvo cuando Eddie atraviesa uno de sus espasmos y un temblor la aleja. Lo dice otra vez.

—Al norte. Al norte... por la playa.

—¿Cómo lo sabes?

—Lo sé y basta —susurra.

Eddie lo mira.

—Estás loco —le dice.

El pistolero sonríe y trata de desmayarse, pero Eddie lo abofetea con fuerza.

Los ojos azules de Rolando se abren de golpe y por un momento se ven tan vivos y eléctricos que Eddie se siente turbado.

Luego sus labios se retiran en una sonrisa que es casi una mueca.

—Sí, puedes irte zumbando —comenta—, pero primero tienes que tomar tu droga. Es la hora. El sol dice que es la hora, en todo caso. Calculo. Nunca fui un Boy Scout, así que no estoy seguro. Pero creo que está bastante cerca. Abre la boca, Rolando. Ábrela mucho para el doctor Eddie, pedazo de cabrón secuestrador.

El pistolero abre la boca como un bebé buscando el pecho. Eddie le pone dos píldoras en la boca y luego le echa agua fresca sin ningún cuidado. Rolando piensa que debe de ser de un manantial al este, en algún lugar. Podría ser veneno; Eddie no podría distinguir el agua potable de la imbebible. Por otra parte, el propio Eddie parece estar bien, y además no hay alternativa, ¿verdad? No, no la hay.

Traga, tose y casi se estrangula mientras Eddie lo mira con indiferencia.

Rolando se estira hacia él.

Eddie trata de apartarse.

Los elocuentes ojos del pistolero le dan órdenes.

Rolando lo atrae hacia sí, tan cerca que puede oler el hedor de la enfermedad de Eddie y Eddie puede oler el hedor de la suya; la combinación los enferma y los compromete a los dos.

—Aquí sólo tenemos dos opciones —susurra Rolando—. No sé cómo es en tu mundo, pero aquí sólo tenemos dos opciones. Te pones de pie y tal vez vives, o mueres de rodillas con la cabeza baja y el hedor de tus propias axilas en tu nariz. Nada... —reprime la tos—. Nada para mí.

—¿Quién eres? —grita Eddie.

—Tu destino, Eddie —susurra el pistolero.

—¿Por qué no te vas a la mierda y te mueres? —pregunta Eddie. El pistolero trata de hablar, pero antes de que pueda sale flotando mientras las cartas

se barajan

se barajan

¡CA-BLAM!

Rolando abre los ojos sobre mil millones de estrellas que giran a través de la oscuridad, y luego los vuelve a cerrar.

No sabe qué está pasando, pero cree que todo está bien.

El mazo aún se mueve, las cartas todavía

se barajan

Más pedazos de carne dulce y sabrosa. Se siente mejor. Eddie también tiene mejor aspecto. Pero al mismo tiempo se le ve preocupado.

—Se están acercando —dice—. Podrán ser feas pero no son completamente estúpidas. Saben lo que he hecho. De algún modo lo saben, y no lo han adivinado. Cada noche se acercan un poco más. Sería una buena idea avanzar un poco cuando amanezca, si tú puedes. Si no, tal vez sea el último amanecer que veamos jamás.

—¿Qué? —No es exactamente un susurro sino una ronquera localizada en algún lugar entre el susurro y el verdadero discurso.

—Ellas —dice Eddie, y señala hacia la playa—. *Pica chica, toma choma* y toda esa mierda. Creo que son como nosotros, Rolando, se pueden comer todas, pero no son muy grandes cuando se las come.

De pronto, en un estallido extremo de horror, Rolando entiende qué eran los trozos de carne blanco-rosada con que Eddie lo ha alimentado. No puede hablar; la revulsión le roba la poca voz que había logrado recuperar. Pero Eddie ve en su cara todo lo que quiere decir.

—¿Qué creías que estaba haciendo? —casi gruñe—. ¿Creías que hacía el pedido a La Langosta Roja?

—Son venenosas —susurra Rolando—. Por eso...

—Sí, por eso estás fuera de combate. Pero se trata de que no estés fuera de todo. En cuanto al veneno, las serpientes de cascabel son venenosas, sí, pero la gente se las come. Las serpientes de cascabel son verdaderamente ricas. Parecen pollo. Lo leí en alguna parte. A mí me parecían langostas, así que decidí hacer la prueba. ¿Qué otra cosa podíamos comer? ¿Mierda? Le disparé a una de esas cabronas y la cociné hasta sacarle el vivo espíritu de Jesucristo. No había nada más. Y en realidad, son bastante ricas. Mato una cada noche en cuanto el sol comienza a bajar. No están verdaderamente vivas hasta que se hace oscuro por completo. Nunca vi que rechazaras la carne.

Eddie sonríe.

—Me gusta pensar que tal vez le di a una de las que se comieron a Jack. Me gusta pensar que me estoy comiendo esa bala perdida. Es como si me aliviara la mente, ¿sabes?

—Una de ellas también se comió una parte de mí —murmuró roncamente el pistolero—. Dos dedos de una mano, un dedo de un pie.

—Eso también es agradable. —Eddie sigue sonriendo. Su rostro está pálido, como el de un tiburón... pero parte de su aspecto enfermizo ha desaparecido, y el olor a mierda y muerte que lo rodeaba como una mortaja parece estar evaporándose.

—Vete a la mierda —murmura el pistolero.

—¡Rolando muestra una ráfaga de espíritu! —grita Eddie—. ¡Tal vez no te vayas a morir después de todo! ¡Tesohhro! ¡Eso es *maravissshoso!*

—Vivir —dice Rolando. La ronquera se ha convertido nuevamente en un susurro. Los anzuelos de pesca vuelven a su garganta.

—¿Sí? —Eddie lo mira, luego asiente con la cabeza y responde a su propia pregunta—. Sí. Creo que estás decidido. Una vez pensé que te ibas y otra vez pensé que te habías ido. Ahora parece que estás mejorando. Los antibióticos ayudan, supongo, pero creo que principalmente te estás izando a ti mismo. ¿Para qué? ¿Por qué coño tratas con tanto empeño de mantenerte vivo en esta playa de pacotilla?

Torre, dibuja con la boca, porque ahora ni siquiera puede lograr un graznido.

—Tú y tu Torre de mierda —contesta Eddie. Comienza a volverse para irse pero se queda, sorprendido, cuando la mano de Rolando le aferra el brazo como una tenaza.

Se miran a los ojos el uno al otro y Eddie dice:

—Está bien. ¡Está bien!

Al norte, dibuja Rolando con la boca. *Al norte, te dije.* ¿Le dijo eso? Eso cree, pero se ha perdido. Perdido en la baraja.

—¿Cómo lo sabes? —le grita Eddie con frustración. Levanta los puños como para pegarle, luego los baja.

«Simplemente lo sé, así que ¿por qué me haces perder tiempo y energía con preguntas tontas?», quiere replicar, pero antes de que pueda hacerlo las cartas

se barajan

lo llevan a rastras, golpea y rebota, su cabeza oscila indefensa a un lado y al otro, atado con sus propios cintos a una especie de rara camilla, y puede oír a Eddie Dean cantando una canción que le resulta tan misteriosamente conocida que al principio cree que debe de ser un sueño delirante:

—*Heyy Jude... Don't make it bad... take a saaad song... and make it better...*

«¿Dónde oíste eso? —quiere preguntarle—. ¿Me lo has oído cantar a mí? ¿Y dónde estamos?»

Pero antes de que pueda preguntar nada

se barajan

«Cort le habría dado al chico un golpe en la cabeza si hubiera visto este aparato», piensa Rolando cuando mira la camilla sobre la que ha pasado el día, y se echa a reír. No es lo que podría llamarse una risa. Suena como una de esas olas que dejan sobre la playa su carga de piedras. No sabe cuán lejos habrán avanzado, pero es lo bastante lejos como para que Eddie esté completamente exhausto. Está sentado sobre una roca bajo la luz que se alarga, con uno de los revólveres del pistolero en su regazo y a un costado una cantimplora de agua a medio llenar. Hay un pequeño bulto en el bolsillo de su camisa. Son las balas de la parte posterior de los cintos, la provisión cada vez más escasa de balas «buenas». Eddie las había atado en un trozo de su propia camisa. La razón principal por la que la provisión de balas «buenas» se reduce a tanta velocidad es que una de cada cuatro o cinco también resultan fallidas.

Eddie, que estaba casi cabeceando, ahora levanta la mirada.

—¿De qué te ríes? —pregunta.

El pistolero le quita importancia con un gesto y sacude la cabeza. Porque se da cuenta de que está equivocado. Cort no le hubiera dado un golpe a Eddie por la camilla, aun cuando era una extraña cosa medio coja. Rolando piensa que era posible incluso que Cort gruñera alguna palabra de felicitación: una rareza tan grande que el propio muchacho a quien esto sucedía difícilmente sabía nunca qué responder; quedaba boqueando como un pescado recién sacado del barril de un cocinero.

Los soportes principales eran dos ramas de álamo de aproximadamente el mismo largo y espesor. Derribadas por el viento, supuso el pistolero. Usó ramas más pequeñas como soportes, y las ató a los soportes principales con una loca conglomeración de cosas: cintos, la cinta adhesiva que había sujetado las bolsas de hierba del diablo a su pecho, incluso la correa de cuero sin curtir del sombrero del pistolero y los cordones de las propias zapatillas de Eddie. Sobre los soportes había tendido la bolsa de dormir del pistolero.

Cort no le hubiera pegado porque, aun enfermo como estaba, Eddie hizo más que quedarse en cuclillas y lamentarse de su destino. Había hecho algo. Había tratado.

Y Cort pudo haberle dedicado una de sus casi gruñidas felicitaciones porque, por loca que pareciera, la cosa *funcionaba*. Lo demostraban las largas huellas que se extendían por la playa hasta un punto donde parecían juntarse en la tangente de la perspectiva.

—¿Ves alguna? —pregunta Eddie. El sol está bajando y abre un sendero anaranjado a través del agua, así que el pistolero calcula que esta vez estuvo inconsciente más de seis horas. Se siente más fuerte. Se incorpora y mira hacia el agua. Ni la playa ni la tierra que se desliza hacia la elevación de las montañas, hacia el oeste, han cambiado demasiado; puede ver pequeñas variaciones en el paisaje y detritos (una gaviota muerta, por ejemplo, que yace a unos veinte metros a la izquierda y como treinta más cerca del agua, en medio de un montoncito de plumas), pero aparte de eso podrían muy bien estar en el mismo lugar de donde partieron.

—No —dice el pistolero. Y luego—: Sí. Hay una.

Señala. Eddie entrecierra los ojos y luego asiente. A medida que el sol se hunde y el sendero anaranjado comienza a parecerse cada vez más a la sangre, la primera de las langostruosidades sale tambaleante de las olas y comienza a arrastrarse por la playa.

Dos de ellas corren torpemente hacia la gaviota muerta. La ganadora le pega un zarpazo, la desgarra y comienza a llenarse el buche con los restos en putrefacción.

—*¿Pica chica?* —pregunta.

—*¿Toca choma?* —responde la perdedora—. *¿Tela ch...?*

¡CA-BLAM!

El revólver de Rolando pone fin a las preguntas de la segunda criatura. Eddie camina hacia ella y la aferra por el dorso, mientras lo hace mantiene un ojo muy atento a su compañera. La otra no presenta problemas, sin embargo; está ocupada con la gaviota. Eddie trae de vuelta su presa. Todavía se retuerce, alza y baja las pinzas, pero muy pronto deja de moverse. La cola se arquea por última vez, y luego, en lugar de flexionarse hacia abajo, simplemente cae. Las zarpas de boxeador cuelgan inermes.

—Pronto e'tará li'ta la cena, patlón —dice Eddie—. Puede elegir: filete de bicho rastrero o filete de bicho rastrero. ¿Qué le apetece más, patlón?

—No te entiendo —contesta el pistolero.

—Claro que me entiendes —insiste Eddie—. Es sólo que no tienes ningún sentido del humor. ¿Qué has hecho con él?

—Supongo que me lo volaron de un tiro en una u otra guerra.

Eddie sonríe ante esto.

—Esta noche sueñas y pareces un poco más vivo, Rolando.

—Lo estoy, creo.

—Bueno, mañana tal vez puedas caminar un rato. Voy a decírtelo muy francamente, amigo mío, estoy un poco harto de arrastrarte.

—Lo intentaré.

—Sí, inténtalo.

—Tú también pareces un poco mejor —arriesga Rolando. Su voz se quiebra en las dos últimas palabras como la de un muchachito. «Si no dejo pronto de hablar —piensa—, no podré volver a hablar en absoluto.»

—Supongo que viviré. —Mira a Rolando inexpresivo—. Nunca sabrás, sin embargo, qué cerca estuve un par de veces. Una vez tomé uno de tus revólveres y me lo puse contra la cabeza. Lo amartillé, lo dejé un rato ahí, contra mi cabeza, y luego lo retiré. Solté el martillo y volví a meterlo en la funda. Otra noche tuve una convulsión. Creo que fue la segunda noche, pero no estoy seguro. —Sacude la cabeza y dice algo que el pistolero entiende y no entiende al mismo tiempo—. Ahora Michigan me parece un sueño.

A pesar de que su voz se ha convertido de nuevo en un ronco murmullo, y aunque sabe que no debería hablar, hay algo que el pistolero quiere saber.

—¿Qué te impidió apretar el gatillo?

—Bueno, éste es mi único par de pantalones —explica Eddie—. En el último instante pensé que si apretaba el gatillo y era una de esas balas inútiles, nunca tendría agallas para hacerlo otra vez... y si uno se caga en los pantalones tiene que lavarlos inmediatamente o vivir con ese olor apestoso para siempre. Eso me lo dijo Henry. Me dijo que lo aprendió en Nam. Y como era de noche, y ya había salido la Langosta Leslie, sin mencionar a todas sus amigas...

Pero el pistolero se ríe, se ríe mucho, aunque en realidad sólo ocasionalmente sale de sus labios un sonido quebrado. Eddie mismo, sonriendo un poco, dice:

—Es posible que a tu sentido del humor sólo le hayan disparado hasta el codo en esa guerra. —Se pone de pie, y Rolando supone que piensa subir la cuesta hacia donde haya combustible para un fuego.

—Espera —susurra, y Eddie lo mira—. ¿Por qué, realmente?

—Supongo que fue porque me necesitabas. Si yo me mataba, tú habrías muerto. Más adelante, cuando tú vuelvas a estar realmente bien, es posible que reexamine mis opciones. —Mira a su alrededor y suspira profundamente—. Tal vez haya una Disneylandia o un Coney Island en alguna parte de tu mundo, Rolando, pero lo que he visto hasta ahora francamente no me interesa mucho.

Comienza a alejarse, se detiene y se vuelve para mirar otra vez a Rolando.

Su rostro está sombrío, aunque parte de la enfermiza palidez ha desaparecido. Las sacudidas ya no son más que temblores ocasionales.

—A veces realmente no me comprendes, ¿verdad?

—No —susurra el pistolero—. A veces no te comprendo.

—Entonces voy a explicártelo. Hay gente que necesita gente que la necesite. La razón por la que no me comprendes es que tú no eres de ésos. Tú me usarías y luego me tirarías a la basura como una bolsa de papel si fuera necesario. Dios se ha cagado en tu alma, mi amigo. Sólo que tú eres bastante inteligente como para hacer que eso te duela, y tan duro como hacerlo de todas maneras. No serías capaz de evitarlo. Si yo estuviera tendido en la playa y pidiera ayuda a gritos, tú me pasarías por encima si yo estuviera entre tú y tu condenada Torre. ¿No estoy bastante cerca de la verdad?

Rolando no dice nada, sólo observa a Eddie.

—Pero no todo el mundo es así. Hay personas que necesitan personas que las necesiten. Como la canción de Barbra Streisand. Trillado, pero cierto. No es más que otra manera de que te enganchen.

Eddie lo mira fijamente.

—Pero cuando se trata de eso tú no tienes nada que ver, ¿no es cierto?

Rolando lo observa.

—Salvo por tu Torre. —Eddie lanza una risita corta—. Eres un yonki, Rolando. Un drogadicto de la Torre.

—¿En qué guerra fue? —susurra Rolando.

—¿Qué cosa?

—La guerra en la que te volaron de un tiro el sentido de la nobleza y los propósitos.

Eddie retrocede como si Rolando le hubiera pegado una bofetada.

—Voy a buscar un poco de agua —dice bravamente—. Vigila esos bichos rastreros. Hoy hemos avanzado bastante, pero todavía no sé si se hablan entre ellos o no.

Entonces se vuelve para el otro lado, pero no antes de que Rolando vea los últimos rayos rojos del crepúsculo reflejados en sus mejillas mojadas.

Rolando se vuelve hacia la playa y vigila. Las langostruosidades se arrastran y preguntan, preguntan y se arrastran, pero ambas actividades al parecer carecen de propósito: poseen alguna inteligencia, pero no la suficiente como para pasar información a otras de su especie.

«Dios no siempre te la da en la cara —piensa Rolando—. La mayor parte de las veces sí, pero no siempre.»

Eddie vuelve con leña.

—¿Y bien? —pregunta—. ¿Qué piensas?

—Estamos bien —grazna el pistolero, y Eddie comienza a decir algo, pero ahora el pistolero está cansado y yace de espaldas y mira las primeras estrellas que titilan a través de la bóveda violeta del cielo y

se barajan

en los tres días siguientes el pistolero fue recuperando de manera constante la salud. Las líneas rojas que trepaban por sus brazos revirtieron su dirección primero, luego se decoloraron y por fin desaparecieron. Al día siguiente por momentos caminó y por momentos dejó que Eddie lo arrastrara. Al día siguiente no necesitó en absoluto que Eddie lo arrastrara; cada hora o dos, simplemente se sentaban un rato hasta que se le iba la sensación acuosa de las piernas. Durante esos descansos, en esos ratos después de cenar pero antes de que el fuego se terminara de consumir y ellos se fueran a dormir, el pistolero oía acerca de Henry y Eddie. Recordó haberse preguntado qué había sucedido para hacer esa hermandad tan dificultosa, pero una vez que Eddie hubo comenzado, entrecortadamente y con esa suerte de ira resentida que procede del dolor más profundo, el pistolero pudo haberlo detenido, pudo haberle dicho: «No te molestes, Eddie. Lo comprendo todo.»

Sólo que eso no hubiera ayudado a Eddie. Eddie no hablaba para ayudar a Henry, porque Henry estaba muerto. Hablaba para enterrar a Henry definitivamente. Y para recordarse a sí mismo que, a pesar de que Henry estaba muerto, él, Eddie, no lo estaba.

De manera que el pistolero escuchaba y nada decía.

La esencia era simple: Eddie creía que había robado la vida de su hermano. Henry también lo creía. Henry pudo haberlo creído por sí mismo, o pudo creerlo por la frecuencia con que oía a su madre sermonear a Eddie acerca de cuánto se habían sacrificado por él Henry y ella, para que Eddie quedara lo más a salvo que se pudiera estar en una jungla como aquella ciudad, para que no terminara como su pobre hermana, a quien él apenas podía recordar pero que había sido tan hermosa, Dios la bendiga. Ella estaba con los ángeles, y sin duda ése era un hermoso lugar, pero ella no quería que Eddie estuviera con los ángeles todavía, atropellado por un conductor borracho en la ruta como su hermana, o rajado por un loco yonki por los veinticinco centavos que tuviera en el bolsillo y dejado ahí con las entrañas desparramadas por toda la acera, y como no creía que Eddie quisiera estar todavía con los ángeles, era mejor que escuchara lo que le decía su hermano mayor y que hiciera lo que le ordenaba su hermano mayor y que siempre recordara que Henry estaba haciendo un sacrificio de amor.

Eddie le dijo al pistolero que dudaba de que su madre supiera algunas de las cosas que ellos dos habían hecho —robar libros de historietas del quiosco de caramelos de Rincon Avenue, o fumar cigarrillos detrás de la fábrica Bonded Electroplate de Cohoes Street.

Una vez vieron un Chevrolet con las llaves puestas, y a pesar de que Henry apenas sabía conducir —tenía entonces dieciséis años, Eddie ocho— había metido a su hermano dentro del coche y le había dicho que se iban de Nueva York. Eddie estaba asustado, lloraba; Henry también estaba asustado y furioso con Eddie, le decía que se callara, le decía que dejara de comportarse como un bebé paliza: él tenía como diez pavos y Eddie tenía tres o cuatro, podían ir al cine todo el puto día y luego tomar el tren Pelham y estar de vuelta antes de que su madre tuviera tiempo de servir la cena y preguntarse dónde estaban. Pero Eddie seguía llorando, y cerca del Puente Queensboro vieron un coche policial sobre una calle lateral, y aunque Eddie estaba bastante seguro de que el policía del coche ni siquiera había mirado hacia ellos, Eddie dijo que sí cuando Henry le preguntó en un tono ronco y ahogado si creía que el macho los había visto... Henry se puso blanco y frenó con tanta rapidez que estuvo a punto de amputar una bomba de agua para incendios. Salió corriendo por la acera mientras Eddie, ahora él mismo en pánico, seguía luchando con la manilla de la puerta, que le resultaba desconocida. Henry se detuvo, volvió y sacó a Eddie del coche en volandas. También le pegó dos bofetadas. Luego caminaron —bueno, en realidad se escabulleron— todo el camino de regreso hasta Brooklyn. Les tomó la mayor parte del día, y cuando su madre les preguntó por qué parecían tan agitados y sudados y cansados, Henry dijo que había pasado la mayor parte del día enseñándole a Eddie a hacer ciertas jugadas de baloncesto en la cancha que estaba a la vuelta de la esquina. Luego vinieron unos chicos grandes y tuvieron que salir corriendo. Su madre besó a Henry y miró resplandeciente a Eddie. Le preguntó si no tenía el mejor hermano mayor del mundo. Eddie estuvo de acuerdo con ella. En esto también era sincero. Pensaba que lo era.

—Ese día él estaba tan asustado como yo —le había explicado Eddie a Rolando, mientras estaban sentados contemplando el final del día que disminuía sobre el agua, que al poco rato sólo reflejaría la luz de las estrellas—. Más asustado todavía, en realidad, porque él creía que el poli nos había visto y yo sabía que no. Por eso corrió. Pero volvió. Ésa es la parte importante. Volvió.

Rolando no dijo nada.

—Comprendes eso, ¿verdad? —Eddie miraba a Rolando con ojos violentos e inquisitivos.

—Comprendo.

—Siempre estaba asustado, pero siempre volvía.

Rolando pensó que habría sido mejor para Eddie, a la larga mejor para los dos tal vez, si Henry hubiera seguido corriendo ese día... o cualquier otro día. Pero la gente como Henry nunca hacía eso. La gente como Henry siempre volvía, porque la gente como Henry sabía cómo usar la confianza. Era lo único que la gente como Henry sabía positivamente cómo usar. Primero cambiaban la confianza por necesidad, luego cambiaban la necesidad en una droga y, una vez hecho esto, se convertían en... ¿Qué palabra había usado Eddie? Camellos, sí, eso era.

—Creo que me voy a dormir —dijo el pistolero.

Al día siguiente Eddie continuó, pero Rolando ya lo sabía todo, no había practicado deportes en la escuela porque no podía quedarse después de clase para entrenarse. Henry tenía que cuidar a Eddie. El hecho de que Henry fuera desgarbado y poco coordinado y que tampoco le interesaran mucho los deportes en primer lugar no tenía nada que ver con el asunto, por supuesto; Henry hubiera sido un magnífico pitcher de béisbol o uno de esos saltadores en el baloncesto, les aseguraba su madre una y otra vez. Henry sacaba malas notas y tuvo que repetir bastantes asignaturas, pero eso no era porque Henry fuera estúpido; Henry y la señora Dean sabían que Henry tenía todas las luces. Pero el tiempo que tenía que pasar estudiando o haciendo sus tareas, Henry lo ocupaba cuidando a Eddie (el hecho de que usualmente esto sucediera en la sala de los Dean, con los dos chicos despatarrados en el sofá mirando la televisión o peleándose en el piso parecía no importar). Las malas notas significaban que Henry no podía ser aceptado en ninguna parte más que en la Universidad de Nueva York, y no se lo podían permitir, porque las malas notas excluían toda posibilidad de becas, y luego Henry fue reclutado y luego vino Vietnam, donde a Henry prácticamente le volaron la rodilla, y el dolor era terrible, y la droga que le dieron para el dolor tenía una fuerte base de morfina, y cuando estuvo mejor lo desintoxicaron de la droga, sólo que no hicieron un trabajo muy bueno porque cuando volvió a Nueva York todavía tenía la adicción como un mono trepado a su espalda, un mono hambriento que esperaba ser alimentado, y después de uno o dos meses fue a ver a un hombre, y fue como cuatro meses más tarde, menos de un mes después de que su madre muriera, cuando Eddie vio por primera vez a su hermano aspirar un polvo blanco de un espejo. Eddie supuso que era coca. Resultó ser heroína. Y si uno se remontaba hasta el principio de todo, ¿de quién era la culpa?

Rolando no dijo nada, pero oyó la voz de Cort en su

mente: *La culpa siempre está en el mismo lugar, mis lindos niñitos. Con el que es tan débil como para asumirla.*

Cuando descubrió la verdad, Eddie se sintió escandalizado, y luego furioso. La respuesta de Henry no fue la promesa de dejar la droga, sino decirle que no lo culpaba por estar furioso, sabía que Nam lo había convertido en una inútil bolsa de mierda, que era débil, que se iría, eso sería lo mejor. Eddie tenía razón, lo último que necesitaba era un inmundo yonki alrededor que convirtiera el lugar en una pocilga. Sólo esperaba que Eddie no lo culpara demasiado. Había sido débil, lo admitía; algo en Nam lo había vuelto débil, lo había podrido del mismo modo en que la humedad pudría los cordones de las zapatillas y la goma de los calzoncillos. En Nam también había algo que aparentemente le pudría a uno el corazón, le había dicho Henry entre lágrimas. Solo esperaba que Eddie recordara todos los años en que había tratado de ser fuerte.

Por Eddie.

Por mamá.

Así que Henry trató de irse. Y Eddie, por supuesto, no pudo dejarlo ir. Eddie estaba consumido por la culpa. Eddie vio el horror cruzado de cicatrices que una vez había sido una pierna sin marcas, una rodilla que ahora era más Teflon que hueso. Tuvieron un encontronazo a gritos en el vestíbulo, Henry con sus viejos pantalones caqui, con su mochila preparada en una mano y aros de color púrpura debajo de los ojos, Eddie con nada encima más que un par de calzoncillos amarillentos, y Henry le decía no me necesitas dando vueltas por aquí, Eddie, soy veneno para ti y tú lo sabes, y Eddie le gritaba tú no te vas a ninguna parte, vuelve a meter el culo en casa, y así siguió hasta que la señora McGursky salió de su casa y chilló: «Vete o quédate, a mí me da lo mismo, pero más vale que te decidas rápido en uno u otro sentido porque si no voy a llamar a la policía.» La señora McGursky parecía dispuesta a agregar más admoniciones, pero justo en ese momento advirtió que no tenía puesto nada más que un eslip. Agregó: «¡Y eres indecente, Eddie Dean!» antes de volver a meterse en su casa. Era como mirar una caja de sorpresas del lado del revés. Eddie miró a Henry. Henry miró a Eddie. «Es como un angelito con unos kilos de más», dijo Henry en voz baja, y entonces comenzaron a aullar de risa, se abrazaban y se daban golpes mutuamente y Henry volvió a entrar y como dos semanas más tarde Eddie también estaba aspirando la cosa y no podía entender por qué coño había hecho tanto lío al respecto, después de todo, sólo era aspirar, mierda, eso te sacaba, y como Henry (en quien Eddie eventualmente comenzaría a pensar como el gran sabio y eminente yonki) decía, en un mundo que claramente se iba de cabeza a la mierda, ¿qué tenía de malo darse un pequeño viaje?

Pasó el tiempo. Eddie no sabía cuánto. El pistolero no preguntó. Calculaba que Eddie sabía que para darse un viaje hay mil excusas, aunque no razones, y que había logrado controlar su hábito bastante bien. Y que Henry se las había arreglado para controlar el suyo. No tan bien como Eddie, pero lo suficiente como para no desbocarse por completo. Porque, comprendiera Eddie la verdad o no (muy profundamente Rolando creía que sí), Henry debió haberla comprendido: sus posiciones se habían invertido. Ahora era Eddie el que sostenía la mano de Henry para cruzar la calle.

Llegó el día en que Eddie pescó a Henry ya no aspirando *caballo* sino metiéndoselo en la piel. Se produjo otra histérica discusión, casi una repetición exacta de la primera, sólo que esta vez fue en el dormitorio de Henry. Terminó casi exactamente de la misma manera. Henry lloraba y ofrecía esa implacable, indiscutible defensa que era la rendición absoluta, la admisión última: Eddie tenía razón, no merecía vivir, no merecía comer la basura de las aceras. Se iría. Eddie no tendría que volver a verlo jamás. Sólo esperaba que él recordara todos los...

Se fundió en un murmullo que no era muy diferente del sonido pedregoso de las olas al romper. Rolando conocía la historia y no dijo nada. Era Eddie quien no conocía la historia, un Eddie que tenía la cabeza verdaderamente clara por primera vez en diez años, quizás, o más. Eddie no le contaba la historia a Rolando; Eddie por fin se contaba la historia a sí mismo.

Eso estaba bien. Hasta donde el pistolero pudiera ver, tenían todo el tiempo del mundo. Hablar era una manera de pasarlo.

Eddie dijo que lo torturaba la rodilla de Henry, la retorcida cicatriz que subía y bajaba por su pierna (por supuesto ahora estaba completamente curado, Henry apenas cojeaba siquiera... salvo cuando él y Eddie se peleaban; entonces la cojera siempre parecía empeorar); le torturaba la idea de todas las cosas que Henry tuvo que dejar por él, y le torturaba algo mucho más pragmático: Henry no hubiera durado en las calles. Hubiera sido como un conejo al que dejan suelto en medio de la selva llena de tigres. Librado a sí mismo, Henry terminaría en la cárcel o en Bellevue antes de que terminara la semana.

Así que suplicó, y Henry por fin le hizo el favor de aceptar y quedarse ahí, y seis meses después de eso Eddie también tenía un brazo de oro. A partir de ese momento las cosas comenzaron a moverse en la constante e inevitable espiral descendente que terminó con el viaje de Eddie a las Bahamas y la súbita intervención de Rolando en su vida.

Otro hombre, menos pragmático y menos introspectivo que Rolando, pudo haberse preguntado (a sí mismo, si no en voz alta): «¿Por qué éste? ¿Por qué este hombre para empezar? ¿Por qué un hombre que parece prometer debilidad o extrañeza o incluso franca perdición?»

El pistolero no sólo nunca hizo la pregunta; ni siquiera se la formuló mentalmente. Cuthbert hubiera preguntado. Cuthbert lo había preguntado todo, se había envenenado con preguntas, había muerto con una en la boca. Ahora se habían ido, todos. Los últimos pistoleros de Cort, los trece sobrevivientes de una clase que nacía y que había llegado a contar cincuenta y seis, estaban todos muertos. Todos muertos salvo Rolando. Él era el último pistolero y avanzaba sin cesar y sin cejar en un mundo que se había vuelto rancio, estéril y vacío.

«Trece», recuerda que decía Cort el día anterior a las Ceremonias de Presentación. «Es un número del mal». Y al día siguiente, por primera vez en treinta años, Cort no estuvo presente en las Ceremonias. Su camada final de pupilos había ido a su cabaña para hincarse primero a sus pies y presentarle sus nucas indefensas, para levantarse luego y recibir su beso de felicitación y permitirle que cargara sus armas por primera vez. Nueve semanas más tarde, Cort estaba muerto. Veneno, dijo alguien. Dos años después de su muerte, la sangrienta guerra civil había comenzado. La roja carnicería había alcanzado el último bastión de la civilización, la luz y la salud, y se había llevado lo que todos ellos habían creído tan fuerte con el fácil gesto casual de una ola que se lleva el castillo de arena de un niño.

De modo que él era el último, y había sobrevivido tal vez porque el profundo romanticismo de su naturaleza era superado por su carácter práctico y simple. Él comprendía que sólo había tres cosas importantes: la mortalidad, *ka* y la Torre.

Eran suficientes cosas en qué pensar.

Eddie concluyó su relato alrededor de las cuatro del tercer día de su travesía hacia el norte por la desdibujada playa. La playa en sí misma nunca parecía cambiar. Si se buscaba algún signo de avance, sólo podía obtenerse mirando a la izquierda, al este. Ahí los picos serrados de las montañas habían comenzado a suavizarse y declinar un poco. Era posible que, de avanzar lo suficiente hacia el norte, las montañas se convirtieran en suaves colinas.

Una vez contada su historia, Eddie cayó en el silencio y caminaron sin hablar durante media hora o más. Eddie le echaba de vez en cuando una rápida mirada. Rolando sabía que Eddie no se daba cuenta de que él advertía esas miradas; todavía estaba demasiado dentro de sí mismo. Rolando también sabía lo que Eddie esperaba: una respuesta. Algún tipo de respuesta. Cualquiera. En dos ocasiones Eddie abrió la boca sólo para volver a cerrarla. Finalmente preguntó lo que el pistolero siempre supo que preguntaría.

—¿Entonces? ¿Qué piensas?

—Pienso que estás aquí.

Eddie se detuvo, con las manos en forma de puños sobre las caderas.

—¿Eso es todo? ¿Es eso?

—Es todo lo que sé —respondió el pistolero. Sus dedos desaparecidos latían y picaban. Hubiera querido un poco de *astina* del mundo de Eddie.

—¿No tienes ninguna opinión acerca de qué coño significa todo esto?

El pistolero pudo haber alzado su tullida mano derecha y dicho: «Piensa tú qué significa, pedazo de idiota», pero no se le cruzó por la cabeza decir esto más que preguntarse por qué había resultado ser Eddie, de todas las personas de todos los universos que podrían existir.

—Es *ka* —dijo, y miró a Eddie a la cara pacientemente.

—¿Qué es *ka*? —La voz de Eddie era truculenta—. Nunca oí nada al respecto. Salvo que si lo dices dos veces te sale la palabra que usan los chicos para la mierda.

—No sé nada de eso —dijo el pistolero—. Aquí significa deber, o destino, o, para el vulgo, el lugar al que debes ir.

Eddie logró mostrarse consternado, molesto y divertido al mismo tiempo.

—Entonces dilo dos veces, Rolando, porque a este chico esas palabras le suenan como la mierda.

El pistolero se encogió de hombros.

—No discuto sobre filosofía. No estudio historia. Sé que lo que pasó, pasó, y lo que está por delante está por delante. Lo segundo es *ka*, y se cuida solo.

—¿Sí? —Eddie miró hacia el norte—. Bien, todo lo que veo por delante es alrededor de nueve millones de kilómetros de esta misma playa de mierda. Si eso es lo que está por delante, entonces *ka* y kaka es lo mismo. Podríamos tener suficientes cartuchos buenos para cargarnos otras cinco o seis de esas langostas truchas, pero luego vamos a tener que limitarnos a tirarles piedras. Así que, ¿adónde vamos?

Rolando se preguntó brevemente si a Eddie alguna vez se le habría ocurrido hacerle esa pregunta a su hermano, pero sacar a relucir ese asunto implicaría una invitación a una larga e insensata discusión. De modo que sólo torció un pulgar hacia el norte y dijo:

—Ahí. Para comenzar.

Eddie miró y no vio más que el mismo trecho de la playa gris cubierta de conchas y piedras. Volvió a mirar a Rolando, y cuando estaba a punto de burlarse, vio la serena certidumbre de su cara y miró otra vez. Entrecerró los ojos. Con una mano se protegió el lado derecho de la cara del sol del oeste. Quería desesperadamente ver algo, cualquier cosa, mierda, aunque fuera un espejismo, pero no había nada.

—Puedes joderme todo lo que quieras —dijo Eddie lentamente—, pero creo que es un truco bien jodido. Yo arriesgué la vida por ti en lo de Balazar.

—Ya lo sé. —El pistolero sonrió, una rareza que encendió su cara como un rayo de sol pasajero en un día triste y encapotado de nubes—. Por eso he jugado limpio contigo, Eddie. Está ahí. La vi hace una hora. Al principio creí que era un espejismo o una ilusión. Pero está ahí, seguro.

Eddie volvió a mirar, miró hasta que le corrió agua por los costados de los ojos.

—Ahí adelante no veo nada más que playa y más playa —dijo por fin—. Y tengo una vista perfecta.

—No sé qué significa eso.

—Significa que si hubiera algo que ver ¡yo lo vería! —Pero Eddie dudaba. Dudaba cuánto más lejos que los suyos propios podrían ver los elocuentes ojos azules del pistolero. Tal vez un poco.

Tal vez mucho.

—Ya lo verás —insistió el pistolero.

—¿Ver qué?

—Hoy no llegaremos hasta allá, pero si puedes ver tan bien como dices, la verás antes de que el sol pegue en el agua. A menos que quieras quedarte aquí parado moviendo las mandíbulas, claro.

—*Ka* —dijo Eddie en tono reflexivo.

Rolando asintió.

—*Ka*.

—Kaka —dijo Eddie, y se echó a reír—. Vamos, Rolando, hagamos una apuesta. Y si no veo nada para cuando el sol pegue en el agua, me debes un pollo para la cena. O un Super Mac. O cualquier cosa que no sea langosta.

—Vamos.

Comenzaron a caminar otra vez y pasó por lo menos una hora entera antes de que el arco inferior del sol tocara el horizonte cuando Eddie Dean comenzó a ver la forma a la distancia... vaga, temblorosa, indefinible, pero definitivamente algo. Algo nuevo.

—Muy bien —dijo—. La veo. Debes tener ojos como los de Superman.

—¿Quién?

—No importa. Eres un caso increíble de lagunas culturales, ¿lo sabías?

—¿Qué?

—No importa —repitió Eddie y se echó a reír—. ¿Qué es?

—Ya lo verás. —El pistolero echó a caminar otra vez antes de que Eddie pudiera preguntar cualquier otra cosa.

Veinte minutos más tarde, Eddie creyó ver. Quince minutos después de eso estaba seguro. El objeto en la playa todavía estaba a cuatro, tal vez cinco, kilómetros de distancia, pero supo lo que era. Una puerta, desde luego. Otra puerta.

Esa noche ninguno de los dos durmió bien, y estuvieron levantados y en marcha una hora antes de que el sol clareara las formas esfumadas de las montañas. Alcanzaron la puerta justo cuando se abrían sobre ellos los primeros rayos del sol, tan sublimes y tan quietos. Esos rayos encendieron como lámparas sus mejillas cubiertas con una barba incipiente. Hicieron que el pistolero volviera a tener cuarenta años, y que Eddie no fuera mayor de lo que era Rolando cuando salió a pelear con Cort usando como arma su halcón *David*.

Esta puerta era exactamente igual a la primera, salvo por lo que tenía escrito encima: LA DAMA DE LAS SOMBRAS.

—Así —dijo Eddie con suavidad, mientras miraba la puerta, que simplemente estaba puesta ahí con las bisagras enclavadas en alguna fisura desconocida entre uno y otro mundo, entre uno y otro universo. Estaba ahí con su mensaje grabado, real como una roca y extraña como la luz de las estrellas.

—Así —coincidió el pistolero.

—*Ka*.

—*Ka*.

—¿Es aquí donde extraes el segundo de tus tres?

—Eso parece.

El pistolero sabía lo que Eddie tenía en mente antes de que el mismo Eddie lo supiera. Veía a Eddie hacer su jugada antes de que Eddie supiera que se estaba moviendo una pieza. Podía haberse vuelto para quebrarle a Eddie el brazo en dos lugares antes de que Eddie supiera lo que

estaba pasando, pero no hizo movimiento alguno. Dejó
que Eddie sacara furtivamente el revólver de la funda del
lado derecho. Era la primera vez en su vida que permitía
que le sacaran una de sus armas sin él haberla ofrecido
antes. Sin embargo no hizo nada para detenerlo. Se volvió
y miró a Eddie en forma ecuánime, casi benigna.

Eddie tenía la cara lívida, tensa. Sus ojos tenían
manchitas blancas alrededor del iris. Sostenía el pesado
revólver con ambas manos y aun así el caño oscilaba de
lado a lado, volvía al centro, se corría otra vez, volvía al
centro y se corría otra vez.

—Ábrela —dijo.

—Te estás portando como un tonto —advirtió el pistolero con la misma voz benigna—. Ninguno de los dos
tiene ninguna idea de adónde da esa puerta. No necesariamente se abrirá a tu universo, no digamos ya tu mundo.
Por lo que podemos saber tú y yo, la Dama de las Sombras podría tener ocho ojos y nueve brazos, como Suvia.
Aun si se abriera sobre tu mundo, podría ser en un tiempo
muy anterior a tu nacimiento o mucho después de tu
muerte.

Eddie le dedicó una sonrisa apretada.

—Sabes qué, Monty, estoy más que dispuesto a cam-
biarte el pollo de goma y las vacaciones en esta playa de
mierda por lo que hay detrás de la puerta número 2.

—No te compr...

—Ya sé que no. No importa. Sólo abre esa puta
puerta.

El pistolero sacudió la cabeza.

Se quedaron parados en el amanecer, mientras la
puerta echaba su sombra sesgada sobre el mar en retirada.

—¡Ábrela! —gritó Eddie—. ¡Yo voy contigo! ¿No lo
entiendes? ¡Voy contigo! Eso no significa que no vaya a
volver. Tal vez vuelva. Quiero decir, es probable que
vuelva. Supongo que en cierto modo te lo debo. Has sido
honesto conmigo todo el tiempo, no creas que no me doy

cuenta. Pero mientras tú te consigues esta Nena de las Sombras, sea quien sea, yo voy a buscar el Delicioso Pollo más cercano y me llevo un poco. Creo que para empezar podría llevarme el Paquete Familiar de Treinta Porciones.

—Tú te quedas aquí.

—¿No crees que lo digo en serio? —Eddie ahora hablaba con tono estridente, estaba cerca del límite. El pistolero casi podía verlo mirar hacia las movedizas profundidades de su propia perdición. Eddie movió con el pulgar el antiguo martillo del revólver. Al romper el día y con la marea baja el viento había cesado, y el *clic* con el que Eddie amartilló el arma sonó con toda claridad—. Pruébalo.

—Creo que lo haré —dijo el pistolero.

—¡Te mataré! —exclamó Eddie.

—*Ka* —respondió el pistolero con serenidad, y se volvió hacia la puerta. Extendió la mano hacia el picaporte, pero su corazón esperaba: esperaba para ver si iba a vivir o morir.

Ka.

LA DAMA DE LAS SOMBRAS

I

DETTA Y ODETTA

Despojado de la jerga, lo que Adler dijo fue esto: el esquizofrénico perfecto —si es que tal persona existe— sería el hombre o la mujer que no sólo ignora su(s) otra(s) personalidad(es), sino que ignora por completo que algo anda mal en su vida.

Adler debió haber conocido a Detta Walker y a Odetta Holmes.

1

—... Último pistolero —dijo Andrew.

Había estado hablando durante un rato bastante largo, pero Andrew siempre hablaba y por lo general Odetta sólo lo dejaba fluir sobre su mente del mismo modo en que uno deja fluir el agua tibia sobre la cara y el pelo cuando se da una ducha... Pero esto hizo más que despertar su atención: la atrapó con un gancho.

—¿Perdón?

—Oh, sólo era una columna en el diario —aclaró Andrew—. No sé quién la escribió. No me fijé. Alguno de esos políticos. Probablemente usté lo conoce, s'ita Holmes. Yo lo quería, y lloré la noche en que lo eligieron...

Ella sonrió, conmovida a su pesar. Andrew decía que su charloteo incesante era algo que no podía contener; algo de lo que no era responsable, era su parte irlandesa que le salía, y por lo general no era nada —sólo parloteos y chisporroteos acerca de parientes y amigos a los que ella nunca conocería, opiniones políticas a medio cocinar, misteriosos comentarios científicos cosechados de una cantidad de misteriosas fuentes (entre otras cosas, Andrew era un firme creyente en los platos voladores, a los que llamaba *omnis*)—, pero esto la conmovió porque también ella lloró la noche en que lo eligieron.

—Pero no lloré el día en que ese hijo de puta —perdone mi francés, s'ita Holmes—, cuando ese hijo de puta de Oswald le pegó un tiro, y desde entonces no he llorado, y ya ha pasado... ¿cuánto, dos meses?

«Tres meses y dos días», pensó ella.

—Algo por el estilo, supongo.

Andrew asintió.

—Entonces leí esta columna (pudo ser en *The Daily News*), ayer, acerca de cómo es probable que Johnson haga las cosas bastante bien, pero que no va a ser lo mismo. El tipo dijo que Estados Unidos vio el paso del ultimo pistolero del mundo.

—No me parece en absoluto que John Kennedy haya sido eso —dijo Odetta, y si su voz sonó algo más afilada de lo que Andrew estaba acostumbrado a oír (que debió de ser así, porque a través del espejo retrovisor ella lo vio hacer un guiño perplejo, un guiño que más parecía una mueca), fue porque ella también se sintió conmovida por esto. Era absurdo, pero también era un hecho. Había algo en esa frase (*Estados Unidos vio pasar al último pistolero del mundo)* que tocó un punto profundo de su mente. Era feo, era falso (John Kennedy había sido un pacificador, no un villano de látigo tipo Billy el Niño, que era más el estilo de Goldwater), pero por alguna razón le había puesto carne de gallina.

—Bueno, el tipo decía que no iba a haber escasez de matones en el mundo —continuó Andrew, mirándola nerviosamente por el espejo retrovisor—. Mencionó a Jack Ruby, por ejemplo, y a Castro, y al tipo ese de Haití...

—Duvalier —dijo ella—. Papá Doc.

—Sí, ése, y Diem...

—Los hermanos Diem están muertos.

—Bueno, él dijo que Jack Kennedy era diferente, eso es todo. Dijo que sacaría el arma, pero sólo si alguien más débil necesitaba que lo hiciera, y sólo si no se podía hacer otra cosa. Dijo que Kennedy era bastante sabio como para saber que a veces hablar no hacía ningún bien. Dijo que Kennedy sabía que si salía espuma por la boca había que matar.

Sus ojos seguían mirándola con aprensión.

—Además, es sólo una columna que leí.

Ahora la limusina se deslizaba por la Quinta Avenida; se dirigía hacia la parte oeste del Central Park, con el emblema de Cadillac al final del capó, cortando el aire helado de febrero.

—Sí —dijo Odetta suavemente, y los ojos de Andrew se tranquilizaron un poco—. Lo comprendo. No estoy de acuerdo, pero lo comprendo.

«Eres una mentirosa», dijo una voz dentro de su mente. Era una voz que oía con bastante frecuencia. Incluso le había puesto un nombre. Era la voz del Aguijón. «Lo comprendes perfectamente y estás completamente de acuerdo. Miéntele a Andrew, si te parece necesario, pero por el amor de Dios, mujer, no te mientas a ti misma.»

Parte de ella, sin embargo, protestaba horrorizada. En

un mundo que se había convertido en un polvorín nuclear, sobre el que ahora estaban sentadas cerca de mil millones de personas, era un error —tal vez un error de proporciones suicidas— creer que existía una diferencia entre buenos tiradores y malos tiradores. Había demasiadas manos temblorosas que sostenían encendedores cerca de demasiados fusibles. Éste no era un mundo para pistoleros. Si alguna vez hubo un tiempo para ellos, ya había pasado.

¿O no?

Ella cerró un momento los ojos y se masajeó las sienes. Sentía que estaba por tener uno de sus dolores de cabeza. A veces sólo amenazaban, como una ominosa concentración de rayos y relámpagos en una calurosa tarde de verano, y luego volaban... como esas feas tormentas que se ciernen en el verano, que a veces simplemente se deslizan en una u otra dirección para arrojar sus truenos y relámpagos en alguna otra parte.

Creía, sin embargo, que esta vez la tormenta iba a ocurrir. Llegaría completa, con truenos, relámpagos y granizo del tamaño de pelotas de golf.

Por la Quinta Avenida, las luces de la calle se veían muy brillantes.

—¿Y cómo estuvo Oxford, s'ita Holmes? —preguntó Andrew tentativamente.

—Húmedo. Por mucho que estemos en febrero, había mucha humedad. —Hizo una pausa; se decía a sí misma que no diría las palabras que le trepaban por la garganta como la bilis: se las tragaría para que volvieran a bajar. Decir esas palabras sería de una brutalidad innecesaria. Lo que había dicho Andrew acerca del último pistolero del mundo sólo había sido un poco más del parloteo incesante del hombre. Pero encima de todo lo demás resultó un poquitín demasiado, y de todas maneras salió lo que se había propuesto no decir. Su voz sonó tan calma y decidida como siempre, supuso, pero no se engañó: podía reconocer un exabrupto donde lo oía—. El esclavo liberado vino muy rápidamente, por supuesto; le habían avisado con antelación. Sin embargo nos retuvieron todo el tiempo que pudieron, y yo resistí todo el tiempo que pude, pero supongo que ésta la ganaron ellos porque terminé mojándome encima. —Vio los ojos de Andrew parpadear otra vez consternados y quiso detenerse pero no pudo—. Eso es lo que quieren enseñarle a uno, ¿se da cuenta? En parte porque lo asustan, supongo, y una persona asustada es posible que no vuelva a su precioso Sur a molestarlos otra vez. Pero creo que la mayoría (incluso los tontos, y de ninguna manera son todos tontos) saben que, hagan lo que hagan, al final el cambio se producirá, así que aprovechan para degradarlo a uno mientras pueden. Quieren enseñarle a uno que puede ser degradado. Uno puede jurar ante Dios, Jesucristo y toda la compañía de santos que no se ensuciará, no se ensuciará, no se ensuciará, pero si lo retienen el tiempo suficiente, por supuesto uno se ensucia. La lección es que uno no es más que un animal en una jaula, nada más que eso, nada mejor que eso. Sólo un animal en una jaula. Así que me mojé encima. Aún puedo oler el orín seco y esa maldita celda de detención. Ellos creen que descendemos de los monos, ya sabe. Y así es exactamente como huelo en este mismo momento.

—Un mono.

Vio los ojos de Andrew por el espejo retrovisor y sintió pena por el aspecto que tenían. En algunas ocasiones el orín no era lo único que uno no podía contener.

—Lo lamento, s'ita Holmes.

—No —dijo ella masajeándose las sienes otra vez—. Soy yo quien lo lamenta. Han sido tres días agotadores, Andrew.

—Se nota —asintió él con una voz escandalizada, como de vieja solterona, que la hizo reír a su pesar. Pero la mayor parte de ella no reía. Pensó que sabía dónde se estaba metiendo, que había calculado perfectamente hasta qué punto las cosas podían ponerse mal. Estaba equivocada.

Tres días agotadores. Bueno, era una manera de decirlo. Otra manera podría ser que esos tres días en Oxford, Mississippi, habían sido una corta temporada en el infierno. Pero había cosas que uno no podía decir. Cosas que uno moriría antes de decir... a menos que se lo convocara para testificarlas ante el Trono de Dios Padre Milagroso, donde, ella suponía, hasta las verdades que causaban esas tormentas infernales en esa extraña jalea gris que está entre las orejas (los científicos dicen que esa jalea gris no tiene nervios, pero si *eso* no es un disparate y medio ella no sabía qué era) debían ser admitidas.

—Lo único que quiero es llegar a casa y bañarme, bañarme, bañarme, y dormir, dormir, dormir. Luego supongo que me sentiré perfecta como la lluvia.

—¡Pero claro! ¡Así es como se va a sentir! —Andrew quería disculparse por algún motivo, y esto era lo más que se podía acercar. Y más allá de esto no quiso arriesgarse a seguir conversando. Así que anduvieron los dos en un silencio desacostumbrado hasta el victoriano edificio gris que estaba en la esquina de la Quinta con Central Park Sur, un muy exclusivo y victoriano edificio de apartamentos color gris, y eso la convertía, suponía ella, en un castigo para el edificio, y *sabía* que en esos pisos había gente que no le hablaría a menos que tuviera absoluta necesidad de hacerlo, y en realidad no le importaba. Además, ella estaba por encima de ellos, y ellos sabían que ella estaba por encima. En más de una ocasión se le había ocurrido que a algunos debía mortificarles muchísimo saber que vivía una negra en el piso mas alto de este bello y venerable edificio, donde las únicas manos negras que en una época se permitían calzaban guantes blancos o tal vez los finos guantes de cuero negro de un chófer. Tenía la esperanza de que les mortificara muchísimo, y se recriminaba a sí misma por su vileza, por no tener sentimientos cristianos, pero efectivamente lo deseaba, había sido incapaz de detener el pis que se derramaba por la entrepierna de su hermoso calzón de seda importada, y también parecía incapaz de detener esta otra corriente de pis. No era cristiano, era vil y casi tan malo... no, era peor, al menos en lo que concernía al Movimiento, era contraproducente. Iban a ganarse los derechos que necesitaban ganar, y probablemente sería este año: Johnson, atento al legado que le dejó el presidente asesinado (y esperando tal vez clavar otro clavo en el cajón de Barry Goldwater) haría algo más que mirar por encima el Acta de los Derechos Humanos; si fuera necesario promulgaría la ley a la fuerza. Así pues, era importante minimizar heridas y cicatrices. Había más trabajo que hacer. El odio no ayudaría a hacer ese trabajo. El odio, en realidad, estorbaría.

Pero a veces uno odiaba de todas maneras.

La ciudad de Oxford le había enseñado eso también.

2

Detta Walker no tenía absolutamente ningún interés en el Movimiento y vivía en un lugar mucho más modesto, el desván de un cochambroso edificio de apartamentos de Greenwich Village. Odetta no sabía nada acerca del desván y Detta no sabía nada acerca del piso victoriano, y el único que sospechaba que algo no andaba del todo bien era Andrew Feeny, el chófer. Había comenzado a trabajar para el padre de Odetta cuando Odetta tenía catorce años y Detta Walker prácticamente no existía en absoluto.

A veces Odetta desaparecía. Estas desapariciones podían ser una cuestión de horas o días. El verano anterior había desaparecido por tres semanas, y cuando Andrew estaba a punto de llamar a la policía Odetta lo llamó una noche a él y le pidió que llevara el coche como a las diez de la mañana siguiente; le dijo que pensaba salir de compras.

Le temblaban los labios al gritarle: «¡S'ita Holmes! ¿Dónde se había metido?» Pero ya antes le había hecho esa pregunta y sólo había recibido en respuesta miradas perplejas, miradas verdaderamente perplejas, estaba seguro.

—Aquí mismo —decía ella—. Qué le pasa, Andrew, aquí mismo... usted me ha estado llevando a dos o tres lugares por día, ¿no? No estará un poco confundido de la cabeza, ¿verdad, Andrew?

Entonces se echaba a reír, y en el caso de sentirse especialmente bien (como a menudo parecía sentirse después de sus desapariciones) le daba un pellizco en la mejilla.

—Muy bien, s'ita Holmes —había dicho él—. A las diez.

Esa vez espantosa en que ella desapareció durante tres semanas, Andrew colgó el teléfono, cerró los ojos y elevó una rápida plegaria a la Santa Virgen por el regreso a salvo de la s'ita Holmes. Luego llamó a Howard, el portero de su edificio.

—¿A qué hora llegó?

—Hará unos veinte minutos, nada más —dijo Howard.

—¿Quién la trajo?

—No sé. Ya sabes cómo es. Cada vez es un coche diferente. A veces estacionan a la vuelta de la esquina y no los veo para nada, ni siquiera sé que está de vuelta hasta que oigo el timbre y miro y veo que es ella. —Howard hizo una pausa y luego agregó—: Tiene un terrible moretón en una mejilla.

Howard había tenido razón. Seguramente había sido un terrible moretón, y ahora estaba mejorando. La s'ita Holmes apareció puntualmente a las diez de la mañana siguiente con un soleado vestido de seda con rayas del espesor de los espaguetis (esto era a finales de julio), y para entonces el moretón comenzaba a amarillear. Apenas había hecho un somero esfuerzo por cubrirlo con maquillaje, como si supiera que un esfuerzo mucho mayor para disimularlo sólo conseguiría atraer más la atención sobre él.

—¿Cómo se hizo eso, s'ita Holmes? —le preguntó.

Ella se echó a reír alegremente.

—Usted me conoce, Andrew... más torpe que nunca. Me resbaló la mano del asidero cuando estaba saliendo ayer de la bañera. Tenía prisa porque no quería perderme el noticiero nacional. Me caí y me golpeé el costado de la cara. —Odetta calibró la cara de él—. Ahora va a comenzar a torturarme con doctores y exámenes, ¿verdad? No se moleste en contestarme: después de todos estos años puedo leerlo como un libro abierto. No pienso ir, así que no se moleste en pedírmelo. Estoy perfectamente bien. ¡En marcha, Andrew! Me propongo comprar medio Saks', todo Gimbels, y entre uno y otro comerme todo en el Four Seasons.

—Sí, s'ita Holmes —contestó él, y sonrió. Fue una sonrisa forzada, y forzarla no había sido fácil. Esa magulladura no tenía *un día* de antigüedad; tenía una semana, por lo menos... y de todas maneras, él sabía que las cosas no habían sido así. Durante la semana anterior él la había llamado todas las tardes a las siete, porque si había un momento en que se podía pescar a la s'ita Holmes en casa era cuando daban el programa de Huntley-Brinkley. Una adicta regular de sus noticias era la s'ita Holmes. Lo había hecho todas las noches, es decir, excepto la noche anterior. Se fue hasta allá y engatusó a Howard para que le diera la llave maestra. Tenía la convicción creciente de que ella había tenido precisamente el tipo de accidente que describió... sólo que en lugar de hacerse un moretón o romperse un hueso pudo haber muerto, muerto sola, y ahora mismo podía yacer muerta ahí. Entró en la casa, el corazón le latía con fuerza, se sentía como un gato en una habitación oscura cruzada por las cuerdas de un piano. Sólo que no había nada que justificara los nervios. Sobre la mesa de la cocina había una mantequera y, a pesar de que estaba tapada, había estado ahí el tiempo suficiente como para que le creciera una buena capa de moho. Había llegado ahí a las siete y diez y se fue cinco minutos más tarde. En el curso de su rápido examen por el departamento había mirado en el baño. La bañera estaba seca, las toallas dispuestas prolija, casi austeramente, las numerosas agarraderas de la habitación lustradas hasta obtener un luminoso brillo acerado sin manchas de agua.

Él sabía que el accidente descrito por ella no había sucedido.

Pero Andrew no creía tampoco que ella estuviera mintiendo. Ella *creía* lo que le había contado.

Volvió a mirarla por el espejo retrovisor y vio que se masajeaba ligeramente las sienes con las puntas de los dedos. No le gustaba. La había visto hacer eso muchas veces antes de sus desapariciones.

3

Andrew dejó el motor en marcha para que ella pudiera seguir disfrutando de la calefacción y fue hasta el baúl. Miró sus dos maletas con otra mueca. Por su aspecto parecía que hombres petulantes de mentes pequeñas y cuerpos grandes las hubieran pateado despiadadamente por todas partes, y las habían dañado de un modo en que no se atrevieron a dañar a la s'ita Holmes en persona... la forma en que lo habrían dañado a él, por ejemplo, de haber estado ahí. No era sólo el hecho de que fuera una mujer; era una puerca negra, una presumida negra del norte, que iba a armar follón adonde nadie la había llamado, y los tipos probablemente pensaron que se merecía la que le dieron. El asunto es que además era una negra rica. El asunto es que para el público de Estados Unidos ella era casi tan famosa como Medgar Evers o Martin Luther King. El asunto es que su rica cara negra había salido en la tapa de la revista *Time* y que entonces era un poco más difícil meterse con alguien así y luego decir: «¿Qué? No, señor jefe, claro que no vimos a nadie así por aquí, ¿verdad, muchachos?» El asunto es que era más difícil disponerse a lastimar a una mujer que era la única heredera de las Industrias Dentales Holmes si había doce fábricas Holmes en el soleado Sur, una de ellas justo en el municipio vecino de la ciudad de Oxford.

Así que le hicieron a las maletas lo que no se atrevieron a hacerle a ella.

Miró esas mudas indicaciones de su estancia en la ciudad de Oxford con vergüenza, furia y amor, emociones tan mudas como las cicatrices del equipaje que había partido con aspecto elegante para regresar pateado y vencido. Miró, temporalmente incapaz de moverse, y lanzó una bocanada de aliento al aire helado. Howard había salido y se acercaba para ayudar, pero Andrew todavía esperó un momento más antes de tomar las asas de las maletas. «¿Quién es usted, s'ita Holmes? ¿Quién es usted en realidad? ¿Adónde va a veces, y qué hace, tan malo como para que deba inventar historias falsas de lo que hace en esas horas o días que falta, incluso para usted misma?» Y un momento antes de que llegara Howard pensó algo más, algo extrañamente apropiado: «¿Dónde está el resto de usted?»

«¿Quieres dejar de pensar así? Si alguien por aquí va a pensar cosas de ese tipo será la s'ita Holmes, pero ella no lo piensa, y entonces tú tampoco tienes que pensarlo.»

Andrew sacó las maletas del baúl y se las tendió a Howard, quien preguntó en voz baja:

—¿Ella está bien?

—Creo que sí —respondió Andrew, en voz baja también—. Sólo un poco cansada. Cansada hasta la médula.

Howard asintió, asió las maltratadas maletas y se encaminó hacia adentro. Sólo se detuvo el tiempo suficiente para tocarse la gorra con el dedo en un suave y respetuoso saludo a Odetta Holmes, quien permanecía casi invisible detrás de los vidrios polarizados de las ventanas.

Cuando se hubo ido, Andrew sacó el aparato de acero inoxidable que estaba derrumbado en el fondo del baúl y comenzó a desplegarlo. Era una silla de ruedas.

Desde el 19 de agosto de 1959, unos cinco años y medio antes, la parte de Odetta Holmes, que iba desde las rodillas hacia abajo, había desaparecido lo mismo que esas horas y días en blanco.

4

Antes del incidente del metro, Detta Walker sólo había estado consciente unas pocas veces... como islas de coral que desde arriba a uno le parecen aisladas, pero que, de hecho, son sólo nudos en la espina de un largo archipiélago que está casi enteramente debajo del agua. Odetta no sospechaba en absoluto la existencia de Detta, y Detta no tenía idea de que existiera una persona como Odetta... pero Detta por lo menos comprendía claramente que *algo* estaba mal, que alguien estaba jodiendo en su vida. La imaginación de Odetta novelaba toda clase de cosas que habían sucedido cuando Detta estaba a cargo de su cuerpo; Detta no era tan inteligente. Ella *creía* recordar cosas, *algunas* cosas por lo menos, pero buena parte del tiempo no recordaba nada.

Al menos Detta estaba parcialmente enterada de los *blancos*.

Podía recordar el plato de porcelana. Eso podía recordarlo. Podía recordar cómo se lo había deslizado en el bolsillo del vestido, mientras miraba todo el tiempo por encima del hombro para asegurarse de que la Mujer Azul no estuviera ahí, espiando. Tenía que asegurarse, porque el plato de porcelana le pertenecía a la Mujer Azul. El plato de porcelana, comprendía Detta vagamente, era algo especial. Detta lo cogió por ese motivo. Detta recordaba haberlo llevado a un lugar que conocía (aunque no sabía cómo lo conocía) como Los Cajones, un agujero en la tierra lleno de humo y cubierto de basura donde una vez había visto arder un bebé con piel de plástico. Recordaba haber colocado cuidadosamente el plato sobre el suelo pedregoso y comenzar a pisarlo, luego detenerse, recordaba haberse quitado las bragas de sencillo algodón blanco y habérselas puesto en el bolsillo donde había estado el plato y luego haber deslizado cuidadosamente el primer dedo de su mano izquierda en el corte donde el Viejo Estúpido de Dios la había unido imperfectamente a las demás chicas y mujeres, pero algo en ese lugar debía estar bien porque recordaba el sobresalto, recordaba cómo quería apretar, recordaba no haber apretado, recordaba qué deliciosa le resultaba su vagina desnuda, sin la braga de algodón entre ella y el mundo, y no apretó, no hasta que apretó su zapato, su zapato de charol negro, no hasta que su zapato apretó el plato, entonces apretó con su dedo en el corte del mismo modo en que apretaba con su pie el plato de porcelana especial de la Mujer Azul, recordaba cómo el zapato negro de charol cubrió la guarda azul en el borde del plato, delicada como una tela de araña, recordaba la *presión*, sí, recordaba haber apretado en Los Cajones, apretaba con el dedo y con el pie, recordaba la deliciosa promesa de dedo y corte, recordaba que cuando el plato se partió con un frágil chasquido amargo, un frágil placer similar la había atravesado como una flecha desde el corte hasta las vísceras, recordaba el grito que había brotado de sus labios, un desagradable graznido como el sonido de un cuervo espantado de un trigal, podía recordar haber mirado tontamente los fragmentos del plato, luego haber sacado lentamente del bolsillo de su vestido la braga de sencillo algodón blanco y habérsela puesto otra vez, ponerse la braga, meter un pie y después el otro, como le enseñaron en un tiempo inmemorial que navegaba a la deriva como la turba en la marea, ponerse la braga bien, porque primero uno se la sacaba para hacer sus cosas, y luego se la volvía a poner, primero un brillante zapato de charol y luego el otro, bien, las bragas estaban bien, podía recordar claramente cómo se las subía por las piernas, las hacía pasar por las rodillas, una costra en la rodilla izquierda casi a punto de caer para dejar una pielecita nueva de bebé, limpia y rosada, sí, podía recordarlo tan claramente que pudo haber sido no una semana atrás o ayer, pudo haber sido hace sólo un momento, podía recordar cómo el elástico de la cintura había llegado al ruedo de su vestido de fiesta, el claro contraste del algodón blanco contra la piel marrón, como la nata, sí, como eso, la nata de una jarra si se la atrapa suspendida sobre el café, la textura, la braga que desaparece bajo el ruedo del vestido, sólo que entonces el vestido era naranja violento y las bragas no subían sino bajaban aunque seguían siendo blancas pero no de algodón, eran de nailon, bragas baratas de nailon transparente, baratas en más de un sentido, y recordaba habérselas sacado, recordaba cómo brillaban sobre el piso del Dodge DeSoto '46, sí, qué blancas eran, nada digno como podría ser la ropa interior, sino un par de bragas baratas, la chica era barata y era bueno ser barata, era bueno estar en venta, estar en subasta, ni siquiera como una puta sino como una buena cerda de raza; no recordaba el redondo plato de porcelana sino la redonda cara blanca de un muchacho, algún sorprendido universitario borracho, que no era un plato de porcelana pero su cara era tan redonda como lo había sido el plato de porcelana de la Mujer Azul, y había algo en sus mejillas, algo como una guarda, y parecía tan azul como la guarda filigranada que rodeaba el plato de porcelana especial de la Mujer Azul, pero eso era sólo porque el neón rojo, el neón era estridente, en la oscuridad el neón del cartel del motel hacía que pareciera azul la sangre que se derramaba por sus mejillas en los lugares en que ella lo había arañado, y él había dicho *por qué lo has hecho por qué por qué*, y entonces él bajó la ventanilla para vomitar y ella recordaba haber oído en la máquina de discos a Dodie Stevens que cantaba algo acerca de unos zapatos tostados con cordones rosados y un gran Panamá con una cinta de color púrpura, recordaba que el sonido del vómito de él era como la grava en una mezcladora de cemento, y su pene, que un momento antes fuera un lívido signo de exclamación que se elevaba de la maraña hirsuta de su pubis, se derrumbaba en un débil signo blanco de interrogación, recordaba que el ronco sonido pedregoso de su vómito se había detenido y luego había vuelto a comenzar y ella pensó *bueno creo que todavía no hizo lo suficiente para esta fundación* y se echó a reír, y presionó su dedo (que ahora venía equipado con una larga uña limada) contra su vagina que estaba desnuda pero ya no estaba desnuda porque le había crecido su propia maraña enzarzada, y entonces se produjo el mismo frágil chasquido quebrado dentro de ella, y aún era tanto el dolor como el placer (pero mejor, mucho mejor que nada en absoluto), y luego él estaba aferrándola ciegamente y le decía en un tono quebrado y dolido *negra de mierda* e *hija de puta*, y ella seguía riéndose igual, esquivándolo con facilidad mientras se subía la braga y abría la puerta de su lado del coche; sintió el último manotazo ciego de los dedos de él en la espalda de su blusa mientras salía corriendo a la noche de mayo, que estaba fragante de madreselvas tempranas, la luz de neón rojo rosado tartamudeaba sobre la grava de algún estacionamiento de posguerra, y ella metía las bragas, sus resbaladizas bragas de nailon no en el bolsillo de su vestido sino en una cartera atiborrada con la animada conglomeración adolescente de cosméticos, ella corría, la luz tartamudeaba, y entonces tenía veintitrés años y no era un par de bragas sino una chalina de nailon y ella la deslizaba casualmente dentro de su cartera mientras caminaba a lo largo de un mostrador en la sección Lindas Ideas de Macy's... una chalina que a la sazón se vendía a dólar con noventa y nueve centavos.

Barata.

Barata como la braga de nailon blanco.

Barata.

Como ella.

El cuerpo que habitaba era el de una mujer que había heredado millones, pero esto no lo sabía y no importaba: la chalina era blanca, con un borde azul, y ahí estaba la misma pequeña sensación de placer que irrumpía cuando se sentó en el asiento trasero del taxi y, sin importarle la presencia del chófer, sostenía la chalina en una mano, la miraba fijamente, mientras la otra mano se deslizaba por debajo de su falda de tweed y por debajo de su braga blanca, y ese largo dedo oscuro se ocupaba de lo que era preciso ocuparse en un solo toque despiadado.

Así pues, algunas veces se preguntaba, de un modo como distraído, dónde estaba cuando no estaba aquí, pero en general sus necesidades eran demasiado repentinas y exigentes como para cualquier contemplación extendida, y ella simplemente cumplía lo que era necesario cumplir, hacía lo que había que hacer.

Rolando habría comprendido.

5

Odetta pudo haber ido en una limusina a cualquier parte, aun en 1959, a pesar de que su padre todavía estaba vivo y ella no era tan fabulosamente rica como llegaría a ser cuando él murió en 1962 y el dinero que se guardó para ella en un fideicomiso pasó a su propiedad al cumplir los veinticinco años y ella estaba en condiciones de hacer lo que le diera la gana. Pero aunque a ella le importó muy poco una frase acuñada uno o dos años antes por un columnista conservador —la frase era «liberal de limusina—», era lo bastante joven como para no querer que la vieran así aunque lo fuera. No lo bastante joven (¡o estúpida!) como para creer que unos tejanos descoloridos o las camisas caqui que solía usar podían cambiar de alguna manera real su status esencial, o el hecho de viajar en autobús o en metro cuando pudo haber usado el coche (pero había estado lo suficientemente metida en sí misma como para no ver el dolor y la profunda confusión de Andrew, ella le agradaba y pensó que debía ser algún tipo de rechazo personal), pero lo bastante joven como para seguir creyendo que el gesto puede algunas veces vencer (o al menos alterar) la verdad.

La noche del 19 de agosto de 1959 ella pagó por el gesto con la mitad de sus piernas... y la mitad de su mente.

6

Odetta fue primero atraída, luego tironeada y por fin atrapada por la ola que eventualmente se convertiría en una marejada. En 1959, cuando ella se involucró, lo que eventualmente se conocería como el Movimiento no tenía nombre. Ella conocía algunos de los antecedentes, sabía que la lucha por la igualdad estaba en marcha no desde la Proclamación de la Emancipación sino casi desde que se llevó la primera carga de esclavos a Estados Unidos (a Georgia, en realidad, la colonia que fundaron los ingleses para librarse de sus criminales y deudores), pero para Odetta siempre parecía comenzar en el mismo lugar, con las mismas tres palabras: *No me muevo*.

El lugar había sido un autobús urbano en Montgomery, Alabama, y las palabras las había dicho una mujer negra llamada Rosa Lee Parks, y el lugar del que Rosa Lee Parks no pensaba moverse era de la parte delantera del autobús hasta la parte trasera, que era, por supuesto, la parte reservada a los negros. Mucho más tarde, Odetta cantaba *No nos moverán* con todos los demás, y siempre le hacía pensar en Rosa Lee Parks, y nunca lo cantaba sin un dejo de vergüenza. Era tan fácil cantar «nosotros» con los brazos enlazados a los brazos de toda una multitud; era fácil incluso para una mujer sin piernas. Tan fácil cantar nosotros, tan fácil ser nosotros. En ese autobús no había un *nosotros*, ese autobús que debe haber apestado a cuero antiguo y a años de humo de puros y cigarrillos, ese autobús con las tarjetas curvadas de publicidad que decían cosas como LUCKY STRIKE L.S.M.F.T. y VAYA A LA IGLESIA DE SU ELECCIÓN POR EL AMOR DE DIOS y ¡BEBA OVALTINA! ¡VERÁ QUÉ DELICIA! y CHESTER-FIELD, VEINTE MARAVILLOSOS CIGARRILLOS DEL MEJOR TABACO, ningún *nosotros* bajo las miradas escépticas del conductor, los veinte pasajeros entre los que ella estaba sentada, y las igualmente escépticas miradas de los negros de la parte de atrás.

Ningún *nosotros*.

Ninguna marcha de miles de personas.

Sólo Rosa Lee Parks que comenzaba un maremoto con tres palabras: *No me muevo*.

Odetta había pensado: «Si yo pudiera hacer algo como

eso —si yo pudiera ser así de valiente— creo que podría ser feliz por el resto de mi vida. Pero no tengo dentro de mí esa clase de coraje.»

Había leído acerca del incidente Parks, pero al principio con escaso interés. Eso llegó poco a poco. Era difícil decir exactamente cuándo o cómo atrapó y disparó su imaginación ese movimiento racial, casi inaudible al principio, que había comenzado a sacudir el Sur.

Alrededor de un año más tarde, un joven con el que estaba saliendo más o menos regularmente comenzó a llevarla al Village, donde algunos de los jóvenes (y generalmente blancos) cantantes folk que actuaban ahí habían agregado a su repertorio ciertas canciones nuevas y sorprendentes. De pronto, junto con todos esos viejos resoplidos acerca de cómo John Henry tomó su martillo y le ganó al nuevo martillo a vapor (matándose en el proceso, la-la-la) y cómo Bar'bry Allen rechazó cruelmente a su joven pretendiente enfermo de amor (y terminó muerta de vergüenza, la-la-la), había canciones acerca de qué se sentía al estar triste y solo e ignorado en la ciudad, qué se sentía al ser rechazado de un trabajo que uno podía hacer, sólo por tener la piel del color equivocado, qué se sentía al ser llevado a una celda y recibir latigazos del señor Charlie porque tienes oscura la piel y te has atrevido, la-la-la, a sentarte en la sección de los blancos en el comedor del F.W. Woolworth's de Montgomery, Alabama.

Absurdamente o no, fue sólo entonces cuando ella comenzó a sentir curiosidad acerca de sus propios padres, y de los padres de sus padres, y los padres de éstos también. Nunca llegó a leer *Raíces*; estaba en otro tiempo y otro mundo anteriores a aquellos en que el libro fue escrito, o siquiera pensado, tal vez, por Alex Haley, pero fue en esta época absurdamente tardía de su vida cuando por primera vez cayó en la cuenta de que no demasiadas generaciones atrás sus progenitores fueron llevados en cadenas por hombres blancos. Seguramente el hecho en sí se le había ocurrido antes, pero sólo como una información sin verdadera temperatura como una ecuación, nunca como algo que afectaba íntimamente su propia vida.

Odetta sumó todo lo que sabía y quedó azorada por la pequeñez del resultado. Sabía que su madre había nacido en Odetta, Arkansas, la ciudad por la cual ella (la única hija) recibió su nombre. Sabía que su padre había sido dentista en una ciudad pequeña; que había inventado y patentado un nuevo sistema de fundas que durante diez años quedó ahí inadvertido y aletargado y que luego, súbitamente, lo convirtió en un hombre moderadamente rico. Sabía que diez años antes y cuatro después de la repentina riqueza, había desarrollado una cantidad de otros procesos dentales, la mayor parte de naturaleza ortodoncial o cosmética, y que, poco después de mudarse a Nueva York con su esposa y su hija (que había nacido cuatro años después de que registrara la patente original), fundó una compañía llamada Industrias Dentales Holmes, que ahora era a los dientes lo que la aspirina a los analgésicos.

Pero cuando ella le preguntaba a su padre cómo había sido la vida durante todos los años intermedios, los años en que ella aún no estaba y los años en que sí estaba, él no se lo contaba. Le decía toda clase de cosas, pero no le *contaba* nada. Esa parte de sí mismo quedó cerrada para ella. Una vez, su mamá, Alice —él la llamaba mamá, o a veces Allie, cuando había tomado unas copas o se sentía bien—, le dijo: «Cuéntale lo que pasó cuando esos hombres te dispararon, cuando ibas en el Ford por el puente cubierto, Dan», y él le dirigió a la mamá de Odetta una mirada tan gris y censora que su mamá, siempre con algo de gorrión, se encogió en el asiento y no dijo más.

Después de esa noche, Odetta lo intentó una o dos veces con su madre sola, pero fue inútil. Si lo hubiera intentado antes, tal vez habría obtenido algo, pero como él no quería hablar, ella tampoco hablaría. Se dio cuenta de que para él el pasado —esos parientes, esos caminos de tierra roja, esas tiendas, esas cabañas con el suelo de tierra, con ventanas sin vidrios, desprovistas de la pura y simple cortesía de una cortina, esos incidentes de agravio y dolor, esos niños en el barrio vestidos con unos delantales que en su origen habían sido bolsas de harina—, todo eso estaba enterrado para él como los dientes muertos debajo de fundas perfectas y cegadoramente blancas. Él no hablaba, tal vez no *podía* hablar, tal vez se infligió deliberadamente una amnesia selectiva; las fundas de los dientes eran su vida en los Apartamentos Greymarl de Central Park Sur. Todo lo demás quedaba escondido debajo de esa impenetrable cubierta exterior. Su pasado estaba tan bien protegido que no había grieta alguna por la que uno se pudiera deslizar, no había forma de atravesar esa barrera perfectamente enfundada hacia la garganta de la revelación.

Detta sabía cosas, pero no conocía a Odetta y Odetta no la conocía a ella, así que ahí también los dientes quedaban tan suaves y cerrados como un portón.

Ella tenía algo de la timidez de su madre, así como la dureza inexorable (y callada) de su padre, y la única vez en que se atrevió a insistirle sobre el tema, a sugerirle que le estaba negando lo que ella consideraba un merecido fondo de confianza nunca prometido y que al parecer nunca iba a madurar, fue una noche en su biblioteca. Él sacudió cuidadosamente su *Wall Street Journal*, lo cerró, lo dobló y lo dejó sobre la mesita que estaba al lado de la lámpara de pie. Se quitó las gafas sin armazón y las colocó encima del diario. Luego la miró, un negro delgado, delgado al punto de la escualidez, con el pelo gris de rizos apretados que ahora se retiraba con rapidez de los huecos cada vez más profundos de sus sienes, donde latían de una manera estable unas venas tiernas como los resortes de un reloj. Sólo le dijo: «No hablo de esa parte de mi vida, Odetta, ni pienso en ella. Sería inútil. Desde entonces el mundo se ha movido mucho.»

Rolando habría comprendido.

Cuando Rolando abrió la puerta que tenía escrita por encima las palabras LA DAMA DE LAS SOMBRAS, vio cosas que no comprendió en absoluto, pero comprendió que esas cosas no importaban.

Era el mundo de Eddie Dean, pero más allá de eso era sólo una confusión de luces, personas y objetos, más objetos de los que hubiera visto en toda su vida. Cosas de señoras, por el aspecto que tenían, y que al parecer estaban en venta. Algunas estaban bajo vidrio; otras, dispuestas en tentadoras pilas y mostradores. Ninguna importaba más que el movimiento mientras ese mundo fluía a los costados de la puerta que tenía delante. La puerta eran los ojos de la Dama. Él miraba a través de ellos tal como había mirado a través de los ojos de Eddie cuando Eddie avanzó por el pasillo del carruaje celeste.

Eddie, por su parte, quedó atónito. En su mano el revólver tembló y cayó un poco. El pistolero se lo pudo haber sacado con facilidad, pero no lo hizo. Sólo se quedó quieto. Era un truco que había aprendido mucho tiempo atrás.

Ahora la visión a través de la puerta hizo uno de esos giros que al pistolero le resultaban tan vertiginosos, pero para Eddie este mismo giro abrupto resultó extrañamente tranquilizador. Rolando nunca había visto una película de cine. Eddie había visto miles, y lo que estaba mirando era como una de esas tomas subjetivas de películas como *Noche de brujas* o *El resplandor*. Sabía incluso cómo se llamaba el aparato que usaban para hacerlo. Una zorra. Eso era.

—En *La Guerra de las galaxias* también —murmuró—. La Estrella de la Muerte. Ese golpe del copón, ¿recuerdas?

Rolando miró y no dijo nada.

Unas manos de color marrón oscuro entraron en lo que Rolando veía como una puerta y lo que Eddie ya comenzaba a considerar como una especie de mágica pantalla de cine... una pantalla de cine en la que, bajo circunstancias adecuadas, uno podría meterse del mismo modo en que aquel tipo salía de la pantalla para entrar en el mundo real en *La rosa púrpura de El Cairo*. Maliciosa película.

Hasta este momento Eddie no se había dado cuenta de lo maliciosa que era.

Sólo que del otro lado de la puerta por la que estaba mirando todavía no se había hecho esa película. Era Nueva York, muy bien —el mismo sonido de las bocinas de los taxis, por sordas y leves que fueran, de alguna manera lo proclamaban—, y era alguna tienda de Nueva York en la que él había estado alguna vez, pero era... era...

—Es más viejo —murmuró.

—¿Antes de tu tiempo? —preguntó el pistolero.

Eddie lo miró y se echó a reír brevemente.

—Sí, si quieres decirlo así, sí.

—Hola, señorita Walker —dijo una voz. La visión de la puerta se alzó tan repentinamente que hasta Eddie se mareó un poco y vio a una vendedora que obviamente conocía a la dueña de las manos negras. La conocía y no le gustaba, o bien le temía. O ambas cosas—. ¿Puedo ayudarla en algo?

—Éste. —La dueña de las manos negras levantó un pañuelo blanco con un borde azul brillante—. No te molestes en envolverlo, nena, sólo mételo en una bolsa.

—¿En efectivo o con...?

—En efectivo, siempre es en efectivo, ¿no?

—Sí, está bien, señorita Walker.

—Me alegro mucho de que te parezca bien, querida. Se produjo una leve mueca en la cara de la vendedora, Eddie alcanzó a pescarla en el momento en que se volvía. Tal vez era algo tan simple como el hecho de que a uno le hable de ese modo una mujer a quien la vendedora consideraría una «arrogante puerca negra» (otra vez era más su experiencia en salas de cine que algún conocimiento de historia o incluso de la vida en las calles como él la había vivido lo que provocaba este pensamiento, porque esto era como ver una película hecha o ambientada en los años 60, algo como esa de Sidney Steiger y Rod Poitier, *En la oscuridad de la noche*), pero podía ser algo más simple todavía: la Dama de las Sombras de Rolando, blanca o negra, era una terrible hija de puta.

Y realmente no importaba, ¿no? Nada de esto tenía la mas mínima importancia. Él se preocupaba por una sola cosa, una cosa y nada más, y ésta era irse, largarse de ahí.

Eso era Nueva York, casi podía *oler* Nueva York.

Y Nueva York significaba *caballo*.

Casi podía oler eso también.

Sólo que había una dificultad, ¿no?

Una dificultad de la gran puta.

8

Rolando observó cuidadosamente a Eddie, y a pesar de que en el momento que quisiera podía haberlo matado seis veces, eligió mantenerse quieto y callado y dejar que Eddie elaborara por sí mismo la situación. Eddie era muchas cosas, y muchas de ellas no eran agradables (como alguien que conscientemente ha dejado que un niño cayera hacia su muerte, el pistolero conocía la diferencia entre agradable y no del todo bien), pero había una cosa que Eddie no era: no era estúpido.

Era un chico listo.

Lo iba a entender.

Lo entendió.

Miró a Rolando a su vez, sonrió sin mostrar los dientes, hizo girar una vez en su dedo el revólver del pistolero, torpemente, como la parodia de la coda de fantasía de un tirador en un espectáculo, y luego se lo alcanzó a Rolando, la culata primero.

—Esta cosa bien podría ser una palangana para lo que me iba a servir a mí, ¿verdad?

«Puedes hablar con talento cuando quieres —pensó Rolando—. ¿Por qué eliges hablar estúpidamente tan a menudo, Eddie? ¿Es porque crees que así hablan en el lugar adonde fue tu hermano con sus armas?

—¿Verdad? —repitió Eddie.

Rolando asintió.

—Si te hubiera pegado un tiro, ¿qué le habría pasado a esa puerta?

—No lo sé. Supongo que la única forma de averiguarlo sería intentarlo y ver.

—Bueno, ¿qué crees que pasaría?

—Creo que desaparecería.

Eddie asintió. Era lo mismo que creía él. ¡Puf! ¡Desaparecida por pura magia! Ahora está, amigos míos, y ahora ya no está. No era en realidad diferente de lo que pasaría si el dueño de un cine fuera a sacar un rifle de seis tiros y le disparara al proyector, ¿no?

Si le disparas al proyector, la película se detiene.

Eddie no quería que la película se detuviera.

Eddie quería lo que le correspondía.

—Puedes pasar solo —dijo Eddie lentamente.

—Sí.

—Algo así.

—Sí.

—Te metes de un soplo en su cabeza. Como te metiste de un soplo en la mía.

—Sí.

—Así que haces autostop para entrar en mi mundo, pero eso es todo.

Rolando no contestó. Hacer autostop era una de las expresiones que Eddie usaba a veces y que él no comprendía con exactitud... pero pescó el sentido.

—Pero podrías pasar en tu propio cuerpo. Como en lo de Balazar. —Hablaba en voz alta, pero en realidad se hablaba a sí mismo—. A menos que me necesitaras para eso, ¿verdad?

—Sí.

—Llévame contigo.

El pistolero abrió la boca, pero Eddie se apresuró en añadir:

—No ahora, no quiero decir ahora. Sé que podríamos causar un alboroto o algo por el estilo si aparecemos ahí de golpe. —Se echó a reír algo salvajemente—. Como un mago que saca conejos de su sombrero, sólo que no hay sombrero, seguro. Lo sé. Vamos a esperar a que esté sola, y entonces...

—No.

—Volveré contigo —dijo Eddie—. Lo juro, Rolando. Quiero decir, sé que tienes que hacer un trabajo, y sé que yo soy parte de ese trabajo. Sé que me salvaste el culo en la Aduana, pero creo que yo salvé el tuyo en lo de Balazar... dime, ¿qué piensas?

—Creo que sí—contestó Rolando. Recordó cómo Eddie se había levantado detrás del escritorio sin fijarse en el riesgo, y tuvo un instante de duda.

Pero sólo un instante.

—¿Y entonces? Pedro le paga a Pablo. Una mano lava la otra. Lo único que quiero es volver por unas horas. Comprar un poco de pollo para llevar, tal vez una caja de Donuts. —Eddie asintió hacia la puerta, donde las cosas habían comenzado a moverse otra vez—. Entonces, ¿qué me dices?

—No —respondió el pistolero, pero por un momento apenas pensaba en Eddie.

Ese movimiento a lo largo del pasillo (la Dama, fuera

quien fuera, no se movía como una persona común) no era, por ejemplo, como el de Eddie, cuando Rolando miraba a través de sus ojos, o (ahora que se detenía a pensarlo, cosa que nunca había hecho antes, no más de lo que se había detenido a registrar verdaderamente la presencia constante de su propia nariz en la zona inferior de su visión periférica) como su propio movimiento. Cuando uno caminaba, la visión se convertía en un péndulo suave: pierna izquierda, pierna derecha, pierna izquierda, pierna derecha, el mundo se balancea atrás y adelante tan suave y gentilmente que después de un tiempo —poco después de que uno comienza a caminar, suponía él— uno simplemente lo ignoraba. No había nada de ese movimiento pendular en el andar de la Dama: ella sólo se movía con suavidad a lo largo del pasillo como si anduviera sobre vías. Irónicamente, Eddie tenía esta misma percepción... sólo que para Eddie la cosa parecía un travelling filmado sobre una zorra. Esta percepción le había resultado tranquilizadora porque la conocía.

Para Rolando era extraña... pero en ese momento Eddie exclamaba con voz chillona:

—Bueno, ¿por qué no? ¿Por qué no, mierda?

—Porque tú no quieres pollo —dijo el pistolero—. Sé cómo llamas las cosas que quieres, Eddie. Quieres un chute. Quieres picarte.

—¿Y qué? —Eddie gritó—. ¿Qué hay si quiero un chute? ¡Te dije que volvería contigo! ¡Te lo prometí! O sea, lo prometí, mierda. ¿Qué más quieres? ¿Quieres que te lo jure por la memoria de mi madre? ¡Muy bien, te lo juro por la memoria de mi madre! ¿Quieres que te lo jure por la memoria de mi hermano Henry? Muy bien, ¡lo juro! ¡Lo juro! ¡LO JURO!

Enrico Balazar pudo habérselo dicho, pero el pistolero no necesitaba que personas como Balazar le explicaran este hecho de la vida: nunca confíes en un yonki.

Rolando asintió hacia la puerta.

—Hasta después de la Torre, por lo menos, esa parte de tu vida está terminada. Después de eso no me importa. Después de eso eres libre de irte al infierno de la manera que quieras. Hasta entonces te necesito.

—Oh, eres un mentiroso hijo de la gran puta —protestó Eddie en voz baja. En su voz no se notaba una emoción audible, pero el pistolero vio el resplandor de las lágrimas en sus ojos. Rolando no dijo nada—. Tú sabes que no habrá después, no para mí, ni para ella, ni para el Cristo que resulte ser el tercer tipo. Probablemente tampoco lo haya para ti. Te ves tan jodidamente devastado como Henry en su peor momento. Si no morimos en el camino a tu Torre, es más seguro que la mierda que moriremos al llegar allá, así que por qué me mientes.

El pistolero sintió una suerte de remota vergüenza, pero sólo repitió:

—Al menos por ahora, esa parte de tu vida está terminada.

—¿Ah sí? —dijo Eddie—. Bueno, voy a darte algunas noticias, Rolando. Yo sé lo que le va a pasar a tu cuerpo *verdadero* cuando atravieses la puerta y te metas dentro de ella. Lo sé porque lo he visto antes. No necesito tus armas. Te tengo agarrado por ese lugar legendario donde crecen los pelos cortos, mi amigo. Puedes incluso volver la cabeza de ella del mismo modo en que volvías la mía para observar lo que hago con el resto de ti mientras no eres más que tu bendito *ka*. Me gustaría esperar a la caída de la noche, y arrastrarte hasta el agua. Entonces podrás observar cómo las langostruosidades destrozan lo que queda de ti. Pero es posible que tengas demasiada prisa para eso.

Eddie hizo una pausa. El chirriante romper de las olas y el constante silbido hueco del viento parecían sonar muy alto.

—Así pues creo que simplemente usaré tu cuchillo para cortarte el pescuezo.

—¿Y cerrar esa puerta para siempre?

—Tú dices que esa parte de mi vida está terminada. Tampoco te refieres simplemente al *caballo*. Te refieres a Nueva York, Estados Unidos, mi época, todo. Si es así como son las cosas, quiero que esta parte de mi vida termine también. El escenario es una mierda y la compañía apesta. A veces, Rolando, consigues que Jimmy Swaggart parezca casi un tipo sano.

—Nos esperan grandes maravillas —dijo Rolando—. Grandes aventuras. Más que eso, hay una búsqueda cuyo curso hay que seguir, y la oportunidad de redimir tu honor. Y hay algo más. Tú podrías ser un pistolero. No tengo por qué ser el último, después de todo. Está en ti, Eddie. Lo veo. Lo siento.

Eddie se echó a reír a pesar de que ahora las lágrimas le cruzaban las mejillas.

—¡Oh, maravilloso, *maravilloso*! ¡Justo lo que necesito! Mi hermano Henry. Él era un pistolero. En un lugar llamado Vietnam, eso es. Fue fantástico para él. Debiste haberlo visto cuando tenía un buen cuelgue, Rolando. No podía llegar sin ayuda al puto cuarto de baño. Si no había nadie a mano para ayudarlo, se quedaba ahí mirando *Los grandes de la lucha* y se cagaba en los putos pantalones. Es fantástico ser un pistolero. Lo veo claro. Mi hermano era un pringado y tú estás más loco que un plumero.

—Tal vez tu hermano no tenía una clara idea del honor.

—Tal vez no. No siempre teníamos una imagen clara de eso en los Proyectos. Por lo general estábamos demasiado ocupados fumando un porro o haciendo alguna otra cosa importante como para ocuparnos de eso.

Eddie lloraba ahora con más fuerza, pero también se reía.

—Ahora tus amigos. Ese tipo del que hablas cuando estás dormido, por ejemplo, ese zorro de Cuthbert...

El pistolero se sobresaltó a pesar de sí mismo. Todos

sus largos años de entrenamiento no pudieron evitar ese sobresalto.

—¿Acaso ellos consiguieron esas cosas de las que tú hablas como un podrido sargento de reclutamiento de los Marines? ¿Aventura? ¿Búsqueda? ¿Honor?

—Sí, ellos comprendían el honor —dijo Rolando lentamente, mientras pensaba en todos los desaparecidos.

—¿Obtuvieron más que mi hermano como pistoleros?

Rolando no contestó.

—Te conozco —dijo Eddie—. He visto a un montón de tipos como tú. No eres más que un chiflado del ala que canta «Adelante, soldados de Cristo» con una bandera en una mano y un revólver en la otra. No quiero honor, no lo quiero. Sólo quiero cenar pollo y un pico. En ese orden. Así que te lo digo: vete, atraviesa la puerta. Puedes hacerlo. Pero en el momento en que te vayas mataré lo que queda de ti.

El pistolero no dijo nada.

Eddie sonrió torcidamente y con el dorso de sus manos se limpió las lágrimas de las mejillas.

—¿Quieres saber cómo llamamos a esto allá en mi barrio?

—¿Cómo?

—Una postergación mexicana.

Por un momento se quedaron ahí mirándose el uno al otro, y luego Rolando miró directamente hacia la puerta. Ambos habían notado en parte —Rolando algo más que Eddie, tal vez— que hubo otro de esos virajes, esta vez hacia la izquierda. Aquí había un arreglo de resplandeciente joyería. Algunas piezas estaban bajo un vidrio protector, pero como la mayoría no lo estaba, el pistolero supuso que eran falsas... lo que Eddie hubiera llamado bisutería. Las manos de color marrón oscuro examinaron algunas cosas en lo que parecía sólo un modo superficial, y entonces apareció otra vendedora. Se produjo algo de conversación que ninguno de ellos escuchó verdaderamente, y la Dama («Vaya una Dama», pensó Eddie) dijo que quería ver otra cosa. La muchacha se alejó, y fue entonces que la mirada de Rolando volvió violentamente.

Reaparecieron las manos marrones, sólo que ahora tenían una cartera. La cartera se abrió. Y de pronto las manos estaban juntando cosas —al parecer, casi con seguridad, al azar— y las metían dentro de la cartera.

—Bueno, Rolando, es toda una tripulación la que estás juntando —dijo Eddie, amargamente divertido—. Primero te consigues tu yonki blanco, y luego una cleptómana negra...

Pero Rolando ya se movía hacia la puerta entre los mundos, se movía con rapidez, sin mirar a Eddie en absoluto.

—¡Lo digo en serio! —gritó Eddie—, si cruzas, te corto el cuello, te corto el cuello de m...

Antes de que pudiera terminar, el pistolero se había ido. Todo lo que quedó de él fue su cuerpo débil respirando sobre la playa.

Por un momento Eddie simplemente se quedó ahí, no podía creer que Rolando lo hubiera hecho, que realmente había seguido adelante y hecho esa estupidez a pesar de su promesa —sincera y garantizada, joder— de las consecuencias que podía acarrear.

Se quedó ahí por un momento, girando los ojos como un caballo asustado al cernirse una tormenta... salvo que, por supuesto, no había tormenta alguna, aparte de la que tenía en la cabeza.

Muy bien. Muy bien, joder.

Podría ser sólo un momento. Es posible que fuera todo lo que el pistolero le diera, y Eddie lo sabía muy bien. Echó una mirada hacia la puerta y vio cómo las manos negras se congelaban con un collar dorado mitad dentro y mitad fuera de su cartera, que ya centelleaba como el baúl del tesoro de un pirata. A pesar de que no podía oírlo, Eddie sintió que Rolando estaba hablando con la dueña de las manos negras.

Sacó el cuchillo de la cartera del pistolero y luego se acercó al cuerpo débil que yacía respirando delante de la puerta. Los ojos estaban abiertos pero vacíos, girados hacia arriba hasta quedar en blanco.

—¡Mira, Rolando! —gritó Eddie. El viento monótono, idiota, incesante, sopló en sus oídos. Joder, era como para volver loco a cualquiera—. ¡Mira con mucho cuidado! ¡Quiero que completes tu educación, coño! ¡Quiero que veas lo que sucede cuando te cagas en los hermanos Dean!

Acercó el cuchillo a la garganta del pistolero.

II

CAMBIOS ACOTADOS

1

Agosto de 1959:

Cuando el interno salió media hora más tarde, encontró a Julio que estaba recostado contra la ambulancia que aún estaba estacionada en la playa de emergencia del Hospital Hermanas de la Misericordia en la calle 23. Julio tenía el talón de una de sus botas puntiagudas enganchado en el parachoques delantero. Se había cambiado y ahora llevaba pantalones de un rosa resplandeciente y una camisa azul con su nombre bordado en letras doradas sobre el bolsillo izquierdo: el traje de su equipo de bolos. George miró su reloj y vio que el equipo de Julio —Los Ultrasupremos— ya estaría jugando.

—Pensé que ya te habías ido —dijo George Shavers. Era un interno en el Hermanas de la Misericordia—. ¿Cómo van a hacer tus muchachos para ganar sin el Gancho Maravilla?

—Tienen a Miguel Basale para que ocupe mi lugar. Es

irregular, pero a veces se pone brutal. Se arreglarán. —Julio hizo una pausa—. Tenía curiosidad por saber cómo iba a salir. —Era el chófer, un cubano con un sentido del humor que tal vez él mismo ignoraba tener, George no estaba seguro. Miró a su alrededor. Ninguno de los paramédicos que habían viajado junto con ellos estaba a la vista.

—¿Dónde están? —preguntó George.

—¿Quiénes? ¿Los podridos Gemelos Bobbsey? ¿Dónde crees que están? Mamoneando por el Village. ¿Alguna idea de si podrá salir de ésta?

—No sé.

Trató de parecer sabio y conocedor acerca de lo desconocido, pero lo cierto es que primero el residente de guardia y luego un par de cirujanos le sacaron a la mujer negra de entre las manos casi más rápido de lo que uno podía decir *santa María llena eres de gracia* (que era en realidad lo que tenía en la punta de la lengua... la dama negra no parecía realmente que fuera a durar mucho tiempo).

—Perdió una cantidad impresionante de sangre.

—Es algo serio.

George era uno de los dieciséis internos del Hermanas de la Misericordia, y uno de los ocho asignados a un nuevo programa llamado Viaje de Emergencia. La teoría era que si un interno viajaba con un par de paramédicos, en una situación de emergencia esto podía significar la diferencia entre la vida y la muerte. George sabía que casi todos los chóferes y paramédicos pensaban que los internos eran unos mocosos que tanto podían matar a un sábanaroja como salvarlo, pero George creía que la idea podía funcionar.

A veces.

En cualquier caso era muy bueno para las relaciones públicas del hospital, y a pesar de que los internos del programa tendían a quejarse de las ocho horas extras (sin paga) que esto significaba por semana, George Shavers más bien tenía la impresión de que la mayoría se sentía como él mismo: orgulloso, duro, capaz de hacerse cargo de cualquier cosa que le echaran encima.

Entonces llegó la noche en que el Tri-Star de la TWA se estrelló en Idlewild. Sesenta y cinco personas a bordo, sesenta de las cuales resultaron lo que Julio llamaba MAM —Muertos Ahí Mismo— y tres de los cinco restantes presentaban el aspecto de lo que uno podría arrancar del fondo de un horno de carbón... sólo que lo que uno podía arrancar del fondo de un horno de carbón no gritaba ni gemía ni pedía que alguien le diera morfina o lo matara, ¿verdad? *Si puedes soportar esto,* pensaba más tarde, cuando recordaba los miembros cortados que yacían entre los restos de bandejas de aluminio y almohadillas de viaje y un trozo arrancado de cola con los números 17 y una gran T roja y parte de una W, cuando recordaba el ojo que vio descansando sobre una maleta Samsonite carbonizada, cuando recordaba un osito de felpa con ojos contemplativos hechos con botones de zapatos junto a una pequeña zapatilla roja que todavía llevaba dentro el pie de un niño. *Si puedes soportar esto, niño, puedes soportar cualquier cosa.* Y lo llevaba bastante bien. Continuó llevándolo bastante bien durante todo el camino de regreso a casa. Continuó llevándolo bastante bien durante una cena tardía, un pavo Swanson que tomó mientras miraba la televisión. Se fue a dormir sin ningún problema en absoluto, lo cual probaba más allá de la sombra de una duda que seguía llevándolo bastante bien. Y entonces, en alguna hora muerta y oscura de la madrugada, despertó de una pesadilla infernal, donde lo que descansaba sobre la maleta Samsonite carbonizada no era el osito de felpa sino la cabeza de su madre y sus ojos se habían abierto, y estaban carbonizados; eran los contemplativos e inexpresivos ojos de botón del osito de felpa, y su boca se había abierto, y mostraba los colmillos rotos que habían sido sus dientes hasta que un rayo tiró abajo el Tri-Star de la TWA en su acercamiento final, y ella le había susurrado: «No pudiste salvarme, George, hemos ahorrado para ti, nos apretamos el cinturón por ti, tu padre arregló ese entuerto en el que te metiste con esa chica pero AUN ASÍ NO PUDISTE SALVARME, MALDITO SEAS», y él se despertó gritando, y supo vagamente que alguien estaba golpeando en la pared, pero para entonces ya estaba lanzándose al baño, y apenas alcanzó la penitente posición de rodillas ante el altar de porcelana antes de que la cena subiera por el ascensor express. Llegó en entrega especial, caliente y humeante y oliendo aún a pavo procesado. Quedó ahí de cuclillas y miró dentro del recipiente, vio los trozos de pavo a medio digerir, y las zanahorias que no habían perdido nada de su brillo fluorescente original, y esta palabra cruzó su mente en grandes letras rojas:

DEMASIADO

Correcto.
Era:

DEMASIADO

Iba a dejar el negocio de matasanos. Lo iba a dejar porque:

YA ERA DEMASIADO

Lo iba a dejar porque el lema de Popeye era: *Esto es todo lo que puedo soportar y ya no soporto más*, y Popeye tenía toda la razón del mundo.

Hizo correr el agua en el baño y volvió a la cama y se quedó dormido casi instantáneamente y al despertarse descubrió que aún quería ser médico, y era endiabladamente bueno saber eso y estar seguro, hacía que todo el programa valiera la pena, se llamara Viaje de Emergencia, Balde de Sangre o Dígalo con Mímica.

Aún quería ser médico.

Conocía a una señora que bordaba. Le pagó diez dólares que no podía permitirse gastar para que le hiciera un cartelito de aspecto anticuado.

Decía:

SI PUEDES SOPORTAR ESTO, PUEDES SOPORTAR CUALQUIER COSA.

Sí. Correcto.

El sucio asunto del metro ocurrió cuatro semanas mas tarde.

2

—Esa señora era más rara que la mierda, ¿sabes? —dijo Julio.

George soltó un suspiro interno de alivio. Si Julio no hubiera sacado el tema, George suponía que él mismo no se habría atrevido. Él era un internista, y algún día sería un médico hecho y derecho, ahora creía eso de verdad, pero Julio era un veterano, y uno no quiere decir algo estúpido delante de un veterano. Él sólo se echaría a reír y diría: «Bah, he visto esa mierda miles de veces, tío. Consíguete una toalla y límpiate los mocos, que te están mojando toda la cara.»

Pero aparentemente Julio no había visto algo así miles de veces, y eso estaba bien, porque George quería hablar de eso.

—Era rara, sí que era rara. Era como si fueran dos personas.

Se sorprendió al ver que ahora era Julio el que parecía aliviado, y le atacó una súbita vergüenza. Julio Estévez, quien por el resto de su vida no haría más que conducir una limusina con un par de titilantes luces rojas encima, acababa de mostrar más coraje del que él fue capaz de mostrar.

—Así es la cosa, doctor. Ciento por ciento. —Sacó un paquete de Chesterfield y se metió uno en el costado de la boca.

—Estas cosas van a matarte, mi viejo —dijo George.

Julio asintió con la cabeza y le ofreció uno.

Fumaron en silencio durante un rato. Los paramédicos tal vez estuvieran mamoneando por ahí, como había dicho Julio... o tal vez sintieron que ya habían aguantado demasiado. George se había asustado, cierto, mejor no bromear con eso. Pero también sabía que a la mujer la había salvado él, no los paramédicos. Y sabía que Julio también lo sabía. Tal vez ése era realmente el motivo por el que Julio lo había esperado. La anciana negra había ayudado, y el crío blanco que telefoneó a la policía mientras todos los demás (salvo la anciana negra) se quedaban ahí plantados mirando como si fuera una película o un programa de televisión o algo, una parte de un episodio de *Peter Gunn* tal vez, pero al final todo cayó sobre George Shavers, un gato asustado que trataba de cumplir con su deber lo mejor que podía.

La mujer había estado esperando el tren que Duke Ellington tenía en tan alta estima: el legendario tren A. Sólo una bonita joven negra en tejanos y camisa caqui que esperaba el legendario tren A para ir al centro, o a cualquier parte.

Alguien la empujó.

George Shavers no tenía la más mínima idea de si la policía había agarrado al cerdo que lo hizo; ése no era asunto suyo. Su asunto era la mujer que había caído gritando en el foso del túnel frente al legendario tren A. Fue un milagro que no hubiera dado en la tercera vía; la legendaria tercera vía que le hubiera hecho lo mismo que el Estado de Nueva York le hacía en Sing-Sing a los tipos malos que se ganaban un viaje gratis en ese legendario tren A que los delincuentes llamaban El Viejo Chispas.

Tío, los milagros de la electricidad.

Ella trató de trepar fuera de los rieles, pero no le dio tiempo y el legendario tren A entró en la estación chirriando y chillando y lanzando chispas al aire porque el motorista lo había visto pero ya era tarde, demasiado tarde para él y demasiado tarde para ella. Las ruedas de acero de ese legendario tren A le rebanaron las piernas en vivo justo encima de las rodillas. Y mientras todos los demás (salvo el crío blanco que telefoneó a la policía) se quedaron ahí haciéndose pajas (o tocándose las partes pudendas, supuso George), la anciana negra saltó al foso dislocándose una cadera en el proceso (luego el Intendente le daría una Medalla al Valor) y usó el turbante que tenía en la cabeza para efectuar un torniquete en uno de los chorreantes muslos de la joven. De un lado de la estación el joven blanco pedía a gritos una ambulancia y la vieja negra pedía a gritos que alguien le echara una mano, algo para atar por el amor de Dios, algo, cualquier cosa, y finalmente un tipo blanco de cierta edad, estilo hombre de negocios, entregó su cinturón con cierta reticencia, y la vieja negra alzó los ojos hacia él y dijo las palabras que al día siguiente se convertirían en el titular del *Daily News* de Nueva York, las palabras que la convirtieron en una auténtica heroína, tan americana como el pastel de manzana: «Gracias, hermano.» Luego anudó el cinturón alrededor de la pierna izquierda de la joven, a mitad de camino entre la entrepierna de la joven y el lugar donde debió de haber estado su rodilla izquierda antes de que llegara ese legendario tren A.

George oyó que alguien le decía a otro que las últimas palabras de la joven antes de desmayarse habían sido *«¿QUIÉN HA SIDO EL HIJO DE PUTA? ¡SI LO AGARRO LE VOY A ROMPER EL CULO!»*

El cinturón no tenía bastantes agujeros para que la anciana negra pudiera sujetarlo donde correspondía, así que simplemente se quedó ahí y lo sostuvo ella misma, como si fuera la vieja muerte, hasta que llegaron Julio, George y los paramédicos.

George recordaba la línea amarilla, cómo su madre le había dicho que nunca, nunca, *nunca* debía pasar la línea amarilla del andén cuando estaba esperando el tren (legendario o cualquier otro), el hedor a petróleo y electricidad cuando se metió entre las cenizas, recordaba qué caliente estaba todo eso. El calor parecía brotar de él, de la anciana negra, de la joven negra, del tren, del túnel, del cielo invisible por encima y del mismo infierno por debajo. Recordó haber pensado con incoherencia: «Si ahora me tomaran la presión reventaría el medidor», y entonces se calmó y pegó un grito para que le alcanzaran su maletín, y cuando uno de los paramédicos trató de saltar al foso para alcanzárselo él le dijo que se fuera a la mierda y el paramédico lo miró sorprendido, como si realmente viera a George Shavers por primera vez, y efectivamente se fue a la mierda.

George sujetó tantas venas y arterias como pudo y, cuando el corazón de la chica comenzó a bailotear, le inyectó una jeringa llena de Digitalin. Llegó la sangre. La trajeron los policías. «¿Quiere subirla, doctor?», le preguntó uno de ellos, y George le contestó que todavía no, y sacó la aguja y comenzó a pasarle el jugo como si la muchacha fuera una yonki que necesitara urgentemente una dosis.

Entonces dejó que la subieran.

Entonces la subieron.

En el camino, ella despertó.

Entonces comenzó lo raro.

3

Cuando los paramédicos la cargaron dentro de la ambulancia George le inyectó una dosis de Demerol ella había comenzado a moverse y lloraba débilmente. Le dio una dosis lo bastante fuerte como para asegurarse de que se quedaría quieta hasta llegar a las Hermanas de la Misericordia.

Él estaba seguro en un noventa por ciento de que ella aún estaría con ellos cuando llegaran allá, y ése era un gol de los buenos.

Cuando aún estaban a seis manzanas del hospital, sin embargo, los ojos de ella comenzaron a parpadear. Lanzó un profundo gemido.

—Podemos inyectarla otra vez, doctor —dijo uno de los paramédicos.

George apenas se dio cuenta de que era la primera vez que un paramédico se dignaba llamarlo de alguna otra manera que no fuera George, o peor, Georgie.

—No, no es necesario.

El paramédico no insistió.

George miró nuevamente a la muchacha negra y vio que sus ojos lo miraban a su vez despiertos y atentos.

—¿Qué me ha pasado? —preguntó.

George recordó al hombre que le dijo a otro hombre lo que presuntamente había dicho la mujer (cómo iba a agarrar al hijo de puta y romperle el culo, etc.). Ese hombre era blanco. En ese momento George decidió que había sido pura invención, inspirada tal vez por esa extraña necesidad humana de volver situaciones naturalmente dramáticas aún más dramáticas, o bien por simple prejuicio racial. Ésta era una mujer culta e inteligente.

—Tuvo un accidente —explicó—. Fue...

Ella cerró los ojos y él creyó que iba a dormir otra vez. Bien. Que otro le dijera que había perdido las dos piernas. Alguien que ganara más de 7.600 dólares por año. Se había corrido un poco a la izquierda porque quería controlarle otra vez la presión, cuando ella volvió a abrir los ojos. Cuando lo hizo, George Shavers estaba mirando a una mujer diferente.

—Un cabrón hijo de puta me cortó las piernas. Noto como si se hubieran ido. ¿Ésta es la ambulancia?

—S-s-sí —contestó George. De pronto tuvo necesidad de beber algo. No necesariamente alcohol. Sólo algo líquido. Su voz estaba seca. Esto era como mirar a Spencer Tracy en *El Dr. Jekyll y Mr. Hyde,* pero de verdad.

—¿Garraron al blanco hijo de puta?

—No —dijo George, y pensaba: «El tipo entendió bien, joder, el tipo realmente entendió bien.»

Notó vagamente que los paramédicos, que hasta ese momento habían estado revoloteando (esperando tal vez que se equivocara en algo), ahora se retiraban hacia atrás.

—Bien. Los cabrones blancos igual lo dejarían ir. Yo lo voa garrar. Le voa cortar la polla. ¡Hijeputa! ¡Te digo lo que le voa cer a ese hijeputa! ¡Te digo una cosa, pedazo de blanco hijeputa! ¡Te digo... digo...!

Sus ojos parpadearon y se cerraron otra vez y George pensó: «Si, duérmete, por favor, duérmete, a mí no me pagan por esto, no entiendo esto, nos hablaron de conmoción pero nadie habló de esquizofrenia como una de las...»

Sus ojos se abrieron. Apareció la primera mujer.

—¿Qué clase de accidente fue? —preguntó—. Sólo recuerdo haber salido del Hay...

—¿Del Ay? —dijo él estúpidamente.

Ella sonrió un poco. Era una sonrisa dolorosa.

—El Hay Hambre. Es un bar.

—Oh, sí. Claro.

La otra, herida o no, lo había hecho sentir sucio y algo enfermo. Ésta lo hacía sentir como un caballero en un relato del Rey Arturo, un caballero que logró rescatar exitosamente a la Bella Dama de las fauces del dragón.

—Recuerdo haber bajado las escaleras hasta la plataforma, y después de eso...

—Alguien la empujó. —Sonaba estúpido, pero ¿qué problema había con eso? Era estúpido.

—¿Me empujaron delante del tren?

—Sí.

—¿Perdí las piernas?

George trató de tragar saliva y no pudo.

En su garganta no parecía haber nada para engrasar la maquinaria.

—No enteras —dijo con futilidad, y ella cerró los ojos.

«Que sea un desmayo —pensó él entonces—, por favor que sea un d...»

Se abrieron, relampagueando. Se alzó una mano y cortó el aire a cuchillo en cinco rajas a un centímetro de su cara; un poco más cerca y él mismo habría estado en el Viaje de Emergencia para que le curaran la mejilla en lugar de salir a fumar un Chester con Julio Estévez.

—¡NO SON MAS QUE BLANCOS HIJEPUTAS! —gritó. Su cara era monstruosa, con los ojos llenos de la propia luz del infierno. Ni siquiera era la cara de un ser humano—. ¡VOA MATAR A CADA BLANCO HIJEPUTA QUE VEA! ¡VOA DARLES CON TODO! ¡VOA CORTARLES LOS HUEVOS Y ESCUPILES LA CARA! ¡VOA...!

Era una locura. Hablaba como una negra de chiste, Butterfly McQueen convertida en un dibujito animado. La mujer —o la cosa— parecía también superhumana.

No era posible que esta cosa que aullaba y se retorcía acabara de pasar media hora antes por una cirugía improvisada a cargo del metro. Mordía. Le pegaba zarpazos una y otra vez. Los mocos le caían de la nariz. Los escupitajos le volaban de los labios. La inmundicia le brotaba de la boca.

—¡Inyéctela, doctor! —gritó uno de los paramédicos. Su rostro estaba pálido—. ¡Por el amor de Dios, inyéctela! —El paramédico trató de alcanzar la caja de medicamentos. George le sacó la mano.

—Vete al carajo, cagón.

George volvió a mirar a su paciente y vio los ojos cultos y tranquilos de la otra que lo miraban.

—¿Voy a vivir? —preguntó en un tono coloquial de salón de té. Él pensó: «Ella no se da cuenta de los cambios.

No se da cuenta en absoluto.» Y, después de un momento: «Lo mismo que la otra, para el caso.»

—Yo... —Tragó saliva, masajeó a través del guardapolvo su corazón galopante, y entonces se ordenó a sí mismo tomar el control de la situación. Él le había salvado la vida. Los problemas mentales que ella pudiera tener no le concernían.

—¿Se siente bien? —le preguntó ella, y la genuina preocupación de su voz le hizo sonreír un poco: ella se lo preguntaba a él.

—Sí, señora.

—¿A cuál de las preguntas me responde?

Por un momento él no comprendió, luego sí.

—A las dos —le dijo, y tomó su mano. Ella se la apretó, y él miró sus radiantes ojos iluminados y pensó: «Un hombre podría enamorarse», y fue entonces cuando su mano se convirtió en una zarpa mientras ella le decía que era un blanco hijeputa, y que no sólo le iba a *garrar* las pelotas, se las iba a masticar con los dientes por hijeputa.

Pegó un tirón y se miró la mano a ver si sangraba, mientras pensaba con incoherencia que si sangraba iba a tener que hacer algo al respecto porque ella era venenosa, la mujer era venenosa, y si ella lo mordía sería lo mismo que lo mordiera una cobra o una cascabel. No había sangre. Y cuando volvió a mirar era la otra mujer, la primera mujer.

—Por favor —decía—, no quiero morir. Por fav... —Entonces se desmayó y quedó inconsciente, lo cual fue lo mejor para todos.

4

—Entonces, ¿qué te parece? —preguntó Julio.

—¿Acerca de quién va ganar el campeonato? —George

aplastó la colilla con el talón de su mocasín—. White Sox. Me juego la cabeza.

—¿Qué te parece lo de la Dama?

—Creo que puede ser esquizofrénica —dijo George lentamente.

—Sí, eso ya lo sé. Pregunto qué va a pasarle.

—No lo sé.

—Necesita ayuda, viejo. ¿Quién va a dársela?

—Bueno, algo de ayuda ya le di —dijo George, pero sintió un calor en la cara, como si se hubiera ruborizado.

Julio lo miró.

—Si lo que le diste es toda la ayuda que puedes darle, más vale que la dejes morir, doctor.

George miró a Julio por un momento, pero descubrió que no podía soportar lo que veía en sus ojos: no era una acusación, sino pura tristeza.

Así que se marchó.

Tenía cosas que hacer.

5

El Tiempo de la Invocación:

Hacia la época del accidente, la mayor parte del tiempo seguía siendo Odetta Holmes la que estaba a cargo, pero Detta Walker había aparecido cada vez más, y lo que a Detta más le gustaba era robar. No importaba que su botín fuera siempre prácticamente basura o poco más, como tampoco importaba que a menudo ella lo tirara todo después.

Lo que importaba era *llevárselo*.

Cuando en Macy's el pistolero entró en su cabeza, Detta gritó en una combinación de furia, horror y terror, y sus manos se congelaron sobre la joyería barata que estaba metiendo en su cartera.

Gritó porque cuando Rolando entró en su mente cuando pasó adelante, por un momento ella lo sintió, como si dentro de su cabeza se hubiera abierto una puerta de par en par.

Y gritó porque la presencia invasora y violadora era la de un puerco blanco.

No podía verlo, pero de todas maneras podía sentir su blancura.

La gente miró alrededor. Uno de los gerentes vio a la mujer que gritaba en la silla de ruedas con la cartera abierta, vio una mano congelada en el acto de meter la *bijouterie* dentro de una cartera que se notaba (aun a diez metros de distancia) que valía tres veces más que toda la mercadería robada.

El gerente gritó «¡Eh, Jimmy!», y Jimmy Halvorsen, uno de los detectives de Macy's, miró en torno y vio lo que estaba pasando. Comenzó a correr hacia la mujer que gritaba en la silla de ruedas. No pudo evitar echar a correr —durante dieciocho años había sido un policía de la ciudad y había sido formado en ese sistema—, pero ya pensaba que éste iba a ser un asunto de mierda. Niños pequeños, lisiados, monjas, ésos eran siempre asuntos de mierda. Apresar a esta clase de gente era como darle una paliza a un borracho. Lloraban un poco delante del juez y luego se iban de paseo. Era difícil convencer a los jueces de que los lisiados también podían ser una roña.

Pero aun así corrió.

6

Rolando se quedó momentáneamente horrorizado por el nido de serpientes lleno de odio y revulsión en el que se encontraba y entonces oyó gritar a la mujer, vio al gran hombre con la panza como una bolsa de patatas que corría hacia ella/él, vio la gente que miraba y tomó el control.

De pronto él fue la mujer de las manos morenas. Sintió una extraña dualidad dentro de ella, pero ahora no podía pensar en eso.

Hizo girar la silla y comenzó a impulsarla hacia adelante. El pasillo rodaba a los costados de él/ella. La gente se apartaba a los lados. La cartera se había volcado y dejaba a lo largo del suelo una ancha estela con las credenciales de Detta y los tesoros robados. El hombre del vientre pesado patinaba sobre falsas cadenas de oro y barras de lápiz de labios, y entonces se cayó de culo.

7

¡*Mierda!*, pensó furiosamente Halvorsen, y por un instante palpó debajo de su americana, donde había una 38 en una pistolera. Luego recuperó la sensatez. Esto no era una pequeña operación de drogas o un robo a mano armada; era una dama negra lisiada en una silla de ruedas. La hacía rodar como si estuviera en una carrera, pero de todas maneras no era más que una dama negra lisiada. ¿Qué iba a hacer, dispararle? Sería fantástico, ¿no? ¿Y a dónde podía irse? Al final del pasillo no había más que dos probadores.

Se incorporó, se masajeó el trasero dolorido, y salió tras ella otra vez, ahora renqueando un poco.

La silla de ruedas entró en uno de los probadores a toda velocidad. La puerta se cerró con un golpe, e hizo saltar el picaporte de la parte de atrás.

«Ya te tengo, hija de puta —pensó Jimmy—. Y voy a

darte un susto de órdago. No me importa si tienes cinco huerfanitos y sólo un año de vida. No voy a lastimarte pero, oh, nena, cómo te voy a hacer temblar los dientes.»

Llegó al probador antes que el gerente, abrió la puerta de par en par, de un golpe con el hombro izquierdo, y estaba vacío.

No había mujer negra.

No había silla de ruedas.

No había nada.

Miró al gerente con los ojos desorbitados.

—¡El otro! —gritó el gerente—. ¡El otro!

Antes de que Jimmy pudiera moverse, el gerente abrió de un golpe la puerta del otro probador. Una mujer con una falda de algodón y un corpiño Playtex Living pegó un chillido agudo y cruzó los brazos sobre su pecho. Era muy blanca, y muy definitivamente nada lisiada.

—Perdóneme —dijo el gerente, y sintió que la cara se le inundaba de carmesí ardiente.

—¡Fuera de aquí, pervertido! —gritó la mujer con la falda de algodón y el corpiño.

—Sí, señora —dijo el gerente, y cerró la puerta.

En Macy's el cliente siempre tenía razón.

Miró a Halvorsen.

Halvorsen lo miró a él.

—¿Qué mierda es esto? —preguntó Halvorsen—. ¿Entró ahí o no?

—Sí, entró.

—¿Y entonces dónde está?

Lo único que hizo el gerente fue sacudir la cabeza.

—Volvamos a arreglar un poco ese desastre.

—Tú arregla ese desastre —dijo Jimmy Halvorsen—. Yo me siento como si me hubiera partido el culo en nueve pedazos. —Hizo una pausa—. Para decirte la verdad, mi querido compañero, también me siento extremadamente confundido.

8

En cuanto el pistolero oyó el golpe de la puerta del probador que se cerraba tras de sí, dio media vuelta a la silla, hacia el lado de la otra puerta. Si Eddie había hecho lo que prometió, habría desaparecido.

Pero la puerta estaba abierta. Rolando la atravesó rodando con la Dama de las Sombras.

III

ODETTA AL OTRO LADO

1

No mucho después, Rolando pensaba: «Cualquier otra mujer, lisiada o no, empujada súbitamente por el pasillo hasta el final del comercio donde cometía sus negocios, sus travesuras podríamos decir, por un extraño que se hubiera metido dentro de su cabeza, un extraño que la empujara a un cuarto pequeño mientras cierto hombre detrás de ella le gritaba que se detuviera, un extraño que súbitamente la hiciera girar, luego la empujara otra vez por donde por lógica no había lugar para empujar, para encontrarse de repente en un mundo por completo diferente... creo que cualquier otra mujer, bajo estas circunstancias, casi con certeza habría preguntado antes que nada: "¿Dónde estoy?"»

Odetta Holmes, en cambio, preguntó casi plácidamente:

—¿Qué es exactamente lo que se propone hacer con ese cuchillo, joven?

2

Rolando alzó la mirada hacia Eddie, que estaba agachado y sostenía el cuchillo a menos de un centímetro sobre la piel. Aun con su extraña velocidad, no había forma en que el pistolero pudiera moverse lo bastante rápido para evitar la hoja si Eddie se decidía a usarla.

—Sí —dijo Rolando—. ¿Qué te propones hacer?

—No lo sé —contestó Eddie; parecía completamente disgustado consigo mismo—. Cortar carnada, supongo. No parece que haya venido aquí a pescar, ¿verdad?

Arrojó el cuchillo hacia la silla de la Dama, pero muy a la derecha. Se clavó vibrando en la arena hasta el mango.

La Dama entonces volvió la cabeza y comenzó:

—Me pregunto si podrían ustedes por favor explicarme dónde me han tra...

Se detuvo. Había dicho «me pregunto si podrían ustedes» antes de que su cabeza hubiera girado lo suficiente como para ver que no había nadie detrás de ella, pero el pistolero observó con verdadero interés que de todas maneras ella siguió hablando un momento más, porque su condición hacía que ciertas cosas fueran verdades elementales de su vida: si ella se había movido, por ejemplo, alguien debió haberla movido. Pero detrás de ella no había nadie.

Nadie en absoluto.

Volvió a mirar a Eddie y al pistolero, con sus ojos oscuros preocupados, confundidos, alarmados, y ahora preguntaba. ¿Dónde estoy? ¿Quién me empujó? ¿Cómo es que estoy aquí? ¿Cómo es posible, para el caso, que esté vestida, cuando estaba en mi casa, en bata, a punto de ver las noticias de las doce? ¿Quién soy yo? ¿Dónde queda esto? ¿Quiénes son ustedes?

«Ha preguntado quién es —pensó el pistolero—. El dique se ha quebrado y se desbordan las preguntas; eso era de esperar. Pero hay una pregunta ("¿Quién soy yo?") que aún ahora creo que ella ignora haber preguntado.»

O cuándo.

Porque lo había preguntado antes.

Antes incluso de preguntar quiénes eran ellos, preguntó quién era ella.

3

Eddie pasó la mirada del hermoso rostro joven/ viejo de la mujer negra en la silla de ruedas a la cara de Rolando.

—¿Cómo es que no lo sabe?

—No sabría decirlo. La conmoción, supongo.

—¿La conmoción la llevó de vuelta hasta la sala de su casa, antes de que saliera hacia Macy's? ¿Tratas de decirme que lo último que recuerda es estar sentada en bata escuchando a algún pavo sin aliento cantar cómo encontraron en los cayos de Florida a ese payaso, con la mano izquierda de Christa McAuliff apoyada en la pared de su estudio junto a su mero premiado?

Rolando no contestó.

Más aturdida que nunca, la Dama dijo:

—¿Quién es Christa McAuliff? ¿Es una de las desaparecidas de los Viajes de la Liberación?

Ahora fue Eddie el que no contestó. ¿Viajes de la Liberación? ¿Qué mierda era eso?

El pistolero le echó una mirada que Eddie fue capaz de leer con bastante facilidad: ¿No puedes ver la conmoción?

«Sé lo que quieres decir, Rolando, muchacho, pero sólo tiene sentido hasta cierto punto. Yo mismo me sentí un poco conmocionado cuando te metiste a lo loco en mi cabeza, pero eso no me borró la memoria.»

Hablando de conmociones, él mismo había tenido

otro buen sobresalto cuando ella atravesó la puerta. Él estaba de rodillas sobre el cuerpo inerte de Rolando, con el cuchillo justo encima de la piel vulnerable de su garganta... pero lo cierto era que de ninguna manera Eddie pudo haber usado el cuchillo. No en ese momento, en todo caso. Él miraba por la puerta, hipnotizado, cómo avanzaba a toda velocidad por un pasillo de Macy's, y otra vez se acordó de *El resplandor*, donde uno veía lo que veía el niñito cuando andaba en su triciclo por los pasillos de ese hotel encantado. Recordó que el niño había visto en uno de los pasillos a ese espeluznante par de mellizas muertas. El final de este pasillo era mucho más mundano: una puerta blanca. Tenía un cartelito con letras discretas que decía SÓLO DOS PRENDAS A LA VEZ, POR FAVOR. Sí, era Macy's, sin ninguna duda. Claro que sí.

Una mano negra apareció y abrió de golpe la puerta mientras una voz masculina (voz de policía, si Eddie alguna vez oyó una, y oyó muchas en su tiempo) le gritaba detrás que dejara eso, que no había salida, que así empeoraba las cosas para ella, las empeoraba mucho, y por el espejo que estaba a la izquierda, Eddie tuvo una rápida visión de la mujer negra en la silla de ruedas, y recordó haber pensado: «Dios, ya la tiene, muy bien, pero se nota que esto a ella no la hace muy feliz.»

Entonces la visión giró y Eddie se estaba mirando a sí mismo. La visión se precipitó hacia el que veía, y él quiso protegerse los ojos con la mano que sostenía el cuchillo, porque de pronto la sensación de mirar a través de dos pares de ojos le pareció demasiado, demasiado loco, iba a volverse loco si no lo podía parar, pero todo sucedió demasiado rápido como para que tuviera tiempo.

La silla de ruedas atravesó la puerta. Entró justo; Eddie oyó cómo rezongaban los ejes a los costados. Al mismo tiempo oyó otro sonido: un denso *rasguido* que le hizo pensar en cierta palabra en la que no podía pensar del todo porque ignoraba que la conocía. Entonces la mujer rodó hacia él sobre la arena pesada, y ya no parecía una loca furiosa, en realidad casi no parecía en absoluto la mujer que Eddie había vislumbrado por el espejo, pero supuso que eso no era sorprendente; cuando uno pasaba de pronto de un probador de Macy's a la costa marina de un mundo dejado de la mano de Dios, donde había langostas del tamaño de un perro Collie pequeño, en cierto modo le quita a uno el aliento. Acerca de esto, el propio Eddie se sentía capaz de dar testimonio.

La mujer rodó algo más de un metro antes de detenerse, y eso fue todo lo que avanzó a causa de la cuesta y la textura pedregosa de la arena. Sus manos ya no empujaban las ruedas como debían haber hecho («Cuando mañana te despiertes con los hombros doloridos, señora, puedes culpar de eso al caballero Rolando», pensó Eddie amargamente), sino que aferraban los brazos de la silla mientras contemplaba a los dos hombres.

Detrás de ella, la puerta ya había desaparecido. ¿Desaparecido? Esto no era exactamente así. Pareció *envolverse* en sí misma, como un pedazo de película que corre hacia atrás. Esto comenzó a suceder justo cuando el detective de la tienda entró violentamente por la otra puerta, la más mundana, la que estaba entre la tienda y el probador. Llegaba en tromba, seguro de que la choriza había trabado la puerta, y Eddie pensó que se iba a pegar un porrazo contra la pared opuesta, pero Eddie nunca alcanzó a ver si esto sucedía o no. Antes de que desapareciera por completo el encogido espacio de la puerta entre este mundo y aquél, Eddie vio que del otro lado todo quedaba congelado.

La película se había convertido en una fotografía quieta.

Ahora lo único que quedaba era la huella de la silla de

ruedas, que comenzaba en una nada arenosa y corría poco más de un metro hasta donde estaban la silla y su ocupante.

—¿Alguien tendría la amabilidad de explicarme dónde estoy y cómo llegué aquí? —preguntó, casi suplicó la mujer en la silla de ruedas.

—Bueno, hay algo que puedo decirte, Dorothy —le contestó Eddie—. Ya no estás en Kansas.

Los ojos de la mujer se llenaron de lágrimas. Eddie pudo ver cómo ella trataba de contenerlas, pero no lo logró. Comenzó a sollozar.

Furioso (y también disgustado consigo mismo) Eddie se volvió hacia el pistolero, quien se había puesto de pie tambaleándose. Rolando se movió, pero no hacia la llorosa Dama. Fue en cambio a buscar su cuchillo.

—¡Díselo! —le gritó Eddie—. Tú la trajiste, así que vamos, amigo, ¡díselo! —Y después de un momento agregó en voz más baja—: Y luego dime cómo es que no se recuerda a sí misma.

4

Rolando no respondió. No de inmediato. Se agachó, encajó el mango del cuchillo entre los dos dedos que le quedaban de la mano derecha, lo transfirió con cuidado a la izquierda, y lo deslizó en su vaina al costado de uno de los cintos. Aún trataba de dilucidar lo que había sentido dentro de la mente de la Dama. A diferencia de Eddie, ella lo había combatido, lo combatió como una gata desde el momento en que él pasó adelante hasta que atravesaron la puerta rodando. El combate comenzó en el momento en que ella lo percibió. No hubo lapso alguno porque tampoco hubo sorpresa. Él lo había experimentado, pero no había comprendido un ápice. Ninguna sorpresa ante la invasión de un extraño en su mente, sólo la furia inmediata, el terror, y el comienzo de una batalla para sacudírselo y quedar libre de él. Ella ni remotamente ganó la batalla —él sospechaba que no podía ganarla—, pero eso no impidió que lo intentara con todas sus fuerzas. Él había sentido a una mujer enferma de miedo, de ira y de odio.

Dentro de ella sólo había percibido oscuridad; era una mente enterrada en una caverna.

Sólo que...

Sólo que en el momento en que pasaron por la puerta y se separaron, él deseó desesperadamente rezagarse un momento más. En un momento podía decirle tantas cosas. Porque la mujer que ahora estaba frente a ellos no era la mujer en cuya mente él había estado. Cuando estuvo dentro de la mente de Eddie sintió como si estuviera en un cuarto cuyas paredes temblaban y sudaban de miedo. Estar en la mente de la Dama era como tenderse desnudo en la oscuridad mientras las serpientes venenosas le trepaban por encima.

Hasta el final.

Ella había cambiado al final.

Y ahí apareció algo diferente, algo que le parecía de una importancia vital, pero que no podía comprender o no podía recordar. Algo como

(una mirada)

la puerta misma, sólo que en la mente de ella. Algo acerca de

(tú rompiste el plato especial *fuiste tú)*

un repentino brote de entendimiento. Como en los estudios, cuando uno por fin veía...

—Oh, vete a la mierda —dijo Eddie disgustado—. No eres más que una máquina.

Pasó delante de Rolando, fue hasta donde estaba la mujer, se arrodilló a su lado, y cuando ella lo rodeó con sus brazos y lo apretó con pánico, como los brazos de un nadador que se ahoga, él no se retiró sino que puso sus propios brazos alrededor de ella y la abrazó a su vez.

—No pasa nada —dijo él—. Quiero decir, no es gran cosa, pero está bien.

—¿Dónde estamos? —lloró ella—. Yo estaba en mi casa mirando la televisión para ver si mis amigos pudieron salir de Oxford con vida y ahora estoy aquí. ¡Y NI SIQUIERA SÉ DÓNDE ES!

—Bueno, yo tampoco —le dijo Eddie, abrazándola más fuerte; comenzaba a acunarla un poco—, pero supongo que estamos juntos en esto. Yo soy del mismo lugar que tú, nuestra querida ciudad de Nueva York, y yo pasé por lo mismo, bueno, algo diferente, pero podríamos decir que era el mismo principio, y ya verás que todo irá bien. —Luego agregó, como si lo hubiera pensado después—: Siempre que te guste la langosta.

Ella lo abrazó y lloró y Eddie la acunó un poco entre sus brazos y Rolando pensó: «Ahora Eddie se pondrá bien. Su hermano ha muerto, pero ahora tiene a otra persona que cuidar, así que se pondrá bien.»

Pero sintió una punzada: un dolor profundo que le recriminaba en su corazón. Era capaz de disparar —con la mano izquierda, en todo caso—, de matar, de seguir y seguir, de avanzar, despiadado y brutal, a través de kilómetros y años, incluso dimensiones, al parecer, en busca de la Torre. Era capaz de sobrevivir, a veces incluso de proteger —había salvado a aquel muchacho, Jake, de una muerte lenta en la estación, y de consunción sexual por el Oráculo al pie de las montañas—, pero al final había dejado morir a Jake. Y esto tampoco había sido un accidente; había cometido un acto consciente de condenación. Los contempló a los dos, vio cómo Eddie la abrazaba y le aseguraba que todo iba a salir bien. Él no hubiera podido hacer eso, y al pesar de su corazón ahora se sumó un miedo furtivo.

Si renunciaste a tu corazón por la Torre, Rolando, ya has perdido. Una criatura sin corazón es una criatura sin amor, y una criatura sin amor es una bestia. Ser una bestia tal vez sea tolerable, a pesar de que el hombre que ha llegado a serlo seguramente pagará al final el precio propio del infierno, pero ¿qué importa si obtienes tu objetivo? ¿Qué importa si te propones, sin corazón, tomar por asalto la Torre Oscura y ganarla? Si nada hay más que oscuridad en tu corazón, ¿qué puedes hacer más que degenerar de bestia en monstruo? Ganar las propias metas como una bestia sólo resultaría amargamente cómico, como darle una lupa a un elefantasma. Pero ganar las propias metas como un monstruo...

Pagar con el infierno es una cosa. ¿Pero quieres poseerlo?

Pensó en Allie, y en la muchacha que una vez lo esperaba en la ventana, pensó en las lágrimas que derramó sobre el cuerpo sin vida de Cuthbert. Oh, entonces él había amado. Sí. Entonces.

«¡Yo quiero amar!», gritó, pero a pesar de que ahora Eddie también lloraba un poco con la mujer en la silla de ruedas, los ojos del pistolero permanecieron tan secos como el desierto que había cruzado para llegar a este océano sin sol.

5

Más tarde respondería a la pregunta de Eddie. Iba a hacer eso porque creía que era bueno para Eddie permanecer en guardia. La razón por la que ella no recordaba era simple. No era una mujer sino dos.

Y una de ellas era peligrosa.

6

Eddie le contó lo que pudo; saltó el tiroteo pero fue sincero en todo lo demás.

Cuando hubo terminado, ella se quedó en perfecto silencio durante un rato con las manos juntas sobre el regazo.

Por las montañas cada vez más bajas caían unos arroyitos que se agotaban unos kilómetros más hacia el este. De allí Rolando y Eddie habían tomado el agua mientras avanzaban hacia el norte. Al principio había ido Eddie a buscarla porque Rolando estaba demasiado débil. Más tarde se habían turnado los dos, y cada vez tenían que llegar más lejos y buscar un poco más antes de encontrar agua. A medida que las montañas se reducían, los arroyitos se volvían cada vez más escuetos, pero el agua no los había enfermado.

Hasta el momento.

Ayer había ido Rolando, y aunque eso implicaba que hoy le tocaba a Eddie, fue el pistolero otra vez; se echó al hombro las cantimploras escondidas y se alejó sin decir una palabra. A Eddie esto le pareció raramente discreto. No quería que el gesto lo conmoviera —nada que viniera de Rolando, al menos—, pero descubrió que de todas maneras se había conmovido un poco.

Ella escuchaba atentamente a Eddie, sin decir nada y con los ojos fijos en él. En un momento Eddie pensaba que ella le llevaba cinco años, en seguida le parecía que eran quince. Había algo en lo que no tenía nada que adivinar: estaba enamorándose de ella.

Cuando él terminó, ella se quedó callada un momento, ahora sin mirarlo a él sino más allá de él; miraba las olas que al anochecer traerían a las langostas, y con ellas sus extrañas preguntas de abogado. Se había ocupado especialmente de describirlas con todo cuidado. Era mejor que ella se asustara un poquito ahora y no que se asustara muchísimo cuando ellas salieran a jugar. Suponía que ella no querría comerlas, no después de haber oído lo que le hicieron a la mano y al pie de Rolando, no después de haberles echado una buena mirada de cerca. Pero al final el hambre sería más fuerte que el *pica chica* y el *toma choma*.

Sus ojos estaban lejos, distantes.

—¿Odetta? —preguntó él cuando hubieron pasado tal vez cinco minutos. Ella le había dicho su nombre. Odetta Holmes. Él pensó que era un nombre bellísimo.

Ella lo miró a su vez, algo sobresaltada al salir de su ensueño. Sonrió un poquito. Dijo una palabra.

—No.

Él la miró, incapaz de pensar en alguna réplica apropiada. Pensó que hasta ese momento nunca había comprendido lo infinita que podía llegar a ser una simple negativa.

—No comprendo —dijo por fin—. ¿A qué me estás diciendo que no?

—A todo esto.

Odetta hizo un gesto abarcador con el brazo —él notó que tenía brazos muy fuertes; suaves, pero muy fuertes— que incluía el mar, el cielo, la playa, las colinas desparejas donde presumiblemente el pistolero ahora buscaba agua (o se hacía comer por algún interesante monstruo nuevo, algo en lo que Eddie prefería realmente no pensar). Abarcaba, en suma, este mundo por completo.

—Entiendo cómo te sientes. Al principio yo también tuve bastantes problemas con las irrealidades.

¿Pero los había tenido? Si miraba hacia atrás, le parecía que simplemente había aceptado todo, tal vez porque estaba enfermo, sacudiéndose como un descosido en su necesidad de droga.

—Se supera.

—No —volvió a decir ella—. Creo que ha pasado una de dos cosas, y no me importa cuál es de las dos, todavía estoy en Oxford, Mississippi. Nada de esto es real.

Ella continuó. Si hubiera hablado en voz más alta (o tal vez si él no se estuviera enamorando) casi habría sido una conferencia. Tal como era, sonaba más lírico que discursivo.

«Sólo que —tenía que seguir recordándose a sí mismo— todo esto no son más que tonterías, y tú tienes que convencerla de eso. Por su bien.»

—Es posible que haya recibido una herida en la cabeza —dijo ella—. Tienen notables expertos en el manejo de hachas y garrotes en la ciudad de Oxford.

La ciudad de Oxford.

Eso tocó una débil fibra de reconocimiento en algún punto remoto de la mente de Eddie. Ella había dicho esas palabras en una suerte de ritmo que por alguna razón él asoció con Henry... Henry y pañales mojados ¿Por qué? ¿Qué era? Ahora no importaba.

—¿Tratas de decirme que crees que todo esto es una especie de sueño que tienes mientras estás inconsciente?

—O en coma —dijo ella—. Y no hace falta que me mires como si pensaras que es una idea ridícula, porque no lo es. Mira esto.

Apartó cuidadosamente su cabello del lado izquierdo, y Eddie vio que lo llevaba peinado a un lado no sólo porque le gustara el estilo. La vieja herida por debajo del nacimiento del pelo tenía una fea cicatriz, no marrón sino de un color gris blancuzco.

—Supongo que has pasado muchos malos ratos en tus tiempos —le dijo.

Ella se encogió de hombros con impaciencia.

—Muchos malos ratos y mucha vida fácil —puntualizó—. Es posible que todo se compense. Te lo he enseñado sólo porque estuve en coma tres semanas cuando tenía cinco años. En esa época soñaba muchísimo No puedo recordar lo que soñaba, pero recuerdo que mi madre decía que mientras siguiera hablando no me iba a morir, y parece que hablaba todo el tiempo, aunque mi madre decía que no podían entender más que una palabra de cada doce. Recuerdo que los sueños eran muy vívidos.

Hizo una pausa y miró a su alrededor.

—Tan vívido como parece ser este lugar. Y también tú, Eddie.

Cuando ella pronunció su nombre a él le hormiguearon los brazos. Oh, le había pegado, claro que sí. Le había pegado fuerte.

—Y él —agregó ella y se estremeció—. Él parece lo más vívido de todo.

—Debemos parecerlo. Quiero decir, somos reales, pienses tú lo que pienses.

Ella le dedicó una sonrisa amable. Absolutamente descreída.

—¿Cómo sucedió? —preguntó él—. ¿Esa cosa en tu cabeza?

—No tiene importancia. Sólo quería decir que lo que sucedió una vez muy bien podría volver a suceder.

—No, pero tengo curiosidad.

—Me golpeó un ladrillo. Era nuestro primer viaje al norte. Veníamos de la ciudad de Elizabeth, Nueva Jersey. Vinimos en el coche Jim Crow.

—¿Qué es eso?

Ella lo miró incrédula, casi burlona.

—¿Dónde has estado metido, Eddie? ¿En un refugio antiaéreo?

—Soy de un tiempo diferente —dijo—. ¿Puedo preguntarte qué edad tienes, Odetta?

—Tengo edad suficiente para votar, pero no tengo edad suficiente para el Seguro Social.

—Bueno, supongo que eso me pone en mi lugar.

—Pero con gentileza, espero. —Y le sonrió con esa sonrisa radiante que le hacía hormiguear los brazos.

—Yo tengo veintitrés años —dijo él—, pero nací en 1964... el año en el que tú vivías cuando Rolando te tomó.

—Qué disparate.

—No. Yo vivía en 1987 cuando me tomó a mí.

—Bueno —musitó ella después de un momento—. Ciertamente eso agrega mucho a tu tesis de que todo esto es realidad, Eddie.

—El coche Jim Crow... ¿era donde tenía que quedarse la gente *black*?

—Los *negros* —corrigió ella—. Llamar *black* a un negro es algo rudo, ¿no te parece?

—Hacia 1980, más o menos, vosotros mismos os llamaréis así —dijo Eddie—. Cuando yo era pequeño, llamarle negro a un chico *black* podía meterte en una pelea. Era casi como llamarlo «carbonilla».

Por un momento ella lo miró con alguna incertidumbre, y luego volvió a sacudir la cabeza.

—Cuéntame lo del ladrillo, entonces.

—La hermana menor de mi madre se iba a casar —explicó Odetta—. Se llamaba Sofía, pero mi madre siempre la llamaba Hermana Azul porque era el color que más le gustaba. «O por lo menos le gustaba creer que le gustaba», que era lo que decía mi madre. Así que yo siempre la llamaba Tia Azul, aun antes de conocerla. Fue una boda muy hermosa. Luego hubo una recepción. Recuerdo todos los regalos.

Se echó a reír.

—A los niños los regalos siempre les parecen maravillosos, ¿verdad?

Él sonrió.

—Sí, tienes razón. Uno nunca olvida los regalos. Ni los que uno recibe, ni tampoco los que reciben los demás.

—En esa época mi padre había comenzado a ganar dinero, pero lo único que yo sabía era que íbamos tirando. Eso es lo que siempre decía mi madre y una vez, cuando le dije que una niña con la que yo jugaba me había preguntado si mi padre era rico, mi madre me explicó que eso era lo que yo debía decir si alguna de mis compañeras me hacía esa pregunta. Que íbamos tirando. Así que estaban en condiciones de regalarle a Tía Azul un juego divino de porcelana, y recuerdo...

Su voz falló. Alzó una mano hasta la sien y se la masajeó con aire ausente, como si en ese lugar estuviera comenzándole un dolor de cabeza.

—¿Recuerdas qué, Odetta?

—Recuerdo que mi madre le dio uno *especial*.

—¿Qué cosa?

—Perdona. Me duele la cabeza. Y se me traba la lengua. Y de todas maneras no sé por qué me molesto en contarte todo esto.

—¿Te importa?

—No, no me importa. Quería decir que mi madre le dio un plato especial de adorno. Era blanco, con una delicada guarda azul filigranada que zigzagueaba todo alrededor del borde.

Odetta sonrió brevemente. Eddie pensó que no era una sonrisa del todo cómoda. Algo referido a ese recuerdo la perturbaba, y la forma, la urgencia con que esto parecía volverse más importante que la situación extremadamente extraña en la que ella se encontraba ahora, una situación que debería estar requiriendo toda o buena parte de su atención, lo perturbaba a él.

—Puedo ver ese plato tan claramente como te veo ahora a ti, Eddie. Mi madre se lo dio a Tía Azul y ella lloró y lloró cuando lo recibió. Creo que había visto un plato como ése una vez cuando ella y mi madre eran niñas, sólo que por supuesto sus padres nunca hubieran podido permitirse algo como eso. Ninguno de ellos tuvo algo especial cuando eran pequeños. Después de la recepción, Tía Azul y su marido se fueron de luna de miel a las Great Smokies. Se fueron en tren. —Miró a Eddie.

—En el coche Jim Crow —afirmó él.

—¡Cierto! ¡En el coche Jim Crow! En esa época los negros viajaban y comían ahí. Eso es lo que tratamos de cambiar en la ciudad de Oxford.

Ella lo miró, esperando casi seguramente que él insistiera en que ella estaba ahí, pero él quedó atrapado otra vez en la telaraña de su propia memoria: pañales mojados y esas palabras: Ciudad de Oxford. Sólo que de pronto aparecieron otras palabras, una sola frase, pero podía recordar que Henry la cantaba una y otra vez hasta que su madre le pedía que por favor se callara para poder escuchar a Walter Cronkite.

Que alguien investigue en las dunas. Ésas eran las palabras. Henry lo cantaba una y otra vez en un tono monocorde y nasal. Trató de acordarse más pero no lo logró, y en realidad no se sorprendió. En esa época él no podía tener más de tres años. *Que alguien investigue en las dunas.* Las palabras le dieron escalofríos.

—Eddie, ¿estás bien?

—Sí. ¿Por qué?

—Porque temblabas.

Él sonrió.

—El Pato Donald debe haber caminado sobre mi tumba.

Ella se echó a reír.

—En cualquier caso, puedo decir que al menos no arruiné la fiesta. Ocurrió cuando caminábamos de vuelta a la estación de tren. Pasamos la noche en casa de un amigo de Tía Azul, y a la mañana siguiente mi padre llamó un taxi. El taxi llegó casi en seguida, pero cuando el chófer vio que éramos de color se marchó a toda velocidad como si se le estuviera incendiando la cabeza y el fuego le llegara al trasero. El amigo de Tía Azul había partido antes hacia la estación con nuestro equipaje. Teníamos mucho equipaje porque pensábamos pasar una semana en Nueva York. Recuerdo que mi padre había dicho que no podía esperar para ver cómo se me iluminaba la cara cuando diera la hora en el reloj de Central Park y todos los animales comenzaran a bailar.

»Mi padre dijo que bien podríamos ir caminando hacia la estación. Mi madre se mostró de acuerdo más rápida que la luz: dijo que era una buena idea, no había más que un kilómetro y medio de distancia y sería bueno estirar las piernas después de haber dejado atrás tres días en un tren y de tener por delante medio día más en otro. Mi padre dijo que sí, y que además hacía un tiempo hermoso, pero creo que incluso a los cinco años yo sabia que él estaba furioso y ella se sentía turbada y los dos tenían miedo de llamar a otro taxi porque podía pasar lo mismo otra vez.

»Así que nos fuimos caminando por la calle. Yo iba por el lado de adentro porque mi madre tenía miedo de que anduviera muy cerca del tránsito. Recuerdo que yo me preguntaba si mi padre había querido decir que mi cara se iba a poner a brillar de verdad o algo así cuando viera ese reloj en Central Park, y si eso no dolería, y fue entonces cuando el ladrillo cayó sobre mi cabeza.

»Por un rato todo fue oscuridad. Luego comenzaron los sueños. Sueños vívidos.

Sonrió.

—Como este sueño, Eddie.

—¿El ladrillo se cayó, o te lo tiró alguien?

—Nunca encontraron a nadie. La policía (esto me lo contó mi madre mucho después, cuando yo tenía dieciséis años, mas o menos) encontró el lugar donde pensaron que había estado el ladrillo, pero también faltaban otros y había algunos que estaban sueltos. Estaba en la parte de fuera de la ventana de una habitación de un cuarto piso en un edificio de apartamentos evacuado y clausurado. Pero por supuesto había un montón de gente que de todas maneras se quedaba ahí. Especialmente de noche.

—Claro —dijo Eddie.

—Nadie vio a ninguna persona dejar el edificio, así que quedó como un accidente. Mi madre dijo que ella creía que efectivamente había sido un accidente, pero creo que mentía. Ni siquiera se molestó en tratar de decirme lo que creía mi padre. Aún les dolía a los dos la forma en que el taxista nos había echado una mirada y se había largado. Fue eso más que ninguna otra cosa lo que les hizo creer que había habido alguien ahí arriba, mirando por la ventana, que, al vernos llegar, decidió dejar caer un ladrillo sobre los negros.

»¿Saldrán pronto tus criaturas langostas?

—No —contestó Eddie—. No salen hasta el anochecer. Así que una de tus ideas es que todo esto es un sueño comatoso como los que tenías cuando te golpeó el ladrillo. Sólo que esta vez habría sido con un garrote o algo así.

—Sí.

—¿Cuál es la otra?

Odetta tenía la cara y la voz bastante tranquilas, pero llenaba su cabeza una fea maraña de imágenes que iban a parar todas a la ciudad de Oxford. ¿Cómo era esa canción? *Hay dos hombres muertos a la luz de la luna, / Pronto, que alguien investigue en las dunas.* No era exactamente así, pero estaba cerca. Cerca.

—Es posible que me haya vuelto loca —dijo.

7

Las primeras palabras que se le cruzaron a Eddie por la mente fueron: *Si crees que te has vuelto loca, estás chiflada.*

Después de una breve consideración, sin embargo, no le pareció que éste fuera un argumento apropiado para proponer.

En cambio se quedó un momento en silencio, sentado junto a la silla de ruedas, con las rodillas flexionadas y sujetándose las muñecas con las manos.

—¿Realmente eras un adicto a la heroína?

—Lo soy —confirmó él—. Esto es como ser un alcohólico o consumir *crack*. No es algo de lo que uno se pueda curar. Recuerdo que solía escuchar eso y mentalmente me decía: «Sí, sí, claro, seguro», ya sabes, pero ahora lo comprendo. Todavía quiero, supongo que una parte de mí va a querer siempre, pero la parte física pasó.

—¿Qué es *crack*? —preguntó ella.

—Es algo que todavía no se había inventado en tu tiempo. Es algo que se hace con la cocaína, sólo que es como convertir dinamita en una bomba atómica.

—¿Tú lo tomabas?

—Joder, no. Lo mío era la heroína. Ya te lo he dicho.

—No pareces un adicto —dijo ella.

En realidad Eddie tenía un aspecto estupendo... es decir, si uno ignoraba el olor salaz que desprendía su cuerpo y su ropa (podía enjuagarse y lo hacía, podía enjuagar su ropa y lo hacía, pero al carecer de jabón no podía realmente lavarse ni lavarlas). Había tenido el pelo corto cuando Rolando puso el pie en su vida (es lo mejor para cruzar la Aduana, querido, y fíjate qué gran chiste resultó ser eso), y aún tenía un largo respetable Todas las mañanas se afeitaba con el borde afilado del cuchillo de Rolando, al principio con cautela, pero cada vez más confiadamente. Cuando Henry se fue a Nam él era demasiado joven como para que el afeitarse fuera parte de su vida, y en esa época tampoco era gran cosa para Henry; nunca se dejó la barba, pero a veces pasaban tres o cuatro días antes de que mamá lo regañara para que «segara los rastrojos». Cuando volvió, sin embargo, Henry se había convertido en un maniático del afeitado (y también de otras cosas: talco para los pies después de la ducha; tres o cuatro veces por día cepillado de dientes seguido de un buche de elixir bucal; la ropa siempre colgada) y también convirtió a Eddie en un fanático. El rastrojo se segaba cada mañana y cada tarde. Ahora tenía ese hábito metido hasta el hueso, lo mismo que los otros que Henry le había enseñado. Incluyendo, naturalmente, el que se hacía con una aguja.

—¿Estoy demasiado limpito? —le preguntó, sonriendo.

—Demasiado blanco —corroboró ella brevemente, y se quedó callada por un momento, mirando hacia el mar con gesto sombrío. Eddie también se quedó callado. Si existía una réplica para algo como eso, él lo ignoraba.

—Discúlpame —dijo ella—. Eso ha sido muy descortés y muy injusto. No suelo decir cosas así.

—Está bien.

—No está bien. Es como si una persona blanca dijera algo como «Vaya, nunca habría adivinado que eras un negro» a alguien con la piel muy clara.

—Te gusta considerarte a ti misma más ecuánime —indicó Eddie.

—Yo diría que lo que nos consideramos a nosotros mismos y lo que realmente somos rara vez tiene mucho en común, pero sí, me gusta considerarme a mí misma como ecuánime, así que por favor acepta mis disculpas, Eddie.

—Con una condición.

—¿Cuál? —Ella sonreía un poco otra vez. Eso era bueno. Le gustaba hacerla sonreír.

—Dale también a esto una oportunidad justa. Es la condición.

—¿Darle una oportunidad justa a qué? —Ella sonaba ligeramente divertida. En cualquier otra persona ese tono de voz le habría erizado; habría creído que le tomaban el pelo, pero con ella era diferente. Con ella estaba perfectamente bien. Con ella casi cualquier cosa estaría perfectamente bien.

—A que existe una tercera posibilidad: que esto esté ocurriendo realmente. Quiero decir... —Eddie se aclaró la garganta—. Yo no soy muy bueno en este tipo de mierda filosófica, ya sabes, la metamorfosis o como coño se llame...

—¿Te refieres a la metafísica?

—Quizá. No lo sé. Me parece. Pero sé que uno no

puede andar por ahí negando lo que le dicen sus sentidos. Porque, fíjate, si es cierta tu idea de que todo esto es un sueño...

—Yo no dije sueño...

—Lo que hayas dicho, es más o menos a donde va a parar, ¿no? ¿Una realidad falsa?

Si un momento atrás hubo algo ligeramente condescendiente en su voz, ahora había desaparecido.

—La filosofía y la metafísica podrán no ser tu fuerte, Eddie, pero debes de haber sido un polemista fantástico en la escuela.

—Nunca estuve en los debates. Eso era para gays, para mamones y monstruos. Lo mismo que el club de ajedrez. ¿A qué te refieres con mi fuerte? ¿Qué es un fuerte?

—Sólo algo que te gusta. ¿Y tú qué quieres decir con gays? ¿Qué son los gays?

Él se quedó mirándola por un momento y luego se encogió de hombros.

—Homosexuales. Putos. No importa. Podríamos pasarnos todo el día intercambiándonos jergas. Pero no nos llevaría a ninguna parte. Lo que trato de decir es que si todo esto es un sueño, podría ser mío y no tuyo. Tú podrías ser un producto de mi imaginación.

La sonrisa de ella vaciló un poco.

—Tú... a ti nadie te golpeó.

—Nadie te golpeó a ti, tampoco.

Ahora su sonrisa desapareció por completo.

—Nadie que yo pueda recordar —corrigió con un tono afilado en la voz.

—¡Ni yo tampoco! —dijo él—. Tú me dijiste que en Oxford son duros. Bueno, esos tipos de la Aduana no fueron precisamente un encanto cuando no pudieron encontrar la droga que buscaban. Uno de ellos pudo darme un golpe en la cabeza con la culata de su pistola. En este mismo momento yo podría estar en la sala de guardia de Bellevue, soñándote a ti y a Rolando mientras ellos escriben sus informes, en los que explicarían cómo fue que mientras estaban interrogándome me puse violento y tuvieron que abatirme.

—No es lo mismo.

—¿Por qué no? ¿Sólo porque tú eres esta inteligente y socialmente activa *black lady* sin piernas, y yo no soy más que un reventado de Co-Op City? —Lo dijo con una sonrisa, como broma amigable, pero ella lo miró con furia.

—¡Me gustaría que dejaras de llamarme *black*!

Él suspiró.

—Está bien, pero me costará acostumbrarme.

—Debiste haber estado en el club de debates de todas maneras.

—Y una mierda —dijo él, y al ver el giro de los ojos de ella volvió a darse cuenta que la diferencia entre ellos era mucho más amplia que el color; se hablaban el uno al otro desde islas separadas. El agua que corría en medio era el tiempo. No importa. La palabra había atrapado su atención—. No quiero discutir contigo. Quiero que seas consciente de que estás despierta, eso es todo.

—Podrías estar en condiciones de aceptar, al menos de forma provisional, conforme a los dictados de tu tercera posibilidad en tanto esta... esta situación continuara, salvo por una cosa: hay una diferencia fundamental entre lo que te ha pasado a ti, y lo que me ha pasado a mí. Tan fundamental y tan grande que no la has visto.

—Entonces muéstramela.

—No hay discontinuidad en tu estado consciente. Hay una muy grande en el mío.

—No comprendo.

—Quiero decir que tú puedes dar cuenta de todo tu tiempo —dijo Odetta—. Tu relato se continúa de punto a punto: el avión, la incursión de ese... ese... la incursión de él...

Hizo un gesto con la cabeza hacia las colinas con clara expresión de disgusto.

—El escondite de la droga, los oficiales que te tomaron en custodia, todo el resto. Es un cuento perfecto, no le faltan enlaces.

»En cuanto a mí, volví de Oxford, me fue a buscar Andrew, mi chófer, y me llevó de vuelta a mi edificio. Me bañé y quería dormir... tenía un terrible dolor de cabeza, y el sueño es la única medicina que me ayuda en algo cuando los dolores son realmente fuertes. Pero era casi medianoche y pensé que antes vería las noticias. Algunos de nosotros habíamos salido, pero una buena cantidad seguía detenida cuando nos fuimos. Quería enterarme de lo que había pasado, si sus casos se habían resuelto.

»Me sequé, me puse la bata y me fui a la sala. Puse el noticiero de la televisión. El locutor comenzó a hablar de un discurso que había dicho Jruschev acerca de los consejeros estadounidenses en Vietnam. Dijo: «Tenemos un informe filmado de...» y entonces desapareció y yo estaba rodando por esta playa. Tú dices que me has visto en una suerte de puerta mágica que ahora se fue, y que yo estaba en Macy's, y que estaba robando. Todo esto ya es bastante absurdo, pero aun cuando fuera así, podría robar algo mejor que joyas de fantasía. Yo no llevo joyas.

—Más vale que vuelvas a mirar tus manos, Odetta —dijo Eddie suavemente.

Durante un tiempo muy largo ella pasó la mirada del «diamante» de su pulgar izquierdo, demasiado grande y vulgar como para ser otra cosa que pasta, al gran ópalo del dedo medio de su mano derecha, demasiado grande y vulgar como para ser otra cosa que verdadero.

—Nada de esto está sucediendo —repitió ella con firmeza.

—¡Pareces un disco rayado! —Por primera vez él estaba genuinamente enojado—. Cada vez que alguien abre un agujero en tu historieta tú simplemente te retiras a esa mierda de «nada de esto está sucediendo». Debes ponerte al tanto, Detta.

—¡No me llames así! ¡Odio ese nombre! —estalló ella de un modo tan estridente que Eddie retrocedió.

—Disculpa. ¡Joder! No lo sabía.

—Pasé de la noche al día, de estar desnuda a estar vestida, de la sala de mi casa a esta playa desierta. Y lo que verdaderamente sucedió es que algún *cuellorrojo** tripudo me pegó un garrotazo en la cabeza *¡y eso es todo!*

—Pero tus recuerdos no se quedan en Oxford —dijo él suavemente.

—¿Qué? —Incierta otra vez. O tal vez veía sin querer ver. Igual que con los anillos.

—Si fue en Oxford donde te pegaron, ¿cómo es que tus recuerdos no se detienen ahí?

—No siempre tienen mucha lógica estas cosas. —Ella se masajeaba otra vez las sienes—. Y ahora, Eddie, si a ti te da lo mismo, francamente me gustaría terminar esta conversación. Mi dolor de cabeza ha regresado. Es bastante fuerte.

—Supongo que si las cosas tienen lógica o no depende de lo que uno quiera creer. Yo te vi en Macy's, Odetta. Te vi robando. Tú dices que no haces esas cosas, pero también me dijiste que no llevas joyas. Me has dicho eso a pesar de que miraste tus manos varias veces mientras hablábamos. Esos anillos estaban ahí entonces, pero fue como si no pudieras verlos hasta que yo te llamé la atención sobre ellos.

—¡No quiero hablar de eso! ¡Me duele la cabeza!

—Muy bien. Pero sabes dónde perdiste la huella del tiempo, y no fue en Oxford.

—Déjame en paz —dijo ella con tono aburrido.

Eddie vio al pistolero avanzar penosamente en su camino de regreso con dos cantimploras llenas, una atada a su cintura y la otra echada sobre sus hombros.

---

* *Redneck*: Miembro blanco de la clase rural del sur de Estados Unidos. Se llaman así porque en sus persecuciones a los negros se identifican con un pañuelo rojo al cuello. *(N. del T.)*

—Me gustaría poder ayudarte —dijo Eddie—, pero, para eso, supongo que debería ser real.

Se quedó un momento parado a su lado, pero ella tenía la cabeza inclinada y se masajeaba constantemente las sienes con las puntas de los dedos.

Eddie fue al encuentro de Rolando.

8

—Siéntate. —Eddie tomó las cantimploras—. Pareces deshecho.

—Sí. Estoy enfermando otra vez.

Eddie miró la frente y las mejillas encendidas del pistolero, sus labios agrietados, y asintió.

—Esperaba que no sucediera, pero no me sorprende, amigo. No cumpliste todo el ciclo. Balazar no tenía suficiente Keflex.

—No te comprendo.

—Si no tomas una droga con penicilina durante el tiempo suficiente, no matas la infección. Sólo la mandas al subsuelo. Pasan unos días y la infección vuelve. Vamos a necesitar más, pero al menos hay una puerta para ir a buscar. Mientras tanto sólo tienes que tomártelo con calma. —Pero Eddie se sentía infeliz pensando en las piernas que Odetta no tenía, y en los trechos cada vez más largos que era preciso recorrer para encontrar agua. Se preguntó si Rolando pudo haber elegido un momento peor para tener una recaída. Supuso que era posible; pero simplemente no se le ocurría cómo.

—Debo decirte algo acerca de Odetta.

—¿Ése es su nombre?

—Ajá.

—Es un nombre encantador —afirmó el pistolero.

—Sí. Yo pensé lo mismo. Lo que no es muy encantador es el modo en que se siente con respecto a este lugar. No cree estar aquí.

—Lo sé. Y yo no le gusto mucho, ¿verdad?

«No —pensó Eddie—, pero eso no impide que te considere como el guía de una alucinación.» No lo dijo, sólo asintió.

—Las razones son casi las mismas —dijo el pistolero—. Te das cuenta de que ella no es la mujer que yo traje. No lo es en absoluto.

Eddie se quedó mirándolo y luego de pronto asintió, excitado. Esa imagen borrosa en el espejo... esa cara malhumorada... el hombre tenía razón. ¡Dios, por supuesto que tenía razón! Ésa no era Odetta en absoluto.

Entonces recordó las manos que revolvían descuidadamente entre los pañuelos, y de la misma manera descuidada se habían dedicado a la tarea de meter esas fantasías baratas en su gran cartera... daba la impresión de que casi *quería* que la atraparan.

Los anillos habían estado ahí.

Los mismos anillos.

«Pero eso no significa necesariamente que hayan sido las mismas manos —pensó salvajemente—, aunque no pudo creerlo más de un segundo. Él había estudiado esas manos. Eran las mismas, delicadas de dedos largos.»

—No —continuó el pistolero—. No lo es. —Sus ojos azules observaron a Eddie con cuidado.

—Sus manos...

—Escucha —advirtió el pistolero—, y escúchame cuidadosamente. Nuestras vidas pueden depender de eso. La mía porque estoy enfermando otra vez, y la tuya porque te has enamorado de ella.

Eddie no dijo nada.

—Ella es dos mujeres en el mismo cuerpo. Era una mujer cuando entré en ella, y otra cuando regresé aquí.

Ahora Eddie no pudo decir nada.

—Había algo más, algo extraño, pero yo no lo comprendí o se me escapó. Parecía importante.

Rolando miró más allá de Eddie, miró hacia la silla de ruedas en la arena, desolada al final de su corta huella desde ninguna parte. Luego volvió a mirar a Eddie.

—Es muy poco lo que comprendo de esto, o de cómo pueden suceder estas cosas, pero debes mantenerte en guardia. ¿Entiendes eso?

—Sí.

A los pulmones de Eddie parecía faltarles aire. Entendía —o tenía por lo menos la comprensión de un tipo que va al cine y ha visto el tipo de cosas de las que le estaba hablando el pistolero—, pero no le alcanzaba el aliento para explicarlo. Todavía no. Sentía como si Rolando le hubiera quitado el aliento de una patada.

—Bien. Porque la mujer en la que entré del otro lado de la puerta era tan mortal como esas langostas que salen a la noche.

IV

DETTA AL OTRO LADO

1

«Debes mantenerte en guardia», había dicho el pistolero, y Eddie se había mostrado de acuerdo, pero el pistolero sabía que Eddie ignoraba de qué estaba hablando; toda la mitad posterior de la mente de Eddie, donde está o no está la supervivencia, no recibió el mensaje.

Esto lo vio el pistolero.

Fue bueno para Eddie que lo viera.

2

En la mitad de la noche, los ojos de Detta Walker se abrieron de golpe. Estaban llenos de la luz de las estrellas y de clara inteligencia.

Recordaba todo: cómo había luchado, como la habían atado a su silla, cómo se habían burlado de ella llamándola «negra hija de puta, negra hija de puta».

Recordó los monstruos que salieron de las olas y recordó cómo uno de los hombres, el mayor, había matado a uno de ellos. El joven había armado un fuego y lo había cocinado, y luego le había ofrecido sonriendo carne de monstruo humeante pinchada en un palo. Recordó haberle escupido a la cara, recordó cómo su sonrisa se había convertido en una mueca de blanco furioso. Le había pegado en la cara y le había dicho: «Bueno, muy bien, ya vendrás, negra hija de puta. Sólo es cuestión de esperar.» Luego él y el Hombre Malo de Verdad se habían reído y el Hombre Malo de Verdad había sacado un jamón, había escupido en él y lo había cocinado lentamente sobre el fuego en la playa de este extraño lugar al que la habían traído.

El olor de la carne que se cocinaba lentamente era seductor, pero ella se había contenido. Incluso cuando el más joven hizo ondular un trozo cerca de su cara cantando: «Muérdelo, negra hija de puta, vamos, muérdelo», ella se había quedado sentada como una piedra, reprimida.

Luego se había dormido, y ahora estaba despierta, y las cuerdas con que la habían atado habían desaparecido. Ya no estaba en su silla sino tendida sobre una manta y debajo de otra, bastante lejos de la línea de la marea alta, donde esas langostruosidades aún vagaban y preguntaban y atrapaban en el aire a esa infortunada gaviota solitaria.

Miró a la izquierda y no vio nada.

Miró a la derecha y vio a dos hombres dormidos, envueltos en dos pilas de mantas. El más joven estaba más cerca, y el Hombre Malo de Verdad se había quitado los cintos y los había dejado a su lado.

Las armas aún estaban dentro.

«Cometiste un grave error, mamón», pensó Detta, y giró a su derecha. El crujido pedregoso de su cuerpo sobre la arena resultaba inaudible bajo el viento, las olas, las criaturas preguntonas. Se arrastró lentamente por la arena (ella misma como una langostruosidad), con los ojos brillantes.

Llegó hasta donde estaban los cintos y sacó uno de los revólveres.

Era muy pesado, de culata muy suave y de algún modo independientemente fatal en su mano. El peso no le molestaba. Tenía brazos fuertes, Detta Walker los tenía.

Se arrastró un poco más.

El hombre más joven no era más que una piedra que roncaba, pero el Hombre Malo de Verdad se movió un poco en sueños y ella se quedó congelada con una mueca tatuada en su cara hasta que él dejo de moverse.

'sun cabrón hijeputa. Fíjate bien, Detta. Fíjate, Tá sigura.

Encontró el pestillo de la cámara, trató de moverlo hacia delante, no lo logró, y entonces lo tiró hacia arriba. La cámara se abrió.

¡Cargado! ¡Ta basura tá cargada! Vassasé caminá primero a ete cabronaso y ese Hombre Malo de Verdá se va despertá y tú le darás una gran sonrisa —sonríe tesorito así puedo ver dónde estás— y luego vassa sacudile el reló, já.

Volvió a cerrar la cámara, comenzó a tirar del martillo... y luego esperó.

Cuando el viento levantó una ráfaga fuerte retiró el martillo del todo.

Detta apuntó el revólver de Rolando a la sien de Eddie.

3

El pistolero observó todo esto con un ojo medio abierto. La fiebre había regresado, pero no muy alta todavía, no tan alta como para que tuviera que desconfiar de sí mismo. Así pues, esperó; ese ojo medio abierto era el dedo en el gatillo de su cuerpo, el cuerpo que siempre había sido su revólver cuando no había un revólver a mano.

Ella tiró del gatillo.

Clic.

Por supuesto, *clic*.

Cuando él y Eddie regresaron de su cambio de palabras con las cantimploras, Odetta Holmes estaba profundamente dormida en su silla, echada a un costado. Le prepararon una cama en la arena lo mejor que pudieron y la cargaron delicadamente desde su silla de ruedas hasta las mantas extendidas. Eddie había estado seguro de que se despertaría, pero Rolando sabía que no.

Él mató, Eddie preparó el fuego, y comieron. Guardaron una porción para Odetta.

Luego habían hablado, y Eddie dijo algo que le pegó a Rolando como el repentino estallido de un relámpago. Fue demasiado brillante y demasiado breve como para darle una comprensión total, pero vio mucho, del mismo modo en que se puede discernir el trazado de la tierra con el resplandor de un solo y afortunado relámpago.

Pudo habérselo dicho a Eddie entonces, pero no lo hizo. Comprendió que debía ser el Cort de Eddie, y cuando uno de los pupilos de Cort quedaba herido y sangrando por algún golpe inesperado, la respuesta de Cort siempre había sido la misma: «Un niño no comprende un martillo hasta que no se golpea el dedo contra el clavo. ¡Levántate y deja de lloriquear, larva! ¡Has olvidado el rostro de tu padre!»

Así que Eddie se había quedado dormido, a pesar de que Rolando le había dicho que debía mantenerse en guardia, y cuando Rolando estuvo seguro de que ambos dormían (había tenido que esperar más tiempo por la Dama, que podía, creía él, ser artera), había vuelto a cargar sus armas con cápsulas usadas, que desató (eso le produjo una punzada de dolor), y dejó luego al lado de Eddie.

Luego espero.

Una hora; dos; tres.

Al mediar la cuarta hora, cuando su cuerpo cansado y afiebrado pugnaba por dormirse, le pareció observar que la Dama despertaba y él mismo se despertó por completo.

La vio rodar sobre sí misma. Vio cómo convertía sus manos en zarpas y se impulsaba por la arena hasta donde estaban los cintos con las armas. La vio sacar una y acercarse a Eddie, hacer luego una pausa, con la cabeza inclinada, y las fosas nasales que se inflaban y se contraían: hacían algo más que oler el aire, lo degustaban.

Sí. Ésta era la mujer que él había traído.

Cuando ella miró hacia el pistolero, él hizo más que fingir que dormía, porque ella hubiera percibido la simulación; se *durmió*. Cuando sintió que la mirada de ella se movía hacia otro lado se despertó y volvió a abrir ese solo ojo. Vio cómo ella comenzaba a levantar el revólver —lo hizo con menos esfuerzo del que había mostrado Eddie la primera vez que Rolando lo vio hacer lo mismo— y apuntarlo hacia la cabeza de Eddie. Luego se detuvo, con la cara llena de inexpresable astucia.

En ese momento ella le recordó a Marten.

Ella jugueteó con el cilindro; lo hizo mal al principio, luego lo abrió. Miró las cabezas de las cápsulas. Rolando se puso tenso; primero esperó a ver si ella sabría que ya habían sido usadas, después esperó a ver si ella volvería el revólver del revés para mirar el otro extremo del cilindro, y ver que ahí sólo había vacío en lugar de plomo (en un momento pensó cargar el revólver con cartuchos que hubieran fallado, pero sólo fue por un momento; Cort les había enseñado que las armas en última instancia las carga el Diablo, y un cartucho que falló una vez puede no fallar la segunda). Si ella hiciera eso, él saltaría al instante.

Pero ella volvió a meter el cilindro, comenzó a mover el martillo... y luego volvió a detenerse. Esperaba el momento en que el viento enmascarara ese solo y suave *clic*.

Pensó: «Aquí hay otra. Dios, ésta es mala y no tiene

piernas, pero es una pistolera, tan seguro como que Eddie lo es.»

Esperó junto con ella.

El viento levantó una ráfaga.

Ella terminó de amartillar el revólver y lo colocó a un centímetro de la sien de Eddie. Con una sonrisa que era en realidad una mueca macabra, apretó el gatillo.

Clic.

Él esperó.

Ella disparó otra vez. Y otra vez. Y otra vez.

Clic-Clic-Clic.

—¡Cabrón! —aulló, y dio vuelta el revólver con gracia líquida.

Rolando se encogió pero no saltó. Un niño no comprende un martillo hasta que no se golpea el dedo contra un clavo.

Si lo mata, luego vas tú.

No importa, respondió inexorable la voz de Cort.

Eddie se removió. Y sus reflejos no eran malos; se movió con suficiente rapidez como para evitar que lo dejaran inconsciente o lo mataran. En lugar de caer sobre la vulnerable sien, la pesada culata del revólver le pegó en la mandíbula.

—Qué... ¡Joder!

—¡CABRÓN! ¡BLANCO CABRÓN! —chilló Detta, y Rolando la vio alzar el revólver por segunda vez. Y a pesar de que ella no tenía piernas y Eddie se alejaba rodando, eso era todo lo que se atrevía a hacer. Si Eddie no había aprendido la lección ahora, nunca la aprendería. La próxima vez que el pistolero le dijera a Eddie que se mantuviera en guardia, Eddie lo haría, y además... la tipeja era rápida. No sería sabio en adelante seguir dependiendo de la rapidez de Eddie ni tampoco de las flaquezas de la Dama.

Se desencogió, voló por encima de Eddie y la volteó hacia atrás, terminando encima de ella.

—¿*Queres guerra, cabrón?* —le chilló ella, y simultáneamente refregó su entrepierna contra la ingle de él, y alzó el revólver que aún tenía en la mano por encima de la cabeza de él—. *¿Queres guerra? ¡Voy a darte lo que queres, siguro!*

—¡Eddie! —gritó él otra vez. Ahora no sólo gritaba sino que ordenaba. Por un momento Eddie se quedó ahí, acuclillado, con los ojos muy abiertos y la sangre que le manaba del mentón (ya había comenzado a hincharse), miraba fijo con los ojos muy abiertos. «Muévete, ¿no puedes moverte? —pensó—. ¿O es que no quieres?» Su fuerza comenzaba a diluirse, y la próxima vez que ella le asestara otro de esos pesados culatazos iba a romperle el brazo... eso si lograba levantar el brazo a tiempo. Si no, le rompería la cabeza con él.

Entonces Eddie se movió. Atrapó el revólver en el movimiento hacia abajo y ella dio un chillido, se volvió hacia él, lo mordió como un vampiro, lo maldijo en un dialecto de albañil tan profundamente sureño que ni siquiera Eddie lo pudo comprender; para Rolando fue como si la mujer hubiera comenzado inopinadamente a hablar en un idioma extranjero. Pero Eddie fue capaz de arrancarle el revólver de la mano, y una vez desaparecida la amenazante cachiporra, Rolando pudo sujetarla.

Ni siquiera entonces ella abandonó; continuó retorciéndose, empujando y maldiciendo, mientras el sudor le cubría por entero el oscuro rostro.

Eddie se quedó mirando, abría y cerraba la boca como un pez. Se tocó tentativamente el mentón, hizo una mueca de dolor, retiró los dedos, los examinó, y también la sangre que había en ellos.

Ella aullaba que los mataría a los dos; ellos podían intentarlo y violarla, pero ella los mataría con el coño, ya verían, era una cueva terriblemente hija de puta toda llena de dientes alrededor de la entrada y si ellos querían intentarlo y explorar verían que era así.

—Qué mierda... —dijo Eddie estúpidamente.

—Un cinto —resopló roncamente hacia él el pistolero—. Tráelo. Voy a rodar con ella para que ella quede encima de mí, y tú vas le agarras los brazos y le atas las manos por detrás.

—¡No lo harás JAMAS! —aulló Detta y contorsionó su cuerpo sin piernas con tal fuerza repentina que casi logra derribar a Rolando. Él sintió cómo ella trataba de subir lo que le quedaba de su muslo derecho una y otra vez, quería darle en las pelotas.

—Yo... yo... ella...

—¡Muévete, Dios maldiga el rostro de tu padre! —rugió Rolando, y Eddie por fin se movió.

4

En el proceso de sujetarla y atarla, dos veces estuvieron a punto de perder el control sobre ella. Pero por fin Eddie pudo aferrar sus muñecas con un nudo corredizo hecho con el cinto de Rolando, cuando éste —usando todas sus fuerzas— logró juntarlas detrás de ella (mientras se echaba hacia atrás para escapar a sus violentas arremetidas para morderlo, como una mangosta se escapa de una serpiente); pudo evitar los mordiscos, pero antes de que Eddie hubiera terminado el pistolero quedó empapado con saliva), y luego Eddie la arrastro hacia afuera con la parte corta del nudo provisional. No quería lastimar a esta cosa que se revolvía, aullaba y maldecía. Era mucho más fea que las langostruosidades a causa de la mayor inteligencia que la informaba, pero él sabía que también podía ser hermosa. No quería lastimar a la otra persona que el envase contenía por ahí dentro en alguna parte (como una paloma viva metida muy dentro de uno de los compartimientos secretos de la caja mágica de un mago).

Odetta Holmes estaba metida en alguna parte dentro de esta cosa chirriante y aullante.

5

A pesar de que su última cabalgadura —una mula— había muerto hacía demasiado tiempo como para recordar, el pistolero aún conservaba un pedazo de su ronzal (que en su momento había sido un hermoso cabestro). Lo usaron para atarla a su silla de ruedas, tal como ella se había imaginado (o falsamente recordado, lo que al final resultaba ser lo mismo, ¿no es verdad?). Luego se alejaron de ella.

De no ser por las rastreras langostruosidades, Eddie habría ido hasta el agua a lavarse las manos.

—Me siento como si estuviera a punto de vomitar —dijo en una voz que zigzagueó hacia arriba y hacia abajo como si procediera de un adolescente.

—¿Por qué no vais y os coméis la polla el uno al otro? —chilló la cosa que se revolvía en su silla de ruedas—. ¿Por qué no hacéis eso si le tenéis miedo al coño de una negra? ¡Venga! ¡Dale! ¿Por qué no os la chupáis el uno al otro? ¡Hacedlo ahora que podéis, porque Detta Walker va salir deta silla y os va a cortá las velitas blancas y chiquititas y se las va a dar de comé a eso buitre rastrero de ahí!

—Ésta es la mujer dentro de la cual yo estaba. ¿Me crees ahora?

—Te creí antes —dijo Eddie—. Te lo dije.

—Creías que creías. Creías con tu mente. ¿Ahora lo crees con todo? ¿Lo crees hasta el fondo?

Eddie miró a la cosa que chillaba y se convulsionaba en su silla y luego miró hacia otro lado, muy blanco salvo por el tajo en su mentón, que aún sangraba un poco. Ese lado de su cara comenzaba a hincharse como un globo.

—Sí —asintió—. Joder, sí.

—Esa mujer es un monstruo.

Eddie comenzó a llorar.

El pistolero quiso consolarlo; no pudo cometer semejante sacrilegio (recordaba demasiado bien a Jake) y se alejó hacia la oscuridad con la fiebre nueva que le ardía y le dolía por dentro.

6

Esa misma noche, mucho más temprano, mientras Odetta aún dormía, Eddie dijo que creía comprender tal vez lo que andaba mal en ella. Tal vez. El pistolero le preguntó a qué se refería.

—Podría ser una esquizofrénica.

Rolando sacudió la cabeza. Eddie le explicó lo que entendía por esquizofrenia, retazos de películas tales como *Las tres caras de Eva* y diversos programas de televisión (generalmente seriales que él y Henry veían a menudo cuando estaban drogados). Rolando había asentido. Sí. La enfermedad que Eddie describía parecía ser la correcta. Una mujer con dos caras: una clara, otra oscura. Una cara como la que el hombre de negro le había mostrado en la quinta carta del Tarot.

—¿Y ellos no saben (estos esquizofrénicos) que tienen a otro?

—No —contestó Eddie—. Pero... —Dejó la frase en el aire, mientras observaba a las langostruosidades arrastrarse y preguntar, preguntar y arrastrarse.

—¿Pero qué?

—Yo no soy un psicoanalista —dijo Eddie—, así que no se realmente...

—¿Un psicoanalista? ¿Qué es un psicoanalista?

Eddie se dio unos golpecitos en la sien.

—Un médico de la cabeza. Un médico de la mente. En realidad se llaman psiquiatras.

Rolando asintió. Le gustaba más psicoanalista, porque la mente de la Dama era demasiado complicada, dos veces más complicada de lo necesario.

—Pero se me ocurre que casi siempre los esquizos saben que hay algo que anda mal —añadió Eddie—. Porque tienen como lagunas. Tal vez me equivoque, pero yo siempre pensé que eran dos personas que creen, cada una, tener amnesia parcial, por los espacios en blanco que aparecen en sus memorias cuando la otra personalidad toma el control. Ella... ella dice que lo recuerda todo. Realmente cree que lo recuerda todo.

—Creí que habías dicho que ella cree que nada de esto está sucediendo.

—Sí —dijo Eddie—, pero olvídate de eso por ahora. Lo que trato de decir es que, no importa lo que ella crea, lo que recuerda va directamente desde la sala de su casa, donde estaba en bata viendo las noticias de la medianoche, hasta aquí, sin ningún resquicio en absoluto. No tiene ninguna idea de que alguna otra persona tomó el control entre ese momento y cuando tú la agarraste en Macy's. Mierda, eso pudo haber sido al día siguiente, incluso *semanas* más tarde. Sé que aún era invierno porque la mayoría de los clientes en esa tienda andaba con abrigos...

El pistolero asintió. Las percepciones de Eddie comenzaban a agudizarse. Eso era bueno. Había pasado por alto las botas y las bufandas, los guantes que sobresalían de los bolsillos de los abrigos, pero de todas maneras era un comienzo.

—... pero de otra manera es imposible saber cuánto tiempo Odetta fue esa otra mujer porque ella misma no lo sabe. Creo que está en una situación en la que nunca antes estuvo, y su manera de proteger ambos lados es esta historia de que le dieron un golpe en la cabeza.

Rolando asintió.

—Y los anillos. Ver esos anillos le produjo una conmoción. Ella intentó que no se notara, pero se notó igual.

—Si estas dos mujeres no saben que conviven en el mismo cuerpo —preguntó Rolando—, y si ni siquiera sospechan que algo podría andar mal, si cada una tiene su propia cadena independiente de recuerdos, en parte real y en parte armada para cubrir los lapsos en que está la otra, ¿qué hemos de hacer con ella? ¿Cómo hemos incluso de vivir con ella?

Eddie se había encogido de hombros.

—A mí no me lo preguntes. Ése es tu problema. Tú eres el que dice que la necesita. Si hasta has arriesgado el cuello para traerla aquí.

Eddie pensó en esto un minuto, recordó haberse arrodillado sobre el cuerpo de Rolando con el cuchillo de Rolando apenas rozando la garganta del pistolero, y abruptamente se echó a reír sin ningún humor. «Arriesgaste el cuello LITERALMENTE, macho», pensó.

Cayó un silencio entre ellos. En esos momentos Odetta respiraba tranquilamente. Cuando el pistolero estaba por reiterarle a Eddie su advertencia de que se mantuviera en guardia, y por anunciar (fuerte como para que oyera la Dama, por si acaso sólo fingía) que estaba por retirarse, Eddie dijo la cosa que iluminó la mente de Rolando en una sola llamarada repentina, la cosa que le hizo comprender al menos en parte lo que tan desesperadamente necesitaba saber.

Fue al final, cuando franquearon la puerta.

Ella cambió al final.

Y él había visto *algo*, alguna *cosa*...

—¿Sabes qué? —dijo Eddie, removiendo malhumorado los restos del fuego con la zarpa partida de su presa de la noche—. Cuando cruzaste con ella, me sentí como si yo fuera un esquizo.

—¿Por qué?

Eddie miró a Rolando, vio que hacía una pregunta seria por una seria razón —o creía que lo era— y se tomó un minuto para pensar en la respuesta.

—Realmente es difícil de describir, viejo. Fue al mirar esa puerta. Eso fue lo que me zapateó. Cuando ves a alguien moverse en esa puerta, es como si uno se moviera con ellos. Sabes a qué me refiero.

Rolando asintió.

—Bueno, yo lo veía como si fuera una película, da igual, no tiene importancia, hasta el mismísimo final. Luego tú la hiciste girar hacia este lado de la puerta y por primera vez me encontré mirándome a mí mismo. Fue como... —Pensó pero no pudo encontrar nada—. No sé. Debió de haber sido como mirarse en un espejo, supongo, pero no era eso, porque... porque era como mirar a otra persona. Era como darse la vuelta de adentro para afuera. Como estar en dos lugares al mismo tiempo. Mierda, no lo sé.

Pero el pistolero se quedó atónito. *Eso* era lo que había sentido cuando cruzaron; *eso* era lo que le había ocurrido a ella, no, no sólo a *ella*, a *ellos*: por un instante Detta y Odetta se miraron la una a la otra, no en la forma en que uno miraría su propia imagen en el espejo, sino como personas separadas; el espejo se convirtió en el cristal de una ventana, y por un instante Odetta había visto a Detta y Detta había visto a Odetta, y ambas se habían sentido igualmente horrorizadas.

«Cada una lo sabe —pensó sombríamente el pistolero—. Tal vez no lo sabían antes, pero ahora lo saben. Podrán tratar de ocultárselo a sí mismas, pero por un momento vieron, supieron, y ese saber aún debe de estar ahí.»

—¿Rolando?

—¿Qué?

—Sólo quería asegurarme de que no te habías quedado dormido con los ojos abiertos. Porque por un momento parecía como si estuvieras, ya sabes, lejos de aquí y en otro tiempo.

—Si es así, ya he vuelto —dijo el pistolero—. Voy a retirarme. Recuerda lo que te he dicho, Eddie: mantente en guardia.

—Voy a vigilar —dijo Eddie, pero Rolando sabía que, enfermo o no, sería él quien vigilara esa noche.

Todo lo demás siguió a partir de eso.

7

Después del jaleo, Eddie y Detta por fin se volvieron a dormir (ella no se quedó dormida en realidad, más bien cayó en un exhausto estado de inconsciencia en su silla, colgada hacia un lado contra las cuerdas restrictivas).

El pistolero, sin embargo, yacía despierto.

«Tendré que enfrentarlas a las dos en una batalla —pensó, pero no necesitaba uno de los analistas de Eddie para saber que esa batalla podía ser a muerte—. Si ganara la batalla la luminosa, Odetta, todo aún podría salir bien. Si la ganara la oscura, Detta, todo seguramente se perdería con ella.»

Sentía sin embargo que lo que realmente necesitaba hacer no era matar sino reunir. Ya había reconocido mucho de lo que a él —a *ellos*— les resultaría valioso de la dureza de las entrañas de Detta Walker, y la quería. Pero la quería bajo control. Tenían un largo camino por delante. Detta creía que él y Eddie eran monstruos de alguna especie a la que ella llamaba *blancos cabrones*. Esto era sólo un peligroso delirio, pero habría monstruos verdaderos a lo largo del camino: las langostruosidades no eran los primeros, y tampoco serían los últimos. La mujer lucho-hasta-caer en la que había entrado y que esta noche había vuelto a salir de su escondite, podría resultar muy útil en una pelea contra monstruos de ese tipo, si pudiera ser templada por la tranquila humanidad de Odetta Holmes..., especialmente ahora que a él le faltaban dos dedos, que casi se había quedado sin balas y cada vez tenía más fiebre.

«Pero ése es un paso adelante. Creo que si pudiera hacer que cada una reconociera a la otra, eso las llevaría a una confrontación. ¿Cómo podría hacerse?»

Pasó la larga noche en vela, pensando, y a pesar de que sentía crecer la fiebre dentro de sí, no encontró respuesta a su pregunta.

8

Eddie se despertó poco antes de que rompiera el alba, vio al pistolero sentado junto a las cenizas del fuego de la noche anterior, envuelto en su manta al estilo indio, y se unió a él.

—¿Cómo te sientes? —le preguntó Eddie en voz baja. La Dama seguía durmiendo bajo las cuerdas entrecruzadas, aunque de tanto en tanto se sacudía y murmuraba y gemía.

—Muy bien.

Eddie le echó una mirada apreciativa.

—No lo parece.

—Gracias, Eddie —dijo el pistolero secamente.

—Estás temblando.

—Ya pasará.

La Dama se sacudió y murmuró otra vez, ahora una palabra que resultó casi comprensible. Pudo haber sido *Oxford*.

—Dios, odio verla atada de esa forma —murmuró Eddie—. Como un ternero en un corral.

—Pronto despertará. Tal vez podamos desatarla cuando se despierte.

Fue lo más aproximado que cualquiera de los dos pudo decir en voz alta de cómo esperaban que cuando la Dama de la silla abriera los ojos, la mirada tranquila, tal vez ligeramente desconcertada de Odetta Holmes pudiera saludarlos. Quince minutos más tarde, cuando los primeros rayos del sol pegaron sobre las colinas, esos ojos se abrieron, pero lo que vieron los hombres no fue la mirada tranquila de Odetta Holmes sino el loco fulgor de Detta Walker.

—¿Cuántas veces me violasteis cuando dormía? —preguntó—. Siento el coño resbaladizo y ceroso, como si alguien estuviera ahí con un par de velitas blanquitas que los blancos cabrones llamáis pollas.

Rolando suspiró.

—Pongámonos en marcha —ordenó, y se puso de pie con una mueca.

—Yo no voa ninguna pate con vosotros, cabrones —escupió Detta.

—Oh, sí que irás —recalcó Eddie—. Lo siento terriblemente, mi querida.

—¿Dónde creéis que voa ir?

—Bueno —dijo Eddie—, lo que había detrás de la Puerta número Uno no era tan maravilloso, y lo que había detrás de la Puerta número Dos era aún peor, así que ahora, en lugar de retirarnos como gente sana, vamos a seguir adelante y fijarnos a ver qué hay detrás de la Puerta número Tres. Tal como se han venido dando las cosas, no me sorprendería que fuera algo como Godzilla, o Hidra, el monstruo de las tres cabezas, pero soy un optimista. Todavía espero la vajilla de cocina de acero inoxidable.

—Yo no voy.

—Claro que vienes —insistió Eddie y se colocó detrás de la silla. Ella comenzó a luchar otra vez, pero los nudos los había hecho el pistolero, y sus movimientos de lucha no hacían más que ajustarlos. Ella se dio cuenta en seguida y se detuvo. Era una mujer llena de veneno pero estaba lejos de ser estúpida. Miró a Eddie por encima de su hombro con una sonrisa que lo hizo retroceder un poco. A él le pareció la expresión más malvada que en su vida había visto en una cara humana.

—Bueno, tal vez voa ir un poco —rectificó ella—, pero tal vez no tan lejos como tú crees, muchacho blanco. Lo juro por Dios que no tan lejos como tú crees.

—¿Qué quieres decir?

Otra vez esa inmunda sonrisa por encima de su hombro.

—Ya verás, muchacho blanco. —Su mirada, loca pero poderosa, voló brevemente al pistolero—. Ya veréis lo dos. Ya lo descubriréis.

Eddie tomó con sus manos los puños de bicicleta de las manijas para empujar la silla de ruedas y salieron otra vez hacia el norte; ahora no sólo dejaban las marcas de los pies, sino las huellas gemelas de la silla de la Dama mientras avanzaban por esa playa aparentemente interminable.

9

El día fue una pesadilla.

Era difícil calcular distancias cuando uno se movía por un paisaje que cambiaba tan poco, pero Eddie sabía que su progreso ahora era lento.

Y él sabía quién era responsable.

Oh, sí.

«Ya lo descubriréis lo dos», había dicho Detta, y no habían avanzado más de media hora cuando comenzaron a descubrirlo.

Empujar.

Eso era lo primero. Empujar la silla de ruedas por una playa de arena fina hubiera sido tan imposible como manejar un coche sobre nieve fresca y profunda. Aquella playa pedregosa y adusta hacía que el movimiento de la silla fuera posible pero ni remotamente fácil. Por un rato rodaba con bastante fluidez, traqueteando sobre las caracolas y lanzando guijarros a ambos lados de las ruedas de goma dura... y entonces llegaba a un trecho donde se había juntado arena más fina, y Eddie tenía que empujar con fuerza, rezongando por lo bajo, para atravesarlo con la silla y su poco cooperadora pasajera. La arena se aferraba ávida a las ruedas. Había que empujar y simultáneamente echar el cuerpo hacia abajo contra las manijas de la silla, porque ésta, si no, junto con su atada ocupante, se caerían de cara a la arena.

Detta se reía y cacareaba cada vez que él trataba de moverla sin su colaboración.

—¿Qué tal, bomboncito? ¿La estás pasando bien ahí atrás? —le preguntaba cada vez que la silla entraba en uno de esos tramos.

Cuando el pistolero se acercaba para ayudar, Eddie lo apartaba.

—Ya tendrás tu oportunidad —le decía—. Vamos a hacerlo por turnos. «Pero creo que mis turnos van a ser muchísimo más largos que los suyos —decía una voz en su cabeza—. Con el aspecto que tiene, veo que pronto va a tener suficiente con poder llevarse a sí mismo, sin hablar de mover a la mujer en esta silla. No señor, Eddie, me temo que este regalito es para ti. Es la venganza de Dios, ¿sabes? Te pasaste todos estos años como un yonki y ¿a que no adivinas? ¡Por fin eres el empujador!»*

Lanzó una corta risita sin aliento.

---

* Juego de palabras intraducible. En Estados Unidos, *pusher* (literalmente, «el que empuja») es el término usado en argot para el vendedor de droga. (*N. de la T.*)

—¿Qué es tan gracioso, blanquito? —preguntó Detta, y a pesar de que Eddie pensó que su risa intentaba parecer sarcástica, sonaba un poquitín enojada.

«Se supone que esto no tiene gracia para mí —pensó—. Ninguna gracia. Por lo menos en lo que a ella concierne.»

—No lo entenderías, niña. Déjalo estar.

—A ti voa dejarte estar antes questo termine —comentó ella—. Voa dejarte a ti y a ese compañero culorroto que tienes, voa dejarlos deparramados en pedazos por toda eta puta playa. Siguro. Mientras tanto mejó guarda tu aliento pa'empujá. Me parece que ya te fata un poco laliento.

—Bueno, habla tú por los dos entonces —jadeó Eddie—. A ti nunca parece faltarte el aliento.

—Voa echarte mi aliento, pichagris. O mejor voa echarte un pedo! ¡Voa echátelo sobre tu cara muerta!

—Promesas, promesas. —Eddie tironeó de la silla fuera de la arena y entró a una zona relativamente más transitable... al menos por un trecho. El sol no estaba aún muy alto, pero él ya había comenzado a sudar.

«Éste será un día interesante e informativo —pensó—. Ya lo puedo ver.»

Detenerse.

Eso era lo siguiente.

Habían llegado a un trecho firme de la playa. Eddie empujó la silla a mayor velocidad; pensaba vagamente que si podía conservar este poco de velocidad extra, tal vez podría atravesar a puro ímpetu la próxima trampa de arena que le fuera a tocar.

De pronto la silla se detuvo. Se detuvo por completo. La barra horizontal del respaldo le pegó un golpe a Eddie en el pecho. Lanzó un gruñido. Rolando miró a su lado, pero ni siquiera los rápidos reflejos de gato del pistolero pudieron evitar que la silla de la Dama se volcara exactamente como había amenazado hacer en cada una de las trampas de arena La silla se volcó y Detta cayó junto con ella, atada e indefensa pero riendo y cacareando salvajemente. Aún reía cuando Rolando y Eddie lograron por fin enderezar la silla otra vez. Algunas de las cuerdas habían quedado tan apretadas, que estarían cortándole cruelmente la carne, cortándole la circulación a sus extremidades, tenía un tajo en la frente y la sangre le empastaba las cejas. Ella continuó igual con su risa cacareada.

Cuando la silla estuvo otra vez sobre sus ruedas los dos hombres resoplaban sin aliento. El peso combinado de la silla y la mujer debía sumar unos ciento treinta kilos, en su mayor parte silla. A Eddie se le ocurrió que si el pistolero hubiera rescatado a Detta de su propio tiempo, 1987, la silla pudo haber pesado tal vez treinta kilos menos.

Detta lanzó una risita, resopló, parpadeó para quitarse la sangre de los ojos.

—Mirad, chicos, mirad lo que mabéis hecho —dijo.

—Llama a tu abogado —murmuró Eddie—. Llévanos a juicio.

—Y os habéis agotado pa ponerme otra vez tiesa. Os ha costado como diez minutos.

El pistolero tomó un pedazo de su camisa —buena parte ya había desaparecido, así que el resto no importaba ahora demasiado— y llevó adelante su mano izquierda para limpiar la sangre de su herida en la frente. Ella le lanzó un mordisco, y por el clic salvaje que hicieron los dientes al juntarse, Eddie pensó que si Rolando hubiera sido sólo un ápice más lento en retirar la mano, Detta Walker le habría emparejado el número de dedos de sus manos.

Ella lanzó una risotada y lo miró con ojos perversamente regocijados, pero el pistolero vio miedo escondido en el fondo de esos ojos. Ella le tenía miedo. Miedo porque él era el Hombre Malo de Verdad.

¿Por qué era el Hombre Malo de Verdad? Tal vez era porque en algún nivel más profundo, ella percibía lo que él sabía acerca de ella.

—Casi te agarro, pichagris —dijo ella—. Esta vez casi te agarro. —Y cacareó como una bruja.

—Sosténle la cabeza —dijo el pistolero con tono neutro—. Muerde como una comadreja.

Eddie le sostuvo la cabeza mientras el pistolero le limpiaba con cuidado la herida. No era ancha y no parecía profunda, pero el pistolero no se arriesgó; caminó lentamente hasta el agua, empapó el pedazo de camisa en el agua salada y volvió.

Cuando se aproximaba ella comenzó a gritar.

—¡No me toques con esa cosa! ¡No me toques con ese agua donde vienen esas cosas venenosas! ¡Fuera! ¡Fuera!

—Sosténle la cabeza —dijo Rolando con el mismo tono neutro. Ella la sacudía de lado a lado—. No quiero correr ningún riesgo.

Eddie la sostuvo... y cuando ella trató de sacudirse para quedar libre, él se la apretó. Ella vio que él no bromeaba y se quedó quieta de inmediato, y ya no mostró temor alguno al trapo mojado. Había sido pura simulación, después de todo.

Sonrió a Rolando mientras él le lavaba la herida, mientras le limpiaba hasta la última partícula aferrada de polvo.

—La vedá, tú pareces agotado y nada más —observó Detta—. Tú pareces *enfermo*, pichagris. No creo que puedassacé un viaje laigo. No creo que puedassacé *nada* polestilo.

Eddie examinó los rudimentarios controles de la silla. Tenía un freno de mano de emergencia que bloqueaba ambas ruedas. Detta había llevado su mano derecha hasta ahí, había esperado pacientemente hasta considerar que Eddie iba lo bastante rápido, y luego había accionado el freno, cayendo ella misma deliberadamente. ¿Por qué? Para que perdieran tiempo, nada más. No había ninguna razón para hacer una cosa como esa, pero una mujer como Detta, pensó Eddie, no necesitaba razones. Una mujer como Detta se sentiría encantada de hacer cosas así por pura maldad.

Rolando aflojó un poco las ataduras para que la sangre pudiera fluir con mayor libertad, y luego ató firmemente su mano lejos del freno.

—Eso etá muy bien, Don Hombre —dijo Detta, y le ofreció una sonrisa brillante con demasiados dientes— Eso etá muy bien de todas maneras. Y encontraré otras formas de bajaros la velocidá, muchachos. Toda clase de formas.

—Vamos —dijo el pistolero sin tono alguno.

—¿Estás bien? —preguntó Eddie. El pistolero estaba muy pálido.

—Sí. Vámonos.

Comenzaron a andar por la playa otra vez.

10

El pistolero insistió en empujar por una hora y Eddie se lo permitió con reticencia. Rolando pudo franquear la primera trampa de arena, pero Eddie tuvo que meterse y ayudar a sacar la silla de la segunda. El pistolero jadeaba con fuerza; grandes gotas de sudor le cubrían la frente.

Eddie lo dejó avanzar un poco más, y Rolando había ganado habilidad en evitar con un rodeo los lugares donde la arena era lo bastante fina como para frenar las ruedas, pero por fin la silla quedó atascada otra vez y Eddie apenas pudo soportar unos instantes la visión de Rolando luchando para liberarla, jadeando, con el pecho que le subía y le bajaba, mientras la bruja (que así fue como Eddie comenzó a pensar en ella) lanzaba risotadas al aire y en realidad echaba el cuerpo para atrás en la silla para que la tarea resultara tanto más difícil... Entonces con el hombro corrió al pistolero a un lado y sacó la silla de la arena con un solo y enojado tirón. La silla traqueteó ahora y él veía/ sentía cómo ella se echaba hacia delante todo lo que le permitían las cuerdas con la misteriosa presciencia que le permitía hacerlo exactamente en el momento apropiado, tratando de precipitarse otra vez.

Rolando echó todo el peso de su cuerpo en el respaldo de la silla cerca de Eddie y volvió a estabilizarse.

Detta giró la cabeza y les hizo un guiño de conspiración tan obscena que Eddie sintió que la piel de gallina le trepaba por los brazos.

—Casi me lastimáis otra vez, muchachos —advirtió—. Ahora tenéis que cuidarme. No soy más que una vieja lisiada, así que ahora tenéis que cuidarme.

Se rió... se desternilló de risa.

A pesar de que Eddie se preocupaba por la mujer que era su otra parte —estaba muy cerca de amarla tras el breve rato en que se habían visto y hablado—, sintió que las manos le ardían en deseos de cerrarse en torno de su garganta para cortar esa risa, cortarla para que nunca más pudiera volver a reír.

Ella volvió a mirar hacia atrás, vio lo que él pensaba como si lo hubiese tenido impreso sobre su frente en tinta roja, y se rió mucho más fuerte. Lo desafiaba con los ojos. *Vamos, pichagris. Vamos. ¿Quieres hacerlo? Vamos, hazlo.*

«En otras palabras, no vuelques sólo la silla; vuelca también a la mujer —pensó Eddie—. Vuélcala para siempre. Eso es lo que ella quiere. Para Detta, que la mate un hombre blanco podría ser el único objetivo verdadero de su vida.»

—Vamos —dijo, y comenzó a empujar otra vez—. Vamos a dar un paseo por la costa, dulce amorcito, te guste o no.

—Vete a la mierda —escupió ella.

—Jódete, nena —respondió Eddie apaciblemente.

El pistolero caminaba a su lado con la cabeza baja.

11

Cuando el sol indicaba que eran como las once llegaron a un considerable promontorio de rocas y allí se detuvieron durante aproximadamente una hora, a la sombra, mientras el sol trepaba al punto más alto del día. Eddie y el pistolero comieron las sobras de la caza de la noche anterior. Eddie le ofreció una porción a Detta, quien volvió a negarse; le dijo que sabía lo que intentaban hacer, y que si querían hacerlo que lo hicieran a manos limpias, y que dejaran de tratar de envenenarla. Así, dijo, sólo lo hacían los cobardes.

«Eddie tiene razón —pensó para sí el pistolero—. Esta mujer elaboró sus propios recuerdos. Sabe todo lo que le pasó anoche, a pesar de que realmente se durmió en seguida.»

Ella creía que le habían llevado trozos de carne que olían a muerte y putrefacción, que habían usado eso para burlarse de ella, mientras ellos mismos comían filetes condimentados y bebían algún tipo de cerveza de unos termos. Creía que de vez en cuando ellos le acercaban trozos de su propia cena no contaminada, y los retiraban en el ultimo momento, cuando ella trataba de pescarlos con los dientes... y que por supuesto se reían al hacerlo. En el mundo (o al menos en la mente) de Detta Walker, los *blancos cabrones* sólo hacían dos cosas a las mujeres morenas: las violaban o se reían de ellas. O ambas cosas al mismo tiempo.

Era casi gracioso. La última vez que Eddie Dean había visto un filete fue durante su viaje en el carruaje celeste, y Rolando no lo había visto desde que se hubo terminado su charqui. Sólo los dioses sabían cuánto tiempo había pasado desde entonces. En cuanto a la cerveza... mandó su mente hacia atrás.

Tull.

Había probado cerveza en Tull. Cerveza y filetes.

Dios, qué bueno sería tomar una cerveza. Le dolía la garganta, y habría sido tan bueno tener una cerveza para refrescar ese dolor... Aún mejor que la *astina* del mundo de Eddie.

Se retiraron a cierta distancia de ella.

—¿No soy una compañía buena para chicos blancos? —les gritó ella—. ¿O sólo quieren un tiraíta cada uno de sus velitas blancas de morondanga?

Echó la cabeza hacia atrás y lanzó tal risotada que las gaviotas volaron asustadas, gritando, y abandonaron las rocas donde estaban reunidas en convención cuatrocientos metros más allá.

El pistolero se sentó a pensar, con las manos oscilando entre las rodillas. Finalmente levantó la cabeza y le dijo a Eddie:

—Sólo puedo entender una palabra de cada diez que dice.

—Entonces yo te gano —replicó Eddie—. Entiendo por lo menos dos de cada tres. No importa. La mayor parte se limita a *blanco cabrón.*

Rolando asintió.

—¿Mucha de la gente de piel oscura habla así en el lugar de donde tú vienes? Su otro yo no lo hacía.

Eddie sacudió con la cabeza y se rió.

—No, y te diré algo gracioso... bueno, por lo menos a mí me parece gracioso, pero tal vez es sólo porque no hay demasiadas cosas por aquí como para reírse. No es real. No es real, y ella ni siquiera lo sabe.

Rolando lo miró y no dijo nada.

—¿Recuerdas cuando le lavaste la frente, cómo simuló tenerle miedo al agua?

—Sí.

—¿Sabías que estaba simulando?

—Al principio no, pero lo supe bastante pronto.

Eddie asintió.

—Eso era una simulación. Pero es una actriz bastante

buena y nos engañó por un par de segundos. La forma en que habla también es un acto de simulación. Pero no es tan bueno. Es tan estúpido, ¡tan estúpidamente exagerado y obvio!

—¿Crees que simula bien sólo cuando sabe que está simulando?

—Sí. Ella habla como un cruce entre los morenitos de un libro que leí una vez llamado *Mandingo* y Butterfly McQueen en *Lo que el viento se llevó*. Sé que no conoces esos nombres, pero lo que trato de decirte es que habla como un cliché. ¿Conoces esa palabra?

—Se refiere a lo que siempre dice o cree la gente que piensa poco o no piensa en absoluto.

—Sí. Yo no hubiera podido decirlo ni la mitad de bien.

—¿Todavía no os habéis sacudido las velitas chiquititas, muchachos? —La voz de Detta se volvía cada vez más ronca y quebrada—. O eh que tal vez no las podéis encontrar. ¿Es eso?

—Vamos. —El pistolero se puso de pie lentamente. Se tambaleó por un momento, vio que Eddie lo miraba, y sonrió—. Me curaré.

—¿Por cuánto tiempo?

—El tiempo que sea necesario —contestó el pistolero, y la serenidad de su voz le erizó el corazón a Eddie.

12

Esa noche, el pistolero usó su último cartucho útil para la caza. A la noche siguiente comenzaría a probar sistemáticamente con los dudosos, pero pensó que las cosas serían mas o menos como había previsto Eddie: iban a terminar matando a las condenadas bestias a pedradas.

Fue igual que las otras noches: el fuego, cocinar, comer, aunque ahora comían de un modo lento y carente de entusiasmo. «Sólo estamos sobreviviendo», pensó Eddie. Le ofrecieron comida a Detta, quien gritó, y se rió, y maldijo y preguntó cuánto tiempo iban a tomarla por una tonta, y entonces comenzó a tirar violentamente su cuerpo a un lado y al otro, sin importarle cómo le apretaban las ataduras al hacerlo: sólo trataba de volcar su silla para un lado o para el otro para que ellos tuvieran que levantarla antes de sentarse a comer.

Justo antes de que lo lograra, Eddie la aferró y Rolando afirmó las ruedas con piedras a cada lado.

—Puedo aflojar un poco las cuerdas si te quedas quieta —le ofreció Rolando.

—¡Chúpame la mierda del culo!

—No comprendo si eso significa sí o no.

Ella lo miró con los ojos entrecerrados porque sospechaba un dejo sarcástico en esa voz tranquila (Eddie también se lo preguntó\ si era así o no), y después de un momento ella dijo de mal modo:

—Voa quedarme quieta. Tengo demasiada hambre pa soltar los diablos. ¿Vais a dame aguna comida de verdá o me vais a dejá morir de hambre? ¿Eso queréis, muchachos? Sois demasiado cagones pa matarme, y yo no voa comé nunca, NUNCA voa comé veneno, así que eso es lo queay. Que me muera de hambre. Bueno, vamoavé, siguro, claro, claro que vamoavé.

Les dedicó otra vez aquella siniestra sonrisa que helaba los huesos.

No mucho después se quedó dormida.

Eddie tocó el costado de la cara de Rolando. Rolando le echó una mirada pero no se apartó.

—Estoy bien.

—Sí, ya veo, eres Jim el Dandy. Muy bien, Jim, voy a decirte algo; hoy no hemos avanzado mucho.

—Lo sé. —También estaba la cuestión de que habían gastado el último cartucho útil, pero ésa era una información de la que Eddie podía prescindir, al menos por esa noche. Eddie no estaba enfermo, pero sí exhausto. Demasiado exhausto para más malas noticias.

«No, no está enfermo, todavía no, pero si sigue adelante demasiado tiempo sin descansar, si se cansa lo suficiente, entonces sí se va a enfermar.»

En cierto sentido, Eddie ya estaba enfermo; ambos lo estaban. A Eddie se le habían formado aftas en los costados de la boca y eczemas en la piel. El pistolero podía sentir cómo se le aflojaban los dientes dentro de las encías, y en los pies, la carne entre los dedos comenzó a resquebrajarse y sangrar, igual que la de los dedos que le quedaban en las manos. Comían, pero comían lo mismo día tras día. Podían seguir así por un tiempo, pero a la larga iban a morir tan seguramente como si murieran de inanición.

«Lo que tenemos es el Mal de los Barcos en tierra firme —pensó Rolando—. Tan simple como eso. Qué gracioso. Necesitamos fruta. Necesitamos verduras.»

Eddie hizo un gesto con la cabeza hacia la Dama.

—Ella va a seguir poniendo las cosas difíciles.

—A menos que vuelva la otra que está dentro.

—Eso sería muy agradable, pero no podemos contar con eso —dijo Eddie. Tomó un pedazo de zarpa ennegrecida y comenzó a garrapatear dibujos sin sentido en la tierra—. ¿Tienes alguna idea de la distancia a la que puede estar la próxima puerta?

Rolando negó con la cabeza.

—Sólo pregunto porque si la distancia entre la número Dos y la número Tres es la misma que entre la número Uno y la número Dos podemos llegar a estar metidos profundamente en la mierda.

—Estamos metidos en la mierda ahora mismo.

—Hasta el cuello —accedió Eddie malhumorado—. Sólo me preguntaba cuánto tiempo más podré seguir remando.

Rolando le palmeó el hombro, un gesto de afecto tan raro que hizo parpadear a Eddie.

—Hay una cosa que la Dama ignora —apuntó.

—¿Ah, sí? ¿Qué cosa?

—Que nosotros, los *blancos cabrones*, podemos remar durante mucho tiempo.

Eddie se rió ante eso, se rió fuerte, amortiguando la risa contra su brazo para no despertar a Detta. Ya había tenido bastante de ella por ese día, por favor y muchas gracias.

El pistolero lo miró sonriendo.

—Voy a retirarme —dijo—. Manténte...

—... en guardia. Sí. Está bien.

13

Aullar fue lo siguiente.

Eddie se había quedado dormido en el mismo momento en que su cabeza tocó el bulto anudado de su camisa, y pareció que sólo habían pasado cinco minutos cuando Detta comenzó a aullar.

Se despertó de inmediato, listo para cualquier cosa, ya fuera algún Rey Langosta que se alzaba de las profundidades para vengarse de sus hijas asesinadas o algún horror que bajara de las colinas. En todo caso, pareció que se había despertado al instante, pero el pistolero ya estaba de pie, con un revólver en su mano izquierda.

Cuando vio que ambos estaban despiertos, rápidamente Detta dejó de gritar.

—Quería veos en pie, muchachos —dijo—. Podría habé lobos. Podría sé que hubiera lobos. Quería vé si sois rápidos por si veía algún lobo vení. —Pero en sus ojos no había miedo; más bien resplandecían con vil diversión.

—Cristo —exclamó Eddie agotado. La luna había salido pero no estaba muy alta aún; habían dormido menos de dos horas.

El pistolero guardó el revólver en su funda.

—No vuelvas a hacerlo —le advirtió a la Dama en la silla.

—¿Y qué vassasé si lo hago? ¿Violarme?

—Si tuviéramos intenciones de violarte, a esta altura ya serías una mujer muy violada —aseveró el pistolero con tono neutro—. No vuelvas a hacerlo.

Se tendió otra vez y se echó la manta encima.

«Cristo, Cristo querido —pensó Eddie—, qué desastre, qué bruto...», y fue todo lo lejos que llegó su pensamiento antes de quedar suspendido otra vez en un sueño exhausto y entonces ella volvió a rasgar el aire con nuevos aullidos. Aullaba como una sirena de bomberos, y Eddie se levantaba otra vez, con el cuerpo llameante de adrenalina, las manos crispadas, y entonces ella volvía a reír, con la voz ronca y ajada. Eddie alzó la mirada y vio que la luna había avanzado menos de diez grados desde que ella los despertara por primera vez.

«Intenta seguir haciéndolo —pensó él abatido—. Intenta permanecer despierta y vigilarnos, y cuando se asegura de que bajamos al sueño más profundo, ese lugar donde uno se recarga, entonces va a abrir su boca y va a comenzar a vociferar otra vez. Piensa hacerlo y hacerlo y hacerlo hasta que ya no le quede voz para vociferar.»

La risa de ella se detuvo abruptamente. Rolando avanzaba hacia ella, una forma oscura bajo la luz de la luna.

—Léjate de mí, pichagris —dijo Detta, pero había un temblor nervioso en su voz—. Tú no me vassasé nada.

Rolando se quedó parado frente a ella y por un momento Eddie estuvo seguro, completamente seguro, de que el pistolero había llegado al límite de su paciencia y simplemente la aplastaría como a una cucaracha. En cambio, del modo más sorprendente, dejó caer una rodilla frente a ella como un pretendiente a punto de proponer matrimonio.

—Escucha —dijo, y Eddie apenas pudo dar crédito a la calidad sedosa de la voz de Rolando. Pudo ver la misma sorpresa profunda en la cara de Detta, sólo que iba acompañado por el miedo—. Escúchame, Odetta.

—¿Po qué me llamas O-Detta? Ese noé mi nombre.

—Cállate, bruta —ordenó el pistolero en un gruñido, y luego volvió a la misma voz de seda—. Si me oyes, y si en general puedes controlarla...

—¿Po qué me hablas así? ¿Po qué me hablas como si hablaras con otra? ¡Deja esa mierda blanca! ¡Para ya! ¿Me oyes?

—Manténla callada. Puedo amordazarla, pero no quiero hacer eso. Una mordaza fuerte es un asunto peligroso. La gente se asfixia.

—¡DEJA ESA BLANCA BASURA VUDÚ, CABRÓN!

—Odetta. —Su voz era un susurro, como la lluvia cuando comienza a caer.

Ella quedó en silencio, mirándolo fijo con ojos enormes. Eddie no había visto nunca semejante combinación de odio y miedo en un par de ojos humanos.

—No creo que a esta bruta le importe nada morir por una fuerte mordaza. Ella quiere morir, pero más todavía, tal vez, quiere que tú mueras. Pero tú no has muerto, no hasta ahora, y no creo que Detta sea algo flamante en tu vida. Ella se siente demasiado cómoda dentro de ti, como en su casa, y tal vez tú puedas mantener cierto control sobre ella aun cuando todavía no puedas salir. No dejes que nos despierte por tercera vez, Odetta. No quiero amordazarla. Pero si tengo que hacerlo, lo haré.

Se levantó, se alejó sin mirar hacia atrás, se enrolló otra vez bajo su manta, y se quedó dormido.

Ella seguía mirándolo fijo, con los ojos muy abiertos y las fosas nasales ensanchadas.

—Basura blanca vudú —susurró.

Eddie se quedó tendido, pero esta vez pasó mucho tiempo antes de que el sueño lo reclamara, a pesar de su profundo cansancio. Llegaba hasta el borde, anticipaba los aullidos y volvía de un tirón.

Tres horas más tarde, más o menos, cuando la luna ya había pasado al otro lado, se durmió por fin.

Esa noche Detta no aulló más, porque Rolando la había asustado, o porque quería conservar la voz para futuros alaridos y excursiones, o —tal vez, sólo tal vez— porque Odetta había oído y había practicado el control que el pistolero le pedía.

Eddie durmió por fin, pero despertó empapado y sin haber descansado. Miró hacia la silla, esperando contra toda esperanza que estuviera Odetta, Dios, por favor, haz que esté Odetta esta mañana...

—Ndía, panblanco —profirió Detta, y le dedicó su sonrisa de tiburón—. Pensé que ibassa domí hata el mediodía. Pero no puedes hacé nada polestilo, ¿vedá? Tenemo que andá unos kilómetros, ¿no es así como es la cosa? ¡Seguro! Y creo que tú serás el que tendrá que hacé todol trabajo, empujá y eso, porque lotro tipo, etipo elos ojos evudú, ese tipo tá cada ve más paliducho ¡declarao que sí! ¡Sí! Ese tipo pronto no va comé nada, ni esa caine rarita y ahumada que gualdáis pa cuando jugáis cada uno con la velita blanca chiquitita del otro, panblanco. ¡Así que vamos, panblanco! Detta no quere ser la que te retiene.

Los párpados y la voz bajaron ambos un poco; sus ojos le echaban miradas astutas por el costado.

—No en la salida, polo menos.

«Eté vasé un día que recordarás, panblanco —prometían esos ojos astutos—. Ete vasé un día que recordarás dulante mucho, mucho tiempo. Siguro.»

14

Ese día hicieron cinco kilómetros, tal vez algo menos. La silla de Detta se volcó dos veces. Una vez lo hizo ella misma; deslizó otra vez sus dedos lenta e inadvertidamente hasta el freno de mano y lo accionó. La segunda vez lo hizo Eddie sin ninguna ayuda, al empujar demasiado fuerte en una de esas benditas trampas de arena. Eso fue cerca del final del día, y lo que pasó fue que simplemente sintió pánico porque creyó que esta vez *no* iba a ser capaz de sacarla, que *no* iba a poder. Así que con sus brazos temblorosos le dio ese último y titánico tirón, y por supuesto fue demasiado fuerte, y se volcó, y él y Rolando tuvieron que esforzarse para enderezarla otra vez. Terminaron la tarea justo a tiempo. La cuerda que le pasaba por debajo del pecho ahora se había corrido y le cruzaba tensa la tráquea. El eficiente nudo corredizo del pistolero la estaba matando por asfixia. Su cara se había puesto de un extraño color azul, estaba a punto de perder el conocimiento, pero aun así siguió resollando su pérfida risa.

«Déjala, ¿por qué no la dejas? —estuvo a punto de decir Eddie cuando Rolando se inclinó rápidamente hacia delante para aflojar el nudo—. ¡Deja que se ahogue! No sé si quiere hacérselo a sí misma, como tú dijiste, pero sé lo que quiere hacernos a NOSOTROS... ¡así que déjala ir!»

Entonces recordó a Odetta (aunque su encuentro había sido tan breve y parecía haber ocurrido tanto tiempo atrás que el recuerdo se volvía cada vez más débil) y se adelantó para ayudar.

El pistolero le alejó impaciente con una mano.

—Sólo hay lugar para uno.

Cuando la cuerda se aflojó y la Dama jadeaba roncamente por su aliento (que expulsaba en ráfagas de su violenta carcajada), Rolando se volvió y miró críticamente a Eddie.

—Creo que debemos detenernos a pasar la noche.

—Un poco más lejos. —Casi suplicaba—. Puedo avanzar un poco más.

—¡Siguro! Ete macho fuerte bueno pa cortá ota fila dalgodón y todavía le queda suficiente pa dale una buena chupada a tu velita blanca chiquitita eta noche.

Ella seguía sin querer comer, y su cara se estaba convirtiendo en puras líneas y ángulos rígidos. Sus ojos resplandecían en cuencas cada vez más profundas.

Rolando no le prestó la menor atención, sólo estudió a Eddie con cuidado.

Por fin asintió con la cabeza.

—Un trecho más. No muy lejos, sólo un trecho más.

Veinte minutos más tarde Eddie mismo decidió parar. Sentía los brazos como gelatina.

Se sentaron a la sombra de las rocas; escucharon el canto de las gaviotas, miraron la llegada de la marea, esperaron que el sol bajara y que las langostruosidades salieran y comenzaran sus molestos interrogatorios entrecruzados.

Rolando le dijo a Eddie —en una voz demasiado baja para que Detta pudiera oírlo— que tal vez se habían quedado sin cápsulas útiles. La boca de Eddie se tensó un poco hacia abajo pero eso fue todo. Rolando estaba complacido.

—Así que tú mismo tendrás que apedrear a una de ellas —dijo Rolando—. Yo estoy demasiado débil como para sostener una piedra suficientemente grande como para hacer el trabajo... y estar seguro.

Ahora Eddie fue el que estudió al otro con cuidado.

No le gustó lo que vio.

Con un gesto el pistolero interrumpió el escrutinio.

—No importa —sentenció—. No importa, Eddie. Lo que es, es.

—*Ka* —dijo Eddie.

El pistolero asintió y sonrió débilmente.

—*Ka.*

—Kaka —añadió Eddie, y se miraron el uno al otro y ambos se echaron a reír. Rolando se mostró desconcertado e incluso un poco asustado tal vez por el sonido áspero que salió de su boca. Su risa no duró mucho tiempo. Cuando se detuvo parecía distante y melancólico.

—¿Esa risa quedecir que po fin se hicieron corré luno alotro? —les gritó Detta con la voz ronca y debilitada—. ¿Y cuándo se la van a meté? ¡Eso élo que yo quero vé! ¡Cómo se la meten!

15

Eddie se ocupó de la caza.

Como antes, Detta se negó a comer. Eddie tomó un pedazo y comió la mitad como para que ella pudiera ver, y luego le ofreció la otra mitad.

—¡Nosseor! —exclamó, echándole una mirada relampagueante—. ¡Nosseor! Leáj pueto el veleno ala otra punta. La que trata de daime.

Sin decir nada, Eddie tomó el resto del pedazo, se lo puso en la boca, masticó, tragó.

—No quedecí nada —puntualizó Detta malhumorada—. Déjame en paz, pichagris.

Eddie no la dejó en paz.

Le trajo otro pedazo.

—Pártela tú por la mitad. Dame la parte que quieras. Yo me la comeré, y entonces tú te comes el resto.

—No voa caé eniguno de tus trucos blancos, Don Chahlie. Léjate de mí, élo que te dije, y léjate de mí élo que te quise decí.

16

Esa noche no gritó... pero a la mañana siguiente aún estaba ahí.

17

Ese día sólo hicieron tres kilómetros, a pesar de que Detta no hizo esfuerzo alguno para volcar su silla; Eddie pensó que tal vez se volvía demasiado débil como para intentar actos de sabotaje deliberado. O tal vez había comprendido que en verdad no eran necesarios. Había tres factores fatales que se reunían inexorablemente: el agotamiento de Eddie, el terreno, que después de días interminables de monotonía, finalmente comenzaba a cambiar, y la condición de Rolando, que se deterioraba visiblemente.

Había menos trampas de arena, pero era escaso el alivio. El terreno se volvía más pedregoso, más y más un suelo pobre e improductivo y menos y menos arena (en algunos lugares crecían unos arbustos y un poco de maleza, que casi parecían avergonzados de estar ahí), y ahora aparecían tantas rocas grandes en esa extraña combinación de tierra y arena que Eddie se encontró haciendo rodeos para evitarlas como antes había tratado de desviar la silla de la Dama en torno de las trampas de arena. Y pronto se dio cuenta de que ya no quedaba playa en absoluto. Las colinas, unas cosas marrones y sin gracia, parecían estar cada vez más cerca. Eddie podía ver los barrancos que ondulaban entre ellas, como abiertos a machete por un gigante torpe. Esa noche, antes de quedarse dormido, oyó algo que sonaba como un gato muy grande que aullaba por ahí.

La playa había parecido interminable, pero ahora se daba cuenta de que después de todo tenía un final. Más adelante, en algún lugar, esas colinas simplemente iban a suprimir su existencia. Las colinas erosionadas marchaban hacia el mar y luego entraban en él, donde podrían convertirse primero en un cabo o algún tipo de península, y luego en una serie de archipiélagos.

Eso le preocupaba, pero la condición de Rolando le preocupaba aún más.

Esta vez el pistolero no parecía arder tanto como *desvanecerse;* se perdía, se volvía transparente.

Las líneas rojas habían vuelto a aparecer, y avanzaban implacablemente por el lado de adentro del brazo derecho hacia el codo.

Durante los dos últimos días Eddie miró siempre adelante, escudriñaba la distancia con la esperanza de ver la puerta, la puerta, la puerta mágica.

Durante los dos últimos días esperó que Odetta volviera a aparecer.

No aparecieron ni la una ni la otra.

Antes de quedarse dormido esa noche se le cruzaron dos pensamientos terribles, como un mal chiste con final doble:

¿Y si no había puerta?

¿Y si Odetta Holmes estaba muerta?

18

—¡Levántate y anda, cabrón! —chilló Detta y lo sacó de su inconsciencia—. Creo que ahora sólo seremos tú y yo, tesorito. Tu amigo me parece que pol fin se murió. Tu amigo se la debe etar metiendo al mimo diablo en el infielno.

Eddie miró la forma acurrucada y enrollada de Rolando y por un terrible momento pensó que la hija de puta tenía razón. Entonces el pistolero se removió, murmuró algo incomprensible y se incorporó hasta quedar sentado.

—¡Eh, mira quién etá aquí! —Detta había gritado tanto que ahora su voz por momentos desaparecía casi completamente, no era más que un extraño susurro, como un viento invernal que pasa por debajo de una puerta—. ¡Creí que habíad muelto, Don Hombre!

Lentamente Rolando se ponía de pie. Eddie seguía viéndolo como quien usa, para hacerlo, las barras de una escalera invisible. Eddie sintió una especie de pena iracunda, y ésta era una emoción conocida, raramente nostálgica. Después de un momento comprendió. Era como cuando él y Henry veían combates por televisión y un boxeador castigaba al otro, lo castigaba terriblemente, una y otra vez, y la multitud pedía sangre a gritos, y *Henry* pedía sangre a gritos, pero Eddie sólo se quedaba ahí sentado, sintiendo pena y enojo, un sordo disgusto; se quedaba ahí sentado y le mandaba ondas de pensamiento al árbitro: *Tienes que detener eso, tío ¿acaso estas ciego, joder? ¡Ese tipo se está muriendo ahí arriba! ¡MURIENDO! ¡Detén esa puta pelea!*

No había manera de detener ésta.

Rolando miró a la mujer desde sus ojos asaltados por la fiebre.

—Hay mucha gente que pensó lo mismo, Detta. —Miró a Eddie—. ¿Estás listo?

—Sí, eso creo. ¿Y tú estás listo?

—Sí.

—¿Puedes?

—Sí.

Continuaron.

Alrededor de las diez Detta comenzó a masajearse las sienes con las puntas de los dedos.

—Para —imploró—. Me siento mal. Tengo gana de vomitá.

—Debe de ser toda esa comida que te comiste anoche —arguyó Eddie, y siguió empujando—. Debiste haber dejado el postre. Te dije que la torta cubierta de chocolate era pesada.

—¡Voa vomitá! ¡Voa...!

—Detente, Eddie —exclamó el pistolero.

Eddie se detuvo.

La mujer se sacudió galvánicamente en su silla, como si la hubiera atravesado una corriente eléctrica. Sus ojos se abrieron muy grandes, mirando a la nada.

—*¡FUI YO LA QUE TE ROMPIÓ EL PLATO, APES-TOSA DAMA AZUL!* —chilló—. *¡YO TE LO ROMPÍ Y ETOY MA CONTENTA QUE LA PUTA MADRE DE HABELO HEC...!*

Súbitamente se abalanzó hacia delante en la silla. De no haber sido por las cuerdas se habría caído.

«Dios, está muerta, ha tenido un ataque y está muerta», pensó Eddie. Comenzó a dar la vuelta a la silla, recordó lo astuta y tramposa que podía ser, y se detuvo tan repentinamente como había comenzado. Miró a Rolando. Rolando lo miró a su vez del modo más neutro, sus ojos no transmitían nada en absoluto.

Entonces ella gimió. Sus ojos se abrieron.

Sus ojos.

Los ojos de Odetta.

—Dios santo, he vuelto a desmayarme, ¿verdad? —inquirió—. Siento que hayan tenido que atarme. ¡Mis tontas piernas! Creo que podría incorporarme un poco sí me...

Fue entonces cuando las piernas de Rolando se descalabraron lentamente y se desvaneció a unos cincuenta kilómetros al sur del lugar donde finalizaba la playa del Mar del Oeste.

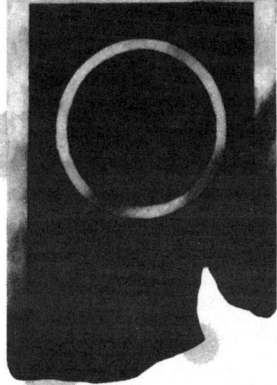

LES · AMOREUSES

OTRA
BARAJA

Otra baraja

1

Para Eddie Dean, él y la Dama ya no parecían avanzar con dificultad, ni siquiera andar por lo que quedaba de playa. Parecían *volar*.

A Odetta Holmes aún no le gustaba Rolando ni confiaba en él; eso estaba claro. Pero había reconocido lo desesperado de su condición, y respondió a eso. Ahora, en vez de empujar un conglomerado muerto de acero y goma al que resultaba estar atado un cuerpo humano, Eddie casi sentía que impulsaba un columpio.

—Ve con ella. Antes, yo te cuidaba, y eso era importante. Ahora sólo te obligaría a ir más despacio.

Casi de inmediato llegó a darse cuenta de cuánta razón tenía el pistolero. Eddie empujaba la silla; Odetta la impulsaba.

Uno de los revólveres del pistolero estaba metido en la cintura de los pantalones de Eddie.

—*¿Recuerdas cuando te dije que te mantuvieras en guardia y tú no lo hiciste?*

—*Sí.*

—*Te lo digo otra vez:* Manténte en guardia. *En todo momento. Si su otra regresa, no esperes ni un segundo. Dale un golpe.*

—¿*Y si la mato?*

—*Entonces será el final. Pero si ella te mata a ti, ése también será el final. Y si ella vuelve lo va a intentar. Lo va a intentar.*

Eddie no había querido dejarlo. No solamente por ese aullido de gato en la noche (aunque seguía pensando en eso); era simplemente que Rolando se había convertido en su única piedra de toque en este mundo. Él y Odetta no tenían nada que ver con esto, no eran de aquí. Sin embargo, se daba cuenta de que el pistolero tenía razón.

—¿Quieres descansar? —le preguntó a Odetta—. Hay más comida. Un poco.

—Todavía no —contestó ella, aunque su voz sonaba cansada—. Pronto.

—Muy bien. Pero al menos deja de impulsar. Estás débil. Tú... tu estómago, ya sabes.

—Muy bien. —Se volvió, el rostro brillante de sudor y le dedicó una sonrisa que al mismo tiempo le debilitó y lo fortificó. Él podía llegar a morir por una sonrisa como ésa... y pensó que lo haría si las circunstancias lo exigían.

Le rogaba al cielo que las circunstancias no lo exigieran, pero seguramente eso no era impensable. El tiempo se había convertido en algo tan crucial que gritaba.

Ella puso las manos sobre su regazo y él siguió empujando. Las huellas que la silla dejaba tras de sí ahora eran más finas; la playa se había vuelto cada vez más firme, pero también estaba llena de cascotes y escombros desparramados que podían provocar un accidente. A la velocidad que iban no iba a ser preciso evitar uno. Un accidente realmente grave podía lastimar a Odetta y eso sería malo; un accidente así podía también dañar la silla, y eso sería malo para ellos y probablemente peor para el pistolero, que casi seguramente moriría solo. Y si Rolando moría, quedarían atrapados en este mundo para siempre.

Con Rolando demasiado débil y enfermo para caminar, Eddie se vio forzado a enfrentarse a un hecho simple: aquí había tres personas, y dos de ellas eran lisiadas.

¿Entonces qué esperanza, qué oportunidad tenían?

La silla.

La silla era la esperanza, toda la esperanza, y nada mas que la esperanza.

Entonces que Dios los ayude.

2

El pistolero había recobrado el conocimiento poco después de que Eddie lo arrastrara hasta dejarlo a la sombra de una de las rocas que brotaban del suelo. Su cara, donde no estaba cenicienta, tenía un rojo febril. Su pecho subía y bajaba con rapidez. En su brazo derecho había una red de líneas rojas retorcidas.

—Dale de comer —le graznó a Eddie.

—Tú...

—Yo no importo. Yo me arreglaré. Dale de comer a ella. Creo que ahora va a comer. Y tú vas a necesitar su fuerza.

—Rolando, ¿y si ella sólo estuviera simulando ser...?

El pistolero hizo un gesto de impaciencia.

—Ella no simula nada, salvo estar sola en su cuerpo. Yo lo sé y tú también lo sabes. Se le ve en la cara. Aliméntala, por el amor de tu padre, y mientras ella come, vuelve a mí. Ahora cuenta cada minuto. Cada segundo.

Eddie se levantó, y el pistolero volvió a traerlo de un tirón con la mano izquierda. Enfermo o no, su fuerza seguía ahí.

—Y no le digas nada acerca de la *otra*. No importa lo que te diga, cualquier cosa que te explique, *no la contradigas.*

—¿Por qué?

—No lo sé. Sólo sé que sería un error. ¡Ahora haz lo que te digo y no pierdas más tiempo!

Odetta había estado sentada en su silla y miraba hacia el mar con una expresión de dulce y absorta perplejidad. Cuando Eddie le ofreció los trozos de langosta que quedaron de la noche anterior, ella sonrió reticente.

—Lo tomaría si pudiera —dijo—, pero ya sabes lo que sucede.

Eddie, que no tenía idea de lo que ella estaba hablando, sólo pudo encogerse de hombros y decir:

—No te hará ningún daño probar otra vez, Odetta. Necesitas comer, lo sabes. Debemos ir lo más rápido que sea posible.

Ella rió y tocó su mano. Él sintió algo como una carga eléctrica que saltaba de ella a él. Y era ella, Odetta.

Él lo sabía al igual que Rolando.

—Te amo, Eddie. Lo has intentado con tanta fuerza. Fuiste tan paciente. Lo mismo que él... —Hizo un gesto con la cabeza hacia donde estaba el pistolero tendido contra las rocas, observando—. Pero él es un hombre difícil de amar.

—Sí. Como si yo no lo supiera.

—Voy a intentarlo una vez más. Por ti.

Ella sonrió y él sintió que todo el mundo se movía por ella, a causa de ella, y pensó: «Dios, por favor, yo nunca he tenido mucho, así que por favor no vuelvas a llevártela lejos de mí. Por favor.»

Ella tomó los trozos de carne de langosta, frunció la nariz en una cómica expresión de reticencia, y levantó la mirada hacia él.

—¿Debo hacerlo?

—Dale un mordisco y nada más —aconsejó él.

—Nunca volví a comer vieiras —indicó ella.

—¿Perdón?

—Pensé que te lo había dicho.

—Tal vez me lo dijiste —corrigió él, y lanzó una risita nerviosa. Lo que el pistolero le había dicho acerca de no hablarle de la otra en ese mismo momento se cernía dentro de su mente.

—Una noche las sirvieron en la cena, cuando yo tenía diez u once años. Odié el gusto que tenían, como pelotitas de goma, y las vomité. Nunca volví a comerlas. Pero... —suspiró—. Como tú dices, voy a «darles un mordisco».

Se puso un pedazo en la boca como un niño que toma una cucharada de un remedio que sabe horrible. Masticó lentamente al principio, luego un poco más rápido. Tragó. Tomó otro pedazo. Masticó, tragó. Otro. Ahora estaba prácticamente devorándolo.

—¡Eh, más despacio! —le dijo Eddie.

—¡Deben de ser de otra clase! ¡Eso es, ¡por supuesto, es eso! —Miró a Eddie resplandeciente—. ¡Hemos avanzado por la playa y las especies han cambiado! ¡Parece que ya no soy alérgica! No me sabe horrible, como antes... y traté de retenerlo, ¿verdad que sí? —Lo miró indefensa—. Traté con todas mis fuerzas.

—Sí. —Se oía a sí mismo como una radio que transmitía una señal distante. «Cree que estuvo comiendo todos los días y que luego vomitaba todo y que por eso está tan débil. Cristo milagroso»—. Sí, trataste como una loca.

—Sabe a... —Fue difícil entender estas palabras porque tenía la boca llena—. ¡Sabe tan bien! —Se echó a reír. El sonido era delicado y encantador—. ¡Esto se va a quedar! ¡Voy a poder tomar alimento! ¡Lo sé! ¡Lo *siento*!

—Es mejor que no exageres —le advirtió él, y le alcanzó una de las cantimploras—. No estás acostumbrada. De tanto... —Tragó y se produjo un audible (por lo menos audible para él) *clic* en su garganta—. De tanto vomitar.

—Sí. Sí.

—Debo hablar con Rolando unos minutos.

—Muy bien.

Pero antes de que se fuera ella le tomó la mano otra vez.

—Gracias, Eddie. Gracias por ser tan paciente. Y dale las gracias a *él*. —Hizo una pausa grave—. Y no le digas que me da miedo

—No se lo diré. —Y volvió hasta donde estaba el pistolero.

3

Aun cuando no empujaba, Odetta era una ayuda. Navegaba con la presciencia de una mujer que ha pasado mucho tiempo manejando una silla de ruedas a través de un mundo que en los años por venir no iba a reconocer a la gente disminuida como ella.

—Izquierda —avisaba, y Eddie se desviaba hacia la izquierda evitando una roca que sobresalía enmarañada de la pastosa arenisca como un colmillo cariado. Él pudo haberla visto... o tal vez no.

—Derecha —avisaba, y Eddie se desviaba hacia la derecha, y a duras penas evitaba una de las cada vez más raras trampas de arena.

Por fin se detuvieron y Eddie se tendió en el suelo, respirando fuerte.

—Duerme —dijo Odetta—. Una hora. Yo te despierto.

Eddie la miró.

—No te miento. Observé el estado de tu amigo, Eddie...

—Él no es exactamente mi amigo...

—Y sé lo importante que es el tiempo. No voy a dejarte dormir más de una hora por un sentido mal entendido de la compasión. Puedo leer el sol bastante bien. No le harías ningún bien a ese hombre si te agotas del todo, ¿verdad?

—No —dijo, mientras pensaba: «Pero tú no comprendes. Si yo me duermo y vuelve Detta Walker...»

—Duerme, Eddie —insistió ella, y como Eddie estaba demasiado agotado (y demasiado enamorado) para no confiar en ella, se durmió. Él durmió, ella lo despertó tal como había dicho, y seguía siendo Odetta, y siguieron el camino, y ahora ella impulsaba otra vez, y ayudaba. Avanzaron a toda velocidad por la playa, cada vez más pequeña, hacia la puerta que Eddie seguía buscando frenéticamente y seguía sin ver.

4

Cuando dejó a Odetta comiendo su primera comida en días y volvió junto al pistolero, Rolando parecía estar un poco mejor.

—Agáchate —le dijo a Eddie.

Eddie se agachó.

—Déjame la cantimplora que está medio llena. Es lo único que necesito. Llévala hacia la puerta.

—¿Qué hago si no...?

—¿Si no la encuentras? La encontrarás. Las primeras dos estuvieron ahí; ésta también va a estar. Si llegas ahí hoy, antes de que se ponga el sol, espera la oscuridad y caza doble. Tienes que dejarle comida a ella y asegurarte de que esté todo lo protegida que pueda estar. Si no llegas esta noche, caza triple. Ten.

Le alcanzó uno de los revólveres. Eddie lo tomó con respeto, sorprendido igual que antes por su peso.

—Pensé que los cartuchos eran todos inservibles.

—Probablemente lo sean. Pero lo cargué con los que me pareció que estaban menos mojados: tres del lado de la hebilla del cinto de la izquierda, tres del lado de la hebilla del izquierdo. Alguno puede disparar. Dos, si tienes suerte. No los pruebes con los bichos. —Sus ojos consideraron brevemente a Eddie—. Puede haber otras cosas por ahí.

—Tú también lo oíste, ¿verdad?

—Si te refieres a algo que aullaba en las colinas, sí. Si te refieres al Coco, como indican tus ojos, no. Oí un gato salvaje en los matorrales, eso es todo, tal vez con una voz cuatro veces más importante que su cuerpo. Podría no ser nada que no pudieras espantar con un palo. Pero hay que pensar en ella. Si llegara a volver su *otra*, tal vez tengas que...

—¡No voy a matarla, si es eso en lo que estás pensando!

—Tal vez tengas que herirla un poco. ¿Entiendes?

Eddie asintió con reticencia. De todas maneras las malditas cápsulas probablemente no iban a disparar, así que no tenía sentido preocuparse por eso ahora.

—Cuando llegues a la puerta, déjala. Déjala protegida lo mejor que puedas, y vuelve a mí con la silla.

—¿Y el revólver?

Los ojos del pistolero centellearon con tal fuerza que Eddie echó su cabeza hacia atrás, como si Rolando le hubiera puesto en la cara una antorcha encendida.

—¡Dioses, sí! ¿Dejarla con un arma cargada, cuando *su otra* puede volver en cualquier momento? ¿Estás loco?

—Las balas...

—¡A la mierda las balas! —gritó el pistolero, y una inesperada caída del viento permitió acarrear las palabras. Odetta volvió su cabeza, los miró durante un largo momento, y luego volvió a mirar hacia el mar—. ¡Con ella no lo dejarás!

Eddie mantuvo baja la voz por si el viento volvía a caer.

—¿Y si algo bajara de los matorrales mientras yo estoy volviendo hacia aquí? ¿Algún tipo de gato cuatro veces mas grande que su voz, en lugar de ser al revés? ¿Algo que no se puede espantar con un palo?

—Dale una pila de piedras —repuso el pistolero.

—¡Piedras! ¡Santo Dios! ¡Tío, eres un jodido de mierda!

—Estoy pensando —dijo el pistolero—. Algo que tú pareces incapaz de hacer. Te di el revólver para que pudieras protegerla de ese tipo de peligros por la mitad del viaje que debes hacer. ¿Te complacería que tomara el revólver de vuelta? Tal vez así podrías morir por ella. ¿Eso te complacería? Muy romántico... sólo que en ese caso, en lugar de ser sólo ella, los tres nos vendríamos abajo.

—Muy lógico. Sigues siendo un jodido de mierda, sin embargo.

—Ve o quédate. Deja de insultarme.

—Te olvidaste de algo —advirtió Eddie furioso.

—¿De qué?

—Te olvidaste de decirme que creciera. Es lo que Henry siempre me decía: «Oh, crece de una vez, niño.»

El pistolero exhibió una sonrisa muy cansada y extrañamente hermosa.

—Yo creo que has crecido. ¿Te vas o te quedas?

—Me voy —dijo Eddie—. ¿Qué vas a comer? Ella devoró las sobras.

—El jodido de mierda ya encontrará la manera. El jodido de mierda ha encontrado la manera durante años.

Eddie miró hacia otro lado.

—Supongo... supongo que siento haberte dicho eso, Rolando. Es que... —De pronto se echó a reír de un modo estridente—. Ha sido un día muy agotador.

Rolando volvió a sonreír.

—Sí —asintió—. Sí lo ha sido.

5

Ese día lograron el mayor avance de todo el trayecto, pero aún no había puerta a la vista cuando el sol comenzó a derramar sus trazos dorados a través del océano. Aunque ella le dijo que se sentía perfectamente capaz de seguir por otra media hora, él decidió parar y la ayudó a salir de la silla. La cargó hasta un trozo de terreno liso que parecía bastante blando, tomó los almohadones del respaldo de la silla y del asiento y los deslizó debajo de ella.

—Dios, qué bueno es estirarse un poco —suspiró—. Pero... —Su frente se nubló—. Sigo pensando en ese hombre de ahí atrás, Rolando, completamente solo, y realmente no puedo disfrutar. Eddie, ¿quién es él? ¿Qué es él? —Y casi como una ocurrencia tardía, añadió—: ¿Y por qué grita tanto?

—Es sólo su naturaleza, supongo —opinó Eddie, y abruptamente se alejó a juntar piedras. Rolando sólo gritaba de vez en cuando. Y ese día le había tocado: «¡A la mierda las balas!» Pero el resto obedecía a la falsa memoria: el tiempo en que ella creía haber sido Odetta.

Cazó triple, según las instrucciones del pistolero. Estaba tan concentrado en la última bestia que escapó por un pelo de una cuarta, que se había acercado por su derecha. Vio cómo sus zarpas caían en el lugar que un momento antes había ocupado su pierna y su pie, y pensó en los dedos que le faltaban al pistolero.

Cocinó sobre un fuego de madera seca —al menos las colinas intrusivas y la vegetación creciente hacían más rápida y más fácil la búsqueda de buen combustible—, mientras la última luz del día se desvanecía en el cielo del oeste.

—¡Mira, Eddie! —gritó ella, y señaló arriba.

Él miró, y vio una sola estrella que resplandecía en el seno de la noche.

—¿No es hermoso?

—Sí —asintió él, y de pronto, sin razón alguna, sus ojos se llenaron de lágrimas. ¿Dónde había estado toda su puta vida? ¿Dónde había estado, qué había hecho, quién había estado con él mientras lo hacía, y por qué se sentía de pronto tan triste, tan lleno de mierda en un grado abismal?

Ella tenía el rostro levantado y era terrible en su belleza, irrefutable en esta luz, pero la belleza era desconocida para su poseedora, quien solo miraba la estrella con los ojos muy abiertos y maravillados, y se reía suavemente.

—Estrella de la luz y de la claridad —dijo, y se detuvo. Lo miró a él—. ¿Lo sabes, Eddie?

—Sí. —Eddie mantenía la cabeza baja. Su voz sonaba bastante limpia, pero si levantaba la mirada, ella vería que estaba llorando.

—Entonces ayúdame. Pero tienes que mirar.

—Está bien.

Se limpió las lágrimas con la palma de una mano y levanto la mirada hacia la estrella junto con ella.

—Estrella de la luz... —Ella lo miró, y él se sumó a su letanía—... y de la claridad...

La mano de ella se extendió, titubeante, y él se la aferró, el delicioso marrón del chocolate liviano la una, y el delicioso blanco del pecho de una paloma la otra.

—La primera estrella que esta noche verás. —Hablaban al unísono con solemnidad, ahora, con esto, un muchacho y una chica, no el hombre y la mujer que serían mas tarde, cuando la oscuridad fue completa y ella lo llamó para preguntarle si estaba dormido y él dijo que no y ella le preguntó si no la abrazaría porque hacía frío—. Te dará un deseo, un deseo te dará...

Se miraron el uno al otro, y él vio que también a ella las lágrimas le corrían por las mejillas. Volvieron las suyas, y él las dejó caer ante la mirada de ella. No era una vergüenza, sino un alivio indecible.

Se sonrieron el uno al otro.

—Y ese deseo se hará realidad —dijo Eddie, y pensó: «Por favor, siempre tú.»

—Y ese deseo se hará realidad —repitió ella, y pensó: «Si debo morir en este extraño lugar, por favor, que no sea muy duro, y que este buen muchacho esté conmigo.»

—Lamento haber llorado —se disculpó ella, secándose los ojos—. No lo hago habitualmente, pero ha sido...

—Un día muy agotador —terminó él.

—Sí. Y tú necesitas comer, Eddie.

—Y tú también.

—Sólo espero que no me haga enfermar otra vez.

Él le sonrió.

—No creo.

6

Más tarde, con extrañas galaxias que giraban sobre sus cabezas en lentas espirales ninguno creyó que el acto de amor hubiera sido alguna vez tan dulce, tan lleno.

7

Al amanecer ya estaban en marcha y a toda velocidad, y hacia las nueve Eddie lamentó no haberle preguntado a Rolando qué debía hacer si llegaban al lugar donde las colinas cortaban la playa y aún no había puerta a la vista. Parecía una pregunta de cierta importancia, porque el final de la playa se acercaba efectivamente, de eso no había duda. Las colinas avanzaban cada vez más cerca y corrían en diagonal hacia el agua.

La playa misma ya no era en absoluto una playa, no realmente; ahora el suelo era firme y bastante suave. Algo —el uso, supuso él, o una inundación en alguna estación de lluvias (no había llovido desde que él estaba en este mundo, ni una gota; un par de veces el cielo se había nublado, pero luego las nubes habían volado)— había gastado las rocas que brotaban por el camino hasta hacerlas desaparecer.

A las nueve y media Odetta gritó:

—¡Para, Eddie! ¡Detente!

Él se detuvo tan abruptamente que ella tuvo que aferrarse a los brazos de la silla para no caer. En un instante él rodeó la silla y estuvo frente a ella.

—Perdona —se excusó—. ¿Estás bien?

—Bien. —Vio que había confundido angustia con excitación. Ella señaló—. ¡Allá! ¿Ves algo?

Entrecerró los ojos y no vio nada. Escudriñó. Por un instante pensó... no, seguramente era sólo vapor caliente que brotaba del suelo.

—Creo que no —contestó, y sonrió—. Salvo, tal vez, tu deseo.

—¡Yo creo ver algo! —Volvió hacia él su cara excitada y sonriente—. ¡Ahí, de pie! Cerca de donde termina la playa.

Él volvió a mirar; escudriñó con tal intensidad que sus ojos lagrimearon. Otra vez pensó sólo por un momento que había visto algo. «Eso es lo que pasa —pensó, y sonrió—. Ha visto su deseo.»

—Tal vez —dijo, no porque él lo creyera, sino porque lo creía ella.

—¡Vamos!

Eddie volvió a colocarse detrás de la silla y se tomó un momento para masajearse la parte baja de la espalda, donde se había instalado un dolor constante. Ella miró hacia atrás.

—¿Qué estás esperando?

—Realmente crees haberla visto ¿verdad?
—¡Sí!
—Bueno, ¡entonces vamos!
Eddie comenzó a empujar otra vez.

8

Media hora más tarde él también la vio. «Dios —pensó—, tiene una vista tan buena como la de Rolando. Tal vez mejor.»

Ninguno de los dos deseaba detenerse para almorzar, pero tenían que comer. Hicieron una comida rápida y luego se pusieron en marcha otra vez. La marea comenzaba a subir, y Eddie miró hacia la derecha —el oeste— con preocupación creciente. Aún estaban muy por encima de la línea ondulada de algas y malezas marinas que marcaba la marea alta, pero pensó que para cuando llegaran a la puerta se encontrarían en un incómodo ángulo estrecho limitado por el mar a un lado y las colinas en declinación por el otro. Ahora podía ver esas colinas con toda claridad. Era una visión que no tenía nada de placentero. Eran rocosas y salpicadas por unos árboles bajos que enroscaban sus raíces en la tierra como si fueran nudillos artríticos, y unos arbustos de aspecto espinoso. No eran verdaderamente escarpadas, pero demasiado escarpadas para una silla de ruedas. Tal vez pudiera cargarla en brazos durante un trecho; de hecho se vería forzado a hacerlo, pero no le gustaba la idea de dejarla ahí.

Por primera vez oía insectos. El sonido era parecido al que podrían hacer unos grillos pequeños, pero en un tono más agudo y sin sentido del ritmo, sólo un monótono y constante riiiiiiiiii, como si fueran líneas de energía. Por primera vez veía otros pájaros además de las gaviotas. Algunos eran bastante grandes, y volaban en círculo con las alas rígidas, tierra adentro. «Halcones», pensó. De cuando en cuando los veía recoger las alas y precipitarse como piedras. Cazan. ¿Qué cazan? Bueno, pequeños animales. Eso estaba muy bien.

Sin embargo, él seguía pensando en ese aullido que había oído por la noche.

Hacia media tarde podían ver la tercera puerta con toda claridad. Igual que las otras dos, era algo imposible que se erguía rígido como un poste.

—Notable —oyó que ella decía suavemente—. Notable en grado sumo.

Estaba exactamente en el lugar que él había comenzado a sospechar que estaría, en el ángulo que marcaba el final de cualquier avance sencillo hacia el norte. Se levantaba apenas por encima de la línea de la marea alta y a menos de nueve metros del lugar donde las colinas brotaban de la tierra como una mano gigante que en lugar de pelo, estuviera cubierta de maleza verdegrisácea.

Cuando el sol comenzaba a desmayarse sobre el agua, la marea subió de golpe; y cuando serían las cuatro de la tarde (eso dijo Odetta, y como ella había dicho que era buena para leer el sol, y además era su amada, Eddie le creyó) llegaron a la puerta.

9

Simplemente la miraron, Odetta en su silla con las manos sobre su regazo, Eddie del lado del mar. En un sentido la miraban como habían mirado la estrella del crepúsculo la noche anterior —es decir, como miran las cosas los niños—, pero en otro la miraban de una manera diferente. Cuando habían pedido sus deseos a la estrella, habían sido niños de la alegría. Ahora parecían solemnes, llenos de preguntas, como niños que miran una rígida encarnación de una cosa que sólo pertenece a los cuentos de hadas.

Sobre la puerta había tres palabras escritas.

—¿Qué significa? —preguntó Odetta por fin.

—No lo sé —contestó Eddie, pero esas palabras le produjeron un escalofrío desesperanzado; sintió que un eclipse le cruzaba el corazón.

—¿No lo sabes? —le preguntó ella mirándolo más de cerca.

—No. Yo... —Tragó saliva—. No.

Ella lo miró un momento más.

—Empújame del otro lado, por favor. Quiero ver eso. Sé que quieres regresar a él, ¿pero harías eso por mí?

Lo haría.

Comenzaron a rodear la puerta por el lado de arriba.

—¡Espera! —gritó ella— ¿Has visto eso?

—¿Qué?

—¡Vuelve! ¡Mira! ¡Observa!

Esta vez él miró la puerta en lugar de mirar adelante para guiar el camino. A medida que la iban rodeando, vio cómo se estrechaba en perspectiva, vio sus goznes, que parecían estar encajados en la nada absoluta, vio su espesor...

Y entonces desapareció.

El espesor de la puerta desapareció.

Su visión del agua debió quedar interrumpida por ocho, tal vez incluso diez centímetros de madera sólida (la puerta parecía extraordinariamente voluminosa), pero no existía interrupción alguna.

La puerta había desaparecido.

Su sombra estaba ahí, pero la puerta había desaparecido.

Hizo rodar la silla medio metro hacia atrás, como para quedar justo al sur del lugar donde estaba la puerta, y ahí estaba el espesor.

—¿La ves? —preguntó ella con voz áspera.

—¡Sí! ¡Ahí está otra vez!

Hizo rodar la silla treinta centímetros hacia delante. La puerta aún estaba ahí. Otros quince centímetros. Aún ahí. Otros cinco centímetros. Aún ahí. Otros dos centímetros... y desapareció. Desapareció sólidamente.

—Jesús —susurró él—. Jesús del cielo.

—¿Se abrirá para ti? —preguntó ella—. ¿O para mí?

Eddie avanzó lentamente hacia delante y tomó el picaporte de la puerta que tenía las tres palabras escritas en la parte superior.

Probó en el sentido de las agujas del reloj; probó en el sentido contrario a las agujas del reloj.

El picaporte no se movió un ápice.

—Muy bien. —La voz de ella era tranquila, resignada—. Entonces es para él. Creo que ambos lo sabíamos. Ve a buscarlo, Eddie. Ahora.

—Antes tengo que ocuparme de ti.

—Yo voy a estar bien.

—No, no lo creo. Estás muy cerca de la línea de la marea alta. Si te dejo aquí, las langostas van a salir cuando caiga la noche y te van a com...

Allá en las colinas, el gruñido cascado de un gato cortó repentinamente lo que estaba diciendo como un cuchillo que corta una cuerda fina. Se lo oyó bastante lejos, pero más cerca que el anterior.

Ella echó una mirada al revólver del pistolero metido en la cintura del pantalón de él, y luego otra vez a su cara. Él sintió que le ardían las mejillas.

—Él te dijo que no me lo dieras, ¿verdad? —inquirió ella suavemente—. No quiere que yo lo tenga. Por alguna razón no quiere que yo lo tenga.

—Las cápsulas se mojaron —musitó él muy incómodo—. De todas maneras lo más probable es que no disparen.

—Comprendo. Súbeme un poco por la cuesta, ¿quieres, Eddie? Sé lo cansada que debe estar tu espalda; Andrew llama a eso el Achaque de la Silla de Ruedas, pero si me llevas un poco más arriba estaré a salvo de las langostas. Dudo que alguna otra cosa se acerque a donde están ellas.

Eddie pensó: «Cuando la marea está alta, es probable que tenga razón... ¿pero qué pasará cuando comience a bajar otra vez?»

—Dame algo de comer y algunas piedras —pidió ella, y su ignorado eco del pistolero hizo que Eddie se ruborizara otra vez.

Sentía las mejillas y la frente como los ladrillos de un horno.

Ella lo miró, sonrió débilmente, y sacudió la cabeza como si él hubiese hablado en voz alta.

—No tenemos tiempo de discutir acerca de esto. Vi cómo están las cosas con él. Tiene muy pero muy poco tiempo. No hay tiempo para discusiones. Llévame un poco más arriba, dame algo de comida y unas piedras, luego vete con la silla.

10

La acomodó lo más rápido que pudo, luego sacó el revólver del pistolero y se lo tendió, con la culata hacia adelante. Pero ella negó con la cabeza.

—Él se pondrá furioso con los dos. Furioso contigo por dármelo, más furioso conmigo por cogerlo.

—¡Tonterías! —gritó Eddie—. ¿Qué te dio esa idea?

—Lo sé —afirmó ella, con voz impenetrable.

—Bueno, supongamos que es cierto. Sólo supongámoslo. Yo voy a estar furioso contigo si no lo coges.

—Quédatelo. No me gustan las armas. No sé usarlas.

Si algo se me acerca en la oscuridad, lo primero que voy a hacer es mojarme los calzones. La segunda cosa que haría es apuntar del lado equivocado y pegarme un tiro. —Hizo una pausa y miró a Eddie con solemnidad—. Y hay algo más, y no me importa decírtelo. No quiero tocar nada que le pertenezca. Nada. Yo creo que sus cosas podrían tener lo que mi madre llamaba mal de ojo. Me gusta pensar que soy una mujer moderna... pero no quiero conmigo ningún mal de ojo cuando tú te hayas ido y la oscuridad se me venga encima.

Él pasó la mirada del revólver a Odetta, y sus ojos aún cuestionaban.

—Quédatelo —insistió ella, terca como una maestra de escuela. Eddie lanzó una carcajada y obedeció.

—¿De qué te ríes?

—Porque al decir eso me has recordado a Miss Hathaway. Era mi maestra de tercer grado.

Ella sonrió un poco y sus ojos luminosos nunca se despegaban de los suyos. Ella cantó suave, dulcemente: «Caen las sombras celestiales de la noche... Es la hora del crepúsculo.» Dejó la canción en el aire y ambos miraron hacia el oeste, pero la estrella a la que formularon sus deseos la noche anterior aún no había aparecido, aunque ya era muy largo el trazo de sombras.

—¿Hay algo más, Odetta? —Él sentía la necesidad de postergar y postergar. Pensó que esto pasaría en cuanto se pusiera efectivamente en marcha, pero ahora parecía muy fuerte la necesidad de echar mano a cualquier excusa para poder quedarse.

—Un beso. No me vendría mal, si no te importa.

La besó largamente y, cuando sus labios ya no se tocaban, ella tomó su muñeca y lo miró con intensidad.

—Nunca antes había hecho el amor con un hombre blanco. No sé si esto es importante para ti o no. Ni siquiera sé si es importante para mí. Pero creí que debías saberlo.

Él lo consideró.

—No para mí —dijo—. En la oscuridad, creo que ambos éramos grises. Te amo, Odetta.

Ella puso una mano encima de la de él.

—Eres un hombre dulce y tal vez yo también te ame, aunque es muy pronto para que cualquiera de los dos...

En ese momento, como si le hubieran dado una señal, un gato salvaje gruñó en lo que el pistolero había llamado los matorrales. Aún se lo oía a siete u ocho kilómetros de distancia, pero seguían siendo siete u ocho kilómetros más cerca que la última vez que lo habían oído, y se lo oía *grande*.

Los dos giraron sus cabezas hacia el sonido. Eddie sintió cómo trataban de erizarse los pelos sobre su nuca. No terminaron de lograrlo. «Lo siento, pelos —pensó estúpidamente—. Creo que ahora tengo el cabello un poco largo.»

El gruñido se alzó a un chillido torturado que sonó como el grito de algún ser que sufriera una muerte horrible (aunque tal vez no indicaba más que un acoplamiento satisfactorio). Se mantuvo por un momento, casi insoportable, y luego comenzó a bajar, deslizándose a través de registros más y más bajos hasta que desapareció, o quedó enterrado bajo el grito incesante del viento. Esperaron que volviera, pero el grito no se repitió. Por lo que a Eddie concernía, eso no tenía importancia. Volvió a sacar el revólver de la cintura de su pantalón y se lo tendió.

—Tómalo y no discutas. Si tuvieras que usarlo, no va a servir para nada. Así funcionan siempre estas cosas, pero tómalo de todas maneras.

—¿Quieres que discutamos?

—Oh, puedes discutir. Puedes discutir todo lo que quieras.

Después de una mirada de consideración a los ojos avellanados de Eddie, ella sonrió algo cansadamente.

—No voy a discutir, creo. —Tomó el revólver—. Por favor vuelve cuanto antes.

—Eso haré. —La volvió a besar, rápidamente esta vez, y estuvo a punto de decirle que tuviera cuidado... pero ¿cuánto cuidado podía llegar a tener en la situación en que estaba?

Se puso en marcha y bajó por la cuesta entre las sombras cada vez más profundas (las langostruosidades aún no habían salido, pero pronto aportarían su nocturna presencia), y volvió a mirar las palabras escritas sobre la puerta. El mismo escalofrío le trepó por la carne. Eran apropiadas esas palabras. Dios, eran muy apropiadas. Luego volvió a mirar hacia la cuesta. Por un momento no pudo verla, y luego vio algo que se movía. El marrón más liviano de una palma. Lo estaba saludando.

Él la saludó a su vez, luego giró la silla de ruedas y comenzó a correr llevándola inclinada hacia sí, de manera que las ruedas delanteras, más pequeñas y delicadas, no tocaran el suelo. Corrió hacia el sur, de vuelta por el mismo camino que le había llevado hasta allí. Durante la primera media hora su sombra corrió junto con él, la sombra improbable de un gigante larguirucho pegado a las suelas de sus zapatillas y extendido largamente hacia el este. Entonces bajó el sol, su sombra desapareció, y las langostruosidades comenzaron a salir de las olas, a los tumbos.

Más o menos diez minutos después de haber oído el primero de sus gritos zumbones, levantó la mirada y vio la estrella del crepúsculo titilando tranquilamente contra el terciopelo azul oscuro del cielo.

«Caen las sombras celestiales de la noche... Es la hora del crepúsculo.»

Que esté a salvo. Las piernas ya le dolían, sentía el aliento muy caliente y pesado en los pulmones, y aún quedaba un tercer viaje por hacer, esta vez con el pistolero como pasajero, y aunque calculaba que Rolando debía pesar no menos de cincuenta kilos más que Odetta, y sabía que debía conservar sus fuerzas, de todas maneras

Eddie siguió corriendo. *Que esté a salvo, ése es mi deseo. Que mi amada esté a salvo.*

Y, como un mal augurio, un gato salvaje aulló en algún lugar de los torturados barrancos que atravesaban las colinas... sólo que este gato salvaje sonó grande como un león que ruge en una jungla africana.

Eddie corrió más rápido, empujando la silla desocupada frente a sí. Pronto el viento comenzó a producir un fino silbido fantasmal a través de los rayos de las ruedas delanteras, que, levantadas, giraban libremente.

11

El pistolero oyó un agudo silbido ululante que se le aproximaba y se tensó por un momento. Luego oyó una respiración agitada y se relajó. Era Eddie. Lo supo aun sin abrir los ojos.

Cuando el sonido ululante se desvaneció y disminuyó la velocidad de los pasos, Rolando abrió los ojos. Eddie estaba de pie junto a él, jadeando, mientras la transpiración le corría por los costados de su cara. Tenía la camisa pegada al pecho en una sola mancha oscura. No le quedaba ni un solo vestigio del aspecto de universitario sobre el que había insistido Jack Andolini. El pelo le colgaba sobre la frente. Se le habían abierto los pantalones en la entrepierna. Las medialunas púrpura azuladas debajo de sus ojos completaban el cuadro. Eddie Dean era un desastre.

—Lo logré —exclamó—. Aquí estoy. —Miró a su alrededor, y luego de nuevo al pistolero, como si no pudiera creerlo—. Dios Santo, realmente estoy aquí.

—Le has dado el revólver.

Eddie pensó que el pistolero tenía mal aspecto, tan malo como el que tenía antes de la primera ronda abrevida de Keflex, tal vez algo peor. El calor de la fiebre parecía emanar de él en ondas, y sabía que debió haber sentido lástima por él, pero por el momento todo lo que podía sentir era una furia loca.

—Me rompo el culo para volver aquí en tiempo récord y todo lo que puedes decir es «Le has dado el revólver». Gracias, tío. Quiero decir: yo esperaba alguna expresión de gratitud, pero esto es demasiado, la puta madre.

—Creo haber dicho la única cosa que importa.

—Bueno, ya que lo mencionas, se lo he dado —repuso Eddie. Se puso las manos en las caderas y bajó su mirada truculenta al pistolero—. Ahora puedes elegir. Puedes subirte a esta silla o yo puedo plegarla y metértela en el culo. ¿Cuál de las dos cosas prefieres, amo?

—Ninguna. —Rolando sonreía un poco, la sonrisa de un hombre que no quiere sonreír, pero no puede evitarlo—. Primero vas a dormir un poco, Eddie. Veremos lo que hay que ver cuando llegue el momento de ver, pero por ahora necesitas dormir. Estás agotado.

—Quiero volver junto a ella.

—Yo también. Pero si no descansas te caerás de bruces en las huellas. Así de simple. Malo para ti, peor para mí, y lo peor de todo para ella.

Eddie se quedó parado un momento, indeciso.

—Hiciste un buen tiempo —concedió el pistolero. Escudriñó el sol—. Son las cuatro, tal vez las cuatro y cuarto. Duerme cinco, tal vez siete horas, y estará completamente oscuro...

—Cuatro. Cuatro horas.

—Muy bien. Hasta después de que anochezca; creo que eso es lo importante. Luego comes y luego nos vamos.

—Tú también comes.

Esa débil sonrisa otra vez.

—Voy a intentarlo. —Miró a Eddie tranquilamente—. Ahora tu vida está en mis manos; supongo que lo sabes.

—Sí.

—Te secuestré.

—Sí.

—¿Quieres matarme? Si es así, mátame ahora, antes de someter a cualquiera de los dos a... —su aliento lanzó un silbido suave. Eddie oyó el traqueteo de su pecho y el sonido le importó muy poco—... mayores incomodidades —concluyó.

—No quiero matarte.

—Entonces... —lo interrumpió un repentino acceso de tos ronca—... acuéstate —finalizó.

Eddie se acostó. El sueño no se dejó caer sobre él como hacía a veces, sino que lo aferró con las manos rudas de un amante torpe por la ansiedad. Oyó (o tal vez era sólo un sueño) que Rolando decía: «Pero no debiste haberle dado el revólver», y luego simplemente estaba metido en la oscuridad por un tiempo ignorado, y luego Rolando lo sacudía para despertarlo; y cuando por fin logró incorporarse hasta quedar sentado, lo único que parecía haber en su cuerpo era dolor: dolor y peso. Sus músculos se habían convertido en cadenas y tornos oxidados en un edificio desierto. El primer esfuerzo que hizo para ponerse de pie no prosperó. Volvió a caer pesadamente sobre la arena. Lo logró al segundo intento, pero sintió como si fuera a tomarle no menos de veinte minutos realizar un acto tan simple como volverse. Y que además le dolería.

Tenía sobre sí los ojos de Rolando, interrogantes.

—¿Estás listo?

Eddie asintió.

—Sí. ¿Y tú?

—Sí.

—¿Puedes?

—Sí.

Entonces comieron... y luego Eddie comenzó su tercer y último viaje por ese condenado tramo de playa.

12

Esa noche avanzaron un buen tramo, pero de todas maneras Eddie se sintió algo decepcionado cuando el pistolero decidió parar. No se mostró en desacuerdo porque simplemente estaba demasiado agotado como para seguir adelante sin descansar, pero había tenido la esperanza de avanzar un poco más. El peso. Ése era el gran problema. Comparado con Odetta, empujar a Rolando era como empujar una carga de barras de acero. Eddie durmió cuatro horas más antes del amanecer, se despertó cuando el sol salía sobre las colinas erosionadas que eran todo lo que quedaba de las montañas, y oyó que el pistolero tosía. Era una tos débil, llena de flemas, la tos de un viejo que puede estar a punto de pescar una neumonía. Sus ojos se encontraron. Los espasmos de tos de Rolando se convirtieron en risa.

—Todavía no estoy acabado, Eddie, por muy mal que suene. ¿Y tú?

Eddie pensó en los ojos de Odetta y negó con la cabeza.

—No estoy acabado, pero me vendría bien un cheeseburger y una Bud.

—¿Bud?* —dijo el pistolero pensativo, y recordó en los manzanos y las flores de la primavera en los Jardines Reales de la Corte.

—No importa. Sube, colega. No tiene cuatro velocidades con palanca, ni freno hidráulico, pero andaremos unos cuantos kilómetros.

Y eso hicieron, aunque el sol se puso al segundo día después de haber dejado a Odetta, y sólo seguían cerca del lugar donde estaba la tercera puerta. Eddie se tendió, con

---

* Bud («capullo», «brote florecido») es también una marca de cerveza. (N. de la T.)

intenciones de hacer una pausa por otras cuatro horas, pero el aullido de uno de esos gatos lo sacó sobresaltado del sueño después de sólo dos horas, con el corazón golpeándole a toda fuerza. Dios, la cosa sonaba *grande* como el copón.

Vio al pistolero incorporado sobre un codo, con los ojos resplandeciendo en la oscuridad.

—¿Estás listo? —preguntó Eddie. Lentamente se puso de pie, con una sonrisa de dolor.

—¿Y tú? —preguntó Rolando, muy suavemente.

Eddie torció su espalda y produjo una serie de crujidos, como una tira de pequeños petardos.

—Sí. Pero de veras daría cualquier cosa por ese cheeseburger.

—Pensé que lo que querías era pollo.

Eddie lanzó un gemido.

—Dame un respiro, tío.

Para cuando el sol salió detrás de las colinas, la tercera puerta se veía con toda claridad. Dos horas más tarde, llegaron.

«Todos juntos otra vez», pensó Eddie, listo para dejarse caer en la arena.

Pero aparentemente no era así. No había señales de Odetta Holmes. Ninguna señal en absoluto.

13

—¡Odetta! —gritó Eddie, y ahora su voz estaba ronca y quebrada como había estado la voz de la *otra* Odetta.

Ni siquiera un eco le respondió, algo que al menos hubiera podido confundirse con la voz de Odetta. En esas colinas bajas y erosionadas no rebotaba el sonido. Sólo se oía el estallido de las olas, mucho más fuerte en este trozo de tierra en forma de flecha, la explosión rítmica y hueca de la espuma que estallaba al final de algún túnel abierto en la roca, y el silbido permanente del viento.

—¡Odetta!

Esta vez gritó tan fuerte que su voz se quebró y algo agudo, como una espina de pescado, le rasgó por un momento las cuerdas vocales. Sus ojos recorrieron las colinas frenéticamente; buscaba el retazo de marrón más claro que sería su mano, buscaba el movimiento que haría ella al levantarse... buscaba (Dios lo perdone) manchas claras de sangre sobre las rocas de color marrón rojizo.

Se encontró preguntándose qué haría de hallar esto último, o si encontrara el revólver con profundas marcas de dientes en la fina madera de sándalo de su empuñadura. La visión de algo como eso podía llevarlo a la histeria, podía incluso volverlo loco, pero de todas formas lo siguió buscando, eso o cualquier otra cosa.

Sus ojos no veían nada; sus oídos no le traían ni el más leve grito de retorno.

El pistolero, mientras tanto, estuvo estudiando la tercera puerta. Él había esperado una sola palabra, la palabra que usó el hombre de negro cuando volvió la sexta carta del Tarot en ese gólgota polvoriento donde mantuvieron su conferencia. (*Muerte* —había dicho Walter—, *pero no para ti, pistolero.*)

Sobre esa puerta no había una sola palabra sino tres... y ninguna de las tres era MUERTE.

Las leyó otra vez, moviendo silenciosamente los labios: EL QUE EMPUJA.

«Sin embargo, significa muerte —pensó Rolando—, y sabía que era así.»

Lo que le hizo mirar alrededor fue el sonido de la voz de Eddie, que se alejaba. Eddie había comenzado a trepar por la primera elevación, aún gritando el nombre de Odetta.

Por un momento, Rolando consideró la posibilidad de dejarlo ir.

Podría encontrarla, incluso podría encontrarla con vida, no demasiado mal herida, y aún ella misma. Supuso incluso que los dos podrían hacer algún tipo de vida juntos aquí, y que el amor de Eddie por Odetta y el de ella por él tal vez podría suavizar la sombra de la noche que se hacía llamar Detta Walker. Sí, entre los dos supuso que podrían estrujar a Detta hasta la muerte. A su áspera manera, él era un romántico... y aún era bastante realista como para saber que algunas veces el amor efectivamente podía conquistarlo todo. ¿Y en cuanto a él? Aun cuando pudiera conseguir del mundo de Eddie las drogas que casi lo habían curado la vez anterior, ¿podrían curarlo esta vez, o al menos comenzar a curarlo? Ahora estaba muy enfermo, y comenzó a preguntarse si las cosas no habrían ido demasiado lejos. Le dolían los brazos y las piernas, la cabeza le latía con fuerza, su pecho estaba pesado y lleno de flemas. Cuando tosía sentía un doloroso chirrido en el costado izquierdo como si tuviera alguna costilla rota ahí. Su oreja izquierda le ardía. «Quizá —pensó—, había llegado el tiempo de terminar; simplemente abandonar.»

Ante esto, todo en él se levantó en protesta.

—¡Eddie! —gritó, y no hubo toses ahora. Su voz sonó profunda y poderosa.

Eddie se volvió, con un pie sobre la tierra fresca, y el otro apoyado sobre un pedazo de roca sobresaliente.

—Vete —dijo, e hizo un curioso ademán giratorio con la mano, un ademán que indicaba que quería librarse del pistolero para poder ocuparse del *verdadero* asunto, el asunto *importante,* el asunto de encontrar a Odetta y rescatarla, si un rescate fuera necesario—. Está todo bien. Ve y cruza y consigue lo que necesitas. Cuando vuelvas, los dos estaremos aquí.

—Eso lo dudo.

—Tengo que encontrarla. —Eddie miró a Rolando y su mirada era muy joven y completamente indefensa—. Quiero decir: realmente tengo que encontrarla.

—Comprendo tu amor y tu necesidad —repuso el pistolero—, pero esta vez quiero que vengas conmigo, Eddie.

Eddie se quedó mirándolo durante un rato largo, como si tratara de dar crédito a lo que oía.

—Que vaya contigo —dijo por fin, perplejo—. ¡Que vaya contigo! Dios Santo, creo que ahora realmente lo he oído todo. Pero lo que se dice absolutamente todo. La última vez estuviste tan decidido a que yo me quedara que te arriesgaste a que te cortara el cuello. Esta vez quieres arriesgarte a que algo le rasgue el cuello a ella.

—Eso puede haber sucedido ya —opinó Rolando, aunque sabía que no era así. La Dama podía estar herida, pero él sabía que no estaba muerta.

Desgraciadamente, Eddie también lo sabía. Una semana o diez días sin su droga le había agudizado notablemente la mente. Señaló hacia la puerta.

—Sabes que no está muerta. Si lo estuviera, esa cosa habría desaparecido. A menos que mintieras cuando dijiste que no serviría para nada si no estuviéramos los tres.

Eddie trató de volver hacia la pendiente, pero los ojos de Rolando lo mantenían sujeto.

—Muy bien —concedió el pistolero. Su voz era casi tan suave como cuando hablaba a través de la cara odiosa y la voz aullante de Detta a la mujer atrapada detrás en alguna parte. —Está viva. Si es así, ¿por qué no responde a tus llamadas?

—Bueno... uno de esos gatos pudo habérsela llevado. —Pero la voz de Eddie sonaba débil.

—Un gato la habría matado, habría comido lo que quería y dejado el resto. A lo sumo, pudo haber arrastrado su cuerpo a la sombra para volver esta noche y comer la carne que tal vez el sol no hubiera echado a perder todavía. Pero si ése fuera el caso la puerta habría desaparecido. Los gatos no son como ciertos insectos, que paralizan a su presa y se la llevan para comérsela luego, y tú lo sabes.

—Eso no es necesariamente cierto —discrepó Eddie. Por un momento oyó a Odetta cuando decía: «Debiste haber estado en el equipo de debates, Eddie», e hizo a un lado el pensamiento—. Es posible que un gato viniera por ella y ella tratara de dispararle, pero el primer par de balas no funcionaran. Mierda, las primeras cuatro o cinco, tal vez. El gato se le acerca, la hiere bastante, y un minuto antes de que pueda matarla... *¡BANG!* —Eddie pegó un puño contra su palma, lo veía todo con tal claridad que parecía haberlo presenciado—. La bala mata al gato, o tal vez sólo lo hiere, o tal vez sólo lo espanta. ¿Qué te parece eso?

—Habríamos oído un disparo —apuntó suavemente Rolando.

Por un momento Eddie sólo pudo quedarse ahí parado, mudo, incapaz de pensar en alguna réplica. Por supuesto lo habrían oído. La primera vez que habían oído aullar a uno de esos gatos había sido a veinte, tal vez veinticinco kilómetros de distancia. Un disparo de revólver...

Miró a Rolando con súbita astucia.

—Tal vez tú lo oíste —arguyó—. Tal vez tú oíste el disparo mientras yo dormía.

—Te habría despertado.

—No con lo cansado que estoy, hombre. Me quedo dormido y es como...

—Como estar muerto —concluyó el pistolero con el mismo tono suave—. Conozco la sensación.

—Entonces comprendes...

—Pero no es estar muerto. Anoche estabas dormido de esa forma, pero cuando uno de esos gatos chilló te despertaste y te pusiste en pie en cuestión de segundos. A causa de tu preocupación por ella. No hubo disparo alguno, Eddie, y lo sabes. Lo habrías oído. A causa de tu preocupación por ella.

—¡Entonces tal vez ella le dio con una roca! —gritó Eddie—. ¿Cómo coño voy a saberlo si estoy aquí discutiendo contigo en lugar de ir a verificar las posibilidades? Quiero decir: ¡ella podría estar herida, tendida por ahí en alguna parte, tío! ¡Herida o desangrándose hasta morir! ¿Qué te parecería si yo franqueara esa puerta contigo y ella muriera mientras estamos del otro lado? ¿Qué te parecería mirar una vez hacia atrás y ver la puerta ahí, y luego mirar hacia atrás por segunda vez y ver que ya no está, tal como si nunca hubiera estado porque *ella* ya no está? ¡Entonces *tú* estarías atrapado en mi mundo en lugar de ser al revés! —Se quedó ahí, jadeando y mirando fijo al pistolero, con los puños apretados.

Rolando sintió una cansada exasperación. Alguien —pudo haber sido Cort, pero más bien creía que era su padre— tenía un dicho: «Es más fácil beberse el océano con una cuchara que discutir con un enamorado.» Si acaso fuera necesaria alguna prueba para ese dicho, ahí estaba de pié frente a el, en una postura que era todo desafío y defensa. «Vamos —parecía decir la actitud de su cuerpo—. Vamos, puedo responder cualquier pregunta que me arrojes a la cara.»

—Pudo no haber sido un gato lo que la encontró —decía ahora—. Éste podrá ser tu mundo, pero tú no crees haber estado en esta parte más de lo que yo estuve alguna vez en Borneo. Tú no sabes las cosas que pueden bajar de esas colinas, ¿verdad? Pudo haberla agarrado un mono, o algo por el estilo.

—Algo la agarró, estoy de acuerdo —concedió el pistolero.

—Bueno agradezco al cielo que la enfermedad no te haya dejado completamente fuera de tus...

—Y ambos sabemos lo que fue. Detta Walker. Eso es lo que la agarró. Detta Walker.

Eddie abrió la boca, pero por un corto tiempo —segundos, nada más, pero los suficientes como para que ambos reconocieran la verdad—, la inexorable cara del pistolero llamó a silencio todos sus argumentos.

14

—No tiene por qué ser eso.

—Acércate un poco. Si vamos a hablar, hablemos. Cada vez que tengo que gritarte por encima de las olas se me desgarra la garganta un poco más. En todo caso así es como se siente.

—Qué ojos tan grandes tienes, abuelita —dijo Eddie, sin moverse.

—¿De qué estás hablando?

—Es un cuento de hadas. —Eddie descendió sin embargo un corto trecho por la cuesta... cuatro metros, no más—. Y un cuento de hadas es lo que tú piensas, si crees que puedes engatusarme para que me acerque lo suficiente a esa silla de ruedas.

—¿Qué te acerques lo suficiente para qué? No comprendo —inquirió Rolando, a pesar de que comprendía perfectamente.

Como a unos ciento cincuenta metros por encima de ellos y tal vez a un buen medio kilómetro hacia el este, un par de ojos oscuros —ojos tan llenos de inteligencia como carentes de caridad humana— observaban atentamente este cuadro. Era imposible saber lo que estaban diciendo; el viento, las olas y el estallido hueco de la espuma cavando su túnel subterráneo se ocupaban de eso, pero Detta no necesitaba oír lo que decían para saber de qué hablaban. No necesitaba un telescopio para ver que el Hombre Malo de Verdad ahora era también el Hombre Enfermo de Verdad, y es posible que el Hombre Malo de Verdad quisiera pasar algunos días o incluso algunas semanas torturando a una mujer Negra sin piernas (tal como estaban las cosas allí, no era fácil encontrar con qué entretenerse), pero ella creía que el Hombre Enfermo de Verdad sólo quería una cosa, que era sacar su culo de panblanco cuanto antes de allí. Simplemente usar esa puerta mágica para largarse de allí. Pero antes, él no había sacado ningún culo de ninguna parte. Antes, él no había sacado nada de ninguna parte. Antes, el Hombre Malo de Verdad no estuvo en ninguna parte más que en la propia cabeza de ella. Ella todavía no quería pensar cómo había sido eso, cómo lo había sentido, con qué facilidad él había pasado por encima de todos sus esfuerzos para sacárselo de encima, para sacarlo fuera, para volver a tomar el control sobre sí misma. Eso fue terrible. Espantoso. Y lo que lo hacía peor era su falta de entendimiento. ¿Cuál era, exactamente, la verdadera fuente de su terror? Ya le atemorizaba bastante el hecho de que no fuera la invasión en sí misma. Sabía que podía llegar a comprenderlo si lo analizaba con el debido cuidado, pero no quería hacer eso. Un examen como ése podía llevarla a un lugar como el que los marineros temían en los días de la antigüedad, un lugar que era ni más ni menos que el borde del mundo, un lugar que los cartógrafos habían marcado con la leyenda AQUÍ HABRÁ SERPIENTES. La cosa escondida con respecto a la invasión del Hombre Malo de Verdad era la sensación de *familiaridad* que traía consigo, como si esa cosa asombrosa hubiera sucedido antes, no una sino muchas veces. Pero, asustada o no, ella había negado el pánico. Incluso en su pelea había observado, y recordaba haber mirado por esa puerta mientras el pistolero usaba las manos de ella para hacer girar la silla en esa dirección. Recordaba haber visto el cuerpo del Hombre Malo de Verdad tendido sobre la arena y Eddie de rodillas sobre él, con un cuchillo en la mano.

¡Si Eddie hubiese clavado ese cuchillo en la garganta del Hombre Malo de Verdad! ¡Mejor que la matanza de un cerdo! ¡Muchísimo mejor!

No lo hizo, pero ella había visto el cuerpo del Hombre Malo de Verdad. Respiraba, pero era sólo un cuerpo, casi un cadáver; era sólo una cosa sin valor, una cosa, como una bolsa descartada que algún idiota hubiera rellenado de cáscaras y malezas.

La mente de Detta podía ser más fea que el culo de una rata, pero aún más rápida y aguda que la de Eddie. «Ese Hombre Malo de Verdad era ante un tipo con hormigas en el culo. Ya basta. Él sabe quetoy acá arriba y no quiere nada más que lalgarse ante que yo baje abajo y me lo cague a tiros. El amiguito, en cambio, él tuavía etá batante fuerte, y tuavía no sa cansau de latimarme. Quere vení acá arriba y cazarme po muy mal questé e Hombre Malo de Verdá. Siguro. Él piensa: "Una puta negra sin pielnas no basta para una gran polla como la mía. No quiero corré. No quiero cazá a esa negra tullida. Le do un palazo o dos, tonce podemosir como tú queres." Eso piensa él, etá bien. Etá muy bien, pichagris. Te crees que puedes tomar a Detta Walker, ven acarriba, a etos Cajones a probá. ¡Vassavé que cuando etá follando conmigo etá follando con la mejó, bolsa de miel! Vassavé...»

Pero algo la sacó de golpe de la carrera de ratas de sus pensamientos. Un sonido que le llegó con toda claridad por encima del viento y la espuma: el pesado chasquido de un disparo de pistola.

15

—Creo que comprendes más de lo que dejas traslucir —dijo Eddie—. Mucho más, la tira. Te gustaría que yo me acercara a una distancia en la que pudieras agarrarme, eso es lo que creo. —Sacudió la cabeza en dirección a la puerta sin quitar los ojos de la cara de Rolando. Sin saber que no muy lejos de ahí alguien estaba pensando exactamente lo mismo, agregó—: Sé que estás enfermo, muy bien, pero podría ser que estuvieras simulando estar mucho más débil de lo que realmente estás. Podría ser que estuvieras exagerando, sólo un poquito.

—Podría ser —asintió Rolando, sin sonreír, y agregó—: Pero no es así.

Sin embargo estaba haciéndolo... un poquito.

—Unos pasos más no te harían ningún daño, ¿no es cierto? No voy a poder gritar mucho tiempo más. —La última sílaba pareció el croar de una rana, como para probar su argumento—. Y necesito hacerte reflexionar sobre lo que estás haciendo... o lo que planeas hacer. Si pudiera persuadirte de que vengas conmigo, tal vez pueda por lo menos ponerte en guardia... otra vez.

—Para tu preciosa Torre —se burló Eddie, pero aún así se deslizó la mitad del camino que había trepado antes por la cuesta, mientras sus zapatillas andrajosas levantaban tontas nubecitas de polvo marrón.

—Por mi preciosa Torre y por tu preciosa salud —jaleó el pistolero—. Para no hablar de tu preciosa vida.

Sacó el revólver que le quedaba del estuche izquierdo y lo miró con una expresión al mismo tiempo triste y extraña.

—Si crees que puedes asustarme con eso...

—No. Sabes que no puedo dispararte, Eddie. Pero sí creo que necesitas una lección objetiva acerca de cómo han cambiado las cosas. De hasta qué punto las cosas han cambiado.

Rolando levantó el revólver, apuntándolo no hacia Eddie sino hacia el rumoroso océano vacío, y accionó el martillo. Eddie se hizo de acero contra el pesado estampido del revólver.

Nada de eso. Sólo un sordo *clic*.

Rolando volvió el martillo a su lugar. El cilindro giró. Apretó el gatillo, y otra vez no hubo nada más que un sordo *clic*.

—No importa —dijo Eddie—. De donde yo vengo, el Departamento de Defensa te habría contratado después del primer tiro en falso. Ya podrías dej...

Pero el pesado CA-BLAM del revólver cortó el final de

la palabra con la misma nitidez con la que Rolando cortaba ramitas de los árboles como un ejercicio de tiro de sus tiempos de estudiante. Eddie saltó. El disparo silenció momentáneamente el constante riiiii de los insectos en las colinas. Sólo después de que Rolando dejara el revólver sobre su regazo comenzaron lenta, cautelosamente, a levantar su tonada otra vez.

—¿Y eso qué mierda prueba?

—Supongo que todo depende de aquello que escuchas, y aquello que te niegas a oír —explicó Rolando con un dejo ligeramente afilado—. Lo que se supone que prueba es que no todos los cartuchos son inútiles. Además, sugiere que algunos, tal vez incluso todos los cartuchos del revólver que le diste a Odetta pueden servir.

—¡Tonterías! —Eddie hizo una pausa—. ¿Por qué?

—Porque las balas con que cargué el revólver que acabo de disparar son las que estaban en la parte de atrás de los cintos. En otras palabras, las balas que se llevaron la peor parte en cuanto a la mojadura. Lo hice sólo para pasar el tiempo cuando tú te habías ido. No es que lleve tanto tiempo cargar un revólver, ni siquiera cuando sólo se tiene un par de dedos, ¿comprendes? —Rolando se rió un poco, y la risa se convirtió en un acceso de tos que él amortiguó con un puño. Cuando la tos se hubo apaciguado continuó—: Pero después de disparar con cartuchos mojados hay que abrir la máquina y limpiar la máquina. *Hay que abrir la máquina y limpiar la máquina, niño*, fue lo primero que Cort, nuestro maestro, nos martilleaba en la cabeza. Yo no sabía cuánto tiempo me tomaría abrir mi revólver, limpiarlo y volver a ensamblarlo con sólo una mano y media, pero pensé que si pretendía seguir viviendo, y eso es lo que pretendo, Eddie, te lo aseguro, era mejor que lo averiguara. Tenía que averiguarlo y luego aprender a hacerlo más rápido, ¿no te parece? ¡Acércate un poco, Eddie! ¡Acércate un poco por el bien de tu padre!

—Para verte mejor, criatura —añadió Eddie. Pero se acercó un par de pasos a Rolando. Sólo un par.

—Cuando sonó el primer tiro al apretar el gatillo casi me cago encima —explicó el pistolero. Volvió a reírse. Con cierta conmoción, Eddie se dio cuenta de que el pistolero había llegado al borde del delirio—. Era la primera bala, pero créeme si te digo que era lo último que yo esperaba.

Eddie trató de determinar si el pistolero mentía, si mentía acerca del arma, y si mentía también acerca de su condición. El tipo estaba enfermo, eso sí. ¿Pero estaba tan enfermo, realmente? Eddie no lo sabía. Si Rolando estaba fingiendo, lo hacía muy bien; en cuanto a las armas, Eddie no tenía manera de saberlo porque no tenía experiencia en la materia. Había disparado una pistola tal vez tres veces en toda su vida antes de encontrarse súbitamente en medio de un tiroteo en la oficina de Balazar. Henry pudo haber sabido, pero Henry estaba muerto, hecho que todavía le dolía sorprendentemente cada vez que lo recordaba.

—Ninguna de las otras se disparó —dijo el pistolero—, así que limpié la máquina, volví a cargarla y disparé otra vez hasta vaciar la cámara. Esta vez usé balas que estaban un poco más lejos, más cerca de la hebilla. Balas que debieron mojarse menos. Las cargas que usamos para matar nuestra comida, las cargas secas, eran las que estaban al lado de las hebillas.

Hizo una pausa para toser en su mano, y continuó:

—En la segunda ronda di con dos balas útiles. Volví a abrir el revólver, volví a limpiarlo, y luego lo cargué por tercera vez. Acabas de verme accionar el gatillo sobre las tres primeras cámaras de esa tercera vuelta. —Sonrió débilmente—. Ya sabes, después de los primeros clics pensé que sería mi mala suerte, la de haber llenado el cilindro con puras balas mojadas. Eso no hubiera sido muy convincente, ¿verdad? ¿Puedes venir un poco más cerca, Eddie?

—No muy convincente en absoluto —opinó Eddie—, y creo que estoy todo lo cerca que pienso llegar, gracias. ¿Cuál es el aprendizaje que se supone debo sacar de todo esto, Rolando?

Rolando lo miró como uno podría mirar a un imbécil.

—Yo no te traje aquí para morir, ¿te das cuenta? No traje a ninguno de los dos aquí para morir. Grandes dioses, Eddie, ¿dónde tienes el cerebro? ¡Ella carga *hierro vivo*! —Sus ojos miraron a Eddie con cuidado—. Ella está en esas colinas en alguna parte. Tal vez tú crees que puedes rastrearla, pero no tendrás mucha suerte si el terreno es tan rocoso como se ve desde aquí. Ella está por ahí arriba, Eddie, no Odetta sino Detta, está por ahí con hierro vivo en la mano. Si yo te dejo y vas tras ella, te va a reventar las entrañas hasta dejártelas desparramadas sobre la tierra.

Tuvo otro espasmo de tos.

Eddie se quedó mirando al hombre que tosía en la silla de ruedas mientras las olas golpeaban y el viento soplaba su idiota nota constante.

Por fin oyó su propia voz que decía:

—Pudiste haber reservado un cartucho que *sabías* que servía. No me hubiera extrañado de tu parte. —Y una vez dicho esto supo que era verdad: no le hubiera extrañado eso ni ninguna otra cosa por parte de Rolando.

Su Torre.

Su bendita Torre.

¡Y la astucia de poner el cartucho seguro en el *tercer* cilindro! Eso proporciona el debido toque de realidad. Era difícil no creerlo.

—En mi mundo tenemos un dicho —señaló Eddie—: «Ese tipo podría venderle un iglú a los esquimales.» Ése es el dicho.

—¿Qué significa?

—Significa «vete a moler arena».

El pistolero lo miró por un largo rato y luego asintió.

—Entonces quieres quedarte. Muy bien. Detta está más a salvo de... de cualquier forma de vida salvaje que pudiera haber por aquí... más a salvo de lo que habría estado como Odetta, y tú estarías más seguro si te mantuvieras alejado de ella, al menos por el momento, pero ya veo cómo son las cosas. No me gusta, pero no tengo tiempo de discutir con un tonto.

—¿Eso significa —preguntó Eddie amablemente— que nunca nadie trató de discutir contigo el tema de esa Torre Oscura que estás determinado a alcanzar?

Rolando sonrió cansadamente.

—Para serte franco muchos lo intentaron. Supongo que por eso puedo reconocer que no te moverás. Un tonto reconoce a otro. En todo caso, estoy demasiado débil para poder atraparte, tú estás obviamente demasiado asustado como para que yo pueda engatusarte para que te acerques lo suficiente y pueda aferrarte. Ya no me queda tiempo para discutir. Lo único que puedo hacer es ir y rogar que todo salga bien. Antes de irme voy a decírtelo una última vez, y por favor te pido, Eddie, que me escuches: mantente en guardia.

Entonces Rolando hizo algo que avergonzó a Eddie de todas sus dudas (aunque no modificó un ápice su sólida decisión): con un movimiento experimentado de su muñeca abrió el cilindro de su revólver, dejó caer todas las cargas, y las reemplazó con cargas nuevas de las fundas más cercanas a las hebillas de sus cintos. Con otro rápido movimiento de su muñeca volvió a colocar el cilindro en su lugar.

—Ahora no hay tiempo de limpiar la máquina —dijo—, pero calculo que no importará demasiado. Ve a cazar, y caza limpiamente; no ensucies la máquina más de lo que está. En mi mundo ya no quedan muchas maquinas que funcionen.

Le arrojó el arma a través del espacio que había entre ellos. En su ansiedad, Eddie casi lo deja caer. Luego lo aseguró en la cintura de su pantalón.

El pistolero salió de la silla de ruedas, estuvo a punto de caerse cuando ésta rodó hacia atrás bajo sus manos, y luego avanzó con dificultad hacia la puerta. Aferró el picaporte; en su mano se movió fácilmente. Eddie no pudo ver la escena sobre la cual se abrió, pero oyó un sonido remoto de tráfico.

Rolando se volvió a mirar a Eddie, y sus afiebrados ojos azules resplandecían en su rostro espectralmente pálido.

16

Detta observaba todo esto desde su escondite con resplandecientes ojos hambrientos.

17

—Recuerda, Eddie —dijo con voz ronca, y luego dio un paso adelante. Su cuerpo se derrumbó junto a la puerta, como si en lugar del espacio abierto se hubiera dado contra una piedra.

Eddie sintió una urgencia casi insaciable de acercarse a la puerta para ver adónde y a qué tiempo llevaba.

En cambio se volvió y comenzó a recorrer otra vez con la mirada las colinas, su mano sobre la culata del revólver.

«Voy a decírtelo por última vez.»

De pronto, cuando recorría las vacías colinas marrones, Eddie sintió miedo.

«Manténte en guardia.»

Ahí arriba nada se movía.

Al menos nada que él pudiera ver.

De todas maneras la sentía.

No a Odetta; en eso el pistolero tenía razón.

Era a Detta a quien sentía.

Tragó saliva y oyó un *clic* en su garganta.

En guardia.

Sí.

Pero nunca en su vida había sentido tal necesidad de dormir.

Era una necesidad mortal.

Muy pronto lo tomaría; si él no cedía voluntariamente, el sueño lo violaría.

Y mientras él durmiera, Detta vendría.

Detta.

Eddie luchó contra el agotamiento, contempló las colinas inmóviles con los ojos hinchados y enrojecidos, y se preguntó cuánto tiempo tardaría Rolando en volver con el tercero. El que empujaba, quienquiera que fuese, ella o él.

—¿Odetta? —llamó sin mayor esperanza.

Sólo el silencio le respondió, y para Eddie comenzó el tiempo de la espera.

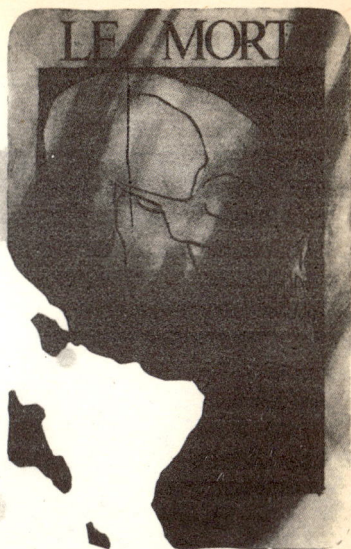

LE MORT

EL QUE
EMPUJA

I

AMARGA MEDICINA

1

Cuando el pistolero entró en Eddie, éste experimentó un momento de náusea y tuvo también la sensación de ser *observado* (esto Rolando no lo sintió; Eddie se lo contó más tarde). Tuvo, en otras palabras, una vaga sensación de la presencia del pistolero. Con Detta, Rolando se vio forzado a pasar adelante de inmediato, le gustara o no. Ella no sólo lo percibió, de una extraña manera parecía que lo estaba *esperando*, a él o a otro visitante más frecuente. En cualquier caso, ella notó su presencia desde el momento mismo en que él estuvo en ella.

Jack Mort no sintió nada.

Estaba demasiado concentrado en el muchacho.

Había estado observando al muchacho durante las últimas dos semanas.

Hoy iba a empujarlo.

Aun de espaldas a los ojos por los que ahora miraba el pistolero, Rolando reconoció al muchacho. Era el que había encontrado en la estación del desierto, el muchacho al que había rescatado del Oráculo de las Montañas, el muchacho cuya vida había sacrificado cuando llegó el momento de elegir entre salvarlo o toparse por fin con el hombre de negro; el muchacho que le había dicho «Ve pues... hay otros mundos además de éste» antes de tirarse al abismo. Y por cierto que el muchacho había tenido razón.

El muchacho era Jake.

En una mano llevaba un envoltorio de papel marrón liso, y en la otra una bolsa de lona azul que colgaba de un cordón. Por los ángulos que sobresalían en los bordes de la lona, el pistolero pensó que debía de contener libros.

El muchacho esperaba para cruzar una calle inundada de tráfico, una calle, se dio cuenta, de la misma ciudad de la que había tomado al Prisionero y a la Dama, pero por el momento nada de eso importaba. Nada importaba más allá de lo que estaba por ocurrir o no en los próximos segundos.

Jake no había aparecido en el mundo del pistolero a través de puerta mágica alguna; había atravesado un portal más crudo y comprensible: había nacido al mundo de Rolando por haber muerto en el suyo.

Lo habían asesinado.

Más específicamente, lo habían empujado.

Lo habían empujado en la calle; lo atropelló un coche cuando iba a la escuela, con su bolsa del almuerzo en una mano y sus libros en la otra.

Lo empujó el hombre de negro.

«¡Va a hacerlo! ¡Va a hacerlo ahora mismo! Éste ha de ser mi castigo por haberlo asesinado en mi propio mundo:

¡ver cómo lo asesinan en éste antes de que yo pueda evitarlo!»

Pero el rechazo de un destino brutal había sido para el pistolero la tarea de toda su vida —había sido su *ka*, por decirlo así—, de modo que dio el paso y, antes de pensarlo siquiera, actuó conforme a reflejos tan profundos que casi se habían convertido en instintos.

Un pensamiento horrible e irónico al mismo tiempo le cruzó por la mente mientras lo hacía: «¿Y si el cuerpo en el que había entrado era el del hombre de negro en persona? ¿Y si corría adelante para salvar al muchacho sólo para ver que sus propias manos se extendían y lo empujaban? ¿Y si esta sensación de control era una mera ilusión, y resultaba que la regocijada broma final de Walter era que Rolando mismo asesinara al muchacho?»

3

Por un solo momento Jack Mort perdió la flecha delgada y fuerte de su concentración. Cuando estaba a punto de saltar adelante y empujar al chico hacia el tráfico, sintió algo que su mente tradujo mal, tal como el cuerpo puede equivocarse al referir una zona de dolor a otra.

Cuando el pistolero dio el paso, Jack pensó que algún tipo de bicho le había aterrizado en la nuca. No una avispa ni una abeja, nada con un aguijón en realidad, pero algo que mordía y picaba. Un mosquito, tal vez. A esto atribuyó su caída de concentración en el momento crucial. Le pegó un manotazo y volvió al muchacho.

Pensó que todo esto había sucedido apenas en un guiño; en realidad pasaron siete segundos. No sintió el veloz avance del pistolero como tampoco sintió su igualmente veloz retroceso, y ninguna de las personas que lo rodeaban (gente que iba a trabajar, la mayoría proveniente de la estación de metro de la otra manzana, con la cara aún hinchada de sueño, vueltos hacia adentro los ojos a medio soñar) se dio cuenta de que los ojos de Jack cambiaban de su habitual azul profundo a un azul más claro, detrás de sus recatados anteojos de armazón dorado. Nadie notó tampoco que esos ojos volvían a oscurecerse a su color cobalto normal, pero cuando esto sucedió y volvió a enfocar al muchacho, vio con afilada y frustrada furia que había perdido su oportunidad: la luz había cambiado.

Vio que el chico cruzaba con el resto del rebaño, y luego el mismo Jack se volvió por el camino por el que había venido y comenzó a abrirse camino contra la corriente de peatones que inundaba la calle como una marea.

—¡Oiga, señor! ¡Fíjese por d...!

Alguna adolescente de rostro coagulado que él apenas vio. Jack la empujó a un costado, con fuerza, ignorando su estallido de ira cuando sus propios libros de estudio que llevaba en el brazo salieron volando. Siguió caminando por la Quinta Avenida, alejándose de la calle Cuarenta y Tres, donde había decidido que el muchacho muriera ese día. Iba con la cabeza inclinada y los labios apretados con tal fuerza que no parecía tener boca en realidad, sino la cicatriz sobre el mentón de una herida curada hace tiempo. Una vez lejos del atasco de la esquina no aminoró la velocidad sino que caminó aún más rápidamente, cruzó la Cuarenta y Dos, la Cuarenta y Uno, la Cuarenta. Hacia la mitad de la manzana siguiente, pasó por el edificio donde vivía el muchacho. Le echó apenas una mirada, a pesar de que durante las últimas tres semanas había seguido al chico desde ahí cada mañana de clase, lo había seguido desde el edificio hasta una esquina a tres manzanas y media de la Quinta, la esquina que él llamaba simplemente Lugar del Empujón.

Detrás de él gritaba la chica a la que había empujado, pero Jack Mort no se dio cuenta. Un entomólogo aficionado no le habría prestado más atención a una mariposa vulgar.

A su manera, Jack Mort era muy parecido a un entomólogo.

De profesión, era un contable de éxito.

Su único hobby era empujar.

4

El pistolero regresó a la parte posterior de la mente del hombre y se diluyó ahí. Si tenía algún alivio, era simplemente que éste no era el hombre de negro, no era Walter.

Todo el resto era horror extremo... y extremo entendimiento.

Divorciada de su cuerpo, su mente —su *ka*— seguía tan saludable y aguda como siempre, pero este repentino saber le pegó en las sienes como un golpe de cincel.

El saber no llegó cuando dio el paso sino cuando estuvo seguro de que el chico estaba a salvo y se deslizó hacia atrás.

Vio la conexión entre este hombre y Odetta: demasiado fantástica, y al mismo tiempo demasiado apropiada en un sentido oculto como para ser una coincidencia, y comprendió cuál podría ser verdaderamente la invocación de los tres, y quiénes podrían ser.

El tercero no era este hombre, este Empujador; el tercero que había nombrado Walter era la Muerte.

(Muerte... pero no para ti, pistolero.) Eso es lo que había dicho Walter, astuto como Satanás aun al final. Una respuesta de abogado... tan cerca de la verdad que la verdad podía ocultarse bajo su sombra. Él no era el destinatario de la muerte; él se había convertido en la muerte.

El Prisionero, la Dama.

El tercero era la Muerte.

Súbitamente lo inundó la certeza de que el tercero era él.

5

Rolando *pasó adelante* como un proyectil más que cualquier otra cosa, un descerebrado misil programado para arrojar el cuerpo que habitaba contra el hombre de negro en cuanto lo viera.

No fue hasta más tarde cuando se le cruzaron los pensamientos de lo que podría suceder si evitaba que el hombre de negro asesinara a Jake; la posible paradoja, una fístula en el tiempo y en el espacio que podría cancelar todo lo sucedido después de haber llegado a la estación... porque si salvaba a Jake en este momento, seguramente no habría un Jake para que él conociera en aquél, y todo lo que sucedería a partir de ese momento habría cambiado.

¿Qué cambios?

Acerca de eso era imposible siquiera especular. Que uno de esos cambios pudo haber sido el final de su búsqueda nunca cruzó por la mente del pistolero. Y seguramente eran discutibles esas especulaciones a posteriori; de haber visto al hombre de negro, no habría consecuencia, paradoja o curso ordenado del destino que hubiera podido evitar que simplemente bajara la cabeza de este cuerpo que habitaba y pegara de frente a través del pecho de Walter. Rolando habría sido tan incapaz de actuar de otra manera como un arma es incapaz de rehusarse el dedo que aprieta su gatillo y lanza la bala a su vuelo.

Si esto mandaba todo al demonio, que todo se fuera al demonio, pues.

Recorrió rápidamente con la mirada a toda la gente

agrupada en la esquina y miró cada cara (miró con el mismo cuidado a hombres y mujeres, se aseguró de que no fuera alguien que sólo *simulara* ser una mujer).

Walter no estaba ahí.

Poco a poco se fue relajando, como puede relajarse en el último momento un dedo curvado sobre un gatillo.

No, Walter no andaba en torno del muchacho por ninguna parte, y el pistolero de alguna manera tuvo la certeza de que no era el tiempo correcto. Todavía no. Ese tiempo estaba cerca —faltaban dos semanas, una semana, tal vez un solo día—, pero todavía no era el momento.

Así que regresó.

En el camino vio...

6

... y quedó alelado por la conmoción: este hombre a cuya mente se abrió la tercera puerta una vez se sentó a esperar junto a la ventana de una desierta habitación de alquiler de un edificio lleno de habitaciones abandonadas. Es decir, abandonadas salvo por los borrachos y los locos que pasaban las noches ahí. Se podía reconocer a los borrachos por el olor de su desesperado sudor y furioso pis. Se podía reconocer a los locos por el hedor de sus trastornados pensamientos. En esta habitación los únicos muebles eran dos sillas. Jack Mort usaba las dos: una para sentarse, y la otra como un puntal para mantener cerrada la puerta que daba al pasillo. No esperaba súbitas interrupciones, pero era mejor no correr riesgos. Estaba lo bastante cerca de la ventana como para poder mirar hacia afuera, pero bastante lejos detrás de la línea inclinada de sombra como para que nadie pudiera verlo por casualidad.

Tenía en la mano un agrietado ladrillo rojo.

Lo había desencajado de la parte exterior de la ventana, donde había una buena cantidad de ladrillos sueltos. Era un ladrillo viejo, gastado en las esquinas, pero pesado. Tenía aferrados como pequeños crustáceos trozos de argamasa vieja.

El hombre se proponía tirarle el ladrillo a alguien.

No le importaba a quién; cuando se trataba de asesinar, Jack Mort era uno de esos que le dan las mismas oportunidades a todo el mundo.

Después de un rato, un grupo de tres personas llegó caminando por la vereda, abajo: hombre, mujer, niñita. La niña iba caminando por el lado de dentro, presumiblemente para que se mantuviera a salvo, lejos del tráfico, que era abundante por ahí, cerca de la estación de tren, pero a Jack Mort no le importaba el tráfico. Lo que le importaba era que no hubiera edificios justo frente a él; ésos ya habían sido demolidos, dejando una tierra baldía en la que se confundían maderas quebradas, ladrillos rotos, vidrios destrozados.

Sólo iba a inclinarse hacia adelante un par de segundos, y llevaba anteojos oscuros sobre sus ojos y una gorra tejida, fuera de temporada, que le cubría el pelo rubio. Era como la silla bajo el picaporte de la puerta. Aun cuando uno se asegurara contra los riesgos posibles, no hacía ningún daño asegurarse contra los riesgos inesperados.

También llevaba puesto un anorak demasiado grande para él, que le llegaba casi hasta la mitad del muslo. Esta prenda abolsada ayudaba a confundir el verdadero tamaño y la forma de su cuerpo (era bastante delgado) si acaso alguien lo observaba. También servía a otro propósito: cada vez que asestaba contra alguien esta «carga de profundidad» (pues así era como denominaba a esto: como una «carga de profundidad»3, se corría. El anorak abolsado también servía para cubrir la mancha húmeda que invariablemente se formaba en sus tejanos.

Ahora estaban más cerca.

No arrojes el proyectil, espera, espera un poco...

Un temblor lo recorrió en el borde de la ventana, adelantó el ladrillo, lo retiró hasta su estómago, lo adelantó otra vez, lo retiró otra vez (pero esta vez sólo a medio camino), luego se inclinó hacia adelante, ahora perfectamente tranquilo. Siempre lo estaba en el penúltimo momento.

Soltó el ladrillo y lo vio caer.

Cayó con un giro que cambió un extremo por el otro. Jack vio los crustáceos de argamasa claramente al sol. En ese momento, más que en cualquier otro todo era claro, todo presentaba una sustancia exacta y perfectamente geométrica; he aquí algo que él había empujado hacia la realidad, como el escultor que acciona el martillo contra el cincel para cambiar la piedra y crear una nueva sustancia de la materia bruta; he aquí la cosa más notable del mundo: lógica que era éxtasis a la vez.

A veces erraba, o pegaba en forma oblicua, como el escultor que puede tallar mal o en vano, pero éste había sido un tiro perfecto. El ladrillo le dio claramente en la cabeza a la niña del vestidito. Vio cómo saltaba la sangre, más clara que el ladrillo, pero que al final se secaría del mismo color marrón. Oyó el comienzo del grito de la madre. Entonces se puso en movimiento.

Jack atravesó la habitación y tiró a un rincón lejano la silla que había estado debajo del picaporte (había desplazado de una patada la otra, la que usaba para sentarse mientras esperaba, en el momento de cruzar la habitación). Recogió el anorak y sacó de su bolsillo trasero un pañuelo. Lo usó para girar el picaporte.

Nada de huellas digitales.

Sólo los mediocres dejaban huellas digitales.

Antes de que la puerta terminara de abrirse, volvió a meterse el pañuelo en el bolsillo trasero de su pantalón. Cuando caminaba por el pasillo adoptó un andar ligeramente ebrio. No miró hacia atrás.

Mirar hacia atrás también era sólo para los mediocres.

Los *Distintos* sabían que tratar de ver si alguien había reparado en uno era una manera segura de lograr precisamente eso. Mirar hacia atrás era la clase de gesto que un testigo podría recordar después de un accidente. Entonces algún poli que se pasa de listo podría decidir que era un accidente sospechoso, y habría una investigación. Todo a causa de una nerviosa mirada hacia atrás. Jack no creía posible que alguien lo relacionara con el crimen, aun si se decidiera que el «accidente» era sospechoso y se hiciera una investigación, pero...

Corre sólo los riesgos aceptables. Minimiza los restantes. En otras palabras, coloca siempre una silla debajo del picaporte de la puerta.

Así que caminó por el polvoriento pasillo, donde se veían trozos de listones a través de las paredes desconchadas; caminó con la cabeza baja, murmurando para sí mismo como los vagos que uno ve por la calle. Aún podía oír a una mujer que gritaba —la madre de la niña, supuso—, pero ese sonido venía del frente del edificio; era leve y sin importancia. Todo lo que sucedía después —los llantos, la confusión, los lamentos de los heridos (si los heridos eran capaces aún de lamentarse)—, a Jack no le importaba. Lo que sí importaba era todo aquello que provocara cambios en el curso vulgar de las cosas y esculpiera nuevas líneas en el fluir de las vidas... y, tal vez, no sólo los destinos de los golpeados, sino los de un círculo que se abría a su alrededor, como las ondas que abre una piedra al caer en un estanque de aguas tranquilas.

¿Quién podía decir que él no había esculpido hoy el cosmos, o que no pudiera hacerlo en algún tiempo futuro?

¡Dios, no era de sorprender que se manchara los tejanos!

No se topó con nadie al bajar los dos pisos de escaleras, pero siguió fingiendo, oscilando un poco al caminar pero sin llegar a hacer eses. No se recordaría a alguien que oscilara. Alguien que ostentosamente hiciera eses sí. Murmuraba pero no decía en realidad nada concreto e inteligible. No actuar en absoluto sería mejor que sobreactuar.

Salió por la destartalada puerta trasera a un callejón lleno de botellas rotas y rechazadas que centelleaban galaxias de estrellas.

Había planeado su huida por anticipado, como lo planeaba todo (corre sólo los riesgos aceptables, minimiza los restantes, sé Distinto en todo); esa manera de planificar era el motivo por el que sus colegas lo habían señalado como alguien que iba a llegar lejos (y él en efecto intentaba llegar lejos, pero uno de los lugares a los que no tenía intención de llegar era la cárcel, o la silla eléctrica).

Algunas personas corrían por la calle a la que daba el callejón, pero sólo se dirigían a ver de dónde provenían los gritos, y ninguno de ellos miró a Jack Mort, quien se había quitado la gorra pero no las gafas de sol (que en una mañana tan luminosa como ésa no parecían fuera de lugar).

Se metió en otro callejón.

Salió a otra calle.

Ahora entraba por un callejón no tan mugriento como los dos primeros; de hecho, era casi una línea. Iba a parar a otra calle, y una manzana más allá había una parada de autobuses. Menos de un minuto después de alcanzar la parada llegó uno, lo cual era también parte del programa. Jack subió cuando las puertas se abrieron en acordeón, y dejó caer sus quince centavos en la ranura del recipiente para las monedas. El conductor ni siquiera llegó a echarle una mirada. Esto era bueno, pero aunque lo hubiera hecho, no habría visto más que un hombre indescriptible en tejanos, un hombre que podía estar sin trabajo: el anorak que llevaba parecía de esos que regalan en el Ejército de Salvación.

Prepárate, estáte listo, sé Distinto.

El secreto del éxito de Jack Mort, tanto para el trabajo como para el juego.

Nueve manzanas más allá había un aparcamiento. Jack se bajó del autobús entró en el aparcamiento, abrió la puerta de su coche (un vulgar Chevrolet de los cincuenta y tantos, aún en buen estado), y condujo de vuelta a la ciudad de Nueva York.

Se sentía libre y claro.

7

En un solo momento el pistolero vio todo esto. Antes de que su conmocionada mente pudiera dejar fuera otras imágenes por un gesto simple como el de bajar una cortina, vio más. No todo, pero suficiente. Suficiente.

8

Vio a Mort cortar un trozo de la página cuatro del *The New York Daily Mirror* con un cuchillo, asegurándose quisquillosamente de respetar con exactitud las líneas de la columna. NIÑA NEGRA EN COMA DESPUÉS DE TRÁGICO ACCIDENTE, decía el titular. Vio a Mort aplicar goma en la parte de atrás del recorte con el cepillo adosado a la tapa de su pote de goma. Vio a Mort colocarlo en el centro de una página en blanco de un álbum, el cual, por el aspecto inflado y mullido de las páginas anteriores, contenía seguramente otros muchos recortes. Vio las primeras líneas de la nota: «Odetta Holmes, de cinco años de edad, llegada de Elizabethtown, N. J., para una celebración festiva, es ahora la víctima de un cruel y monstruoso accidente. Dos días después de la boda de una tía, la niña y su familia caminaban hacia la estación de trenes cuando un ladrillo cayó...»

Pero ésa no había sido la única ocasión en que él había tenido tratos con ella, ¿verdad? No. Dioses, no.

En los años que pasaron entre esa mañana y la noche en que Odetta perdió las piernas, Jack Mort había dejado caer una gran cantidad de cosas y había empujado a una gran cantidad de gente.

Entonces fue Odetta otra vez.

La primera vez él había empujado algo encima de ella.

La segunda vez la empujó a ella debajo de algo.

«¿Qué clase de hombre es éste que debo usar? ¿Qué clase de hombre...?»

Pero entonces pensó en Jake, pensó en el empujón que había enviado a Jake a este mundo, y creyó oír la carcajada del hombre de negro, y eso terminó con él.

Rolando se desmayó.

9

Cuando volvió en sí, se encontró mirando prolijas hileras de cifras que descendían por una hoja de papel verde. El papel era cuadriculado, de manera que cada cifra parecía prisionera en una celda.

Pensó: «Algo diferente.»

No sólo la risa de Walter. Algo... ¿un plan?

No, dioses, no... nada tan completo o esperanzado como eso.

Pero una idea, por lo menos. Un cosquilleo.

«¿Cuánto tiempo he estado desmayado? —pensó, súbitamente alarmado—. Debían de ser como las nueve de la mañana cuando crucé la puerta, tal vez un poco más temprano. ¿Cuánto tiempo...?»

Dio el paso.

Jack Mort —quien ahora no era más que un muñeco humano controlado por el pistolero— levantó un poco la mirada y vio que las agujas del lujoso reloj de cuarzo de su escritorio marcaban la una y cuarto.

Dioses, ¿tan tarde? ¿Tan tarde? Pero Eddie... estaba tan cansado, nunca habría podido permanecer despierto tanto t...

El pistolero giró la cabeza de Jack. La puerta seguía ahí, pero lo que vio a través de ella era mucho peor de lo que hubiera imaginado.

A un lado de la puerta había dos sombras: una era de la silla de ruedas; la otra, la de un ser humano... pero el ser humano estaba incompleto y se sostenía sobre sus brazos porque la parte inferior de sus piernas le habían sido arrancadas con la misma rápida brutalidad que los dedos de la mano y del pie de Rolando.

La sombra se movió.

De inmediato Rolando volvió a girar la cabeza de Jack Mort, la movió con la violenta velocidad de una serpiente a punto de atacar.

Ella no debe mirar acá. No hasta que yo esté listo. Hasta entonces, ella no ve nada más que la parte posterior de la cabeza de este hombre.

Detta Walker en ningún caso podía ver a Jack Mort, porque quien mirara a través de la puerta abierta sólo veía lo que veía el huésped. Ella sólo podría ver la cara de Mort si se miraba a un espejo (aunque eso podía llevar a sus propias terribles consecuencias de paradoja y repetición), pero aún así nada significaría para ninguna de las dos Damas; y para el caso, el rostro de la Dama tampoco significaría nada para Jack Mort. A pesar de que en dos ocasiones habían tenido tratos de letal intimidad, jamás se habían visto el uno al otro.

Lo que el pistolero no quería era que la Dama viera a la *Dama*.

No todavía, por lo menos.

La chispa de intuición comenzó a tomar forma de plan.

Pero allá era tarde; la luz le sugirió que debían de ser las tres de la tarde, tal vez incluso las cuatro.

¿Cuánto tiempo quedaría hasta que la puesta del sol convocara a las langostruosidades y, con ellas, llegara el fin de la vida de Eddie?

¿Tres horas?

¿Dos?

Podía volver y tratar de salvar a Eddie... pero eso era exactamente lo que Detta quería. Ella había colocado una trampa, tal como los habitantes de un poblado que temen a un lobo mortal podrían exponer un cordero artificial para atraerlo a la distancia de un tiro de flecha. Él volvería a su cuerpo enfermo... pero no por mucho tiempo. La razón por la que sólo había visto la sombra de ella era que estaba tendida junto a la puerta y apretaba en su puño uno de sus revólveres. En el momento en que su cuerpo-Rolando se moviera, ella dispararía y terminaría con su vida.

Como ella le tenía miedo, su final por lo menos seria misericordioso.

El de Eddie sería un horror aullante.

Le parecía oír la repugnante voz de Detta Walker, sus risitas: *¿Queres meterte conmigo, pichagris? ¡Siguro queres venir a mí! Tu no le tene miedo a una pobe negrita lisiada, ¿verdá?*

—Sólo una forma —murmuró la boca de Jack—. Sólo una.

Se abrió la puerta de la oficina, y un hombre calvo con gafas lo miró.

—¿Qué tal te va con la cuenta de Dorfman? —preguntó el calvo.

—Me encuentro mal. Debe de haber sido el almuerzo. Creo que debería irme.

El calvo se mostró preocupado.

—Será un virus, probablemente. He oído que anda uno por ahí bastante molesto.

—Probablemente.

—Bueno... mientras puedas tener terminado el asunto de Dorfman para mañana a las cinco de la tarde...

—Sí.

—Porque ya sabes lo palizas que puede ser...

—Sí.

El calvo, que ahora parecía un poco turbado, asintió.

—Sí, vete a casa. No pareces tú mismo.

—No lo soy.

El calvo salió de la puerta rápidamente.

«Me sienten —pensó el pistolero—. En parte ha sido eso. En parte, pero no todo. Le tienen miedo. No saben por qué pero le tienen miedo. Y hacen bien.»

El cuerpo de Jack Mort se levantó, encontró el portafolios que llevaba cuando el pistolero entró en él, y metió dentro todos los papeles que estaban en la superficie del escritorio.

Sintió una especie de urgencia de deslizar una nueva mirada atrás, hacia la puerta pero la resistió. No volvería a mirar hasta que estuviera listo a arriesgarlo todo y volver.

Mientras tanto, el tiempo era breve y había cosas que hacer.

II

EL TARRO DE MIEL

1

Detta yacía en una grieta profunda y muy sombreada, formada por rocas que se reunían como viejos que se hubieran vuelto de piedra mientras compartían algún extraño secreto. Observó a Eddie subir y bajar las cuestas cubiertas de maleza de las colinas y gritar hasta quedarse ronco. La pelusa de pato de sus mejillas se había convertido por fin en barba, y se lo hubiera podido tomar por un hombre crecido, salvo las tres o cuatro veces que pasó cerca de ella (una vez llegó tan cerca que ella pudo haber deslizado una mano y aferrarle el tobillo). Cuando él se acercaba, se podía ver que todavía no era más que un muchacho, un muchacho cansado como un perro, hasta la médula.

Odetta habría sentido lástima; Detta sólo sentía el callado instinto agazapado del predador por naturaleza.

Al principio, al arrastrarse ahí dentro, había sentido cosas que crujían bajo sus manos como viejas hojas de otoño en un claro del bosque. Cuando sus ojos se acomodaron vio que no eran hojas sino los diminutos huesos de animales pequeños. Algún predador, desaparecido mucho tiempo atrás, si es que estos antiguos huesos amarillos decían la verdad, había tenido allí su guarida, algo como un hurón o una comadreja. Seguramente salía por la noche, seguía su olfato más allá, hacia Los Cajones, donde la maleza subterránea y los árboles eran más espesos, y seguía su olfato para cazar. Seguramente había matado, comido, y llevado los restos de vuelta para comer algo al día siguiente, esperando que con la noche volviera el tiempo de cazar de nuevo.

Ahora había un predador más grande, y al principio Detta pensó que haría más o menos lo mismo que había hecho el inquilino anterior: esperar hasta que Eddie se quedara dormido, como casi ciertamente haría, luego matarlo y arrastrar su cuerpo hasta allí. Luego, con ambos revólveres en su poder, podría arrastrarse de vuelta hacia la puerta y esperar que volviera el Hombre Malo de Verdad. Su primera idea había sido matar el cuerpo del Hombre Malo de Verdad en cuanto se hubiera ocupado de Eddie, pero no había sido una buena idea, ¿verdad? Si el Hombre Malo de Verdad no tenía cuerpo para volver, no había forma en que Detta pudiera salir de aquí y regresar a su propio mundo.

¿Podría hacer que el Hombre Malo de Verdad la llevara de vuelta?

Tal vez no.

Pero tal vez sí.

Si sabía que Eddie seguía con vida, tal vez sí.

Y eso la llevó a una idea mucho mejor.

Era profundamente astuta. Se habría reído roncamente en la cara del que hubiera osado sugerirlo, pero también era profundamente insegura. A causa de lo segundo, ella atribuía lo primero a cualquiera cuyo intelecto pareciera aproximarse al suyo propio. Así se sentía con respecto al pistolero. Había oído un disparo, y cuando miró vio humo que salía del caño del otro revólver, el que quedaba. Él había vuelto a cargar el revólver y se lo había entregado a Eddie justo antes de atravesar la puerta.

Sabía lo que eso debía significar para Eddie: que no todas las cápsulas estaban mojadas; el revólver iba a protegerlo. También sabía lo que eso debía significar para ella (porque desde luego el pistolero sabía que ella estaba observando; aun cuando hubiera estado dormida cuando ellos dos comenzaron su charloteo, el disparo la habría despertado): *Manténte alejada de él. Está armado.*

Pero los demonios pueden ser sutiles.

Si ese pequeño espectáculo se había montado en su beneficio, ¿no era posible que el Hombre Malo de Verdad tuviera también en mente algún otro propósito que ni ella ni Eddie debían ver? ¿No era posible que el Hombre Malo de Verdad hubiera pensado: *Si ella ve que éste dispara buenos cartuchos, creerá que el que le dio Eddie también.*

Pero supongamos que él hubiera adivinado que Eddie se iba a quedar dormido. ¿Acaso no sabría que ella se quedaría esperando precisamente eso, que esperaría para escamotearle el revólver y alejarse trepando lentamente hacia arriba por la cuesta hasta un lugar seguro? Sí, ese Hombre Malo de Verdad debía de haber previsto todo eso. Era bastante listo para ser un blanco de mierda. Al menos, lo bastante para saber que Detta estaba determinada a conseguir todo lo posible de ese muchachito blanco.

Así que era posible que el Hombre Malo de Verdad hubiera cargado deliberadamente el revólver con cartuchos malos. Ya una vez la había burlado, ¿por qué no iba hacerlo de nuevo? Esta vez ella había tenido el cuidado de comprobar que las cámaras estuvieran cargadas con algo más que cápsulas vacías, y sí, *parecían* ser balas verdaderas, pero eso no significaba que lo fueran. Ni siquiera tenía que correr el riesgo de que *una* de ellas estuviera lo bastante seca como para dispararse, ¿o ahora sí? Él pudo haberlas dispuesto de alguna forma. Al fin y al cabo, las armas eran el negocio del Hombre Malo de Verdad. ¿Por qué haría él una cosa así? ¡Pues para hacerle una zancadilla que la obligara a ella a exponerse, por supuesto! Eddie entonces podría cubrirla con el revólver que realmente funcionaba, y no cometería dos veces el mismo error, estuviera cansado o no. De hecho, se ocuparía especialmente de no cometer el mismo error por segunda vez, porque estaba cansado.

«Muy astuto, blanco —pensó Detta en su umbría guarida, ese oscuro lugar apretado pero en cierto modo confortable, con el suelo alfombrado con los huesos blandos y podridos de pequeños animalitos—. Muy astuto, pero no me vas a pillar.»

No le hacía falta disparar a Eddie, después de todo; solo tenía que esperar.

3

Su único miedo era que el pistolero volviera antes de que Eddie se quedara dormido, pero aún estaba fuera.

El cuerpo echado en la base de la puerta no se movía. Tal vez tenía problemas para conseguir la medicina que necesitaba; o algún otro tipo de problemas, por lo que a ella concernía. Los hombres como él parecían encontrar problemas con tanta facilidad como una perra en celo encuentra un perro cachondo.

Pasaron dos horas mientras Eddie buscaba enloquecidamente a la mujer a la que llamaba Odetta (¡oh, cómo odiaba el sonido de ese nombre!), recorriendo arriba y abajo las colinas bajas y gritando hasta quedarse sin voz.

Por fin Eddie hizo lo que ella esperaba que hiciera: volvió a bajar al pequeño ángulo de playa y se sentó junto a la silla de ruedas sin dejar de mirar con desconsuelo a su alrededor. Tocó una de las ruedas de la silla, y el toque fue casi una caricia. Luego su mano cayó y él se sumergió en un profundo suspiro.

Esta imagen produjo un dolor acerado en la garganta de Detta; el dolor le atravesó la cabeza de lado a lado como un relámpago de verano, y le pareció oír una voz que la llamaba... que la llamaba o reclamaba.

«No quiero, no lo harás —pensó sin saber qué pensaba o de qué estaba hablando—. No quiero, esta vez no, ahora no. Ahora no, tal vez nunca más.» El rayo de dolor le desgarró la cabeza otra vez y le hizo apretar los puños. La misma cara se convirtió en un puño, se retorció en una mueca de concentración, una expresión notable y llamativa en su mezcla de fealdad y casi beatífica determinación.

El rayo de dolor no volvió. Como tampoco volvió la voz que a veces parecía hablar a través de sus accesos de dolor.

Esperó.

Eddie apuntaló el mentón sobre los puños, apuntaló la cabeza de manera que quedara levantada. Pronto comenzó a caer, sin embargo, mientras los puños se deslizaban hacia arriba por las mejillas. Detta esperaba con los ojos resplandecientes.

Eddie levantó la cabeza de una sacudida. Luchó para ponerse de pie, caminó hacia el agua y se salpicó la cara.

«Tá mu bien, muchacho blanco. Látima que en ete mundo no haiga timulantes, sino tarías tomado eso también.»

Esta vez Eddie se sentó en la silla de ruedas, pero era evidente que la encontraba un poquitín demasiado cómoda. Así que después de una larga mirada a través de la puerta abierta (*¿quetá mirando ahí, muchacho blanco? Detta daría un billete de veinte pavos po sabelo*), dejó caer el culo sobre la arena otra vez.

Apuntaló otra vez la cabeza sobre las manos.

Pronto la cabeza comenzó otra vez a deslizarse hacia abajo. Esta vez nada la detuvo. El mentón quedó apoyado sobre el pecho, y aún por encima del oleaje ella podía oírlo roncar. Muy pronto, él cayó sobre un costado y se enroscó.

Ella se sorprendió, se disgustó y se asustó al sentir una repentina puñalada de compasión por aquel muchacho blanco. No parecía más que un mocoso que tratara de quedarse levantado hasta la medianoche en la víspera de Año Nuevo y no lo consiguiera. Entonces recordó cómo él y el Hombre Malo de Verdad habían intentado envenenarla, y cómo la provocaban con la comida, cómo se la tendían y se la retiraban en el último momento... por lo menos hasta que tuvieron miedo de que muriera.

«Si tenían miedo de que te murieras, ¿por qué tratarían de darte comida envenenada en primer lugar?»

La pregunta la asustó de la misma manera en que la asustaba esa furtiva sensación de lástima. No estaba acostumbrada a cuestionarse a sí misma, y más aún, esa voz que interrogaba en su mente no parecía en absoluto su propia voz.

«La comida venenosa no era pa matarme. Sólo querían enfermame. Sentarse ahí a reí mientra yo gomitaba y me quejaba, supongo.»

Esperó veinte minutos y luego comenzó a bajar hacia la playa, impulsándose con sus manos y sus fuertes brazos;

ondulaba como una serpiente, sus ojos nunca abandonaban a Eddie. Hubiera preferido esperar otra hora, y aun media más; habría sido mejor tener al cabroncete dormido diez kilómetros en lugar de uno o dos. Pero esperar era un lujo que simplemente no podía permitirse. El Hombre Malo de Verdad podía volver en cualquier momento.

Cuando se hubo acercado a cierta distancia del lugar donde estaba Eddie (que seguía roncando y sonaba como una sierra eléctrica en un aserradero), tomó un trozo de roca que le pareció satisfactoriamente lisa de un lado y satisfactoriamente dentada del otro.

Cerró la palma sobre el lado liso y continuó su arrastre sinuoso de serpiente hacia donde estaba él, con el franco brillo de la muerte en sus ojos.

4

El plan de Detta era brutalmente simple: pegarle a Eddie en la cabeza con el lado dentado de la roca hasta que estuviera tan muerto como la misma roca. Luego tomaría el revólver y esperaría a que volviera Rolando.

Cuando su cuerpo se incorporara, ella le daría a elegir: llevarla de vuelta a su mundo, o negarse y morir. «Vassa quedá en paz conmigo de cualquié manera, nene, le diría, y con tu amigo mueto ya no podrás hacé nada más de lo que dijites que querías hacé.»

Si el revólver que el Hombre Malo de Verdad le había dado a Eddie no funcionaba (era posible; ella nunca había conocido a un hombre tan odioso y temible como Rolando, y no había astucia de él que pudiera sorprenderla) se lo cargaría de todas maneras. Se lo cargaría con la piedra o a mano limpia. Estaba enfermo y le faltaban dos dedos. Podría con él.

Pero a medida que se acercaba a Eddie, le sobrevino un pensamiento inquietante. Era otra pregunta, y otra vez parecía ser otra voz la que preguntaba.

«¿Y si lo sabe? ¿Qué pasará si en el momento en que matas a Eddie él lo sabe?»

«Él no va a sabé naa. Tará demasiado ocupado en conseguí lo remedios. Y en acotarse, polo que yo sé.»

La voz extraña no respondió, pero ya había plantado la semilla de la duda. Ella los había oído hablar cuando la creían dormida. El Hombre Malo de Verdad necesitaba hacer algo. Ella no sabía qué era. Lo único que Detta sabía era que tenía que ver con una torre. Podía ser que el Hombre Malo de Verdad creyera que su torre estaba llena de oro o joyas o cosas por el estilo. Había dicho que para llegar ahí la necesitaba a ella y a Eddie y a otro tipo más, y Detta pensaba que tal vez fuera cierto. ¿Por qué, si no, estaban ahí esas puertas?

Si se trataba de magia y ella mataba a Eddie, él podía saberlo. Si ella mataba su manera de llegar a la torre, pensó que podía estar matando la única cosa por la que vivía el cabrón pichagris. Y si sabía que no tenía nada por qué vivir, el cabrón podía hacer cualquier cosa, porque al cabrón ya nada le importaría un bledo.

La idea de lo que podría ocurrir si el Hombre Malo de Verdad volvía en esas condiciones hizo temblar a Detta.

Pero si no podía matar a Eddie, ¿qué iba a hacer? Podía tomar el revólver mientras Eddie dormía pero cuando volviera el Hombre Malo de Verdad, ¿podría manejar los dos?

Simplemente no lo sabía.

Sus ojos se posaron sobre la silla de ruedas, comenzaron a alejarse, y luego volvieron, rápido. En el respaldo de cuero había un bolsillo profundo. De ese bolsillo sobresalía un trozo de la cuerda con la que la habían atado a la silla.

Cuando vio la cuerda, comprendió cómo podía hacerlo todo.

Detta cambió de dirección y comenzó a arrastrarse hacia el cuerpo inerte del pistolero. Pretendía sacar lo necesario de ese morral que él llamaba «cartera», luego tomar la cuerda, tan rápido como pudiera... pero por un momento se quedó congelada junto a la puerta.

Al igual que Eddie, ella interpretaba lo que veía en términos cinematográficos... sólo que esto más parecía una serie policial de televisión. El escenario era en una farmacia. Ella veía a un farmacéutico que parecía atontado de miedo, y Detta no lo culpaba. Había un revólver que apuntaba directamente a la cara del farmacéutico. El farmacéutico estaba diciendo algo, pero su voz sonaba distante, distorsionada, como si lo oyera a través de altavoces. No podía darse cuenta de qué era. Tampoco podía ver quién sostenía el revólver, pero en realidad no le hacía falta ver quién era el tipo del atraco, ¿verdad?, ya sabía quién era.

Era el Hombre Malo de Verdad.

«Es posible que allá no tenga la misma pinta, puede llegar a parecer una bolsita rechoncha llena de mierda incluso podría tener pinta de negro, pero sigue siendo él podentro, siguro. No le tomó mucho tiempo conseguir otro revólver, ¿eh? Apuesto a que nunca le toma mucho tiempo. Muévete, Detta Walker.»

Abrió la cartera de Rolando y brotó el leve y nostálgico aroma del tabaco atesorado durante mucho tiempo, pero ya desaparecido. En cierto sentido era muy parecido al bolso de una mujer, lleno de lo que a primera vista parecía un revoltijo amontonado de cosas, pero si se miraba con detalle, contenía el equipo de viaje de un hombre preparado prácticamente para cualquier contingencia.

Tuvo la idea de que el Hombre Malo de Verdad llevaba una buena cantidad de tiempo en pos de su torre. Si esto era así, las cosas que aún le quedaban, por pobres que fueran, eran de por sí motivo de asombro.

Muévete, Detta Walker.

Tomó lo que necesitaba y comenzó a serpentear en un

silencioso regreso hacia la silla de ruedas. Al llegar, se apuntaló sobre un brazo y tiró de la cuerda hasta sacarla del bolsillo como una pescadora que enrollara el sedal. De vez en cuando le echaba una mirada a Eddie, sólo para asegurarse de que seguía dormido.

No se movió en ningún momento hasta que Detta arrojó el lazo alrededor de su cuello y lo ajustó bien.

5

Lo arrastraban hacia atrás. Al principio pensó que aún estaba dormido y que se trataba de una horrible pesadilla en la que lo enterraban vivo, o tal vez lo asfixiaban.

Luego sintió el dolor del lazo que se hundía en su garganta y la saliva tibia que corría por su mentón al boquear. Esto no era un sueño. Palpó la cuerda y trató de alcanzar los cabos.

Ella tironeó con sus fuertes brazos. Eddie se dio un topetazo al caer de espaldas. Su cara estaba poniéndose púrpura.

—¡Estáte quieto! —silbó Detta detrás de él—. No voa matarte si testás quieto, pero si no dejas de moverte te voa ahogar.

Eddie bajó las manos y trató de quedarse quieto. El nudo corredizo que Detta le había enroscado alrededor del cuello se aflojó lo suficiente como para permitir la entrada de un delgado y ardiente hilo de aire. Sólo podía decirse que era mejor que no respirar del todo.

Cuando se calmó un poco el aterrorizado latido de su corazón, trató de mirar hacia atrás. Inmediatamente el lazo se ajustó otra vez.

—N'importa. Sigue y difuta la vista del ucéano, pichagris. Es todo lo que queres mirá en este momento.

Eddie volvió a mirar hacia el océano y el nudo se aflojó lo suficiente como para permitirle otra vez esa miserable y ardiente respiración. Su mano izquierda se deslizó subrepticiamente hacia la cintura de su pantalón (pero ella vio el movimiento y aunque él no lo veía, ella sonrió). No había nada. Ella le había quitado el revólver.

—*Ella trepó encima tuyo mientras dormías, Eddie.* —Era la voz del pistolero, por supuesto—. *Ahora no sirve para nada decir te lo advertí, pero... te lo advertí. Ahí es donde te lleva el romance: a tener un lazo en el cuello y una loca con dos revólveres en alguna parte detrás de ti.*

—Pero si ella fuera a matarme, ya lo habría hecho. Lo habría hecho mientras yo dormía.

—¿Y qué crees que se propone hacer, Eddie? ¿Invitarte a un viaje para dos a Disneylandia con gastos pagados?

—Escucha —dijo—, Odetta...

Aún la palabra no había salido de su boca cuando el lazo se ajustó salvajemente otra vez.

—No me llames así. La próxima vez que me llames así será la última. ¡Mi nombre es Detta Walker, y si queres seguí metiendo aire a los pulmones, má vale que lo recuerdes!

Eddie produjo unos ruidos ahogados, boqueantes y echó mano al lazo. Frente a sus ojos comenzaron a explotar grandes puntos negros de nada, como flores del mal.

Por fin la banda que le estaba estrangulando la garganta se aflojó otra vez.

—¿Dacuerdo, blanco de mierda?

—Sí —respondió, pero sólo fue un ronco sonido estrangulado.

—Tonces dilo. Di mi nombre.

—Detta.

—¡Di mi nombre ntero! —En su voz ondulaba una peligrosa histeria, y en ese momento Eddie se alegró de no poder verla.

—Detta Walker.

—Bien. —El lazo se aflojó un poco más—. Ahora, cucha, panblanco y cúchame bien si queres viví ta la noche. No vassa tratá de hacerte el listo, como te vi ahora tratá de buscá el rególver que ti quitao cuando dormías. No vassa tratá de provocá a Detta. Te veo. Piensa lo que vassa hacé. Siguro.

»No trates tampoco de hacete el vivo porque no tengo pielnas. Yo aprendí a hacé un montón de cosas dede que las perdí, y ahora tengo lo dos rególveres del blanco cabrón, y eso es algo, ¿no te parece?

—Sí —graznó Eddie—. No me siento muy vivo.

—Bien, mu bien. Esotá pero que mu bien —cacareó—. Mentras dormías, eta hijeputa sa movió mucho. Pleparé todo ete asunto. Eto es lo que quiero que hagas, panblanco: vassa poné la manos atrás y vassa palpá hasta encontrar un lazo igual quel que tenes al cuello. Hay tres. Mientlas tú dormías, yo tejía, ¡vago! —Soltó otra carcajada—. Cando encuentres el lazo, vassa poné la muñeca una contra lotra y las vassa pasá por ahí.

»Tonce vassa sentí mi mano que tira del nudo coledizo hata que quede bien apretado, y cando sientas eso, vassa decí: Eta mi oportunidá dagarrá a esta negra hijeputas. Ora mismo, cando tuavía no tene bien agarrado el nudo deta soga. Pero... —La voz de Detta se quebró y pareció más que la caricatura de una negrita del sur—. Mejó mira pa trás ante de hacé una locura.

Eddie miró. Detta parecía más que nunca una bruja. Una cosa sucia y enmarañada que hubiera asustado a corazones mucho más fuertes que el suyo. El vestido que llevaba cuando el pistolero la sacó de Macy's ahora estaba roñoso y desgarrado. Había usado el cuchillo robado de la cartera del pistolero —el mismo que él y Rolando habían usado para cortar la cinta adhesiva— para cortar su vestido en otras dos partes, con lo que creó dos improvisadas fundas justo encima de la curvatura de sus caderas. De ahí sobresalían las gastadas culatas de los revólveres del pistolero.

Su voz salía ahogada porque sostenía el final de la cuerda con los dientes. De un lado de su sonrisa sobresalía un extremo recién cortado; el resto de la línea, la parte que llevaba al lazo que tenía alrededor de su cuello, sobresalía por el otro lado. Había algo tan bárbaro y predador en esta imagen —la soga atrapada en la sonrisa— que se heló, quedó mirándola con tal horror que sólo le agrandó la sonrisa.

—Trata de hacete el vivo cando mencargué de tus manos —amenazó ella con su voz ahogada—, y te colto la tráquea con los dientes, pichagris. Y eta vez no la suelto. ¿Entendite?

Él no se animó a hablar. Sólo asintió con la cabeza.

—Bien. A lo mejó vives un poquito má, despué de todo.

—Si no —graznó Eddie—, nunca volverás a tener el placer de robar en Macy's, Detta. Porque él lo sabría, y no dejaría ni una piedra en su lugar.

—Cállate —dijo Detta... casi canturreó—. Cállate. Deja que piense la gente que sabe. Lúnico que tú puedes hacé es buscá ese lazo, ¿dacueldo?

6

«Mientlas tú dormías, yo tejía», había dicho ella, y con disgusto y alarma crecientes, Eddie descubrió que significaba exactamente lo que parecía. La cuerda se había convertido en una serie de tres nudos corredizos. El primero se lo había deslizado alrededor del cuello mientras dormía. El segundo aseguraba sus manos detrás de su espalda. Luego ella lo empujó rudamente sobre el costado y le dijo que levantara los pies hasta que los talones tocaran el trasero. El entendió a dónde llevaba esto y se resistió. Ella sacó uno de los revólveres de Rolando del tajo de su vestido, lo amartilló, y apretó el caño contra la sien de Eddie.

—Lo haces tú o lo hago yo, pichagris —exigió con su voz ronca—. Sólo que si lo hago yo, te vassa morir. Voa pisoteá larena sobre los seso que salgan del cerebro, lagartija con pelo. Él creerá que etás dolmido. —De nuevo acotó la amenaza con una risa.

Eddie levantó los pies y rápidamente ella aseguró el tercer nudo corredizo alrededor de sus tobillos.

—Aitá. Atado y fajado como un ternero en un rodeo.

«Esto lo describía mejor que nada», pensó Eddie. Si trataba de bajar los pies para aliviar una posición que ya se volvía cada vez más incómoda, él mismo apretaría aún más el nudo corredizo que sostenía sus tobillos.

Eso acortaría el largo de la cuerda entre los tobillos y las muñecas, lo que a su vez apretaría ese nudo corredizo, y de paso la cuerda entre las muñecas y el nudo corredizo del cuello, y...

Ella lo iba arrastrando hacia la playa.

—¡Eh! ¿Qué...?

Trató de tirarse hacia atrás y sintió que todo se apretaba, incluso su capacidad de inhalar aire. Se dejó llevar lo más suelto posible («y mantén alzados esos pies, no te olvides de eso, mamón, porque si bajas mucho los pies te vas a estrangular») y dejó que ella lo arrastrara a través del suelo áspero.

Una piedra puntiaguda le arrancó un trozo de piel de la mejilla, y sintió la sangre caliente que comenzaba a brotar.

Ella jadeaba roncamente. El sonido de las olas y la explosión de la que horadaba el túnel en la roca eran más fuertes.

«¿Me va a ahogar? Joder, ¿es eso lo que pretende?»

No, por supuesto que no. Creyó saber lo que ella

pensaba hacer aun antes de que su cara surcara las algas retorcidas que marcaban la línea de la marea alta, esas cosas que apestaban a sal muerta, frías como los dedos de los marineros ahogados.

Recordó lo que Henry le había explicado: «A veces se cargaban a uno de los nuestros. Un americano, quiero decir... sabían que un cebo no servía porque no sería ninguno de nosotros el que fuera a buscar a un amarillo o a un moreno al bosque. A menos que fuera un pez recién llegado de Estados Unidos. Le hacían un agujero en el estómago, lo dejaban ahí gritando, y luego atrapaban a todos los tipos que iban a tratar de salvarlo. Seguían haciendo eso hasta que el tipo se moría. ¿Sabes cómo llamaban a un tipo como ése, Eddie?

Eddie había negado con la cabeza, helado con esa visión.

«Lo llamaban un tarro de miel —había dicho Henry—. Algo dulce. Algo que atrae a las moscas. O incluso a un oso, tal vez.»

Eso es exactamente lo que hacía Detta: estaba usándolo como un tarro de miel.

Lo dejó a unos dos metros por debajo de la línea de la marea alta, lo dejó frente al océano, sin decir una sola palabra.

Lo que esperaba que viera el pistolero a través de la puerta no era la marea que llegara para ahogarlo, porque la marea estaba baja y no volvería a llegar a esta altura antes de por lo menos seis horas.

Y mucho antes que eso...

Eddie alzó un poco los ojos y vio que el sol tendía un largo sendero dorado a través del océano. ¿Qué hora sería? ¿Las cuatro? Más o menos. El sol se pondría alrededor de las siete.

Oscurecería mucho antes de que tuviera que preocuparse por la marea.

Y cuando llegara la oscuridad, las langostruosidades

saldrían rodando de las olas; se abrirían un camino lleno de preguntas por la playa hasta donde él yacía atado e indefenso, y entonces lo partirían en pedazos.

7

Ese tiempo se extendió en forma interminable para Eddie Dean. La misma idea del tiempo se convirtió en una broma. Aun el horror de lo que le iba a suceder cuando oscureciera se desvaneció a medida que sus piernas comenzaron a hincharse: la molestia recorrió una escala creciente desde la sensación de dolor hasta llegar finalmente a una aullante agonía. Relajaba los músculos y todos los nudos comenzaban a apretar, y cuando estaba al borde del estrangulamiento, de alguna manera lograba volver a levantar los tobillos, con lo que aligeraba la presión y conseguía recuperar un poco de respiración. Ya no estaba muy seguro de poder aguantar hasta la noche. Llegaría un momento en que simplemente sería incapaz de volver a levantar las piernas.

III

ROLANDO TOMA SU MEDICINA

1

Ahora Jack Mort sabía que el pistolero estaba en él. De haber sido otra persona —un Eddie Dean o una Odetta Holmes, por ejemplo—, Rolando habría mantenido una conversación con el hombre, aunque sólo fuera para aligerar la natural confusión y el pánico que uno puede sentir si de pronto se lo empuja rudamente al asiento del copiloto en un cuerpo que toda la vida ha manejado el propio cerebro.

Pero como Mort era un monstruo —peor de lo que Detta Walker hubiera sido o pudiera llegar a ser—, no hizo ningún esfuerzo en absoluto por hablar o explicar. Podía oír los clamores del hombre —*¿Quién eres? ¿Qué me está pasando?*—, pero no les prestó atención. El pistolero se concentró en su corta lista de necesidades, y usó la mente del hombre sin remordimiento alguno. Los clamores se convirtieron en aullidos de terror. El pistolero continuó sin prestarles ninguna atención.

Sólo podía quedarse en el nido de gusanos que era la

mente de aquel hombre si lo consideraba como una combinación de atlas y enciclopedias. Mort tenía toda la información que Rolando necesitaba. El plan què preparó era tosco, pero a veces tosco era mejor que terso. Cuando se trataba de hacer planes, no había en el mundo criaturas más distintas que Rolando y Jack Mort.

Cuando se hace un plan tosco, queda espacio para la improvisación. Y la improvisación sobre la marcha era uno de los puntos fuertes de Rolando.

2

Un hombre gordo con cristales sobre los ojos, como el calvo que había metido la cabeza en la oficina de Mort cinco minutos antes (daba la impresión de que en el mundo de Eddie mucha gente usaba estos adminículos, que su Mortciclopedia identificaba como «gafas»), entró junto con él en el ascensor. Miró el portafolios que llevaba en la mano el hombre a quien él creía Jack Mort, y luego al mismo Mort.

—¿Vas a ver a Dorfman, Jack?

El pistolero no contestó.

—Si crees que puedes convencerlo para que subalquile, pierdes el tiempo, te lo puedo asegurar —dijo el hombre gordo, y parpadeó cuando su colega dio un rápido paso atrás. Las puertas de la pequeña caja se cerraron, y de pronto comenzaron a caer.

Dio un zarpazo a la mente de Mort, indiferente a sus gritos, y descubrió que esto estaba bien. La caída era controlada.

—Si soy inoportuno, lo siento —se disculpó el hombre gordo.

El pistolero pensó: «Éste también tiene miedo.»

—Creo que tú has manejado a ese tarado mejor que cualquier otra persona de la compañía.

El pistolero no contestó. Sólo esperaba poder salir de aquel ataúd en caída.

—Y créeme lo que te digo —continuó animoso el hombre gordo—. Fíjate que ayer mismo estaba almorzando con...

La cabeza de Jack Mort se volvió, y detrás de las gafas de armazón dorado de Jack Mort, unos ojos que parecían tener un tono de azul de algún modo diferente de lo que siempre habían sido antes los ojos de Jack, miraron fijamente al hombre gordo.

—Cállate —dijo el pistolero en tono neutro.

Al hombre se le fue el color de la cara y dio dos rápidos pasos hacia atrás. Sus nalgas fláccidas dieron contra la madera falsa de los paneles posteriores del pequeño cajón en movimiento, que súbitamente se detuvo. Se abrieron las puertas y el pistolero, que usaba el cuerpo de Jack Mort como si fuera ropa que le sentara a la perfección, salió sin mirar atrás. El hombre gordo mantuvo el dedo en el botón de «PUERTA ABIERTA» del ascensor, y esperó dentro hasta que Mort quedó fuera de la vista. «Siempre le ha faltado un tornillo —pensó el gordo—, pero esto podría ser serio. Esto podría ser un colapso.»

El hombre gordo descubrió que le resultaba muy reconfortante la idea de tener a Jack Mort internado en un asilo en alguna parte.

Al pistolero no le habría sorprendido.

3

En alguna parte entre la sala de los ecos, que su Mort-ciclopedia identificaba como «vestíbulo», a saber, un lugar de entrada y salida de las oficinas que llenaban aquel rascacielos, y el sol brillante de la calle (su Mortciclopedia identificaba esta calle como «Sexta Avenida» y también como «Avenida de las Américas» los aullidos del huésped de Rolando cesaron. Mort no había muerto de miedo; el pistolero lo sentía con ese instinto profundo, el mismo que le hacía saber que si Mort moría, sus *kas* serían expulsados para siempre a ese vacío de posibilidades que yace más allá de todos los mundos físicos. No estaba muerto; se había desmayado. Se desmayó ante la sobrecarga de terror y extrañeza, como el mismo Rolando se había desmayado al entrar en la mente de este hombre, y descubrir sus secretos, el entrecruzamiento de destinos demasiado grande para ser casual.

Se alegraba de que Mort se hubiese desmayado. Mientras su pérdida de conocimiento no afectara el acceso de Rolando a los conocimientos y a la memoria del hombre se alegraba de habérselo sacado de encima.

Los coches amarillos eran medios de transporte a los que se llamaba «Tac-si». La Mortciclopedia le indicó que las tribus que los manejaban eran dos: los Morenos y los Burlones. Para detenerlos, había que levantar la mano como un alumno en una clase.

Rolando lo hizo, y vio que varios Tac-sis, que iban obviamente vacíos salvo por sus conductores, pasaban a su lado sin detenerse. Vio que tenían carteles que decían *«Fuera de Horario»*. Como estos carteles estaban escritos en grandes letras, el pistolero no necesitó la ayuda de Mort. Esperó, y luego levantó la mano otra vez. Esta vez el Tac-si se detuvo. El pistolero subió al asiento de atrás. Olió humo viejo, viejo perfume, viejo sudor. Olía como un carruaje de su propio mundo.

—¿Adónde, mi amigo? —preguntó el conductor. Rolando no tenía idea de si pertenecía a la tribu de los Morenos o de los Burlones, y no tenía intención de preguntar. En este mundo podía llegar a ser una descortesía.

—No estoy seguro —dudó Rolando.

—Éste no es un grupo de encuentro social, mi amigo. El tiempo es oro.

«Dile que baje la bandera», le sugirió la Mortciclopedia.

—Baje la bandera —señaló Rolando.

—Eso no hace rodar nada más que tiempo —replicó el conductor.

«Dile que le darás cinco dólares de propina», aconsejó la Mortciclopedia.

—Le daré cinco dólares de propina —dijo Rolando.

—Quiero verlos —pidió el taxista—. El dinero habla, las tonterías vuelan.

«Pregúntale si quiere el dinero o si quiere irse a la mierda», aconsejó instantáneamente la Mortciclopedia.

—¿Quiere el dinero o quiere irse a la mierda? —preguntó Rolando con voz fría y muerta.

El conductor echó una breve mirada desdeñosa por el retrovisor y no dijo nada más.

Esta vez Rolando consultó más de lleno la provisión acumulada de conocimientos de Jack Mort. El chófer volvió a echar una mirada, rápidamente, durante los quince segundos que su pasajero pasó simplemente sentado ahí con la cabeza algo inclinada y la mano izquierda extendida sobre la frente, como si tuviera un dolor de cabeza marca Excedrin. El chófer había decidido decirle al tipo que se bajara o llamaría a gritos a un policía, pero en ese momento el pasajero levantó la mirada y dijo suavemente:

—Me gustaría que me llevara a la intersección de la Séptima Avenida y la calle Cuarenta y Tres. Por este viaje le pagaré diez dólares más de lo que marque su reloj, no importa cuál sea su tribu.

«Un loco —pensó el conductor—. Un WASP de Vermont que trataba de entrar al negocio del espectáculo, pero a lo mejor es un loco rico.» Metió la primera.

—Ahí vamos, compañero —señaló, y metiéndose entre el tráfico, agregó mentalmente: «Y cuanto antes mejor.»

4

«Improvisa.» Ésa era la palabra.

El pistolero vio el coche blanco y azul aparcado en la misma manzana, un poco más allá, al bajar del taxi, y leyó *Policía* como *Possía*, sin contar con la provisión de conocimientos de Mort. Dentro había dos pistoleros; bebían algo —café, tal vez— en vasos de papel blanco. Sí, pistoleros, pero parecían gordos y flojos.

Tomó la billetera de Jack Mort (aunque era mucho más pequeña que una billetera de verdad; una billetera de verdad era casi tan grande como una cartera y podía llevar todas las cosas de un hombre si viajaba liviano) y le dio al conductor un billete que tenía impreso el número 20. El chófer se alejó rápidamente. No era, ni mucho menos, la propina más grande que había recibido en el día, pero el tipo era tan raro que sintió haberse ganado cada centavo de buena ley.

El pistolero miró el cartel del negocio.

CLEMENTS: ARMAS Y PRODUCTOS DEPORTIVOS.
MUNICIONES, EQUIPOS DE PESCA,
FACSÍMILES OFICIALES.

No comprendía todas las palabras, pero una mirada al escaparate le bastó para comprobar que Mort le había llevado al lugar correcto. Había muñequeras, insignias de rangos... y armas. Principalmente rifles, pero pistolas también. Estaban encadenadas, pero eso no importaba.

Sabría lo que necesitaba cuando lo viera. Si lo veía.

Rolando consultó la mente de Mort —una mente que tenía exactamente la astucia necesaria para conseguir sus propósitos— durante más de un minuto.

5

Uno de los policías en el coche azul y blanco le dio un codazo al otro.

—Ahí tienes —le dijo— un comprador que compara en serio.

Su socio se echó a reír.

—Oh, Dios —exclamó con voz afeminada cuando el hombre trajeado y con gafas de armazón dorado concluyó su estudio de la mercancía expuesta y entró—. Cdeo que acaba de decididse pod las esposas colod lavanda.

El primer policía se atragantó cuando tragaba un sorbo de café caliente, y en un arrebato de risa lo derramó sobre el vaso de papel.

6

Casi de inmediato se acercó un empleado y le preguntó si podía ayudarlo en algo.

—Me pregunto —replicó el hombre con el traje azul clásico— si tiene usted un diario... —Hizo una pausa, pareció pensar profundamente, y luego volvió a alzar la vista—. Quiero decir un *gráfico*, que muestre diferentes municiones para revólver.

—¿Quiere decir un gráfico de calibres? —preguntó el empleado.

El cliente hizo una pausa y luego añadió:

—Sí. Mi hermano tiene un revólver. Yo lo he disparado, pero de esto hace muchos años. Creo que puedo reconocer las balas si las veo.

—Bueno, tal vez usted piensa eso —dijo el empleado—, pero podría ser difícil. ¿Era un 22? ¿Un 38? O tal vez...

—Si tiene un gráfico lo sabré —repuso Rolando.

—Un segundo. —El empleado miró por un momento al hombre de traje azul. Tenía dudas, pero en seguida se encogió de hombros. «El cliente siempre tiene razón, hombre, incluso si se equivoca. Eso... si tiene con qué pagar, claro. El dinero habla, las tonterías vuelan—. Tengo una *Biblia del Tirador*. Tal vez es eso lo que debería mirar.

—Sí. —Sonrió. *La Biblia del Tirador*. Era un noble título para un libro.

El hombre buscó debajo del mostrador y sacó un volumen muy manoseado. Era el libro más grueso que el pistolero había visto en toda su vida, y aun así aquel hombre lo manipulaba como si no tuviera más valor que un puñado de piedras.

Lo abrió sobre el mostrador y lo volvió hacia el otro lado.

—Eche un vistazo. Aun cuando hayan pasado años, es como si estuviera disparando en la oscuridad. —Pareció sorprendido, y luego sonrió—. Perdone la broma.

Rolando no lo oyó. Estaba inclinado sobre el libro y estudiaba las figuras que parecían casi tan reales como las cosas que representaban, maravillosas figuras que la Mortciclopedia identificó como «Fotergrafías.»

Volvió lentamente las páginas. No... no... no...

Casi había perdido las esperanzas cuando la vio. Miró al empleado con tal llamarada de excitación que el empleado se sintió algo asustado.

—¡Aquí! —señaló— ¡Aquí! *¡Ésta de aquí!*

La fotografía que señalaba con el dedo era la de un cartucho de una pistola Winchester 45. No era exactamente igual a sus propios cartuchos porque no habían sido torneados a mano o cargados a mano, pero no tenía que consultar las cifras (que de todas maneras no hubieran significado casi nada para él) para saber que se ajustarían a sus cámaras y dispararían sus revólveres.

—Bueno, muy bien, parece que las ha encontrado —dijo el empleado—, pero tómeselo con calma, amigo. Quiero decir, no son más que balas.

—¿Las tiene?

—Claro. ¿Cuántas cajas quiere?

—¿Cuántas lleva la caja?

—Cincuenta. —El empleado comenzó a mirar al pistolero con verdadera suspicacia. Si el tipo pensaba comprar balas, debía saber que tenía que mostrar un Permiso para Portar Armas con una foto de identificación; sin permiso no había municiones, no para armas de fuego: era la ley en el distrito de Manhattan. Y si este sujeto tenía un permiso, ¿cómo era posible que no supiera cuántos cartuchos había en una caja común de municiones?

—¡Cincuenta! —El tipo ahora se quedó mirándolo con tal sorpresa que se le cayó la mandíbula. Seguro que estaba chiflado.

El empleado se desplazó un poquito hacia su izquierda, un poquito más cerca de la caja registradora... y, no demasiado casualmente, un poquito más cerca de su propia arma, una Magnum 357 que tenía cargada en su soporte debajo del mostrador.

—¡Cincuenta! —repitió el pistolero. Había esperado cinco, diez, que llegaran incluso a la docena, pero esto... esto...

«¿Cuánto dinero tienes?», le preguntó a la Mortciclopedia. La Mortciclopedia no lo sabía con exactitud, pero creía que habría al menos sesenta dólares en su billetera.

—¿Y cuánto cuesta una caja? —Supuso que serían más de sesenta dólares, pero tal vez podría persuadir al hombre de que le vendiera parte de una caja, o...

—Diecisiete con quince —dijo el empleado—. Pero, señor...

Jack Mort era un contable, y esta vez no hubo espera; la traducción y la respuesta llegaron simultáneamente.

—Tres —pidió el pistolero—. Tres cajas. —Señaló con el dedo la fotografía de la bala. ¡Ciento cincuenta cargas! ¡Dioses sagrados! ¡Qué loco almacén de riqueza era este mundo!

El empleado no se movía.

—No tiene tanta cantidad —dijo el pistolero. No le sorprendía. Demasiado bueno para ser cierto. Un sueño.

—Oh, tengo Winchester 45, tengo Winchester 45 hasta el techo. —El empleado dio otro paso a la izquierda, un paso más cerca de la caja registradora y de su arma. Si el tipo estaba loco, cosa que el empleado esperaba averiguar en cualquier momento, pronto iba a ser un loco con un gran agujero en la parte media del cuerpo—. Tengo municiones del 45 hasta el borde del viejo ying yang. Lo que quiero saber, señor, es si usted tiene la tarjeta.

—¿Tarjeta?

—Un permiso de portar armas con una foto. No puedo venderle municiones para armas de fuego si no me muestra el permiso. Si quiere comprar municiones sin el permiso, tendrá que irse hasta Wetchester.

El pistolero se quedó frente al hombre con la mirada vacía. Todo eso era cháchara para él. No entendía nada de lo que decía. Su Mortciclopedia tenía alguna vaga noción de lo que el hombre quería decir, pero las ideas de Mort en este caso eran demasiado vagas como para confiar en ellas. Mort no había tenido un arma nunca en su vida. Él tenía otros medios para hacer su trabajo repugnante.

Sin quitar los ojos de la cara de su cliente, el empleado se deslizó otro paso a la izquierda, y el pistolero pensó:

«Tiene un arma. Espera que yo cree problemas... o tal vez quiere que yo cree problemas. Quiere una excusa para dispararme.»

Improvisa.

Recordó a los dos pistoleros sentados en su carruaje azul y blanco un poco más allá en la misma manzana. Pistoleros, sí, pero de los que mantenían la paz, hombres encargados de evitar que el mundo se moviera. Pero éstos le habían parecido —al menos al pasar— tan blandos y poco observadores como todos los demás en este mundo de comedores de loto; sólo dos hombres de uniforme y con gorras, repantigados en los asientos de su carruaje, tomando café. Pudo haberlos subestimado. Por el bien de todos ellos esperaba que no.

—¡Oh! Comprendo —asintió el pistolero, y trazó una sonrisa de disculpa en el rostro de Jack Mort—. Discúlpeme. Supongo que perdí el rastro de lo mucho que el mundo se ha movido. Quiero decir, que ha cambiado desde la última vez que tuve un arma.

—No pasa nada —dijo el empleado, y se relajó un poco. Tal vez el tipo estaba bien. O tal vez estaba haciendo alguna inocentada.

—Me pregunto si podría ver ese equipo de limpieza. —Rolando señaló un estante detrás del empleado.

—Claro. —El empleado se volvió para cogerlo y, cuando lo hizo, el pistolero sacó la billetera del bolsillo interior de la chaqueta de Mort. Lo hizo con la centelleante rapidez con que podía desenfundar su arma. El empleado estuvo de espaldas a él durante menos de cuatro segundos, pero cuando volvió a girarse hacia Mort, la billetera estaba en el suelo.

—Es una belleza —comentó el empleado, sonriendo; había decidido que después de todo el tipo estaba bien. Mierda, él sabía lo mal que puede llegar a sentirse uno cuando se porta como un tonto. Lo había hecho bastantes veces con los Marines—. Y tampoco necesita ningún tipo de permiso para comprar un equipo de limpieza. ¿No es maravillosa la libertad?

—Sí —contestó seriamente el pistolero, y simuló mirar con todo cuidado el equipo de limpieza, aunque una sola mirada le bastó para comprobar que incluso el estuche era despreciable. Mientras miraba, empujó cuidadosamente con el pie la billetera de Mort debajo del mostrador.

Al cabo de un rato empujó un poco hacia atrás la caja con una verosímil expresión de pesar.

—Temo que voy a tener que pasar.

—Muy bien —asintió el empleado, y abruptamente perdió el interés. Como el tipo no estaba loco y obviamente no era un comprador sino un mirón, su relación concluía. Las tonterías vuelan—. ¿Algo más? —La boca preguntaba mientras los ojos le decían al traje azul que se largara.

—No, gracias. —El pistolero salió sin mirar atrás. La billetera de Mort estaba bien metida debajo del mostrador. Rolando había colocado su propio tarro de miel.

7

Los oficiales Carl Delevan y George O'Mearah habían terminado su café y estaban a punto de ponerse en marcha cuando el hombre de traje azul salió de Clements, sitio que ambos policías consideraban un soplapólvora (que en la jerga policial aludía a una armería legal que a veces vendía armas a atracadores independientes con credenciales comprobadas, y que hacían negocios, a veces importantes, con la Mafia), y se acercó al patrullero.

Se inclinó y miró a O'Mearah por la ventanilla del lado del pasajero. O'Mearah esperaba que el tipo hablara de un modo amariconado... probablemente no tan amariconado como había sugerido su chiste de las esposas color lavanda, pero, en cualquier caso, como una loca. Aparte de las armas, Clements tenía un activo comercio de esposas. Las esposas eran legales en Manhattan, y la mayoría de los que las compraban no eran precisamente Houdinis aficionados (a los policías no les gustaba, ¿pero desde cuándo lo que pensaban los policías había cambiado alguna vez las cosas?). Los compradores eran homosexuales con cierto gustito por el sadomasoquismo. Pero el tipo no sonaba en absoluto como un marica. Su voz era llana e inexpresiva, amable pero en cierto modo muerta.

—El comerciante de ese negocio me ha robado la billetera —informó.

—¿Quién? —O'Mearah se enderezó rápidamente. Desde hacía un año y medio se morían de ganas por agarrar a Justin Clements. Si podían hacerlo, tal vez ambos pudieran zafarse por fin de esos trajes azules y cambiarlos por las placas de los detectives. Probablemente un sueño loco (era demasiado bueno para ser cierto) pero de todas maneras...

—El comerciante. El... —Una breve pausa—. El empleado.

O'Mearah y Carl Delevan intercambiaron una mirada.

—¿Pelo negro? —preguntó Delevan—. ¿Más bien rechoncho?

Otra vez se produjo una brevísima pausa.

—Sí. Tiene los ojos marrones. Una pequeña cicatriz debajo de uno de ellos.

Este tipo tenía algo...

O'Mearah no podía pescarlo en ese momento, pero lo recordó más tarde, cuando no había demasiadas otras cosas en qué pensar. La principal, desde luego, era el simple hecho de que ya no importaba la dorada placa de los detectives; tal como resultaron las cosas, sería un milagro del copón si simplemente lograban conservar sus empleos.

Pero años más tarde se produjo un breve momento de epifanía cuando O'Mearah llevó a sus dos hijos al Museo de Ciencias Naturales de Boston. Tenían una máquina, un ordenador que jugaba al ta-te-ti, y a menos que uno pusiera la X en el cuadro central en la primera jugada, la máquina ganaba siempre. Pero siempre hacía una pausa mientras revisaba en su memoria todas las jugadas posibles. Y sus hijos habían quedado fascinados. Pero todo el asunto tenía algo fantasmal... y entonces recordó a Traje Azul. Lo recordó porque Traje Azul había tenido el mismo jodido hábito. Hablar con él era como hablar con un robot.

Delevan no tuvo esa sensación, pero nueve años más tarde cuando llevó una noche al cine a su propio hijo (que entonces tenía dieciocho años y estaba a punto de entrar a la facultad), Delevan se levantó inesperadamente como a la media hora de haber empezado la película y comenzó a gritar: «¡Es él! ¡Es ÉL! ¡Es el tipo con el jodido traje azul! ¡El tipo que estaba en Cle...»

Alguien desde atrás gritó «¡Siéntese!, pero no tenía que molestarse; Delevan, un fuerte fumador con treinta y cinco kilos de más, cayó de un ataque al corazón que resultó fatal antes de que el protestón llegara a decir la segunda palabra. El tipo del traje azul que ese día se había acercado a su patrullero y les había hablado de su billetera robada no se parecía a la estrella de la película, pero esa emisión muerta de palabras había sido la misma; y así había sido también la manera de algún modo implacable sin dejar de ser graciosa en que se movía.

La película, por supuesto, era *Terminator*.

Los policías intercambiaron una mirada. El hombre de quien hablaba Traje Azul no era Clements, pero era casi igual de bueno: «El Gordo Johnny» Holden, el cuñado de Clements. Pero para haber hecho algo tan completamente estúpido como robarle a un tipo la billetera sería...

... sería justo lo que este mamón andaba buscando, completó la mente de O'Mearah, y tuvo que llevarse la mano a la boca para cubrir una momentánea sonrisita.

—¿Por qué no nos dice exactamente lo que sucedió, —preguntó Delevan—. Puede comenzar por su nombre.

Otra vez la respuesta del hombre le dio a O'Mearah la impresión de que algo no estaba del todo bien, un poquito fuera de ritmo.

En esta ciudad, donde a veces parecía que el setenta por ciento de la población creía que «váyase a la mierda» era la versión americana de «buenos días», él hubiera esperado que el tipo dijera algo como: «¡Eh, ese hijo de puta me ha robado la billetera! ¿Van a ir a recuperármela o se van a quedar aquí sentados jugando a las Veinte Preguntas?»

Pero estaba aquel traje bien cortado, las uñas manicuradas. Un tipo que tal vez estaba acostumbrado a tratar con el papeleo burocrático. La verdad es que a George O'Mearah no le importaba mucho. La idea de pescar al Gordo Johnny Holden y usarlo como una palanca para llegar a Arnold Clements provocaba que se le hiciera agua la boca. Por un vertiginoso momento incluso se permitió imaginar que podía usar a Holden para llegar a Clements, y a Clements para llegar a uno de los tipos grandes de verdad, el pez gordo Balazar, por ejemplo, o tal vez Ginelli. Eso no estaría nada mal Nada mal en absoluto.

—Mi nombre es Jack Mort —dijo el hombre.

Delevan había sacado un bloc anotador de su bolsillo trasero.

—¿Dirección?

Otra vez esa ligera pausa. «Como la máquina», pensó O'Mearah. Un momento de silencio, y luego un casi audible *clic*.

—Park Avenue Sur, 409.

Delevan lo anotó.

—¿Número de Seguro Social?

Después de otra ligera pausa, Mort lo recitó.

—Comprenda que tengo que hacerle estas preguntas con propósitos de identificación. Si el sujeto efectivamente le ha robado la billetera, tendré que comprobar que usted me ha dado todos los datos correctamente antes de devolvérsela. Usted comprende.

—Sí. —Ahora apareció un ligerísimo dejo de impaciencia en la voz del hombre. Esto logró que de alguna manera O'Mearah se sintiera un poco mejor con respecto a él—. Sólo quisiera que no lo alargara más de lo necesario. El tiempo pasa, y...

—Así son las cosas, claro.

—Así son las cosas —accedió el hombre del traje azul—. Sí.

—¿Tiene alguna foto en particular en su billetera?

Una pausa.

—Una foto de mi madre tomada frente al edificio Empire State. En el dorso está escrito: «Fue un hermoso día y una hermosa vista. Te quiere, mamá.»

Delevan anotó furiosamente, y luego cerró de golpe su anotador.

—Muy bien, con esto será suficiente. La única otra cosa va a ser que usted nos haga una firma, así, si conseguimos de vuelta su billetera, la comparamos con las firmas de su licencia de conductor, sus tarjetas de crédito, ese tipo de cosas. ¿Le parece?

Rolando asintió con la cabeza, a pesar de que una

parte de él comprendía que, aunque pudiera rastrear todo lo que quisiera en la memoria y en los conocimientos que Jack Mort tenía de este mundo, no tenía ni la más mínima oportunidad de duplicar su firma si su conciencia estaba ausente, tal como estaba ahora.

—Díganos qué ha pasado.

—He entrado a comprar cartuchos para mi hermano. Tiene un Winchester del 45. El hombre me ha preguntado si tenía un permiso de armas. Le he dicho que por supuesto. Quería verlo.

Pausa.

—He sacado mi billetera. Se la he mostrado. Sólo que al darle la vuelta a la billetera para mostrársela, él debe de haber visto que llevaba unos cuantos... —Leve pausa—. Unos cuantos billetes de veinte. Soy un contable. Tengo un cliente llamado Dorfman que acaba de conseguir un pequeño reembolso de impuestos después de un largo... —Pausa—. Litigio. La suma ascendía a sólo ochocientos dólares, pero este hombre, Dorfman, es... —Pausa—. Es nuestro cliente más importante, el que tiene más enchufe. —Pausa—. Si me permite la expresión.

O'Mearah pensó en las últimas palabras del hombre. El que tiene más enchufe. Claro. Su mente abandonó pensamientos acerca de robots y máquinas que jugaban al ta-te-ti. El tipo era bastante real, sólo estaba alterado y trataba de disimularlo actuando con frialdad.

—En todo caso, Dorfman quería efectivo. Insistió en que quería efectivo.

—Cree que el Gordo Johnny alcanzó a ver la pasta de su cliente —dijo Delevan. Él y O'Mearah salieron del coche azul y blanco.

—¿Es así como llaman al hombre del negocio?

—Oh, a veces lo llamamos de maneras peores que ésa —dijo Delevan—. ¿Qué ha pasado al mostrarle el permiso, señor Mort?

—Ha dicho que quería mirarlo más de cerca. Le he

dado mi billetera, pero él no ha mirado el retrato. La ha tirado al suelo. Le he preguntado para qué había hecho eso. Él ha dicho que era una pregunta idiota. Le he pedido que me devolviera la billetera. Estaba furioso.

—Apuesto a que sí. —Sin embargo, al mirar el rostro muerto de este hombre, Delevan pensó que era difícil imaginarse que este hombre pudiera ponerse furioso.

—Se ha reído. He intentado dar la vuelta al mostrador para buscarla. Entonces ha sacado su arma.

Iban caminando hacia la tienda. Ahora se detuvieron. Parecían excitados antes que temerosos.

—¿Arma? —preguntó O'Mearah; quería asegurarse de que había oído bien.

—Estaba debajo del mostrador, al lado de la caja registradora —explicó el hombre del traje azul. Rolando recordó el momento en que casi estropeó su plan original para ir en busca del arma del hombre. Ahora les decía a estos pistoleros por qué no lo había hecho. Lo que él quería era usarlos, no hacerlos matar—. Creo que estaba en una agarradera de estiba.

—¿Una qué?

Esta vez una pausa más larga. La frente del hombre se arrugó.

—No sé cómo decirlo exactamente... una cosa dentro de la cual uno pone el arma. Nadie la puede coger a menos que sepa cómo apretar...

—¡Un soporte de pestillo! —dijo Delevan—. ¡Joder!

Otro intercambio de miradas entre los socios. Ninguno de ellos quería ser el primero en decirle a este tipo que el Gordo Johnny probablemente ya se había alzado con el efectivo de la billetera y ya había hecho un bollo con lo restante para tirarlo por encima de la pared al callejón en la parte trasera del edificio, pero un arma en un soporte de pestillo... eso era diferente. Lo del robo era posible, pero de pronto una acusación de tenencia de arma oculta, daba la impresión de ser una cosa segura. Tal vez no tan buena, pero era poner un pie en la puerta.

—¿Entonces, qué? —preguntó O'Mearah.

—Entonces me ha dicho que no tenía ninguna billetera. Me ha dicho... —Pausa—. Ha dicho que me habían pistado la casta... O sea, quitado la pasta por la calle y que sería mejor que lo recordara si quería conservar la salud. Yo me he acordado de que había visto un coche de la policía aparcado en esta manzana y he pensado que tal vez estarían aquí todavía. Por eso he venido.

—Muy bien —asintió Delevan—. Yo y mi compañero vamos a entrar primero, y rápido. Dénos un minuto más o menos. Un minuto entero, sólo por si acaso hay algún problema. Luego entre, pero quédese al lado de la puerta. ¿Comprende?

—Sí.

—Muy bien. Vamos a agarrar a este hijo de puta.

Los dos policía entraron. Rolando esperó treinta segundos y luego los siguió.

9

El Gordo Johnny Holden, mas que protestar, rugía.

—¡Ese tipo está loco! Entra aquí, ni siquiera sabe lo que quiere, entonces, cuando lo ve en la *Biblia del Tirador,* no sabe cuántas vienen en una caja, cuánto cuestan, y eso de que yo quería ver de cerca su permiso es la mentira más grande que he oído en mi vida, porque el ni siquiera tenía permiso... —El Gordo Johnny se interrumpió—. ¡Ahí está! ¡Ahí está el mierdoso! ¡Ahí! ¡Te veo, tío! ¡Te veo la cara! ¡La próxima vez que tú veas la mía lo vas a lamentar! ¡Mierda que lo vas a lamentar! ¡Te lo garantizo! ¡Te garantizo que...!

—¿No tiene la billetera de este hombre? —preguntó O'Mearah.

—¡Usted *sabe* que no tengo su billetera!

—¿Le importa si echamos un vistazo detrás de estas vitrinas? —preguntó Delevan—. Sólo para estar seguros.

—¡Joder, me quiero morir! ¡Las vitrinas son de *vidrio*! ¿Usted ve alguna billetera por aquí?

—No, ahí no... Yo decía aquí —explicó Delevan acercándose a la caja registradora. Su voz parecía el ronroneo de un gato. En ese momento una banda reforzada de acero cromado como de medio metro de ancho bajó por los estantes de la vitrina. Delevan se volvió para mirar al hombre del traje azul, quien asintió.

—Quiero que salgan de aquí ahora mismo —exigió el Gordo Johnny. Había perdido parte de su color—. Si vuelven con una orden es diferente. Pero por ahora quiero que salgan de aquí, mierda. Éste sigue siendo un país libre, coño, ustedes sab... ¡Eh! ¡Eh! ¡EH, ESTÉSE QUIETO!

O'Mearah estaba mirando al otro lado, por encima del mostrador.

—¡Eso es ilegal! —aullaba el Gordo Johnny—. ¡Eso es ilegal, mierda...! La Constitución... mi abogado... mierda... ahora mismo se vuelve al otro lado o...

—Sólo quería ver la mercancía más de cerca —repuso suavemente O'Mearah—, dado que el vidrio de su vitrina está más sucio que la mierda. Por eso he mirado al otro lado. ¿Verdad, Carl?

—Claro, compañero —dijo Delevan con solemnidad.

—Y mira lo que he encontrado.

Rolando oyó un *clic*, y de pronto el pistolero con el uniforme azul sostenía en su mano un arma extremadamente larga.

El Gordo Johnny quedó taciturno: por fin se dio cuenta de que era la única persona en la habitación que iba a contar una historia diferente del cuento de hadas que acababa de contarle el policía que había cogido su Magnum.

—Tengo permiso —dijo.

—¿Para portar?

—Sí.

—¿Para portar oculto?

—Sí.

—¿Este revólver está registrado? —le preguntó O'Mearah—. ¿Está? ¿No está?

—Bueno... es posible que me haya olvidado.

—Es posible que esto sea un asunto pesado, y también se olvidó de eso.

—Váyase a la mierda. Voy a llamar a mi abogado.

El Gordo Johnny comenzó a volverse. Delevan lo aferró.

—Entonces, está la cuestión de ver si tiene o no un permiso para tener oculta un arma mortal en un soporte de pestillo —profirió con el mismo tono suave y ronroneante—. Ésta es una cuestión interesante, porque hasta donde yo sé, la ciudad de Nueva York no extiende ese tipo de permiso.

Los polis miraban al Gordo Johnny; el Gordo Johnny los miraba a su vez. De modo que nadie se dio cuenta de que Rolando había dado la vuelta al cartel de la puerta, de «ABIERTO» a «CERRADO».

—Tal vez podríamos comenzar a resolver este asunto si encontráramos la billetera del caballero —propuso O'Mearah. El mismo Satanás no podía haber mentido con tal persuasión—. Tal vez sólo la perdió por ahí, ya sabe.

—¡Ya se lo he dicho! ¡Yo no sé nada acerca de la billetera de este tipo! ¡Está chiflado!

Rolando se agachó.

—Ahí está —comentó—. Puedo verla perfectamente. Le puso un pie encima.

Era mentira, pero Delevan, cuya mano seguía sobre el hombro del Gordo Johnny, empujó al hombre hacia atrás con tal rapidez que era imposible saber si había tenido el pie encima o no.

Tenía que ser ahora. Cuando los dos pistoleros se inclinaron para mirar debajo de mostrador, Rolando se deslizó en silencio hacia allá. Como estaban parados uno al lado del otro, sus cabezas quedaban muy juntas. O'Mearah todavía tenía en su mano derecha el revólver que el empleado tenía guardado debajo del mostrador.

—¡Está ahí, joder! —dijo Delevan excitado—. ¡La veo!

Rolando echó una rápida mirada al hombre al que llamaban Gordo Johnny, quería asegurarse de que no se iba a salir con alguna sorpresa. Pero éste se había quedado de pie contra la pared —empujando contra la pared, de hecho, como si quisiera poder meterse dentro—; las manos le colgaban a los costados y sus ojos eran dos grandes y dolientes oes. Tenía el aspecto de un hombre que se pregunta cómo es posible que su horóscopo no le hubiera advertido que ese día tenía que cuidarse.

Ahí no había problemas.

—¡Sí! —clamó regocijado O'Mearah. Los hombres miraron debajo del mostrador, con las manos sobre las rodillas uniformadas. Ahora la de O'Mearah abandonó la rodilla y se extendió para alcanzar la billetera—. La veo, yo t...

Rolando dio un último paso adelante. Con una mano tomó la mejilla derecha de Delevan y con la otra la mejilla izquierda de O'Mearah, y de pronto, el día que el Gordo Johnny creyó haber tocado el último fondo, se puso mucho peor. El espectro del traje azul las juntó con tanta fuerza que las cabezas de los policías sonaron como rocas envueltas chocando entre sí.

Los policías cayeron en un montón. El hombre de las gafas de armazón dorado quedó de pie. Apuntaba la Magnum del 357 hacia el Gordo Johnny. El cañón era lo bastante grande como para disparar un cohete a la luna.

—No vamos a tener problemas, ¿verdad que no? —preguntó el espectro con su voz muerta.

—No, señor —contestó el Gordo Johnny de inmediato—, ni uno solo.

—Quédese ahí quieto. Si su culo pierde contacto con
esa pared, usted va a perder contacto con la vida tal como
la conoció hasta ahora. ¿Comprende?

—Sí, señor —dijo el Gordo Johnny—. Claro que sí.

—Bien.

Rolando empujó a los dos policías a un costado. Ambos estaban aún con vida. Eso era bueno. No importa lo
lentos y poco observadores que pudieran ser, eran pistoleros, hombres que habían tratado de ayudar a un extraño
en problemas. No tenía ninguna necesidad de matar a los
suyos.

Pero lo había hecho antes, ¿no es cierto? Sí. ¿Acaso no
había muerto el mismo Alain, uno de sus hermanos con-
jurados, bajo los propios revólveres humeantes de Rolando y Cuthbert?

Sin sacarle los ojos de encima al empleado, palpó bajo
el mostrador con la punta del mocasín Gucci de Jack
Mort. Sintió la billetera. Le dio una patada. Salió rodando
de debajo del mostrador y quedó del lado del empleado.
El Gordo Johnny saltó y chilló como una chica aterrada
que acaba de ver un ratón. De hecho su culo sí perdió contacto con la pared por un momento, pero el pistolero lo
pasó por alto. No tenía intención de meterle una bala a
este hombre.

Antes que dispararle prefería arrojarle el revólver y
desnucarlo con él. Un revólver de tamaño tan absurdo
podía atraer a medio vecindario.

—Levántela —ordenó el pistolero—. Lentamente.

El Gordo Johnny se agachó, y cuando tomaba la billetera se echó un sonoro pedo y gritó. El pistolero se dio
cuenta, ligeramente divertido, de que el hombre había
confundido el sonido de su propio pedo con un disparo y
había pensado que le llegaba la hora de morir.

Cuando el Gordo Johnny se incorporó, estaba furiosamente ruborizado. Había una gran mancha húmeda en el frente de sus pantalones.

—Deje la cartera sobre el mostrador. La billetera, quiero decir.

El Gordo Johnny lo hizo.

—Ahora los cartuchos. Winchester 45. Y quiero ver sus manos cada segundo.

—Tengo que meter la mano en el bolsillo. Por las llaves.

Rolando asintió.

Mientras el Gordo Johnny destrababa primero y luego abría el exhibidor con las cajas de balas almacenadas dentro, Rolando meditó.

—Déme cuatro cajas —dijo por fin. No podía imaginarse que fuera a necesitar tantos cartuchos, pero tampoco podía ignorar la tentación de tenerlos.

El Gordo Johnny puso las balas sobre el mostrador. Rolando abrió la tapa de una de ellas, apenas era capaz de creer, todavía, que no era una broma o una falsificación. Pero ciertamente eran balas, limpias, brillantes, sin marcas, nunca disparadas, nunca recargadas. Alzó una y la puso un momento a la luz, luego volvió a ponerla en la caja.

—Ahora saque un par de esas muñequeras.

—¿Muñequeras?

El pistolero consultó la Mortciclopedia.

—Esposas.

—Señor, no sé qué quiere. La caja registradora...

—Haga lo que le digo. Ahora.

«Dios, esto no va a terminar nunca», gimió mentalmente el Gordo Johnny. Abrió otra sección del mostrador y sacó un par de esposas.

—¿La llave? —preguntó Rolando.

El Gordo Johnny puso sobre el mostrador las llaves de las esposas, con un pequeño *clic*. Uno de los policías sin conocimiento lanzó un abrupto ronquido y Johnny emitió un agudo chillido.

—Dése la vuelta —dijo el pistolero.

—No me va a disparar, ¿verdad? ¡Diga que no me va a disparar!

—No lo haré —confirmó Rolando con voz neutra—. Siempre que se dé la vuelta ahora mismo. Si no lo hace, dispararé.

El Gordo Johnny se dio la vuelta, comenzó a gimotear. Por supuesto el tipo había dicho que no lo haría, pero el olor de la muerte se volvía demasiado fuerte como para ignorarlo. Pensar que ni siquiera había robado tanto. Su gimoteo se convirtió en un sollozo entrecortado.

—Por favor, señor, por mi madre se lo pido que no me mate. Mi madre es vieja. Es ciega. Ella es...

—Su madre recibió la maldición de tener un hijo cobarde —dijo sombríamente el pistolero—. Las muñecas juntas.

Lloriqueando, con el pantalón mojado que se pegaba a su entrepierna, el Gordo Johnny juntó las muñecas. En un instante, los brazaletes de acero quedaron cerrados. No tenía idea de cómo había hecho el espectro para pasar tan rápidamente por encima o en torno del mostrador. Tampoco quiso saberlo.

—Quédese ahí quieto y mire la pared hasta que yo le diga que puede volverse. Si se vuelve antes de que yo se lo diga, lo mato.

La esperanza iluminó la mente del Gordo Johnny. El tipo tal vez no se proponía matarlo, después de todo. Tal vez el tipo no estaba loco, sólo un poco alterado.

—No lo haré. Lo juro por Dios. Lo juro ante todos sus santos. Lo juro ante todos sus ángeles. Lo juro ante todos sus arc...

—Y yo juro que si no se calla la boca le lleno la garganta de plomo —atajó el espectro.

El Gordo Johnny se calló la boca. Tuvo la impresión de haber estado frente a esa pared durante toda una eternidad. En realidad, fueron unos veinte segundos.

El pistolero se agachó, dejó el revólver del empleado en el suelo, echó una rápida mirada para asegurarse de que la larva se portaba bien, luego hizo rodar a los otros dos de espaldas. Los dos estaban tiesos y fuera de combate, pero no demasiado lastimados, juzgó Rolando. Ambos respiraban regularmente. Un hilo de sangre brotaba de la oreja del que se llamaba Delevan, pero eso era todo.

Echó otra rápida mirada al empleado, después desabrochó los cintos de los pistoleros y se los sacó. Luego se sacó la chaqueta del traje azul de Jack Mort, y se prendió los cintos él mismo. No eran las armas apropiadas, pero aún así era bueno ir armado otra vez. Magnífico. Mejor de lo que hubiera creído.

Dos armas. Una para Eddie, y una para Odetta... si acaso Odetta estaba lista para usar un arma. Volvió a ponerse el saco de Mort, metió dos cajas de balas en el bolsillo derecho y dos en el izquierdo. El saco, que había sido impecable, ahora estaba deformado por los bultos. Tomó la Magnum 357 del empleado y puso los cartuchos en el bolsillo de su pantalón. Luego arrojó el arma a través de la habitación. Cuando pegó en el suelo el Gordo Johnny saltó, y vertió otro poquito de agua tibia en sus pantalones.

El pistolero se incorporó y le dijo al Gordo Johnny que se volviera.

10

Cuando el Gordo Johnny volvió a mirar al depravado de traje azul y gafas de armazón dorado, se quedó con la boca abierta. Por un momento tuvo la avasalladora certeza de que el hombre que había entrado allí se había convertido en un fantasma mientras él estaba de espaldas. Al

Gordo Johnny le parecía que a través de ese hombre podía ver una figura mucho más real, uno de esos tiradores legendarios sobre los que solían hacer películas y programas de televisión cuando él era un niño: Wyatt Earp, Doc Holliday, Butch Cassidy, uno de esos tipos.

Luego su visión se aclaró y se dio cuenta de lo que había hecho el terrible chiflado: había tomado las armas de los policías y se las había atado en torno a su cintura. Con el traje y la corbata, el efecto tenía que ser ridículo, pero por alguna razón no lo era...

—La llave de las muñequeras está sobre el mostrador. Cuando los possías se despierten ya le soltarán.

Tomó la billetera, la abrió y, por increíble que pudiera resultar, dejó sobre el vidrio cuatro billetes de veinte dólares antes de volver a guardarse la billetera en el bolsillo.

—Por las municiones —dijo Rolando—. He quitado las balas de su propio revólver. Me propongo tirarlas en cuanto abandone el local. Creo que, con un revólver descargado y sin la billetera, les va a resultar difícil acusarlo de algún crimen.

El Gordo Johhny tragó saliva. Fue una de las pocas veces en su vida que se quedó sin habla.

—Ahora, ¿dónde está la farmacia más cercana?

El Gordo Johnny súbitamente lo entendió. Todo, o creyó entenderlo.

El tipo era un adicto, por supuesto. Ésa era la explicación. Con razón era tan raro. Probablemente se inyectaba hasta el cuello.

—Hay una aquí mismo. A media manzana hacia la Cuarenta y Nueve.

—Si me está mintiendo vuelvo y le pongo una bala en el cerebro.

—¡No le miento! —exclamó el Gordo Johnny—. ¡Lo juro ante Dios Padre! ¡Lo juro ante todos los santos! ¡Lo juro por mi mad...!

Pero ya la puerta se cerraba de un golpe. El Gordo

Johnny se quedó un momento en un silencio absoluto, incapaz de creer que el chiflado se había ido.

Entonces caminó lo más rápidamente posible en torno del mostrador y hacia la puerta. Se volvió de espaldas y tanteó un poco hasta que pudo tomar la cerradura y hacerla girar. Tanteó un poco más hasta que logró echar también el cerrojo.

Sólo entonces se permitió deslizarse lentamente hasta quedar sentado; jadeaba y gemía y juraba a Dios y a todos sus santos y ángeles que esa misma tarde iría a la iglesia de San Antonio, en cuanto uno de esos cerdos se despertara y le sacara las esposas. Iba a confesarse, iba a hacer un acto de contricción, y también iba a tomar la comunión.

El Gordo Johnny Holden quería saldar cuentas con Dios.

Esta vez se había librado por un pelo, joder.

11

El sol poniente se convertía en un arco sobre el Mar del Oeste. Se estrechó hasta arrojar una sola línea brillante que lastimaba los ojos de Eddie. Mirar una luz como ésa mucho tiempo podía producir una quemadura permanente en las retinas. Éste no era más que uno de los hechos interesantes que se aprenden en la escuela, hechos que sirven para que uno pueda conseguir un empleo satisfactorio, como por ejemplo el de camarero a media jornada, y un hobby interesante, como la búsqueda, a jornada completa, del *caballo*, y de la pasta para comprarlo. Eddie no dejó de mirar. No creía que fuera a importar por mucho más tiempo si se quemaba las retinas o no.

No le suplicó a la bruja que tenía detrás de sí. Primero, no serviría de nada. Segundo, suplicar lo degradaría. Él había llevado una vida degradada; descubrió que no quería degradarse más en los últimos minutos que le quedaban. Ahora sólo le quedaban minutos. Era todo lo que habría antes de que esa delgada línea brillante desapareciera y llegara el tiempo de las langostruosidades.

Había suprimido la esperanza de que un cambio milagroso trajera a Odetta de vuelta en el último momento. Del mismo modo suprimió la esperanza de que Detta reconociera que su muerte casi seguramente la dejaría a ella anclada en este mundo para siempre. Hasta quince minutos antes, pensaba que estaba fanfarroneando; ahora sabía que no.

«Bueno, será mejor que estrangularse centímetro a centímetro», pensó, pero después de haber visto noche tras noche a esas odiosas langostruosidades, no creía realmente que esto fuera verdad. Sólo rogaba ser capaz de morir sin gritar. No lo creía posible, pero se proponía intentarlo.

—¡Van a vení por ti, blanquito! —chillaba Detta—. ¡Van a vení en cualquier momento! ¡Vassé la mejó cena que etos bichos han tenío en su vida!

No era una fanfarronada, Odetta no volvía... y el pistolero tampoco. Por algún motivo esto último era lo que más le dolía. Había creído que él y el pistolero se habían convertido al menos en socios, si no en hermanos, durante su travesía por la playa, y creyó que Rolando haría el esfuerzo de defenderlo.

Pero Rolando no volvía.

Tal vez no sea que no quiere venir. Tal vez no pueda. Tal vez esté muerto, asesinado por un guardia de seguridad en una farmacia —mierda, eso sí que sería una risa, el último pistolero del mundo asesinado por un poli de alquiler— o tal vez atropellado por un taxi. Tal vez esté muerto y la puerta haya desaparecido. Tal vez por eso ella no está fanfarroneando. Tal vez no queda nada por qué fanfarronear.

—¡Ora venen en cualquier momento! —gritaba Detta, y entonces Eddie no tuvo que preocuparse más por sus retinas porque la última rebanada brillante de luz desapareció, y sólo quedó un resplandor.

Miró fijamente hacia las olas, mientras la luz se desvanecía lentamente de sus ojos, y esperó que la primera de las langostruosidades saliera de las olas rodando y tropezando.

12

Eddie trató de volver la cabeza para evitar la primera, pero fue demasiado lento. Con una zarpa le desgarró una lonja de su cara; le aplastó el ojo izquierdo en una gelatina y reveló el claro resplandor del hueso a la luz del crepúsculo mientras formulaba sus preguntas y la Mujer Mala de Verdad se reía...

«Basta —se ordenó a sí mismo Rolando—. Pensar estas cosas es peor que inútil; es una distracción. Y no tiene que ser así. Es posible que quede tiempo.»

Y aún había tiempo... entonces. Cuando Rolando caminaba por la calle Cuarenta y Nueve en el cuerpo de Jack Mort, con los brazos oscilantes y los ojos violentos fijados con firmeza sobre el cartel que decía DROGAS, indiferente a las miradas que recibía y a la forma en que la gente se hacía a un lado para evitarlo el sol aún estaba alto en el mundo de Rolando. Pasarían unos quince minutos antes de que su borde inferior tocara el punto donde el mar toca el cielo. Si el tiempo de la agonía de Eddie tenía que llegar, faltaba un poco todavía.

El pistolero no estaba completamente seguro de esto, sin embargo; sólo sabía que allá era más tarde que aquí, y que mientras el sol allá aún debía estar alto, el supuesto de que el tiempo en este mundo y en el suyo propio corrieran a la misma velocidad podía ser un supuesto fatal... especialmente para Eddie, que podía sufrir una muerte de un horror inimaginable, que su mente, sin embargo, insistía en imaginar.

La urgencia de mirar hacia atrás, de ver, era casi insoslayable. Sin embargo no se atrevía. No *debía*.

La voz de Cort interrumpió severa el flujo de sus pensamientos: *Controla las cosas que puedes controlar, larva. Deja que todo lo demás te importe una mierda, y si tienes que perder, pierde con tus armas ardiendo.*

Sí.

Pero era difícil.

Muy difícil, a veces.

Hubiera podido ver y comprender por qué la gente lo miraba de esa forma y lo evitaba al pasar, de no haber estado tan salvajemente concentrado en terminar tan rápido como pudiera su trabajo en este mundo y largarse, pero eso no habría cambiado nada. Caminaba tan rápido hacia el cartel azul, donde según la Mortciclopedia podía conseguir el Keflex que su cuerpo necesitaba, que la americana de Mort volaba y flameaba hacia atrás a pesar del gran peso que cargaba en cada bolsillo. Los cintos que llevaba alrededor de la cintura se veían claramente. Los llevaba no como los habían usado sus dueños, en forma recta y prolija, sino como llevaba los suyos propios, atravesados y cruzados muy bajos sobre las caderas.

Para los tenderos, pregoneros y el resto de la fauna de la Cuarenta y Nueve, tenía casi el mismo aspecto que había tenido para el Gordo Johnny: el de un desesperado.

13

En sus tiempos, el pistolero había conocido magos, encantadores y alquimistas. Algunos habían sido charlatanes inteligentes, otros eran estúpidos impostores en quienes sólo podían creer personas más estúpidas que ellos mismos (pero en el mundo nunca hubo escasez de tontos, de manera que hasta los estúpidos impostores sobrevivían; en realidad, muchos de ellos prosperaban), y había una pequeña cantidad que podía verdaderamente hacer esas cosas negras sobre las que los hombres murmuran en voz baja. Esos pocos podían convocar a los demonios y a los muertos, podían matar con una maldición o curar con pociones extrañas. Uno de esos hombres había sido una criatura que para el pistolero era el mismo demonio, una criatura que fingía ser un hombre y se llamaba a sí mismo Flagg. Él lo había visto sólo brevemente, y eso había sido casi el desastre, cuando se aproximaban a su tierra el caos y la destrucción final. Pisándole los talones habían ido dos hombres jóvenes, que se veían austeros aunque estaban desesperados, hombres llamados Dennis y Thomas. Los tres habían atravesado sólo una parte diminuta de lo que había sido un tiempo confuso y perturbador en la vida del pistolero, pero nunca olvidaría cómo Flagg convirtió a un hombre que lo había irritado en un perro ululante. Él personalmente lo vio y lo recordaba con toda claridad. Luego había estado el hombre de negro.

Y Marten.

Marten, que sedujo a su madre mientras su padre estaba lejos; Marten, que había tratado de provocar la muerte de Rolando, y que en cambio provocó su hombría temprana, Marten, a quien, sospechaba, podría volver a encontrar camino de la Torre... o en ella.

Esto es sólo para decir que su experiencia con la magia

y con los magos lo había llevado a esperar algo bastante diferente de lo que de hecho encontró en la Farmacia y Droguería Katz.

Él se había imaginado una habitación oscura iluminada con velas, inundada de vapores amargos y vasijas llenas de polvos, líquidos y filtros desconocidos, muchas de ellas cubiertas por una gruesa capa de polvo o vestidas de telarañas centenarias. Esperó a un hombre envuelto en una capucha, un hombre peligroso. A través de las vidrieras transparentes vio que dentro la gente actuaba de un modo perfectamente casual, como podía haberlo hecho en cualquier otro negocio, y creyó que era una ilusión.

No lo era.

Así que por un momento el pistolero se quedó de pie junto a la puerta, asombrado al principio, luego irónicamente divertido. Helo aquí en un mundo que lo dejaba alelado al mostrarle a cada paso nuevas maravillas, un mundo donde los carruajes volaban por el aire y el papel parecía barato como la arena. Y la maravilla más reciente era que para estas personas la maravilla se había terminado: aquí, en un sitio de milagros, sólo veía rostros aburridos y cuerpos pesados.

Había miles de frascos, había pociones, había filtros, pero la Mortciclopedia los identificó en su mayoría como remedios de curandero. Aquí había un ungüento que presuntamente hacía crecer el pelo, pero no era así; allá, una crema que prometía borrar antiestéticas manchas de las manos y los brazos, pero mentía; más allá, remedios para cosas que no necesitaban curación; cosas para hacer mover las tripas o para detenerlas, para hacer los dientes más blancos y el pelo más negro, cosas que servían para mejorar el aliento, como si uno no pudiera mejorar el aliento mascando corteza de lima. Aquí no había magia, sólo trivialidades... aunque había *astina*, y unos pocos remedios más que daban la impresión de poder ser útiles. Pero en términos generales, Rolando estaba perplejo por el lugar. En un lugar que prometía alquimia pero comerciaba más en perfumes que en pociones, ¿quién podía maravillarse al saber que la maravilla se había terminado?

Pero cuando volvió a consultar la Mortciclopedia, descubrió que la verdad de aquel lugar no estaba sólo en las cosas que veía. Las pociones que funcionaban estaban muy bien guardadas, en un lugar seguro y fuera de la vista. Uno sólo podía obtenerlas si tenía una autorización del hechicero. En este mundo, tales hechiceros se llamaban MÉDIKOS, y escribían sus fórmulas mágicas en hojas de papel que la Mortciclopedia llamaba REXETAS. El pistolero no conocía la palabra. Supuso que podía consultar un poco más acerca del tema, pero no se molestó. Sabía lo que le hacía falta, una rápida mirada a la Mortciclopedia le indicó en qué lugar de la tienda lo podía conseguir.

Caminó por uno de los pasillos hacia un mostrador alto que tenía escrita la palabra «RECETAS».

14

El Katz que en 1927 había abierto la Farmacia y Fuente de Soda Katz (Artículos diversos para damas y caballeros), en la calle Cuarenta y Nueve, estaba en su tumba desde hacía tiempo, y su único hijo parecía estar listo para seguirle. Aunque sólo tenía cuarenta y seis años, parecía tener veinte más. Estaba perdiendo el pelo, se le veía amarillo y frágil. Sabía que la gente decía de él que parecía la muerte a horcajadas, pero ninguno de ellos comprendía por qué.

Tomemos a esta arpía que está ahora en el teléfono, la señora Rathbun. Vociferaba que le iba a iniciar juicio si no le extendía su receta de Valium, y ya mismo, EN ESTE MISMÍSIMO INSTANTE.

«¿Qué quiere, señora, que eche una corriente de píldoras azules a través del teléfono?» Si lo hacía, al menos ella le haría un favor y se callaría. Sólo pondría el receptor para arriba y abriría al máximo su boca.

El pensamiento le provocó una sonrisa fantasmal que reveló sus dientes cetrinos.

—Usted no comprende, señora Rathbun —la interrumpió él después de haber escuchado durante un minuto, un minuto completo, controlado con el barrido de la segunda aguja de su reloj, su colérico delirio.

Le hubiera gustado decirle, solamente una vez: «¡Deje de gritarme, estúpida arpía! ¡Grítele a su MÉDICO! ¡Él es el que la enganchó con esa mierda!» Cierto. Eran un hato de curanderos que lo recetaban como si fuera chicle, y cuando decidían cortar el suministro, ¿quién recibía la mierda? ¿Los matasanos? ¡Oh, no! ¡La recibía él!

—¿Qué quiere decir con eso de que yo no comprendo? —La voz que sonaba en su oído parecía una avispa zumbando furiosa dentro de una jarra—. Lo que comprendo es que hago muchas compras en esa farmacia de segunda que tiene usted, comprendo que todos estos años fui una cliente leal, comprendo que...

—Tendrá que hablar con... —Volvió a mirar la tarjeta Rolodex de la arpía a través de sus pequeños lentes—. Con el doctor Brumhall, señora Rathbun. Su receta está vencida. Es un crimen federal venderle Valium sin receta. «Y debería ser un crimen recetarlo en primer lugar...», pensó.

—¡Fue un descuido! —aulló la mujer. Ahora la voz bordeaba el pánico. Eddie habría reconocido ese tono de inmediato: era el grito del pájaro de la adicción en estado salvaje.

—Entonces llámelo y pídale que lo rectifique —arguyó Katz—. Él tiene mi número. —Sí. Todos tenían su número. Ése era precisamente el problema. Parecía un hombre que agonizaba a los cuarenta y seis años a causa de esos médicos irresponsables.

«Y lo único que tengo que hacer para garantizar que se diluya el último y mínimo margen de ganancia con el que de alguna manera consigo mantener este lugar es decirle a unas cuantas de estas brujas yonkies que se vayan a la mierda. Nada más.»

—¡NO PUEDO LLAMARLO! —aulló la señora Rathbun. La estridencia de su voz le causó dolor de oído—. ¡ÉL Y SU JODIDO AMIGO SE FUERON DE VACACIONES A ALGUNA PARTE Y NADIE QUIERE DECIRME DÓNDE!

Katz sintió el ácido que le rezumaba en el estómago. Tenía dos úlceras. Una estaba curada y la otra le sangraba en la actualidad y el motivo eran las mujeres como esta bruja. Cerró los ojos. En consecuencia no vio cómo miraba su ayudante al hombre de traje azul y gafas de armazón dorado que se aproximaba al mostrador de las recetas, así como tampoco vio que Ralph, el viejo y gordo guardia de seguridad (Katz le pagaba una miseria, pero aun así sufría amargamente por el gasto; su padre nunca había necesitado un guardia de seguridad, pero su padre, Dios lo pudra, vivió en un tiempo en que Nueva York era una ciudad y no una letrina), salía súbitamente de su habitual aturdimiento remoto y llevaba su mano al revólver que tenía en la cadera. Oyó que una mujer gritaba, pero pensó que sólo era porque había descubierto que todo lo de Revlon estaba en liquidación (se había visto forzado a ponerlo en liquidación porque ese potz de Dollentz, en la otra manzana, le ponía precios más bajos que los suyos).

No pensaba en nada más que en Dollentz y en esa bruja del teléfono mientras el pistolero se aproximaba como una condena del destino, pensaba en lo maravilloso que sería tenerlos a ambos desnudos y sólo cubiertos por una capa de miel, estaqueados sobre hormigueros y atacados por hormigas salvajes bajo el sol ardiente del desierto. Un hormiguero para ELLA y otro hormiguero para ÉL, maravilloso. Pensaba que había llegado al fondo, que las cosas no podían estar peor. Su padre había estado tan decidido a que su único hijo siguiera sus pasos que se había negado a pagar cualquier otra cosa que no fuera una carrera de farmacología, de manera que hubo de seguir los pasos de su padre, y Dios pudra a su padre, porque éste era seguramente el momento más bajo de una vida llena de momentos bajos, una vida que lo había hecho envejecer antes de tiempo.

Era el nadir absoluto.

O eso pensaba él, con los ojos cerrados.

—Si viene por aquí, señora Rathbun, voy a darle una docena de Valium de cinco miligramos. ¿Bastará con eso?

—¡El hombre entra en razón! ¡Gracias a Dios, el hombre entra en razón! —Y colgó. Así. Ni una palabra de agradecimiento. Pero cuando volviera a ver al recto con patas que se llamaba a sí mismo médico, simplemente caería a sus pies y le limpiaría las puntas de sus mocasines Gucci con la nariz, le chuparía la polla, le...

—Señor Katz —le llamó su ayudante en una voz que sonaba extrañamente jadeante—. Creo que tenemos un prob...

Hubo otro grito. Fue seguido por el estampido de un revólver, que lo sobresaltó de tal manera que por un momento pensó que su corazón simplemente iba a emitir un monstruoso golpe en su pecho y luego se detendría para siempre.

Abrió los ojos y se quedó mirando los del pistolero. Katz bajó la mirada y vio la pistola que el hombre tenía en el puño. Miró a la izquierda y vio que Ralph se acariciaba una mano y miraba al ladrón con ojos que parecían salírsele de las órbitas. La pistola de Ralph, la 38 que había cargado debidamente durante dieciocho años como oficial de policía (y que sólo había disparado en el campo de tiro del subsuelo de la comisaría 23, aunque decía que la había desenfundado dos veces en cumplimiento del deber... ¿pero quién podía saberlo?) era ahora un escombro en el rincón.

—Quiero Keflex —pidió inexpresivamente el hombre de los ojos enardecidos—. Quiero un montón. Ahora. Y olvídese de la rexeta.

Por un momento Katz no pudo hacer más que mirarlo con la boca abierta; el corazón batallaba en su pecho y su estómago era una olla enferma en la que hervía el ácido.

¿Y creía haber tocado fondo?

¿Realmente lo creía?

15

—Usted no comprende —se las arregló para decir Katz por fin. Su voz le sonaba extraña incluso a sí mismo, y eso no tenía en realidad nada de particular, ya que sentía la boca como una camisa de franela y la lengua como una tira de algodón—. Aquí no hay cocaína. Es una droga que no se expende bajo ninguna circ...

—No he pedido cocaína —corrigió el hombre del traje azul con las gafas de armazón dorado—. He pedido Keflex.

«Eso me ha parecido», estuvo a punto de decirle Katz al monstruo chiflado, y luego decidió que eso podría provocarlo. Había oído de farmacias asaltadas por anfetas, benzedrinas, por media docena de otras cosas, (incluyendo el precioso Valium de la señora Rathbun), pero pensó que éste podría ser el primer robo de penicilina de la historia.

La voz de su padre (Dios pudra al viejo cabrón) le dijo que se dejara de temblar y balbucear y que hiciera algo.

Pero no se le ocurría qué podía hacer.

El hombre de la pistola le propuso algo.

—Muévase —ordenó el hombre de la pistola—. Tengo prisa.

—¿C-Cuánto quiere? —preguntó Katz. Sus ojos echaron una rápida mirada por encima del hombro del ladrón y vio algo que apenas pudo creer. No en esta ciudad. Sin embargo parecía que de todas maneras estaba ocurriendo. ¿Buena suerte? ¿Era posible que Katz tuviera un poco de buena suerte? ¡Eso sí que podría figurar en *La Guía Guinnes de los Récords*!

—No lo sé —respondió el hombre de la pistola—. Todo lo que quepa en una bolsa. Una bolsa grande.

Sin ningún tipo de advertencia, giró sobre sí mismo y la pistola se disparó otra vez. Un hombre aulló. Un panel de vidrio estalló y la acera quedó regada de cascos y astillas. Algunos peatones que pasaban recibieron cortes, pero ninguno de gravedad. Dentro de la farmacia de Katz las mujeres (y no pocos hombres) chillaban. La alarma contra robos comenzó su propio aullido estridente. Los clientes fueron presa del pánico y salieron hacia la puerta en estampida. El hombre de la pistola volvió a girar hacia Katz y su expresión no había cambiado en absoluto: su cara mostraba la misma paciencia temible (aunque no inagotable) que había mostrado desde el principio.

—Haga lo que le digo y rápido. Tengo prisa.

Katz tragó saliva.

—Sí, señor —asintió.

16

El pistolero había visto y admirado el espejo curvo de la esquina superior izquierda del negocio cuando aún estaba a mitad de camino hacia el mostrador detrás del cual guardaban las pociones auténticas. Tal como estaban las cosas ahora, la creación de un espejo curvo como ése estaba más allá de la habilidad de cualquier artesano de su propio mundo, a pesar de que hubo un tiempo en que ese tipo de cosas —y muchas de las otras que había visto en el mundo de Eddie y Odetta— pudieron haberse hecho. Había visto los restos de algunas en el túnel que pasaba por debajo de las montañas, y también las había visto en otros lugares... reliquias tan antiguas y misteriosas como las piedras *Druitas* que aparecían a veces en los lugares a los que iban los demonios.

También comprendió el propósito del espejo.

Había sido un poco lento para ver el movimiento del guardia —aún estaba descubriendo de qué desastrosa manera las gafas que Mort llevaba sobre los ojos le restringían la visión periférica—, pero de todos modos tuvo tiempo para girar y de un tiro sacarle la pistola de la mano. Era un tiro que Rolando consideraba de pura rutina, a pesar de que había tenido que hacerlo deprisa. El guardia, sin embargo, tenía una opinión diferente. Ralph Lennox iba a jurar hasta el fin de sus días que el tipo había hecho un disparo imposible... excepto, tal vez, en esos viejos espectáculos infantiles del oeste, como el de Annie Oakley.

Gracias al espejo, que obviamente estaba ahí para detectar ladrones, Rolando fue más rápido para vérselas con el otro.

Había visto que los ojos del alquimista volaban por un momento encima de su hombro, y los ojos del pistolero fueron de inmediato al espejo. Ahí vio que un hombre con una cazadora de cuero avanzaba por el centro del pasillo que quedaba detrás de él. Había una larga navaja en su mano, y sin duda, visiones de gloria en su cabeza.

El pistolero giró y disparó un solo tiro; luego bajó el arma a la cadera porque sabía que podía fallar el primer disparo, ya que no estaba familiarizado con esta arma, pero tampoco quería herir a ninguno de los clientes que estaban congelados detrás del aspirante a héroe. Era mejor disparar dos veces desde la cadera, disparar hierros que harían el trabajo en un ángulo ascendente que protegería a la gente de alrededor, que tal vez matar a alguna dama cuyo único crimen hubiera sido elegir el día equivocado para comprar perfume.

La pistola había estado bien cuidada. Su puntería era fiel. Al recordar el aspecto gordinflón y decadente de los pistoleros a los que había quitado estas armas, le pareció que cuidaban mejor sus armas que a sí mismos. Le pareció una extraña manera de comportarse, pero por supuesto éste era un mundo extraño y Rolando no podía juzgar; no tenía tiempo para juzgar, llegado el caso.

Había sido un buen tiro; rebanó la navaja del hombre por la base, y lo dejó con sólo el mango en la mano.

Rolando miró inexpresivamente al hombre de la cazadora de cuero, y algo en su mirada debió recordarle al aspirante a héroe que tenía una cita urgente en alguna otra parte, puesto que giró sobre sí mismo, dejó caer los restos de su navaja, y se unió al éxodo general.

Rolando volvió a girar y le dio sus órdenes al alquimista. Otra tontería más y correría sangre. Cuando el alquimista comenzó a alejarse Rolando le tocó el hombro huesudo con el cañón de la pistola. El hombre lanzó un sonido estrangulado, *¡Eeeek!*, y se volvió de inmediato.

—Usted no. Usted se queda aquí. Que vaya su aprendiz.

—¿Q-Quién?

—Él. —El pistolero hizo un gesto impaciente hacia su ayudante.

—¿Qué debo hacer, señor Katz? —Los restos del acné juvenil del ayudante sobresalían brillantes sobre su cara blanca.

—¡Haz lo que él dice, *potz*! ¡Entrega la orden! ¡Keflex!

El ayudante fue hasta uno de los estantes que había detrás del mostrador y tomó un frasco.

—Gíralo, para que pueda ver las palabras que tiene escritas —dijo el pistolero.

El ayudante hizo lo que le decían. Rolando no pudo leerlo; muchas de las letras, demasiadas, no estaban en su alfabeto. Consultó la Mortciclopedia. *Keflex*, confirmó, y Rolando se dio cuenta que incluso revisar había sido una estúpida pérdida de tiempo. Él sabía que no podía leer todo en este mundo, pero estos hombres no.

—¿Cuántas píldoras tiene ese frasco?

—Bueno, en realidad son cápsulas —aclaró el ayudante nerviosamente—. Si quiere la droga en forma de píldoras...

—No me importa todo eso. ¿Cuántas dosis?

—Oh. Ehhh... —El nervioso ayudante se fijó en el frasco y casi lo deja caer—. Doscientas.

Rolando sintió algo parecido al momento en que descubriera cuántas municiones podían comprarse en este mundo a cambio de una suma trivial. Balazar llevaba envases de muestra de Keflex en su botiquín de medicinas, treinta y seis dosis en total, y había vuelto a sentirse bien. Si no podía matar la infección con doscientas dosis, era imposible matarla.

—Démelo —dijo el hombre del traje azul.

El ayudante se lo alcanzó.

El pistolero echó hacia atrás la manga de su chaqueta y mostró el Rolex de Jack Mort.

—No tengo dinero, pero esto puede servir como una compensación adecuada. Eso espero, en todo caso.

Se volvió, hizo una inclinación de cabeza al guardia, que seguía sentado en el suelo al lado de su banco volcado y miraba al pistolero con los ojos muy abiertos, y luego se fue. Tan simple como eso.

Durante cinco segundos no hubo en la farmacia otro sonido que el bramido de la alarma, que era lo bastante fuerte como para cubrir incluso el cotilleo de la gente en la calle.

—Dios del cielo, señor Katz, ¿y ahora qué vamos a hacer? —susurro el ayudante.

Katz levantó el reloj y lo sopesó.

Oro. Oro puro.

No podía creerlo.

Tenía que creerlo.

Un loco cualquiera entra al negocio, de un tiro le saca el revólver de la mano a su guardia, y un cuchillo a otro, todo para conseguir la droga más improbable que se le pudiera ocurrir.

Keflex.

Keflex por valor de sesenta dólares, tal vez.

Por el que pagaba con un Rolex de 6.500 dólares.

—¿Hacer? —preguntó Katz—. ¿*Hacer*? Lo primero que vas a hacer es poner este reloj bajo el mostrador. Nunca lo has visto. —Miró a Ralph—. Y usted tampoco.

—No, señor —accedió Ralph inmediatamente—. Si recibo mi parte cuando lo venda, nunca en mi vida habré visto ese reloj.

—Lo van a matar como a un perro en la calle —pronosticó Katz con inequívoca satisfacción.

—¡Keflex! —dijo el ayudante admirado—. Y el tipo ni siquiera parecía estar resfriado.

IV

LA INVOCACIÓN

1

Cuando el arco inferior del sol comenzaba a tocar el Mar del Oeste en el mundo de Rolando, echando un fuego dorado a través del agua hasta donde estaba Eddie atado como un pavo, en el mundo del que Eddie procedía los oficiales O'Mearah y Delevan, débiles y tambaleantes, recuperaban el conocimiento.

—Quítenme estas esposas ¿quieren? —pidió el Gordo Johnny con voz humilde.

—¿Dónde está? —preguntó roncamente O'Mearah y se llevó la mano al estuche. No estaba. Estuche, cinto, balas, pistola. Pistola.

Oh, mierda. Comenzó a pensar en las preguntas que podrían hacerle los enterados del Departamento de Asuntos Internos, tipos que todo lo que sabían de las calles lo habían aprendido en las novelas, y el valor monetario de su arma perdida de pronto se volvió tan importante como, digamos, la población de Irlanda o los principales depósitos minerales del Perú.

Miró a Carl, y vio que también a él le habían quitado el arma.

«Por el amor de Dios, lo que faltaba», pensó O'Mearah miserablemente, y cuando el Gordo Johnny volvió a pedirle que tomara la llave del mostrador para abrirle las esposas, O'Mearah dijo:

—Lo que debería hacer es... —Pero hizo una pausa, porque estaba a punto de decir: «Lo que debería hacer es pegarte un tiro en las tripas.» Pero mal podría dispararle al Gordo Johnny, ¿verdad? Las armas en este lugar estaban encadenadas, y el sujeto de los anteojos de armazón dorado, ese sujeto con aspecto de sólido ciudadano, se había llevado la suya y la de Carl con la facilidad con que el mismo O'Mearah podría quitarle a un niño un revólver de juguete.

En lugar de terminar la frase, cogió la llave y abrió las esposas. Encontró la Magnum 357 que Rolando había tirado en un rincón, y la levantó. No cabía en su estuche, así que se la metió en el cinturón.

—¡Eh! ¡Eso es mío! —gimió el Gordo Johnny.

—¿Ah, sí? ¿Lo quieres? —O'Mearah tenía que hablar despacio, le dolía mucho la cabeza. Por el momento lo único que quería era encontrar a Don Gafas de Armazón Dorado y clavarlo contra la primera pared que encontrara. Con clavos muy duros—. Dicen que allá en Attica les gustan los tipos gordos como tú, Johnny. Tienen un dicho: «Cuanto más grande es la nalga, se empuja mejor.» ¿Estás seguro de que lo quieres?

El Gordo Johnny se alejó sin decir una palabra, pero no antes de que O'Mearah hubiera visto las lágrimas que le brotaban de los ojos y la mancha húmeda de sus pantalones. No sintió compasión alguna.

—¿Dónde está? —preguntó Carl Delevan con voz borrosa y zumbante.

—Se fue —dijo el Gordo Johnny con voz monótona—. Es todo lo que sé. Se fue. Pensé que iba a matarme.

Delevan se ponía lentamente de pie. Se palpó una humedad pringosa en el costado de la cara y se miró los dedos. Sangre. Mierda. Palpó en busca de su arma, palpó y palpó y aún rogó mucho después de que sus dedos le aseguraron que el arma y la funda habían desaparecido. O'Mearah sólo tenía un dolor de cabeza; Delevan se sentía como si alguien hubiera usado el interior de su cabeza como zona de pruebas de armas nucleares.

—El tipo se llevó mi pistola —se quejó a O'Mearah. Su voz salía tan empastada que apenas se podía comprender lo que decía.

—Bienvenido al club.

—¿Está aquí todavía? —Delevan dio un paso hacia O'Mearah, se inclinó hacia la izquierda como si estuviera en la cubierta de un barco en alta mar, y luego consiguió enderezarse.

—No.

—¿Cuánto tiempo hace? —Delevan miró al Gordo Johnny, quien no respondió, tal vez porque el Gordo Johnny, que seguía de espaldas, pensó que Delevan seguía hablando con su compañero. Delevan, que ni siquiera en las mejores circunstancias se caracterizaba por la templanza y la contención, le rugió al hombre, a pesar de que sentía que su cabeza se partía en mil pedazos.

—¡Te he hecho una pregunta, gordo de mierda! ¿Cuánto tiempo hace que se fue el hijo de mil putas?

—Cinco minutos, tal vez —contestó el Gordo Johnny con voz monótona—. Se llevó sus balas y las armas de ustedes. —Hizo una pausa—. Pagó por las balas. Yo no podía creerlo.

«Cinco minutos —pensó Delevan—. El tipo había llegado en un taxi. Sentados en su patrullero mientras bebían café, lo habían visto salir de un taxi. Estaba llegando la hora punta. A esta hora del día era difícil conseguir un taxi. Tal vez...»

—Vamos —le indicó a George O'Mearah—. Todavía

tenemos posibilidades de atraparlo. Necesitaremos algún arma de este cerdo...

O'Mearah exhibió el Magnum. Al principio Delevan vio dos, luego, lentamente, la imagen se juntó.

—Bien. —Delevan comenzaba a acercarse, no de golpe, sino con esfuerzo, como un campeón de boxeo que ha recibido un golpe muy fuerte en el mentón—. Consérvala tú. Yo usaré la escopeta que está debajo del tablero. —Se encaminó hacia la puerta, y esta vez hizo más que oscilar; se tambaleó y tuvo que apoyarse en la pared para mantenerse en pie.

—¿Estarás bien? —le preguntó O'Mearah.

—Si lo atrapamos, sí —aclaró Delevan.

Se fueron. El Gordo Johnny no se sintió tan feliz por su partida como por la del espectro del traje azul.

2

Delevan y O'Mearah ni siquiera tuvieron que discutir qué dirección pudo haber tomado el sujeto cuando salió de la armería. Lo único que tuvieron que hacer fue escuchar la radio del patrullero.

—Código 19 —decía la voz de mujer una y otra vez—. Robo en curso, disparos de arma—. Código 19, Código 19. La dirección es Cuarenta y Nueve Oeste 395, Farmacia y Droguería Katz, delincuente alto, pelo castaño, traje azul...

«Disparos de arma —pensó Delevan. La cabeza le dolía más que nunca—. Me pregunto si se habrán hecho con el arma de George o con la mía. ¿O con ambas? Si ese maricón de mierda ha matado a alguien, estamos fritos. A menos que lo agarremos.»

—En marcha —le dijo brevemente a O'Mearah, y no

tuvo que decírselo dos veces. El otro entendía la situación tanto como Delevan. Encendió las luces y la sirena y aullando se metió en el tráfico. Ya comenzaba a empantanarse puesto que se llegaba a la hora punta, así que O'Mearah llevaba el patrullero con dos ruedas en la calzada y las otras dos sobre la acera, espantando peatones como si fueran codornices. Rozó el parachoques trasero de una camioneta de carga que se deslizaba por la Cuarenta y Nueve. Más adelante vio astillas de vidrio destrozado sobre la vereda. Ambos oían el aullido estridente de la alarma. Los peatones se protegían en los zaguanes de las casas y detrás de los cubos de basura, pero los residentes de los pisos que quedaban encima miraban a la calle con gran interés, como si fuera un programa particularmente bueno de televisión, o una película que se podía ver gratis.

La manzana estaba vacía de coches; taxis y viajeros habituales habían preferido largarse.

—Sólo espero que siga ahí —deseó Delevan, y usó una llave para destrabar las cortas barras de acero que sostenían la escopeta debajo del tablero. La sacó de su soporte—. Sólo espero que ese podrido hijo de puta siga ahí.

Lo que ninguno de los dos comprendía era que, cuando uno se las veía con el pistolero, por lo general era mejor dejar en paz lo que ya era bastante malo.

3

Cuando Rolando salió de la Farmacia y Droguería Katz, el gran frasco de Keflex fue a reunirse con las municiones en los bolsillos del saco de Jack Mort. En su mano derecha tenía la 38 de servicio de Carl Delevan. Se sentía muy a gusto por tener una pistola en una mano derecha completa. Oyó la sirena y vio el coche que llegaba rugiendo por la calle. «Ellos», pensó. Comenzó a alzar la pistola y entonces recordó: eran pistoleros. Pistoleros que cumplían con su deber. Giró y volvió a entrar en la tienda del alquimista.

—¡Espera, hijo de puta! —gritó Delevan. Los ojos de Rolando volaron al espejo convexo a tiempo para ver que uno de los pistoleros —aquél cuya oreja había sangrado— sacaba medio cuerpo por la ventanilla con un rifle de dispersión. Mientras su compañero detenía el coche con una ruidosa frenada que hizo humear el caucho de las ruedas contra el pavimento, él metió un cartucho en la cámara.

Rolando se tiró al suelo.

4

Katz no necesitó espejo alguno para ver lo que estaba a punto de ocurrir. Primero el sujeto loco. Ahora los policías locos.

—¡Al suelo! —le gritó a su ayudante y a Ralph, su guardia de seguridad, y cayó sobre las rodillas tras el mostrador sin esperar para ver si los otros hacían lo mismo.

Luego, una fracción de segundo antes de que Delevan disparara la escopeta, su asistente cayó encima de él como en una violenta parada de un partido de fútbol, con lo que su cabeza pegó contra el suelo y se partió la mandíbula en dos.

A través del súbito dolor que le atravesó la cabeza con un rugido, oyó la explosión de la escopeta, oyó el destrozo de los vidrios que quedaban en las vidrieras... junto con los frascos de *after shave*, colonia, perfume, elixir bucal, jarabe para la tos y sabe Dios qué más. Brotaron mil olores conflictivos para crear un único hedor del infierno, y antes de desmayarse, Katz volvió a suplicarle a Dios que pudriera a su padre por haber encadenado a su tobillo esta maldición que era la farmacia.

5

Rolando vio frascos y cajas que volaban por el aire en medio del huracán del disparo. Una caja de vidrio que contenía relojes se desintegró. Los relojes volaron hacia atrás en una nube de astillas centelleantes.

«No pueden saber si queda dentro gente inocente o no, —pensó—. ¡No pueden saberlo y sin embargo han usado un rifle de dispersión!»

Era imperdonable. Sintió ira y la suprimió. Eran pistoleros. Era mejor creer que el golpe en la cabeza les había afectado el cerebro a creer que habían hecho una cosa así conscientemente, sin importarles a quién podían matar o herir.

Esperarían de él que corriera o disparara.

En cambio se arrastró hacia delante, manteniéndose agachado. Se laceró las manos y las rodillas con trozos de vidrios rotos. El dolor hizo que Jack Mort recuperara el conocimiento. Se alegraba de que Mort hubiera regresado. Iba a necesitarlo. En cuanto a las manos y las rodillas de Mort, no le importaban. Él podía soportar el dolor con facilidad, y las heridas se infligían en el cuerpo de un monstruo que no merecía nada mejor.

Llegó a la zona que estaba justo debajo de lo que quedaba del escaparate de vidrio. Estaba a la derecha de la puerta. Se quedó ahí, con el cuerpo agazapado. Guardó en el estuche la pistola que había tenido en la mano derecha. No iba a necesitarla.

6

—¿Qué estás haciendo, Carl? —gritó O'Mearah. De pronto visualizó mentalmente un titular del *Daily News*: POLICÍA MATA A 4 EN FARMACIA DEL LADO OESTE. SITUACIÓN NORMAL, TODOS MUERTOS.

Delevan lo ignoró y metió un cartucho nuevo en la escopeta.

—Vamos a agarrar a ese hijo de puta.

7

Sucedió exactamente como el pistolero esperaba que sucediera.

Furiosos porque un hombre, al que no consideraban más peligroso que cualquier otro cordero de las calles de esta ciudad, al parecer interminable, los había burlado y desarmado sin esfuerzo, aún atontados por el golpe en la cabeza, se habían apresurado en llegar. El idiota que había disparado el rifle de dispersión, iba delante. Corrían ligeramente inclinados, como soldados en posición de cargar contra el enemigo, pero ésa fue la única concesión que hicieron a la idea de que su adversario podía seguir adentro. En sus mentes, él ya había escapado por atrás y volado por el callejón.

Así que se acercaron pisando sonoramente los vidrios rotos de la acera, y cuando el del rifle abrió la puerta ya sin vidrio y entró a la carga, el pistolero se levantó, enlazó sus manos formando un gran puño, y lo descargó justo en la nuca del oficial Carl Delevan.

Cuando testificaba frente al comité de investigación, Delevan declaró luego que no recordaba nada después de haberse arrodillado en Clements y ver la billetera del sujeto bajo el mostrador. Los miembros del comité encontraron que, dadas las circunstancias, tal amnesia resultaba más que conveniente, y Delevan fue afortunado en salir del asunto con sólo una suspensión de sesenta días de empleo y sueldo. Rolando, sin embargo, le habría creído, y tal vez, bajo circunstancias diferentes (si el tonto no hubiese disparado un rifle de esa naturaleza en una tienda que podía estar llena de personas inocentes, por ejemplo), incluso hubiera simpatizado con él. Cuando a uno le sacuden el cráneo dos veces en media hora, es razonable esperar que los sesos estén revueltos.

Mientras Delevan caía, de pronto sin huesos, como un saco de arena, Rolando tomó el rifle de dispersión de sus manos que se aflojaban.

—¡Espera! —gritó O'Mearah; su voz era una mezcla de ira y espanto. Comenzaba a levantar el Magnum del Gordo Johnny, pero tal como Rolando había sospechado: los pistoleros de este mundo eran penosamente lentos. Pudo haber disparado a O'Mearah tres veces, pero no había necesidad. Simplemente arrojó el arma de dispersión en un fuerte arco ascendente. Se produjo un ruido seco cuando la culata pegó en la mejilla izquierda de O'Mearah, el sonido de un bate de béisbol cuando pega contra una pelota verdaderamente bien lanzada. De pronto, toda la cara de O'Mearah, de la mejilla hacia abajo, se movió cinco centímetros a la derecha. Luego harían falta tres operaciones y cuatro clavijas de acero para recomponerla. Se quedó ahí un momento, sin poder creerlo, y luego se le quedaron los ojos en blanco. Se le aflojaron las rodillas y se derrumbó.

Rolando se quedó de pie en la puerta, indiferente a las sirenas que se aproximaban. Abrió el rifle de dispersión y accionó la palanca hasta que todos los rojos y gruesos cartuchos cayeron sobre el cuerpo de Delevan. Una vez hecho esto, dejó caer el rifle también sobre el cuerpo de Delevan.

—Eres un idiota peligroso que debería ser enviado al oeste —le dijo al hombre inconsciente—. Has olvidado el rostro de tu padre.

Pasó por encima del cuerpo y caminó hasta el carruaje de los pistoleros, que seguía en marcha. Subió por el lado del acompañante y se deslizó hasta ponerse detrás del volante.

8

—¿*Sabes conducir este carruaje?* —le preguntó a la cosa aullante y farfullante que era Jack Mort.

No recibió una respuesta coherente; Mort sólo siguió gritando. El pistolero reconoció esto como histeria, pero histeria no completamente genuina. Jack Mort se entregaba deliberadamente a la histeria, como una manera de evitar cualquier conversación con este extraño secuestrador.

—Escucha —le dijo el pistolero—. *Sólo tengo tiempo para decir esto, y todo lo demás, una sola vez. Mi tiempo se ha vuelto muy escaso. Si no contestas a mi pregunta, voy a meter tu pulgar derecho en tu ojo derecho. Voy a empujarlo tan lejos como llegue, y luego te sacaré el ojo de la cabeza y lo frotaré contra el asiento de este carruaje como si fuera una canica. Puedo arreglarme perfectamente bien con un solo ojo. Y después de todo, no es como si fuera mío.*

No podía mentir a Mort más de lo que Mort podía mentirle a él; la naturaleza de su vínculo era fría y reticente por ambas partes, y aun así era mucho más íntima de lo que habría sido el más apasionado acto de relación sexual. Esto no era una unión de cuerpos, sino un encuentro último de las mentes.

Pensaba hacer exactamente lo que decía.

Y Mort lo sabía.

La histeria cesó abruptamente.

—*Sé conducirlo* —dijo Mort.

Era la primera comunicación sensible que Rolando recibía de Mort desde que entrara en su cabeza.

—*Entonces hazlo.*

—*¿Dónde quieres que vaya?*

—*¿Conoces un lugar llamado «El Village»?*

—*Sí.*

—*Ve ahí.*

—*¿A qué lugar del Village?*

—*Por ahora sólo ve.*

—*Podríamos ir más rápido si uso la sirena.*

—*Bien. Enciéndela. Esas luces parpadeantes también.*

Por primera vez desde que tomó el control sobre él Rolando pudo echarse un poco hacia atrás y le permitió a Mort hacerse cargo. Cuando la cabeza de Mort giró para inspeccionar el tablero del patrullero azul y blanco de Delevan y O'Mearah, Rolando lo observó pero no inició la acción. Pero de haber sido un ser físico en lugar de ser sólo su *ka* descorporizado, le habría estado encima de los pies, listo para saltar adelante y volver a tomar el control ante la más ligera señal de sedición.

No la hubo, sin embargo. Este hombre había mutilado y asesinado a Dios sabe cuánta gente inocente, pero no tenía intención de perder uno de sus preciosos ojos. Accionó interruptores, levantó una palanca, y de pronto estaban en movimiento. La sirena aulló, y el pistolero vio rítmicos destellos de luz roja que brotaban del frente del carruaje.

—*Ve rápido* —ordenó severamente el pistolero.

9

A pesar de las luces y la sirena y la forma constante en que Jack Mort hacía sonar la bocina, les tomó veinte minutos llegar al Greenwich Village en el tráfico de la hora punta. En el mundo del pistolero, las esperanzas de Eddie Dean se desmoronaban como un dique bajo un aguacero

El mar se había comido la mitad del sol.

—*Bueno* —dijo Jack Mort—, *aquí estamos.*

Decía la verdad (no había forma en que pudiera mentir) a pesar de que para Rolando todo tenía aquí el mismo aspecto que en cualquier otra parte: una aglomeración de edificios, gente y carruajes. Los carruajes no sólo estrangulaban las calles sino también el aire mismo, con sus clamores incesantes y sus vapores nocivos. Provenía, supuso, del combustible que consumían, cualquiera que fuese. Era un milagro que esa gente en general pudiera vivir, o las mujeres dar a luz a niños que no fueran monstruos, como los Lentos Mutantes que vivían bajo las montañas.

—¿*Adónde vamos ahora?* —preguntaba Mort.

Ésta iba a ser la parte difícil. El pistolero se preparó... en todo caso se preparó todo lo que pudo.

—Apaga la sirena y las luces. Detente junto a la acera.

Mort frenó el patrullero junto a una bomba de agua.

—*En esta ciudad hay vías subterráneas* —dijo el pistolero—. *Quiero que me lleves a una estación donde esos trenes paran y la gente sube y baja.*

—¿*A Cuál?* —preguntó Mort. El pensamiento estaba teñido con el color mental del pánico. Mort no podía esconderle nada a Rolando y Rolando nada a Mort... por lo menos no por mucho tiempo.

—Hace algunos años, no sé cuántos, empujaste a una mujer joven bajo un tren en una de esas estaciones subterráneas. Quiero que me lleves a ésa.

A esto siguió una lucha breve y violenta. El pistolero

ganó, pero fue una contienda sorprendentemente difícil.
A su manera, Jack Mort estaba tan dividido como Odetta.
No era como ella un esquizofrénico; él sabía muy bien lo
que hacía todo el tiempo. Pero mantenía su ser secreto —
la parte suya que era El Empujador— encerrado con tanto
cuidado como un estafador podía mantener bajo llave su
secreto botín.

—*Llévame ahí, cabrón* —repitió el pistolero. Volvió a
levantar lentamente el pulgar hacia el ojo derecho de
Mort. Estaba a menos de un centímetro y aún se movía
cuando el otro cedió.

La mano derecha de Mort volvió a mover la palanca
que estaba al lado del volante y se dirigieron hacia la estación de la calle Christopher, donde ese legendario Tren A
había cortado las piernas de una mujer llamada Odetta
Holmes unos tres años atrás.

10

—Bueno, mira eso —le dijo el agente Andrew Staunton a su compañero, Norris Weaver, cuando el patrullero
azul y blanco de Delevan y O'Mearah se detuvo a mitad
de la manzana. No había lugar para estacionar, y el conductor no hizo ningún esfuerzo por encontrarlo. Simplemente lo dejó en doble fila; dejó que el tráfico se atascara
detrás de él y avanzara laboriosamente por el pequeño espacio que quedaba, como un chorro de sangre que trata de
servir a un corazón atascado sin esperanzas por el coles-
terol.

Weaver constató los números del costado con la luz
delantera derecha. 744. Sí, ése era el número que habían
difundido por la radio.

Las luces estaban encendidas, y todo se veía bastante

normal... hasta que la puerta se abrió y el conductor salió del coche. Llevaba un traje azul, muy bien, pero no con botones dorados y una insignia plateada. Sus zapatos tampoco eran de tipo policial, a menos que Staunton y Weaver hubieran pasado por alto el comunicado en que se notificaba a los oficiales que de ahora en adelante el calzado reglamentario debía provenir de Gucci. No parecía muy probable. Lo que parecía probable era que éste fuera el sujeto que había asaltado a los policías en el centro. El hombre salió, sin importarle los bocinazos y los gritos de protesta de los coches que trataban de pasar junto a él.

—Mierda —murmuró Andy Staunton.

Aproxímense con extrema precaución, habían dicho por la radio. *El hombre está armado y es extremadamente peligroso.* Las voces de la radio generalmente sonaban como las personas más aburridas del mundo —y en opinión de Andy Staunton, lo eran—, de manera que el énfasis casi aterrado que ésta había puesto en la palabra *extremadamente* se había clavado en su conciencia como un torno.

Desenfundó su arma por primera vez, después de estar cuatro años en el cuerpo, y echó una mirada a Weaver. Weaver había desenfundado también. Ambos estaban de pie frente a un colmado a unos diez metros de la escalera del metro. Se conocían el uno al otro lo suficiente como para estar compenetrados entre sí del modo en que sólo pueden estarlo los policías o los soldados profesionales. Sin cruzar una palabra, ambos retrocedieron hasta la puerta del colmado, con las armas apuntando hacia arriba.

—¿El metro? —preguntó Weaver.

—Sí. —Andy echó una rápida mirada a la entrada. La hora punta había alcanzado ahora su máxima intensidad, y las escaleras estaban atiborradas de personas que iban en busca de sus trenes—. Tenemos que agarrarlo ahora mismo, antes de que pueda acercarse a la multitud...

—Hagámoslo.

Salieron de la puerta del colmado en un tándem perfecto, pistoleros que Rolando habría reconocido como adversarios mucho más peligrosos que los dos primeros. Eran más jóvenes, eso influía, y, aunque él no lo supiera, una voz desconocida lo había etiquetado por la radio de la policía como extremadamente peligroso, y para Andy Staunton y Norris Weaver, eso lo convertía en el equivalente a un tigre salvaje y solitario. «Si no se detiene en cuanto se lo ordene, está muerto», pensó Andy.

—¡Alto! —gritó y se acuclilló con el arma extendida ante él y sostenida con las dos manos. A su lado, Weaver había hecho lo mismo—. ¡Policía! Levante las manos por encima de la cabeza...

Eso es todo lo que alcanzó a decir antes de que el hombre corriera por la escalera IRT. Se movió con una celeridad repentina que resultaría extraña. Sin embargo, Andy Staunton estaba electrizado, con los reflejos dispuestos al máximo. Giró sobre sus talones y sintió que lo cubría un manto de frialdad carente de toda emoción. Rolando habría reconocido esto también. Lo había sentido muchas veces en situaciones similares.

Andy corría un poco más adelante y apretó el gatillo de su 38. Vio que el hombre del traje azul giraba sobre sí mismo, tratando de mantenerse en pie. Luego cayó sobre el pavimento, mientras los pasajeros que un instante atrás sólo se concentraban en sobrevivir a otro viaje en metro a casa, chillaban y se desparramaban por todos lados como codornices. Habían descubierto que esa tarde había más cosas a las que sobrevivir que el tren cotidiano.

—Joder, compañero —resopló Norris Weaver—. Te lo has cargado.

—Lo sé —afirmó Andy. La voz no le falló. El pistolero lo habría admirado—. Vamos a ver quién era.

11

—¡*Estoy muerto!* —gritaba Jack Mort—. *Estoy muerto, has hecho que me mataran, estoy muerto, est...*

—*No* —respondió Rolando. Por el rabillo del ojo había visto que los pistoleros se aproximaban, con las pistolas siempre hacia arriba. Más jóvenes y más rápidos que los que habían estado aparcados cerca de la armería. Más rápidos. Y al menos uno de ellos era un magnífico tirador. Mort —y junto con él Rolando— tendría que haber estado muerto, agonizando, o gravemente herido. Andy Staunton había disparado a matar, y la bala había perforado la solapa izquierda de la americana de Mort. De la misma manera había atravesado el bolsillo de la camisa Arrow de Mort... pero no pasó de ahí. La vida de los dos hombres, el hombre de dentro y el de fuera, fue salvada por el encendedor de Mort.

Mort no fumaba, pero su jefe —cuyo empleo Mort esperaba confidencialmente conseguir el próximo año— sí fumaba. En consecuencia, Mort se había comprado un encendedor de plata de doscientos dólares en Dunhill. No encendía *todos* los cigarrillos que el señor Framingham se metía en el buche cuando estaban juntos... eso lo hubiera hecho parecer un lameculos. Sólo de vez en cuando... y generalmente cuando estaba presente alguien con un rango aún más alto, alguien que pudiera apreciar: a) la tranquila cortesía de Jack Mort, y b) el buen gusto de Jack Mort.

Los Distintos cubrían todas las bases.

Cubrir todas las bases esta vez había salvado su vida y la de Rolando.

La bala de Staunton se había estrellado contra el encendedor de plata en lugar de ir a dar al corazón de Mort (lo cual resultó significativo: la pasión de Mort por las marcas —por las marcas buenas— la detuvo piadosamente junto a la piel).

De todas maneras estaba herido, por supuesto. Cuando a uno le pega una bala de alto calibre, no hay forma de sacarla gratis. El encendedor se hundió contra su pecho con fuerza suficiente como para dejar un hueco. Se aplastó y cayó destrozado después de rasgarle la piel en surcos profundos. Un fragmento de proyectil rebanó el pezón izquierdo de Mort casi en dos. El hierro caliente encendió también la mecha empapada de combustible del encendedor. Sin embargo, el pistolero yacía quieto mientras ellos se aproximaban. El que no había disparado estaba diciéndole a la gente que permaneciera atrás, que simplemente se quedara atrás, joder.

¡Me quemo! —chillaba Mort— *¡Me quemo! ¡Apaguen el fuego! ¡Apáguenlo! ¡Apáguenlo! ¡APAGUEN-LOOOAAAYYY!*

El pistolero yacía quieto y escuchaba el crujido de los zapatos de los pistoleros sobre el pavimento. Ignoraba los gritos de Mort, y *trataba* de ignorar la brasa que de pronto comenzó a arder contra su pecho, junto con el olor a carne frita.

Un pie se deslizó bajo sus costillas, y cuando se alzó, el pistolero se dejó rodar blandamente sobre su espalda. Los ojos de Jack Mort estaban abiertos. Su cara estaba floja. A pesar de los restos destrozados y ardientes del encendedor, no había señales del hombre que gritaba dentro.

—Dios —murmuró alguien—, ¿le disparó con una bala trazadora, tío?

Una neta línea de humo se levantaba del agujero de la solapa de la americana de Mort. Se escapaba por el borde de la solapa en volutas más informes. Los policías podían oler la carne quemada, sobre todo cuando la mecha del encendedor destrozado, empapada de fluido para encendedores Ronson, comenzó a arder de verdad.

Andy Staunton, quien hasta ese momento había actuado de una manera impecable, cometió ahora su único error, un error por el cual Cort lo habría mandado a casa con un tirón de orejas a despecho de su admirable actuación anterior; le habría dicho que un error es lo único que hace falta la mayor parte de las veces para que un hombre muera. Staunton había sido capaz de disparar al hombre —algo que ningún policía sabe verdaderamente si es capaz de hacer hasta que se enfrenta con la situación en la que debe averiguarlo—, pero la idea de que su bala había logrado de alguna manera *prenderle fuego* al hombre lo lleno de un horror irrazonable.

De manera que, sin pensar, se inclinó hacia delante para apagarlo y entonces el pie del pistolero le dio una brutal patada en el vientre antes de que pudiera hacer más que registrar el brillo de conciencia en unos ojos que él habría jurado que estaban muertos.

Staunton, tambaleando, chocó de espaldas contra su compañero. La pistola le voló de las manos. Weaver logró conservar la suya, pero cuando apartó a Staunton de su camino, oyó un disparo y su pistola mágicamente había desaparecido. Sintió como dormida la mano con que la sostenía, como si le hubieran pegado con un martillo muy grande.

El sujeto del traje azul se puso de pie, los miró por un momento y entonces les dijo:

—Ustedes son buenos. Mejores que los otros. Así que permítanme darles un consejo. No me sigan. Esto está casi terminado. No quiero tener que matarles.

Entonces giró sobre sí mismo y bajó corriendo por las escaleras.

12

Las escaleras estaban atiborradas de personas que, al comenzar los gritos y los disparos, habían vuelto a bajar, obsesionados con esa curiosidad mórbida y tal vez característica de los neoyorquinos, la curiosidad de ver qué heridos hay, cuántos son, cuánta sangre se ha derramado sobre el sucio pavimento de la ciudad. Aún así lograron de algún modo encogerse ante el paso del hombre del traje azul que se precipitaba hacia abajo por las escaleras. Esto no podía sorprender a nadie. Llevaba una pistola en la mano, y tenía otra atada alrededor de su cintura.

Además, parecía estar en llamas.

13

Rolando ignoró los gritos crecientes de dolor que lanzaba Mort a medida que su camisa, su camiseta y su americana comenzaban a arder con mayor intensidad, a medida que la plata del encendedor comenzaba a fundirse y correr por su pecho hasta el vientre en surcos quemantes.

Podía oler el aire sucio en movimiento, podía oír el rugido de un tren que llegaba.

Ya era casi el momento; ya casi había llegado el momento en que podría invocar a los tres o perderlo todo. Por segunda vez pareció sentir que los mundos temblaban y giraban vertiginosamente alrededor de su cabeza.

Llegó al nivel de la plataforma y dejó rápidamente a un lado la 38. Desprendió los pantalones de Jack Mort y los dejó caer en forma casual, de manera que se hizo visible un par de calzoncillos blancos que más parecían las bragas de una puta. No tuvo tiempo de reflexionar acerca de esta rareza. Si no se movía con rapidez, podía dejar de preocuparse por la posibilidad de quemarse vivo; las balas que había comprado se recalentarían lo suficiente como para explotar, y su cuerpo simplemente estallaría.

El pistolero metió las cajas de balas dentro de los calzoncillos, sacó el frasco de Keflex e hizo lo mismo. Los calzoncillos estaban ahora grotescamente deformados. Se quitó la americana en llamas, pero no hizo ningún esfuerzo por sacarse la camisa, que también ardía.

Podía oír el rugido del tren que se acercaba a la plataforma, podía ver sus luces. No tenía manera de saber si era un tren que seguía la misma ruta de aquel que había atropellado a Odetta, pero al mismo tiempo sí lo sabía. En las cuestiones de la Torre, el destino se convertía en algo tan misericordioso como el encendedor que había salvado su vida, y tan doloroso como el fuego que el milagro había encendido. Igual que las ruedas del tren que llegaba, seguía un curso al mismo tiempo lógico y abrumadoramente brutal, un curso al que sólo podían oponerse el acero y la dulzura.

Se subió de nuevo los pantalones de Mort y corrió, reparando apenas en la gente que se desparramaba fuera de su camino. A medida que el aire alimentaba el fuego, comenzaron a arder primero el cuello de la camisa y luego el pelo. Las pesadas cajas en los calzoncillos de Mort le pegaban contra los testículos una y otra vez y los aplastaban. Esto le producía un dolor insoportable. Saltó el molinete, un hombre que ya parecía un meteoro.

—¡Apágame! —gritaba Mort—. *¡Apágame antes de que me incendie!*

—*Debes arder* —contestó severamente el pistolero—. *Lo que va a sucederte es mucho más compasivo de lo que te mereces.*

—¿Qué quieres decir? ¿QUÉ QUIERES DECIR?

El pistolero no contestó; de hecho lo ignoró por completo mientras avanzaba hacia el borde de la plataforma. Sintió que una de las cajas de balas trataba de deslizarse fuera de los ridículos calzoncillos de Mort y la sostuvo con una mano.

Envió a la Dama hasta la última partícula de su fuerza mental. No tenía idea de si una orden telepática de esa naturaleza podría ser oída, o si quien oía podía ser compelido a obedecer, pero de todas maneras la envió, un pensamiento agudo y veloz como una flecha:

¡LA PUERTA! ¡MIRA A TRAVÉS DE LA PUERTA! ¡AHORA! ¡AHORA!

El rugido del tren llenó el mundo. Una mujer gritó: «¡Oh, Dios mío, va a saltar!» Una mano palmeó su espalda, una mano que trataba de tirarlo hacia atrás. Entonces Rolando empujó el cuerpo de Jack Mort más allá de la línea amarilla de advertencia y voló por encima del borde de la plataforma. Cayó en la vía del tren que venía, con las manos unidas sobre la entrepierna: sostenía el equipaje que llevaría de vuelta... siempre que, desde luego, fuera lo bastante rápido como para salirse de Mort en el momento justo. Al caer volvió a llamarla... a llamarlas:

¡ODETTA HOLMES! ¡DETTA WALKER! ¡MIRAD AHORA!

Mientras gritaba, mientras el tren se le venía encima con ruedas que giraban a la velocidad más despiadada del metal, el pistolero por fin volvió su cabeza y miró hacia atrás a través de la puerta.

Y directamente a su cara.

¡Caras!

Ambas, las veo a ambas al mismo tiempo...

—¡NOOO...! —gritó Mort, y en la última fracción de segundo antes de que el tren le pasara por encima cortándolo en dos, no por encima de las rodillas sino por la cintura, Rolando arremetió hacia la puerta... y la franqueó.

Jack Mort murió solo.

Las cajas de municiones y el frasco de píldoras aparecieron junto al cuerpo físico de Rolando. Sus manos los asieron espasmódicamente, y luego se relajaron. El pistolero se obligó a ponerse de pie; sabía que estaba otra vez dentro de su cuerpo enfermo y palpitante, sabía que Eddie Dean estaba gritando, sabía que Odetta chillaba en dos voces. Miró, sólo por un momento, y vio exactamente lo que había oído; no era una sola mujer sino dos. Ambas carecían de piernas, ambas tenían la piel oscura, ambas eran mujeres de gran belleza. Sin embargo, una de ellas era horrible, ya que su belleza exterior no ocultaba su fealdad interior, sino que la enfatizaba.

Rolando contempló a estas gemelas que en realidad no eran en absoluto gemelas sino la imagen positiva y la imagen negativa de la misma mujer. Las contempló con hipnótica y afiebrada intensidad.

Entonces Eddie volvió a lanzar un grito y el pistolero vio que las langostruosidades salían dando tumbos de las olas y avanzaban hacia el lugar donde Detta lo había abandonado, amarrado e indefenso.

El sol bajó. Llegó la oscuridad.

14

Detta se vio a sí misma en la puerta, se vio a sí misma a través de sus ojos, se vio a sí misma a través de los ojos del pistolero, y su sensación de disloque fue tan repentina como la de Eddie, pero mucho más violenta.

Estaba aquí.

Estaba *allá*, en los ojos del pistolero.

Oyó el tren que llegaba.

—¡Odetta! —gritó, y súbitamente lo comprendió todo: lo que ella era y cuándo había sucedido.

—¡Detta! —gritó, y súbitamente lo comprendió todo: lo que ella era y quién lo había hecho.

Una breve sensación de ser vuelta de dentro hacia afuera... y luego otra mucho más dolorosa, agonizante.

Se estaba rompiendo en pedazos.

15

Rolando avanzó con dificultad por la corta inclinación de la playa hasta el lugar donde estaba Eddie. Se movía como un hombre que ha perdido sus huesos. Una de las langostruosidades le lanzó a Eddie un zarpazo a la cara. Eddie gritó. El pistolero la empujó a un costado con la bota. Se agachó trabajosamente y aferró a Eddie por los brazos. Comenzó a arrastrarlo hacia atrás, pero era demasiado tarde, ya casi no le quedaban fuerzas, iban a alcanzar a Eddie, diantres, a los dos...

Eddie volvió a gritar mientras una de las langostruosidades le preguntaba: *¿Pica chica?* Le rasgó una tira de su pantalón y un trozo de su carne se fue también. Eddie intentó lanzar otro grito, pero nada salió de su garganta más que una gárgara ahogada. Se estaba estrangulando con los nudos de Detta.

Aquellos bichos ya los rodeaban por completo, se cerraban a su alrededor, haciendo sonar las zarpas con gran animación. El pistolero reunió la fuerza que le quedaba en un último tirón... y cayó hacia atrás. Las oía venir, a ellas con sus preguntas infernales y sus sonoras zarpas. «Tal vez no era tan malo», pensó. Lo había arriesgado todo, y esto era todo lo que perdía. El trueno de sus propios revólveres lo inundó de estúpido asombro.

<h1 style="text-align:center">16</h1>

Las dos mujeres yacían cara a cara, con los cuerpos incorporados como serpientes a punto de atacar, y dedos de huellas idénticas cerrados en torno a gargantas marcadas con idénticas líneas.

La mujer trataba de matarla, pero la mujer no era real, no más real de lo que había sido la muchacha; era un sueño creado por la caída de un ladrillo... pero ahora el sueño era real, el sueño le aferraba con sus garras la garganta para matarla, mientras el pistolero trataba de salvar a su amigo. El sueño hecho realidad le escupía obscenidades y le hacía llover en la cara saliva caliente. «Cogí el plato azul porque esa mujer me hizo aterrizar en el hospital y además yo no recibía nada especial para mí y lo rompí porque tenía que romperlo y cuando veía un chico blanco quería romperlo también, lo rompía, lastimaba a los chicos blancos porque necesitan que los lastime, robé de las tiendas que sólo venden cosas especiales para la gente blanca, mientras los hermanos y las hermanas en Harlem pasan hambre y las ratas les comen a sus bebés, ¡yo soy la única y tú eres una hija de puta, yo soy la única, yo..., yo.....!»

«Mátala», pensó Odetta, pero sabía que no iba a poder.

No podía matar a esa bestia y sobrevivir, así como tampoco la bestia podría matarla a ella y después marcharse tranquilamente. Podían estrangularse la una a la otra mientras Eddie y

(Rolando) (Hombre Malo de Verdad)

el que las había llamado, eran devorados vivos allá abajo al borde del agua. Eso terminaría con todos ellos. O bien ella podría

(amar) (odiar)

soltar.

Odetta soltó la garganta de Detta, ignoró las manos fieras que la asfixiaban al punto de romperle la tráquea. En lugar de usar sus propias manos para estrangular, las usó para abrazar a la otra.

—¡Hija de puta, no! —aulló Detta, pero el grito era infinitamente complejo, lleno de odio y gratitud al mismo tiempo—. No, déjame en paz, déjame en...

Odetta no tenía voz para replicar. Mientras Rolando le daba una patada a la primera langostruosidad que atacaba y mientras la segunda se acercaba para servirse un buen trozo del brazo de Eddie, sólo pudo susurrar en el oído de la mujer-bruja: «Te quiero.»

Por un instante las manos se apretaron en un nudo asesino... y luego se aflojaron.

Desaparecieron.

Otra vez sentía que la volvían de dentro afuera... y luego, de repente, se sentía gloriosamente entera. Por primera vez desde que un hombre llamado Jack Mort había dejado caer un ladrillo sobre la cabeza de una niña que sólo estaba ahí para ser golpeada porque un taxista blanco había echado una mirada y se había marchado (y no había querido el padre, en su orgullo, intentarlo otra vez por miedo a otro rechazo), ella estaba entera. Era Odetta Holmes, pero ¿la otra...?

—¡Corre, hija de puta! —chilló Detta... pero seguía siendo su propia voz; ella y Detta se habían fundido. Había sido una; había sido dos; ahora el pistolero había extraído de ella una tercera—. ¡Apresúrate o se los van a comer para la cena!

Miró los cartuchos. No había tiempo para usarlos; para cuando tuviera recargados los revólveres todo habría terminado. Sólo podía tener fe.

«¿Pero hay algo más?», se preguntó a sí misma, y desenfundó.

Y de pronto el trueno llenó sus manos morenas.

Eddie vio que se cernía sobre su cara una de las langostruosidades, sus rugosos ojos muertos, aunque centelleaban con una vida secreta. Las garras descendían hacia su cara.

¿*Toca...*?, comenzó, y entonces cayó hacia atrás deshecha en trozos desparramados.

Rolando vio que una daba un zarpazo hacia su débil mano izquierda y pensó: «*Ahí va la otra mano...*», y entonces la langostruosidad se convirtió en una dispersión de corteza y vísceras verdes que volaban por el aire oscuro.

Se torció hacia atrás y vio a una mujer cuya belleza paraba el corazón y cuya furia lo congelaba.

—¡Vamos, mamonas! —gritaba—. ¡VENID! ¡QUIERO VER CÓMO VENÍS A BUSCALOS! ¡OS VOLARÉ LOS OJOS Y OS LOS SACARÉ POR EL CULO! ¡MAMONAS!

Reventó a una tercera que se arrastraba rápidamente entre las piernas despatarradas de Eddie, con intenciones de comérselo y castrarlo al mismo tiempo. Voló como una pulga.

Rolando había sospechado que tenían algún tipo de inteligencia rudimentaria; ahora tenía la prueba.

Las otras se retiraban.

El martillo de uno de los revólveres cayó sobre el cartucho fallado, y luego voló a uno de los monstruos en retirada: lo voló en pedazos.

Los otros corrieron aún más rápido hacia el agua. Al parecer habían perdido el apetito.

Mientras tanto, Eddie se estaba estrangulando.

Rolando tanteó la cuerda y hundió un surco profundo en su cuello. Vio cómo la cara de Eddie se fundía lentamente del púrpura al negro. La lucha de Eddie se hacía más débil.

Luego apartaron sus manos otras manos más fuertes que las suyas.

—Yo me ocupo de esto. —Había un cuchillo en su mano... el cuchillo de él.

«¿Ocuparte de qué? —pensó, mientras su conciencia se desvanecía—. ¿De qué vas a ocuparte ahora que los dos estamos a tu merced?»

—¿Quién eres? —susurró roncamente cuando comenzaba a hundirse en una oscuridad más profunda que la noche.

—Soy tres mujeres —oyó que decía, y era como si estuviera en la cumbre de una profunda cascada por la que él caía—. Soy la que era; soy la que no tenía derecho a ser pero era; soy la mujer a la que has salvado. Te doy las gracias, pistolero.

Lo besó, y él lo supo, pero luego, por mucho tiempo, sólo supo de la oscuridad.

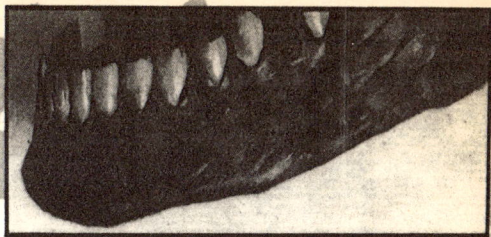

ÚLTIMA BARAJA

Última baraja

1

Por primera vez en lo que parecían mil años, el pistolero no estaba pensando en la Torre Oscura. Sólo pensaba en el ciervo que se había acercado al estanque en el claro del bosque.

Miró detenidamente por encima del leño caído.

«Carne», pensó, y disparó mientras la saliva se coagulaba tibia dentro de su boca.

«He fallado —pensó en el instante posterior al disparo—. Se ha ido. Toda mi destreza... Se ha ido.»

El ciervo cayó muerto al borde del estanque.

Pronto iba a llenarse otra vez con la idea de la Torre, pero por ahora sólo podía bendecir a todos los dioses porque aún era buena su puntería, y pensaba en la carne, carne, carne. Volvió a enfundar el revólver —el único que portaba, ahora— y trepó por encima del tronco detrás del cual había esperado pacientemente, mientras el final de la tarde traía el crepúsculo consigo, que se acercara al estanque algo que fuera bastante grande como para comer.

«Me estoy curando —pensó asombrado mientras desenfundaba el cuchillo—. Me estoy curando de verdad.»

No vio a la mujer que estaba detrás de él, observando con oscuros ojos evaluativos.

2

Durante los seis días que siguieron a la confrontación al final de la playa, no habían comido más que carne de langosta, no habían bebido más que agua salobre de un arroyo. Rolando recordaba muy poco de ese tiempo; había estado delirando de fiebre. A Eddie lo llamaba a veces Alain, a veces Cuthbert, y a la mujer siempre la llamaba Susan.

Poco a poco su fiebre comenzó a bajar, e iniciaron la difícil travesía al interior de las colinas. Parte del tiempo Eddie empujaba a la mujer en la silla de ruedas, y a veces Rolando iba en la silla mientras Eddie cargaba a la mujer sobre su espalda, con los brazos de ella enlazados sin fuerza alrededor de su cuello. La mayor parte del tiempo, el camino hacía imposible el paso de la silla, lo cual dificultaba el avance. Rolando sabía hasta qué punto Eddie estaba exhausto. La mujer también lo sabía, pero Eddie nunca se quejaba. Tenían comida; durante los días en que Rolando yacía entre la vida y la muerte, y humeaba de fiebre, mientras deliraba y evocaba épocas muy remotas y gente que había muerto mucho tiempo atrás, Eddie y la mujer habían matado una y otra vez. Lentamente las langostruosidades comenzaron a mantenerse alejadas de su parte de la playa, pero para entonces ya habían acopiado gran cantidad de carne, y cuando por fin llegaron a una zona en la que crecían hierbas y malezas, los tres las comieron de manera compulsiva. Se morían por comer verdura, cualquier tipo de verdura. Y, poco a poco, los eczemas que tenían en la piel comenzaron a desaparecer. Unas hierbas eran amargas, otras eran dulces, pero ellos las comían independientemente del gusto... salvo una vez.

El pistolero se había despertado de un pesado sueño para ver que la mujer se llevaba a la boca un puñado de hierba que él conocía demasiado bien.

—¡No! ¡Ésa no! —exclamó—. ¡Ésa nunca! ¡Márcala, y recuérdalo! ¡Ésa nunca!

Ella lo miró durante un momento bastante largo y luego la dejó a un lado sin pedir explicaciones.

El pistolero se tendió de espaldas, afectado por lo cerca que había estado. Algunas de las otras hierbas podían llegar a matarlos, pero lo que la mujer había arrancado la iba a condenar. Era la del diablo.

El Keflex le había provocado explosiones en los intestinos, y sabía que esto había preocupado a Eddie, pero la ingestión de las hierbas había controlado el problema.

Por fin habían llegado a los bosques verdaderos, y el sonido del Mar del Oeste disminuyó a un sordo murmullo que sólo podían oír con el viento apropiado.

Y ahora... *carne*.

3

El pistolero se acercó al ciervo y trató de destriparlo sosteniendo el cuchillo entre el tercer y el cuarto dedo de la mano derecha. No funcionó. Sus dedos no eran lo bastante fuertes. Pasó el cuchillo a su mano tonta y logró hacer un corte más o menos torpe desde la ingle del ciervo hasta el pecho. El cuchillo dejó salir la sangre humeante antes de que pudiera coagularse sobre la carne y estropearla... pero seguía siendo un mal corte. Un niño vomitando pudo haberlo hecho mejor.

«Tendrás que despabilarte», le dijo a su mano izquierda, y se dispuso a cortar otra vez, un corte más profundo.

Dos manos morenas se cerraron sobre la suya y tomaron el cuchillo.

Rolando miró hacia atrás.

—Yo lo haré —se ofreció Susannah.

—¿Lo has hecho alguna vez?

—No, pero tú me dirás cómo.

—Muy bien.

—Carne —dijo ella, y le sonrió.

—Sí —contestó él, y le devolvió la sonrisa.

—¿Qué ha pasado? —gritó Eddie—. He oído un disparo.

—¡Estamos preparando la cena de Acción de Gracias! ¡Ven a ayudar!

Más tarde comieron como dos reyes y una reina, y luego el pistolero se retiró hacia el sueño: contempló las estrellas, sintió el aire fresco y limpio de aquella tierra alta y pensó que esto era lo más cercano a la alegría que había experimentado en años, demasiados como para contarlos. Durmió. Y soñó.

4

Era la Torre. La Torre Oscura.

Se alzaba sobre el horizonte de una vasta planicie del color de la sangre en la puesta violenta de un sol que moría. No podía ver las escaleras que subían y subían y subían en espiral dentro de su cubierta de ladrillos, pero podía ver las ventanas que subían en espiral junto con las escaleras, y vio pasar por ellas los fantasmas de todas las personas que había conocido en su vida. Los fantasmas subían y subían, y un viento árido le traía el sonido de sus voces que lo llamaban por su nombre.

Rolando... ven... Rolando... ven... ven... ven...

—Voy —susurró él, y despertó sentado muy tieso, sudando y temblando como si la fiebre aún poseyera su carne.

—¿Rolando?

Eddie.

—Sí.

—¿Un mal sueño?

—Malo. Bueno. Oscuro.

—¿La Torre?

—Sí.

Miraron hacia donde estaba Susannah, pero ella seguía durmiendo, tranquila. Una vez hubo una mujer llamada Odetta Susannah Holmes; luego hubo otra, llamada Detta Susannah Walker. Ahora había una tercera. Susannah Dean.

Rolando la amaba porque ella luchaba sin darse nunca por vencida; temía por ella porque sabía que era capaz de sacrificarla —lo mismo que a Eddie— sin una pregunta o una mirada atrás.

Por la Torre.

La Torre Condenada de Dios.

—Hora de la píldora —anunció Eddie.

—Ya no quiero tomarlas.

—Tómala y cállate.

Rolando tragó una con el agua fresca de manantial de una de las cantimploras, y luego eructó. No le importó. Era un eructo de carne.

—¿Sabes a dónde nos dirigimos? —preguntó Eddie.

—A la Torre.

—Bueno, sí —asintió Eddie—, pero es como si yo fuera un bruto de Texas que no tiene ningún mapa rutero, y dice que se va a Alaska, el culo del mundo. ¿Dónde está? ¿En qué dirección?

—Trae mi cartera.

Eddie se la llevó. Susannah se movió un poco y Eddie se detuvo, planos rojos y sombras negras configuraban su rostro a la luz de los rescoldos agonizantes del fuego. Cuando volvió a descansar tranquila, Eddie regresó a Rolando. Éste buscó a tientas dentro de la cartera, que ahora estaba pesada con los cartuchos de aquel otro mundo. Era un trabajo bastante corto el de encontrar lo que quería en lo que le quedaba de vida.

El maxilar.

El maxilar del hombre de negro.

—Vamos a quedarnos aquí por un tiempo —anunció—, y me pondré bien.

—¿Cuando estés bien lo sabrás?

Rolando sonrió un poco. Los temblores disminuían, el sudor se le secaba en la fresca brisa nocturna Pero aún veía esas figuras en su mente, esos caballeros; amigos, amantes y enemigos de antaño, que subían y subían en círculos; brevemente entrevistos por esas ventanas, y luego desaparecidos; vio la sombra de la Torre donde quedaron encerrados, una sombra larga y negra tendida a través de una llanura de sangre y muerte y despiadados tormentos.

—Yo no —dijo él, y señaló a Susannah con la cabeza—. Pero ella sí.

—¿Y luego?

Rolando alzó el maxilar de Walter.

—Esto habló una vez.

Miró a Eddie.

—Volverá a hablar.

—Es peligroso —advirtió Eddie. Su voz era llana.

—Sí.

—No solamente para ti.

—No.

—Yo la amo, amigo.

—Sí.

—Si llegas a lastimarla...

—Haré lo que tenga que hacer —repuso el pistolero.

—¿Y nosotros no importamos? ¿Es eso?

—Os amo a los dos. —El pistolero miró a Eddie, y éste vio las mejillas de Rolando enrojecidas por el resplandor agonizante de los rescoldos del fogón. Estaba llorando.

—Eso no responde a mi pregunta. Tú vas a seguir adelante, ¿verdad?

—Sí.

—Hasta el mismísimo final.

—Pase lo que pase. —Eddie lo miró con amor y con odio y con todo el doloroso cariño de un hombre que trata, agónicamente desesperanzado, indefenso, de llegar a la mente, la necesidad y el deseo de otro.

El viento hizo gemir a los árboles.

—Hablas como Henry, tío. —Eddie también había comenzado a llorar. No quería hacerlo, odiaba llorar—. Él también tenía una torre, sólo que no era oscura. ¿Recuerdas que te había hablado de la torre de Henry? Éramos hermanos, y supongo que éramos pistoleros. Él tenía una Torre Blanca, y me pidió que fuera con él tras ella de la única manera en que me lo podía pedir, así que me apunté porque era mi hermano, ¿entiendes? Llegamos ahí, también. Encontramos la Torre Blanca. Pero era veneno. Lo mató. Iba a matarme también a mí. Tú me viste. Tú salvaste más que mi vida. Tú salvaste mi puta alma.

Eddie abrazó a Rolando y besó su mejilla. Saboreó sus lágrimas.

—¿Entonces, qué? ¿Me apunto otra vez? ¿A toparnos con el hombre otra vez?

El pistolero no dijo una palabra.

—Quiero decir: no hemos visto mucha gente, pero yo sé que están ahí, más adelante. Y dondequiera que haya involucrada una Torre, hay un hombre. Tú esperas al hombre porque tienes que encontrarte con el hombre, y al final el dinero habla y las tonterías vuelan, o tal vez aquí lo que habla son las balas en lugar de la pasta. ¿Entonces es así la cosa? ¿Hay que apuntarse? ¿En marcha al encuentro del hombre? Porque si sólo es una repetición de la misma tormenta de mierda de siempre, tendríais que haberme dejado de pasto para las langostas. —Eddie lo miró con los ojos rodeados de círculos negros—. He vivido sucio, tío. Si algo he descubierto es que no quiero morir sucio.

—No es lo mismo.

—¿No? ¿Vas a decirme que no estás atrapado?

Rolando no dijo nada.

—¿Quién va a aparecer a través de una puerta mágica a salvarte a ti, tío? ¿Lo sabes? Yo lo sé. Nadie. Sacaste todo lo que podías sacar. Lo único que podrías sacar de ahora en adelante es un revólver de porquería, porque es lo único que te quedó. Igual que Balazar.

Rolando no dijo nada.

—¿Quieres saber cuál es la única cosa que mi hermano tuvo que enseñarme en la vida? —Su voz se quebraba y sonaba espesa por las lágrimas.

—Sí —respondió el pistolero. Se inclinó hacia delante, con los ojos muy atentos posados en los de Eddie.

—Me enseñó que si uno mata lo que ama, está condenado.

—Yo ya estoy condenado —contestó Rolando con calma—. Pero es posible que incluso los condenados puedan salvarse.

—¿Vas a hacer que nos maten a todos?

Rolando no dijo nada.

Eddie aferró los harapos de la camisa de Rolando.

—¿Vas a hacer que la maten a ella?

—Todos nosotros morimos en el momento debido —dijo el pistolero—. No es sólo que el mundo se mueva. —Miró a Eddie de frente; con aquella luz, sus ojos de un azul descolorido se veían del color de la pizarra—. Pero seremos magníficos. —Hizo una pausa—. Es algo más que ganar un mundo, Eddie. Yo no te arriesgaría a ti y a ella, ni habría permitido que el chico muriera, si eso fuera todo.

—¿De qué estás hablando?

—De todo lo que es —añadió el pistolero con calma—. Vamos a ir, Eddie. Vamos a pelear. Nos van a herir. Y al final seguiremos en pie.

Ahora fue Eddie quien no dijo nada. No se le ocurría nada que decir.

Rolando asió gentilmente el brazo de Eddie.

—Los condenados también aman —dijo.

5

Al final, Eddie se durmió al lado de Susannah, la tercera invocada por Rolando para hacer un nuevo tres, pero Rolando permaneció despierto y escuchó las voces de la noche mientras el viento secaba las lágrimas de sus mejillas.

¿Condenación?

¿Salvación?

La Torre.

Llegaría a la Torre Oscura y ahí cantaría sus nombres; ahí cantaría sus nombres; ahí cantaría todos sus nombres.

El sol manchó el este con un rosa polvoriento, y por fin Rolando, que ya no era el último pistolero sino uno de los tres últimos, durmió y soñó sus sueños coléricos sólo atravesados por un único y dulce hilo azul

¡Ahí cantaré todos sus nombres!

EPÍLOGO

Hasta aquí el segundo de los seis o siete libros que componen un largo relato llamado La Torre Oscura. El tercero detalla la mitad de la expedición de Rolando, Eddie y Susannah para alcanzar la Torre; el cuarto habla de un encantamiento y una seducción, pero principalmente de las cosas que acontecieron a Rolando antes de que sus lectores lo conocieran tras la huella del hombre de negro.

Mi sorpresa ante la aceptación del primer volumen de este trabajo, que no es en absoluto como los relatos por los cuales se me conoce más, sólo es superada por mi gratitud hacia aquellos que lo han leído y a quienes les ha gustado. Esta obra parece ser mi propia Torre, ya saben; esta gente me ronda, Rolando más que los demás. ¿Sé realmente qué es la Torre, y qué es lo que ahí le espera a Rolando (si es que llega, y prepárense ustedes para la muy cierta posibilidad de que no sea Rolando quien llegue)? Sí... y no. Lo único que sé es que el relato me ha llamado una y otra vez durante un período de diecisiete años. Este segundo volumen es aún más largo y deja muchas preguntas sin responder, el clímax del relato sigue todavía lejos en el futuro, pero siento que es un volumen mucho más completo que el primero.

Y la Torre está más cerca.

Stephen King
1 de diciembre de 1986

ÍNDICE